# THE NEVER GAME
# ネヴァー・ゲーム

ジェフリー・ディーヴァー
池田真紀子・訳

JEFFERY DEAVER

文藝春秋

MとPに

ゲーム障害は……持続的・反復的なゲーム行動（デジタルゲームまたはビデオゲーム）の次のようなパターンによって特徴づけられる。

(1) ゲームに対するコントロールが損なわれる。

(2) ゲームの優先度をほかの生活上の利益および日常活動よりも高める。

(3) 否定的な結果の発生にもかかわらず、ゲームを継続または拡大する。

——世界保健機関（ＷＨＯ）

ビデオゲームは不健全だって？

昔、ロックンロールについても同じことが言われていた。

——宮本茂（任天堂）

# 目次

## 主な登場人物

コルター・ショウ……………………本編の主人公
ラドンナ・スタンディッシュ…………重大犯罪合同対策チーム（JMCTF）刑事
ダン・ワイリー……………………同右
ロナルド・カミングス………………同　上級管理官
ソフィー（フィー）・マリナー………失踪した大学生
フランク・マリナー…………………ソフィーの父　コルターの依頼人
ルカ…………………………………マリナー家の犬　プードル
カイル・バトラー……………………ソフィーの元ボーイフレンド
ヘンリー・トンプソン………………LGBT人権活動家　ブロガー
ブライアン・バード…………………ヘンリーのパートナー
エリザベス・チャベル………………誘拐された女性
マーティ・エイヴォン………………デスティニー・エンタテイメント社CEO
トニー・ナイト………………………ナイト・タイム社　創業者
ジミー・フォイル……………………同右
ホン・ウェイ…………………………ホンソン・エンタープライゼス（HSE）社CEO

マディー・プール（GrindrGirl12）……プロゲーマー
ブラッド・ヘンドリクス……………ゲーマーの学生
ティファニー・モンロー……………クイック・バイト・カフェ店主
マッジ・モンロー……………………ティファニーの娘　同店のウェイトレス
カレン・スタンディッシュ…………ラドンナ・スタンディッシュのパートナー
ジェム…………………………………ラドンナとカレンの娘
マック…………………………………コルターの協力者　私立探偵
テディ・ブルーイン…………………コルターの隣人　元軍人
ヴェルマ・ブルーイン………………同右　テディの妻
アシュトン・ショウ…………………コルターの父　元大学教授
メアリー・ダヴ・ショウ……………コルターの母　医学者
ラッセル・ショウ……………………コルターの兄
ドリオン………………………………コルターの妹
ユージーン・ヤング…………………アシュトンの友人　大学教授
ブラクストン…………………………アシュトンの死に関わる謎の人物

装幀　関口聖司
カバー写真　ollo/Getty Images

# ネヴァー・ゲーム

# レベル3　沈みゆく船

六月九日　日曜日

海に向かって全力疾走しながら、コルター・ショウは船を注意深く観察した。

全長四十フィートの遺棄された遊漁船。新造から数十年は経過していそうだ。船尾から沈み始めていて、全体の四分の三はすでに海中に没している。

キャビンのドアは見えない。出入口は一カ所きりだろうが、それはもう海中にある。まだかろうじて海面より上にある上部構造の船尾側に、船首を向いた窓が見えた。人がすり抜けられる大きさがありそうだが、ガラスはは め殺しではないか。あれを当てにするよりは、海に飛びこんでドアを試そう。

そこでまた考え直す。ほかにもっといい手はないか――？

ショウは舫《もや》いのロープを探して桟橋に目を走らせた。ロープのたるみを取れば、船の沈没を食い止められるかもしれない。

ロープは見当たらない。船は錨《いかり》で止まっている。つまり、十メートル下の太平洋の底に沈むのを引き留めるものは何もないということだ。

それに、もしも本当に彼女が船内に閉じこめられているとすれば、船と運命をともにして、冷たく濁った墓に葬られることになる。

ぬるついてすべりやすい桟橋を走り出す。朽ちた板を踏み抜かないように用心しながら、血の染みたシャツを脱ぎ、靴とソックスも脱ぎ捨てた。

大きな波が寄せて砕け、船は身を震わせながら、灰色の無情な海にまた何センチか呑まれた。

ショウは叫んだ。「エリザベス？」

返事はなかった。

ショウは確率を見積もった――女性がこの船にいる確率は六〇パーセント。浸水したキャビン内に閉じこめられて数時間が経過したいまも生存している確率は五〇パーセント。

確率はどうあれ、次に何をすべきか迷っている暇はなかった。海中に腕まで浸けてみた。水温は摂氏五度前後。低体温症で意識を失うまで三十分。

よし、計測開始だ。

ショウは海に飛びこんだ。

海は液体ではない。つねに形を変える石、のしかかってくる石だ。

しかも狡猾《こうかつ》ときている。

キャビンのドアを力ずくでこじ開け、エリザベス・チャベルと一緒に泳いで脱出する。そういう腹づもりでいた。しかし、海は別の魂胆を隠していた。息継ぎのために海面に顔を出した瞬間、波がショウをとらえ、桟橋の杭に叩きつけようとした。杭に生えた柔らかい緑色の髪の毛のような紐状の藻がゆらゆら揺れていた。杭がすぐ目の前に迫ってくるのが見え、ショウは片手を上げて衝撃に備えた。掌《てのひら》がぬるぬるした表面をすべり、頭が杭に打ちつけられた。視界に黄色い火花が散った。

次の波が来てショウを持ち上げ、またも桟橋に向けて投げつけた。今回は錆《さ》びた大釘にあやうくぶつかりかけた。この様子なら、流れに逆らって二メートル半離れた船に戻ろうとするより、沖へ向かう流れに自然に運ばれるのを待つほうが得策だろう。波が来て、ショウは海面とともに上昇した。錆びた大釘がショウの肩を引っかく。鋭い痛みが走った。出血もしたようだ。

近くにサメはいるだろうか。

**無用の心配をするべからず……**

波が引いていく。ショウは水を蹴ってその流れに乗った。頭を高く上げ、肺いっぱいに空気を吸いこんでから水にもぐり、力強く水をかいてキャビンのドアを探した。塩水が目を痛めつけたが、目は大きく開けたままにした。まもなく日没という時間帯、海中は暗い。ドアを探し当て、金属のノブをつかんでひねる。ノブは動いたが、ドアは開かなかった。

海面に顔を出す。息継ぎ。ふたたび水中へ。左手でドアノブをつかんでおいて、右手でノブの周りを探り、ほかの錠や固定具がないか確かめる。

冷たい水に飛びこんだときの衝撃や痛みは薄らいだが、それでも全身が激しく震えていた。

かつてアシュトン・ショウは、冷たい水に浸かっても生き延びるための対策を子供たちに教えた。第一の選択肢は、ドライスーツだ。第二がウェットスーツ。帽子は二重にする――人間の体のなかでもっとも放熱量が大きいのは頭部だからだ。ショウの頭のように豊かな金髪で守られていたとしても、それは変わらない。末端部は気にしなくてかまわない。指や爪先から体温が失われることはないからだ。装備が整わない場合、次善の解決策は、低体温症によって意識障害が生じる前、体が麻痺する前、つまり死ぬ前に、さっさと水から上がることだ。

残り二十五分。

キャビンのドアをこじ開けようともう一度試みる。やはり開かない。

船首側のデッキに面した窓を思い描く。女性を助け出すにはあれを破るしかない。

岸に向かって水をかきながら海中にもぐり、ガラスを砕くのに充分な大きさがあり、かつ、自分を海底へ引きこむほどの重さのない石を探した。

力強くリズミカルに水を蹴り、波とタイミングを合わせて漁船に戻る。このとき初めて船体にある船名が目についた。いまを生きる《シーズ・ザ・デイ》号。

四十五度の傾斜を這うようにして船首まで上《のぼ》り、空を見上げているキャビンの前側に立ち、一・二×一メートルほどの大きさの窓に取りついた。

船内に目を凝らす。三十二歳の黒髪の女性の姿はどこにもない。キャビンの前半分は空っぽだった。船尾に至る中ほどに隔壁が設けられ、その真ん中にドアが一つある。ちょうど目の高さくらいに窓がついていた。小窓のガラスはなくなっている。仮に女性が船内にいるとすれば、あの奥だろう。隔壁の奥の区画は海水でほぼ満杯だった。

尖った先を前に向けて石を持ち上げ、ガラスに叩きつけた。二度。三度。何度も。

この船を造った人物は、風と波と雹《ひょう》に備えて前面の窓ガラスを念入りに強化したらしい。石を叩きつけても傷一つつかなかった。

もう一つ、わかったことがある。

エリザベス・チャベルは生きているということだ。

ガラスを叩く音が聞こえたのだろう、キャビンを二つに仕切るドアの窓の向こうから、青ざめた顔がこちらを見上げた。目鼻立ちの整った顔に、濡れた黒っぽい髪が張りついている。

「助けて！」チャベルの大きな声は、二人のあいだを隔てる分厚いガラス越しにもはっきり聞き取れた。

「エリザベス！」ショウは叫んだ。「もうすぐ助けが来る。できるだけ水に浸からないようにがんばっていてくれ」

助けが来るとしても、到着するのはこの船が海底に沈んだあとになるだろう。チャベルの生死は、ショウ一人にかかっている。

ガラスの割れた窓は、そこをすり抜けてキャビンの前半分、まだほとんど浸水していないこちら側に出られそうな大きさがある。

だがエリザベス・チャベルには無理だ。

犯人は、意図してか、それとも単なる偶然か、妊娠七カ月半の女性を拉致《らち》してここに閉じこめた。大きなおなかであの窓枠をくぐり抜けるのはまず不可能だろう。

チャベルは氷のような水から逃れる場所を探しに奥へ戻っていき、コルター・ショウは石をまた持ち上げると、キャビンのフロントガラスにふたたび振り下ろした。

# レベル1　廃工場

六月七日　金曜日（二日前）

## 1

もう一度言ってくれとショウは頼んだ。

「ほら、あの投げるものよ」女性は言った。「火のついたぼろ布を突っこんで」

「投げるもの？」

「暴動のときとか。ガラスの瓶。テレビでよく見るでしょう」

コルター・ショウは言った。「火炎瓶《モロトフ・カクテル》」

「そうそう、それ」キャロルは言った。「あれを持ってたと思うのよね」

「ぼろ布に火はついてましたか」

「いいえ。だけど、ねえ……」

キャロルの声はしゃがれているが、いまは煙草をやめているようだ。少なくともショウは彼女が吸っているところを見たことがないし、煙草特有のにおいが漂ってきたこともない。キャロルの緑色のワンピースの生地はくたびれていた。いつ見ても心配顔をしているが、今朝はふだん以上に気遣《きづか》わしげな表情だった。「あの辺にいたのよ」そう言って指をさす。

〈オーク・ビュー〉ＲＶパーク（キャンピングカー向けの宿泊施設。水道や電源などの設備を利用できる）は、ショウがこれまで滞在したＲＶパークのなかでもみすぼらしい部類に入る。周囲は林に囲まれていて、その大半を占める樫《かし》や松の一部は枯れ、まだ枯れていない木もからからに乾いていた。それでも木々は密生している。〝あの辺〟はここからではよく見えなかった。

「警察には連絡しましたか」

一瞬の間。「まだ。だってあれが……えーと、何だったっけ」

「モロトフ・カクテル」

「持ってたのがそれじゃなかったら、かえって面倒になりそうでしょ。それに、警察にはしょっちゅう電話しちゃってるのよ。ほら、ここではいろいろ起きるから」

ショウはアメリカ各地のＲＶパークの経営者を数十人知っている。中年の夫婦にはうってつけのビジネスだ。ここのキャロルのように経営者が一人の場合はたいがい女性で、そしてたいがい夫を亡くしている。そういった女性経営者は、銃を携帯していることの多い亡夫たちに比べ、利用者同士でいさかいが起きたときなどに九一一に助けを求める回数が多くなりがちだ。

「かといって」キャロルは続けた。「火災も怖いし。こんな環境だから。わかるわよね」

テレビのニュースをふつうに見ている人なら誰でも承知しているとおり、カリフォルニア州では山火事が頻発していた。山火事というと、州立公園や郊外の町、畑が燃えている映像がまず思い浮かぶが、だからといって都市部が山火事の被害と無縁というわけではない。カリフォルニア州史上最悪の被害をもたらした山火事はおそらく、港湾都市オークランドで数十年前に発生した火災で、そのオークランドは二人がいま立っていることは目と鼻の先の位置関係にある。

ショウは尋ねた。「で、私に何を……？」

「そう言われると困っちゃうんですけどね、ミスター・ショウ。ちょっと様子を見てきてほしいだけ。見てきてもらえません？　お願いします」

ショウは木立に目を凝らした。たしかに何か動くものがある。しかも風のしわざではなさそうだ。ゆっくりと移動する人影――か？　仮に人だとして、あの速度は、その誰かが戦術的に移動しているということ――つまり、何か悪事を企んでいるということだろうか。

キャロルはショウを見つめている。この目つきには覚えがあった。よくあることだ。ショウは一般市民にすぎないし、そうではないとほのめかしたことは一度もない。それでも、警察官のような頼り甲斐を感じさせることは事実だ。

ショウは大きく円を描いてRVパークをいったん出ると、ひび割れてでこぼこした歩道を経由して、街のはずれの車通りの少ない道路の雑草だらけの路肩に出た。

あれか。二十メートルほど先に、黒っぽい色のジャケットにブルージーンズ、黒いニット帽の男がいる。林のなかをハイキングするにも、敵を踏みつけるのにも同じくらい具合のよさそうなブーツを履いている。たしかに何かを手に持っていた。火炎瓶か、それともただコロナ・ビールの瓶と布ナプキンを同じ手に持っているだけのことか。土地柄によってはビールを飲むにはまだ時間が早すぎるだろうが、オークランドのこの界隈では日常の風景だ。

ショウは路肩から道路の右側の鬱蒼《うっそう》と茂った木立へと移動し、物音を立てないよう用心しながら足を速めた。地面に厚く積もった何年分かの松葉が足音を吸収してくれた。

男が誰であれ――不平不満を募らせた利用客であろうとなかろうと――キャロルのロッジからはすでにずいぶん離れている。キャロルが危害を加えられる心配はなさそうだ。しかしそれだけで男を無罪放免するわけにはいかない。

何かがおかしい。

ＲＶパークにはキャンピングカーがほかにいくらでも駐まっているのに、男はいま、よりによってショウのウィネベーゴが駐まっている一角に向かっていた。

ショウには火炎瓶と一時的な関心ではすまない関わりを持った経験がある。数年前、逃走中の油田投資詐欺《さぎ》犯をオクラホマ州で追跡したとき、何者かが投げつけたガソリン爆弾がショウのキャンピングカーのフロントガラスを破って車内に飛びこんだ。キャンピングカーは二十分で焼け落ちた。身の回り品を持ち出すだけでやっとだった。ショウの鼻の奥には、焼けた金属の残骸から立ち上っていたあの不快な臭いの記憶がいまもこびりついている。

ショウが一生のあいだに二度、それも何年と間《ま》を置かずに火炎瓶を投げつけられる確率は、相当に小さいはずだ。おそらく五パーセントといったところだろう。今回、オークランド／バークリー地域を訪れたのは私的な用件のためで、逃亡者の人生を破滅させるためではないことを考え合わせれば、確率はさらに下がるだろう。昨日、ちょっとした法律違反を犯しはしたが、それが発覚して罰を食らうとしても、せいぜい言葉で鞭《むち》打たれる程度のこと――筋骨たくましい警備員や、悪くても警察から叱責されるだけで終わりのはずだ。火炎瓶を投げつけられるいわれはない。

ショウは男の背後十メートルまで迫っていた。男は落ち着きなく周囲に視線を巡らせている。ＲＶパークをのぞくだけでなく、すぐ前を走る通りの左右を気にしたり、通りの反対側に数軒並んだ廃ビルを透かし見たりもしていた。

男は痩せ型で、白人、ひげは生やしていなかった。身長は百七十五センチにわずかに届かない。顔中にニキビ

痕が散っていた。ニット帽の下の茶色い髪は短いようだ。背
男の外見や動作は、どことなく齧歯《げっし》類を連想させる。ショウに軍
筋の伸び具合からすると、元軍人だろうか。ショウに軍隊経験はないが、友人や知り合いには元軍人が何人かいる。またショウ自身、青春時代の一部を軍隊じみた訓練に費やし、『アメリカ陸軍サバイバル・マニュアルFM21－76』最新版に基づく口述試験を定期的に受けさせられたりもした。

男が持っているのは、たしかにモロトフ・カクテル――火炎瓶だった。布ナプキンらしきぼろ布をガラス瓶の口に押しこんである。ガソリンの臭いもかすかに漂ってきた。

ショウはリボルバー、セミオートマチック拳銃、セミオートマチックライフル、ボルトアクションライフル、ショットガン、弓と矢、狩猟用ゴム銃の扱いに精通している。刃物にもそこそこ詳しい。そしていま、ポケットに手を入れて、ふだん使う頻度のもっとも高い武器を取り出した。携帯電話だ。目下はiPhoneを愛用している。画面を何度かタップし、警察・消防の緊急対応通信指令員につながると、現在地といままさに目撃している状況だけを伝えて電話を切った。また何度かタップしてから、黒っぽい色合いの格子縞のスポーツコートの胸ポケットに携帯電話をしまった。昨日のちょっとした不法行為を思い出し、不安がわずかにうずいた。いまの通報から身元を割り出され、逮捕されることはあるだろうか。いや、その心配はないだろう。

このまま警察の到着を待とうと決めたちょうどそのとき、男の手にライターが現れた。一方で、煙草を取り出すそぶりはない。

そうとなると――しかたがない。

ショウは茂みの陰から出て男との距離を詰めた。「おはよう」

男はさっと振り返りながら腰を落とした。ベルトや内ポケットには手をやらなかったのは、火炎瓶を取り落としたくなかったからかもしれないし、そもそも銃を携帯していないからかもしれない。あるいは、男はプロフェッショナルで、銃の位置と、それを抜いて狙いを定めるまでに何秒かかるかをつねに正確に把握しているからかもしれない。

細い顔に並んだ細い目は、ショウが銃を持っているか

否かをすばやく確かめ、次に銃に代わる武器を持っているかどうかを確かめた。ショウのブラックジーンズ、黒いエコーの靴、灰色のストライプのシャツ、ジャケットを見る。短く刈りこんだ金髪も。ネズミ男の脳裏を〝刑事〟という語がよぎっただろうが、警察バッジを掲げ、しかつめらしい声で身分証の提示を要求するタイミングはすでに過ぎている。おそらくはショウを一般市民と判断しただろう。ただし、一般市民といっても見くびってはならないことも察したはずだ。ショウは身長百八十センチほど、肩幅が広く、筋肉はしなやかでたくましい。頬に小さな傷痕、首筋にはそれより少し大きい傷痕がある。ランニングの趣味はないが、ロッククライミングをやり、大学時代はレスリングの選手として活躍した体は、ふだんから臨戦態勢にある。視線はネズミ男の目をとらえたまま揺らがずにいた。

「どうも」甲高《かんだか》い声だった。フェンス用のワイヤのように張り詰めている。発音の癖は中西部、ミネソタ州あたりのものと聞こえた。

ショウは火炎瓶に一瞬だけ視線を落とした。

「ガソリンとはかぎらないぜ、小便ってこともありえるだろ？」男の笑みは、声と同じように張り詰めていた。しかも作りものだ。

格闘に発展するだろうか。できれば避けたいところだった。ショウが最後に殴り合いをしたのはずいぶん前のことだ。気分のよいものではない。自分が殴られるとなればなおさらだ。

「何に使うつもりだ」ショウは男が持っている瓶に顎をしゃくった。

「あんた、誰だ？」

「旅行者だ」

「旅行者か」男は思案顔で視線を上下に動かした。「俺はこのすぐ先に住んでる者でね。うちの隣の空き地にネズミが出て困ってる。そいつらを焼き払ってやろうと思ったただけだ」

「カリフォルニアで？　ここ十年でもっとも降雨量の少ない六月に、火を放つ？」

もっとも降雨量が少ない云々《うんぬん》はこの場の思いつきだが、嘘とは誰も思うまい。

たとえばれたとしてもどうということもない。この男の言う隣の空き地もネズミも嘘なのだろうから。ただ、とっさにそういう話を持ち出したということは、ネズミを生きたまま焼き殺した経験が実際にあるのだろう。要注意人物のうえに、不愉快な人間でもあるようだ。

**動物に無用の苦しみを与えるべからず……**

ショウは男の肩越しに男の背後を――男が向かっていた方角を見た。たしかに空き地はあるが、その隣の区画には古びた商業ビルが建っている。男の住まいも架空、隣の空き地もやはり架空だ。

近づいてくる警察車両のサイレンが聞こえた、男はなおも目を細めた。

「ほんとかよ」ネズミ男は顔をしかめた。その表情は、〝なんで通報なんか〟と言っていた。ほかにも何か口のなかでぼそぼそとつぶやいた。

ショウは言った。「そいつを地面に置け。早く」

男は従わなかった。落ち着いた様子でガソリンの染みたぼろ布に火をつけた。ぼろ布はたちまち激しく燃え上がり、男はストライクを取りにいくピッチャーのように鋭い一瞥《いちべつ》をショウに向けたあと、ガソリン爆弾をショウに投げつけた。

2

火炎瓶は爆発しない。密閉された瓶のなかに爆発を起こすだけの酸素がないからだ。ガラス瓶が割れてガソリンが飛び散った瞬間、火のついたぼろきれが導火線となって、初めてガソリンを爆発させる。

男が投げた瓶はそのとおりの経過をたどって小さな爆発を引き起こした。

直径一メートルほどの炎の球が音もなく広がった。

ショウはとっさに飛びのいてやけどのリスクを逃れ、キャロルは悲鳴を上げて自分のロッジに駆け戻っていった。ショウは男を追うべきかどうか迷ったが、三日月型に路肩を覆う乾燥しきった雑草は威勢よく燃え、炎はその向こうの木立にゆっくりと近づいていこうとしていた。

ショウは金網のフェンスを跳び越えて自分のキャンピングカーへと走り、消火器を持って戻ると、安全ピンを抜き、白い消火剤を撒《ま》いて火を消した。

「ああ、びっくりした。怪我はなかった、ミスター・ショウ?」キャロルがおそるおそる戻ってきた。やはり消火器を持っている。ただし、片手で扱えるような小型のものだった。すでに鎮火しているのに、それでもキャロルは安全ピンを引き抜いて消火剤を噴いた。なぜって、消火剤を撒くのは誰にとっても楽しいことだからだ。とくに、火がほとんど消えたあとならなおさらだろう。

一分か二分ほど待ってから、ショウは地面にかがみこんで焦げ跡の隅々まで掌でそっと叩き、火が確実に消えたことを確かめた。それは何年も前に身につけたことだった。

**灰を叩いて安全を確認するまで、焚き火のそばを離れるべからず……**

いまさらながらネズミ男が逃げた方角を見やる。男はとうに消えていた。

ブレーキ音がして、パトロールカーが駐まった。オークランド市警の車両だった。大柄なアフリカ系の制服警官が降りてきた。剃り上げた頭が底光りしている。やはり消火器を持っていた。三つそろったうち、警察官のものが一番小さかった。警察官は、燃えかすや焦げ跡をさっとながめたあと、赤い消火器を助手席の下に戻した。

胸の名札に〈L・アディソン巡査〉とある。アディソン巡査はショウに向き直った。身長百九十センチくらいありそうなこの巡査に近づかれ、顔をのぞきこまれただけで、身に覚えのある者はみな急いで罪を告白するだろう。

「通報したのはあなたですか」アディソン巡査が訊いた。

「私です」ショウは火炎瓶を投げつけた人物はたったいま逃走したと説明した。「あっちに」ポイ捨てされたごみが数メートルおきに落ちている雑草だらけの通りの先を指さす。「まださほど遠くには行っていないはずです」

何があったのかと巡査が訊く。

ショウは説明した。キャロルがショウの説明を補った――夫を亡くした女が一人で商売を営む苦労を無用にまじえつつ。「足もとを見てくるわけ。だけど、こっちだって甘い顔はしないわよ。甘い顔を見せちゃだめ。こういう商売をしてたらね。脅してくる客もたまにいるのよ」キャロルがアディソン巡査の左手をちらりと見たことにショウは気づいた。巡査の手に結婚指輪はなかった。

アディソン巡査は肩に着けたモトローラの無線機に顔を近づけ、本部に現場の状況を説明し、ショウから聞いた男の人相特徴を伝えた。ショウはかなり詳しく話したものの、男がネズミに似ているという点は省略した。そこは個人の感想にすぎない。

巡査がふたたびショウに目を向けた。「身分証を見せていただけますか」

警察官に身分証の提示を求められたとき、罪のない人物がどう対応すべきかについては議論がある。ショウ自身、たびたびこの問題に突き当たった。警察の捜査が進行中の場所に居合わせる機会が多いせいだ。一般論では、相手が警察官であろうと誰であろうと、身分証を見せる義務はない。ただその場合、協力を拒んだ結果を引き受ける覚悟をしておかなくてはならない。世界で何より値打ちのある資産は時間だが、警察相手にあまり強気に出ると、その資産をごっそり失うはめになる。

しかしいまショウがためらっているのは、信条ゆえではなく、昨日の違法行為の現場で自分のオートバイのナンバーが目撃されていたらという不安が頭をよぎったからだ。仮に目撃者がいたなら、警察のシステムにショウの氏名がすでに登録されていないともかぎらない。

だがそこで思い出した。警察はもう、ショウがどこの誰だか知っているのだ。さっき九一一に通報したとき、プリペイド携帯ではなく個人名義の携帯電話を使ったのだから。ショウは運転免許証を巡査に渡した。

アディソン巡査は携帯電話で免許証を撮影してどこかにアップロードした。

キャロルが経営するRVパークの目の前で発生した事案なのに、巡査はキャロルには身分証の提示を求めなかった。偏見を指摘することもできなくはない――通りすがりのよそ者と地元の住人に対する明らかな扱いの違い。だが、ショウは何も言わずにおいた。

アディソン巡査は送り返されてきた情報を確認した。それからショウをしげしげと見た。

昨日の不法行為の報いか？　ここへ来てショウは、自分をごまかすのをやめた。あれは窃盗《せっとう》だ。遠回しに言ったところで罪が軽くなるわけではない。

しかし今日、正義の神々に一致団結してショウを追跡する予定はないようだ。アディソン巡査は運転免許証をショウに返してからキャロルに尋ねた。「ご存じの人物でしたか」

「いいえ。でも、お客さんを一人残らず覚えてるわけじゃないし。おかげさまで繁盛してますからね。この辺ではうちが最安値なの」

「火炎瓶をあなたに投げつけたわけですね、ミスター・ショウ」

「ええ、私のほうに。危害を及ぼそうとしたというより、単なる時間稼ぎでしょう。その隙に逃げようと考えて」

これを聞いて巡査は考えこむように押し黙った。

キャロルが唐突に言った。「ネットで調べたわ。モロトフはね、ひそかにプーチンの命令を受けてたんですってよ」

男たちはそろって戸惑いの視線をキャロルに向けた。

それからショウは巡査に向かって続けた。「証拠を燃やそうという意図もあったのかもしれません。ガラス瓶についた指紋やDNAを」

アディソン巡査はあいかわらず考えこむような顔をしていた。警察官には珍しくない、ボディランゲージの欠如がかえって多くを物語るタイプの人物のようだ。一般市民が物的証拠のことまで考慮に入れるのはなぜかと思案している。

やがて巡査は言った。「ここで騒ぎを起こすのが目的ではなかったとするなら、何をしに来たんでしょうね」

キャロルが答える前に、ショウは言った。「あれです」そう言って、少し前に目を留めた空き地を指さした。

三人でそこに向かった。

オークランド郊外のごみごみした一角にあるこのRVパークは、州道二四号線の入口に近く、グリズリー・ピークに向かうハイキング客や近隣のバークリーを訪れる旅行者が拠点とするのにちょうどいい。がらくたや雑草だらけの空き地とその奥の土地は、高さ二・五メートルほどの古びた木の塀で隔てられていた。近所のアーティストがその塀をカンバスにして、なかなか力の入ったアート作品を製作していた。マーティン・ルーサー・キング・ジュニアやマルコムXの肖像画。ほかにもショウが知らない人物が二人。空き地に近づくと、似顔絵の下に書かれた名前が見えた。ボビー・シールとヒューイ・P・ニュートン。いずれもブラックパンサー党を創設したとされる人物。ショウの脳裏にテレビ視聴を禁じられていた子供時代の冬の夜の記憶が蘇った。父アシュトンはコルターと兄や妹を前に、主としてアメリカ史の講義をした。その大半は統治の新しい形態が主題だった。ブラックパンサー党は数回、テーマに取り上げられた。

「つまり」キャロルは不愉快そうに口もとを歪めた。「ヘイトクライムってわけ。いやだ、吐き気がする」そして肖像画のほうに顎をしゃくって付け加えた。「あの絵の件で、市に電話したのよ。何かの形で保存するべきだって。それきり連絡はないけど」

アディソン巡査の無線が乾いた音を鳴らした。ショウにもやりとりが聞き取れた。ほかのパトロールカーが近隣を捜索したが、放火犯の人相特徴に合致する人物は見当たらなかった。

ショウは言った。「動画を撮影しましたよ」

「動画を?」

「九一一に通報したあと、携帯電話をポケットに入れておいたんですよ」そう言ってジャケットの左胸のポケットに手をやった。「一部始終が録画されているはずです」

「いまも?」

「ええ」

「録画を止めていただけますか」言葉つきこそ丁寧だが、その口調は〝いますぐ止めやがれ〟と言っていた。

ショウは録画を停止した。「スクリーンショットを送ります」

「お願いします」

ショウはスクリーンショットを撮り、アディソン巡査の携帯電話番号を聞いて画像を送信した。二人のあいだは一メートルほどしか離れていないが、電子はおそらく地球を半周しただろう。

巡査の携帯電話が着信音を鳴らしたが、巡査は画像を確かめようともせず、キャロルに名刺を渡し、ショウにも差し出した。ショウはすでに相当数の警察官の名刺を持っている。広告会社の重役やヘッジファンドのマネージャーのようなビジネスマンと同じように、警察官も名刺を配るのだと考えるとなんとなく愉快だ。

アディソン巡査の車が見えなくなると、キャロルが言った。「どうせ調べやしないのよね、そうでしょ?」

「ええ」

「でも、見にいってくれてありがとう、ミスター・ショウ。あなたがやけどしたりしてたらと思うと、生きた心地がしないわ」

「いいんですよ」

キャロルは自分のロッジに戻っていき、ショウは自分のウィネベーゴに戻った。アディソン巡査には話さなかったが、今回の騒ぎで一つ気になることがあった。九一一に通報したと聞いてネズミ男はうんざりしたように〝ほんとかよ〟とつぶやいた。〝なんで通報などしたのか〟と言いたかったのだろう。

ただ、もう一つの可能性として――五〇パーセント以上の確率で――ネズミ男はこう言おうとしていたようにも思えた。〝なんで通報なんかするんだよ、ショウ?〟

もし本当にそう言っていたとしたら、ネズミ男はショウを知っているか、ショウについてあらかじめ知っていたことになる。

そしてもし、知っていたとするなら、今日のできごとにまったく新しい解釈が加わることになる。

## 3

自分のウィネベーゴに戻り、スポーツコートをフックに掛け、キッチンの小さな戸棚の前に立った。扉を開けて二つのものを取り出す。一つはグロックの三八口径の小型拳銃で、これはふだんスパイスの小瓶――主にマコーミック・ブランドのもの――を並べた奥に隠している。拳銃はブラックホークの灰色のプラスチック製ホルスターに入っていた。ショウはホルスターのクリップをベルトに留めた。

もう一つは11×14インチのマチつき大判封筒で、こちらは銃を保管してある棚の一つ下の段、ウスターソースやテリヤキソース、ハインツから外国のブランドまで六種類のビネガーなどの調味料の瓶の奥に隠してあった。

窓から外の様子を確かめる。

ネズミ男の姿はない。もういないだろうと予想していた。それでも、銃を身につけておいて損はない。

コンロで湯を沸かし、一杯用のコーヒーフィルターを使って陶器のマグにコーヒーを落とした。気に入りの豆を選んだ。ブラジルのダテーラ農園のものだ。ミルクをほんの少しだけ加えた。

ベンチシートに腰を下ろし、封筒を見つめた。表面に〈採点済み答案5／25〉と書いてある。筆記体の手本のような文字、しかもショウのそれより小さな文字だった。

蓋は糊づけされておらず、薄い金属の留め具で留まっているだけだった。ショウは留め具を開き、なかから輪ゴムでまとめられた四百枚近い紙の束を引き出した。

分厚い束を見ていると、ふだんの倍くらいの速さで打っていた心臓が三倍速までペースを上げた。

この紙の束こそ、ショウが昨日犯した窃盗の戦利品だ。過去十五年、ショウにつきまとってきた疑問の答えがここにあるのではないかと期待している。

コーヒーを一口。それから、内容に目を通そうと最初の何ページかをめくった。

歴史、哲学、医学、科学に関する思索、地図、写真、領収書のコピーの脈絡のない寄せ集めだった。筆跡は封筒の表書きの文字と同じ。几帳面で、文字の大きさまで完璧にそろっている。まるでものさしを当ててガイドにしたかのように整然と並んでいた。筆記体と活字体が細心の注意を払って使い分けられている。

コルター・ショウが書くものとそっくりだ。

適当なページを開いた。そこに書かれた文字を読む。


メーコンの北西二十五キロ、スクウィレル・レベル・ロード、ホーリー・ブレザレン教会。牧師と話すべし。りっぱな人物。ハーリー・コムズ牧師。聡明で、口が堅い。


さらにいくつかの段落を読んだところで手を止めた。コーヒーを二口、三口飲みながら、朝食はどうしようかとぼんやり考える。そこで自分を叱りつけた。先へ進めよ。せっかく取りかかったんだ。どんな結果になろうと受け止めるはずだったろう。先へ進め。

そこで携帯電話が鳴った。盗み出した書類に目を通すのを中断できてほっとしている自分を後ろめたく思いながら、発信者名を確認した。

「テディ？」

「コルター。いまどこだ」うなるような低音。

「まだベイエリアにいる」

「首尾は」

「それなりかな。いまのところ。そっちの様子はどうだ」ブルーイン夫妻はフロリダ州にあるショウの自宅の隣人で、留守のあいだ、ショウの住まいに目を光らせてくれている。

「ゴキゲンだよ」元海兵隊士官の口からそうそう聞ける言葉ではない。テディ・ブルーインと、やはり元軍人の妻ヴェルマは、そういったさまざまな不整合を隠すどころか誇らしげに前面に押し出している。ショウの脳裏に二人の姿が鮮明に映し出された。いまこの瞬間も、いつもの場所、フロリダ州北部の一平方キロにも満たない小さな湖に面した自宅のポーチに座っていることだろう。テディは身長百八十五センチ、体重百二十キロの大男だ。そばかすが散った肌は赤みがかっていて、髪はその肌の色を濃くしたような色合いをしている。今日着ているシャツもきっと花柄だ。ヴェルマも背は高いが、体重はテディの半分にも満たない。きっといつもどおりジーンズとワークシャツを着ているだろう。二人のうちタトゥーのセンスがいいのはヴェルマのほうだ。

　電話の背景で犬が吠えた。ブルーイン家の飼い犬、ロットワイラー犬のチェースだろう。ショウは、がっしりした体つきに優しい気立てをしたチェースをよく午後のハイキングにつきあわせている。

「ベイエリアで一つよさそうな仕事を見つけた。おまえに関心があればだが。詳細はヴェルマから伝えるよ。いま来るからちょっと待て。ああ、来た来た、替わるよ」

「コルター」テディとは対照的に、ヴェルマの声は静かに注がれる水のようだ。児童向けのオーディオブックのナレーターになるといいとショウから勧めたこともある。睡眠導入剤のようによく効いて、子供はたちまち眠りに落ちるだろう。

「アルゴが条件に一致する仕事を見つけたの。あの子はブルーティック犬なみに鼻が利くから。すごい嗅覚よ」

　ヴェルマは、ネット上を巡回してショウが関心を持ちそうな仕事を探すコンピューター・ボット（〝アルゴ〟というニックネームは〝アルゴリズム〟から）を女性扱いして話す。そこに犬扱いも加わったようだ。

「シリコンヴァレーで失踪した若い女性」ヴェルマが付け加えた。

「ホットライン案件か？」

　内部情報を持つ市民が容疑者に結びつく情報を匿名で提供できるよう、捜査機関やクライム・ストッパーズなどの民間団体が情報収集のための専用電話番号を設けることがある。匿名通報ダイヤルは、ダイムダイヤル――犯人をたれこむ《ダイムアウト》ことから――やチクり《スニッチ》ダイヤルなどと呼ばれることもある。

　長年この仕事をしてきて〝ホットライン案件〟を追いかけたことは何度かある――とりわけ凶悪な犯罪であっ

たり、被害者の家族がひどく打ちのめされたりしている事件に限定してではあるが。通常はホットライン案件はできるだけ避けている。官僚主義や形式主義につきあいきれないからだ。またホットライン案件は、厄介な輩《やから》を引きつけやすいという側面もある。

「いいえ。懸賞金を設けたのは失踪した女性のお父さん」ヴェルマが言った。「一万ドル。高額とは言えないわね。だけど、お父さんの訴えが……切々としていて。何としても娘を取り戻したいと思っていることが伝わってくるのよ」

ショウの懸賞金ビジネスをもう何年もサポートしてきたテディとヴェルマは、本物の心痛を直感で見分ける。

「行方不明者の年齢は」

「十九歳。学生」

ブルーイン夫妻側はスピーカーフォンになっている。テディのしわがれ声が聞こえた。「ニュースはチェックしたよ。警察が捜査しているという報道はいまのところない。公開されてるのは懸賞金だけで、女性の氏名は伏せられてる。犯罪に巻きこまれたおそれはなさそうだ《ノー・ファウル・プレイ》」

〝下賤な遊戯なし《ノー・ファウル・プレイ》〟シャーロック・ホームズの時代に引き戻されたような表現だが、アメリカの捜査機関はこの言葉を頻繁に使う。警察が行方不明者をどう扱うかを決めるのは、このキーワードだ。行方不明者が十代後半で、拉致の証拠が見当たらないとき、誘拐事件の場合とは違って、警察が即座に捜査を開始することはない。当面は家出人として扱い、静観する。

もちろん、今回の女性の失踪はその両方であるということも考えられる。誰かにそそのかされた若者が自分の意思で家を出たあとになって、その誰かが思っていたような人物ではなかったと判明する事例は少なくない。

一方で、女性が失踪したのは純粋な事故という可能性もある。予測がつかないことで悪名高い太平洋の冷たい潮に押し流されたのかもしれないし、側面から強い風が吹きつけるハイウェイ一号線の三十メートル下の谷底に落ちた車のなかで死んでいるかもしれない。

ショウはしばし迷った。視線は四百数十枚の紙の束から動かなかった。「わかった。父親に会ってみよう。娘の名前を教えてくれ」

「ソフィー・マリナー。父親はフランク」

「母親は」

「どこにも情報がないのよ」ヴェルマが答える。「詳細を送るわね」

ショウは尋ねた。「郵便物は」

ヴェルマが言った。「請求書。支払いは済ませておいた。大量のクーポン。ヴィクトリアズ・シークレットの下着カタログ」

二年前、ヴィクトリアズ・シークレットのランジェリーをマーゴに贈った。〝ヴィクトリア〟はショウの住所は秘密《シークレット》ではないと判断し、カタログ送付を担当する配下に受け渡したのだろう。マーゴのことを思い出すのは……いつ以来だろう。一月《ひとつき》ぶりか？　いや、二週間もたっていないかもしれない。「処分してくれ」

「俺がもらってもいいか」テディが言った。

誰かをはたくような音、笑い声。もう一つはたく音。

ショウは二人に礼を言って電話を切った。

紙の束に輪ゴムをかけ直す。もう一度、外の様子を確かめた。ネズミ男はいない。

コルター・ショウはノートパソコンを開き、ヴェルマから届いたメールを確認した。それから地図を表示して、シリコンヴァレーまでの所要時間を調べた。

## 4

意外なことに、見る人によっては、すでにコルター・ショウはいまこの瞬間、シリコンヴァレーにいるということがわかった。

神話のごときシリコンヴァレーの境界線は曖昧で、ノースオークランドとバークリーはその境界線の内側にあると考える人は多いらしい。その人々にとって〝シリコンヴァレー〟――事情通は〝ＳＶ〟と略す――には、東はバークリーから西はサンフランシスコ、南ははるかサンノゼまでの広大な一帯が含まれる。

しかし保守的な人々にとってのシリコンヴァレーはベイエリアの西側に限定され、その中心はパロアルトのスタンフォード大学だ。今回、懸賞金を設けた父親の住まいは、スタンフォード大学の近く、マウンテンヴュー地区にある。ショウは移動に備えて車内の設備の揺れ止めをし、オフロードバイクが後部の車載フレームにしっかり固定されていることを確かめ、接続されていた配管類をすべて外した。

キャロルのロッジに寄ってチェックアウトを伝え、三十分後にはフリーウェイ二八〇号線を快調にドライブしていた。左側の木立のあいだにシリコンヴァレー郊外の住宅地が見え、右手にはランチョ・コラール・デ・ティエラ自然保護公園の豊かな緑に覆われた起伏や、さらに西方のクリスタル・スプリングス貯水池の穏やかな水面が垣間見えた。

この地域に来るのは初めてだった。ショウはここから三十キロほど北のバークリー生まれだが、幼いころの記憶は断片的にしか残っていない。コルター少年が四歳のとき、父アシュトンと一家はフレズノの東百五十キロのシエラネヴァダ山麓の広大な土地に引っ越した。父はその土地を〝地所《コンパウンド》〟と呼んだ。〝牧場〟や〝農場〟より近寄りがたい響きを持っていると考えたからだ。

車載ナビの指示に従ってフリーウェイを下り、ロスアルトスヒルズ地区のウェストウィンズRVセンターに向かった。チェックインの手続きをすます。穏やかな話し方をする六十歳くらいの支配人は、引き締まった体つきをしていて、錨のタトゥーに何らかの意味があるとすれば、元海軍軍人か元商船員なのだろう。ショウに地図を渡し、いまいる事務所からショウの区画までの道筋をシャープペンシルで書きこんだ。ショウの区画はグーグル・ウェイ沿いにあり、そこにはヤフー・レーンとPARCロードを経由して行く。PARCが何の略なのか、ショウにはわからなかった。きっとコンピューター関連の何かだろう。

目当ての区画を探し当て、電源を接続し、黒革のパソコンバッグを肩にかけて事務所に取って返し、そこからUberを呼んで、マウンテンヴュー地区の繁華街にあるエイビスの小さなレンタカー営業所に向かった。フルサイズのセダンを選び、ボディカラーは黒または紺色と指定した。ショウはいつも黒か紺色の車を借りる。懸賞金ハンターを始めて十年ほどになるが、その間《かん》に警察官を詐称したことは一度もない。ただ、相手の誤解を積極的に正さないことは少なくない。私服刑事の覆面車両に誤解されがちな車に乗っていると、話を引き出しやすい場面も多い。

ここ二日ほどの〝任務〟に当たって、キャロルのRVパークとバークリーとの往復にはヤマハのオフロードバイクを使っていた。ふだんは許されるかぎりバイクで移動しているが、それは私用を片づけるときと、単に楽しみのために乗るときだけだ。仕事ではかならずセダンか、行き先の路面状況によってはＳＵＶをレンタルした。懸賞金を設けた人物や目撃者、警察の人間と会うのにやかましいオートバイで現れれば、プロ意識を疑われる。かといって全長十メートル近いキャンピングカーは、高速道路で移動するには快適だが、交通量の多い地域ではフットワークに難がある。

マウンテンヴュー地区の懸賞金提供者の住所をナビに入力し、郊外の混雑した通りを走り出した。

なるほど、これがシリコンヴァレーの心臓部、ハイテク界のオリュンポス山か。世間のイメージとは違って――少なくともショウが通った道筋は――きらきら輝いてはいなかった。奇抜なデザインのガラスのオフィスビルはなく、大理石でできた豪邸もなければ、高級感あふれるメルセデス・ベンツやマセラティ、ＢＭＷやポルシェが群れをなして走っていることもなかった。ここには一九七〇年代のジオラマがあった――農場風のデザインの、猫の額ほどの庭がついたこぢんまりとした一軒家、こぎれいだが外壁のペンキを塗り直すか壁板を張り直すかしたほうがよさそうなアパート、果てしなく続く商店街、二階建てや三階建ての事務所。高層ビルはない。地震の心配があるせいだろうか。街の直下にサンアンドレアス断層が横たわっている。

シリコンヴァレーは、ノースカロライナ州ケアリーと見分けがつかない。あるいはテキサス州プレイノ、ヴァージニア州フェアファクスとも変わらない。それをいうなら、シリコンヴァレーから南へ下ること五百キロ、実用一点張りのハイウェイ一〇一号線で結ばれている、同じカリフォルニア州にあってやはり谷間の街サンフェルナンドヴァレーとも似ていた。新しい物事を産み出すテクノロジーの特徴の一つはこれなのだろう――すべてが表から見えないところで行われるのだ。たとえばミネソタ州のヒビングを車で走っていると、地中千五百メートルに到達する錆色の鉄坑が見える。インディアナ州ゲイリーなら要塞のごとき製鋼工場が見える。しかしシリコンヴァレーの地表に傷はない。シリコンヴァレーを定義するような、ここでしか見られない特大の人工物は一つもない。

十分後、アルタヴィスタ・ドライブに面したフランク・マリナーの家が見えてきた。農場風の家は、クッキーの抜き型で造ったようにそっくりな家のなかの一軒ではなかったが、細長いブロックに並んだほかの家と雰囲気だけは似ていた。外壁に木やプラスチックの板が張られた安普請《やすぶしん》の家。玄関前には錬鉄の手すりのある三段のコンクリート階段。近所の少し高級そうな家には出窓。縁石際に駐車帯があり、歩道があり、前庭があって、その奥に家があることも共通している。芝生が青々としている家もあれば、麦わら色をした家もある。芝生の維持をすっぱりとあきらめ、砂利と砂と背の低いサボテン類といった人工的な景観にしている家も少なくなかった。

ショウは淡い緑色の家の前に車を駐めた。すぐ隣の住宅には〈差押物件競売中〉の札が立っていた。マリナー一家の自宅も売りに出されているようだ。

玄関をノックすると、すぐにドアが開いて、頭髪の薄くなりかけた五十歳くらいのずんぐりした男性が顔をのぞかせた。灰色のスラックスに青い開襟のドレスシャツという服装だ。足もとは素足にローファーだった。

「ミスター・フランク・マリナーですね」

男性の縁が赤くなった目が忙しく上下し、ショウの服、短く刈った金髪、厳粛な雰囲気の物腰——ショウは笑顔を見せない——を観察した。絶望の淵にいる父親はおそらく、刑事が悪いニュースを届けに来たのだと考えているだろう。ショウはすぐに自己紹介した。

「ああ、さっき……電話をくれた。懸賞金のことで」

「そうです」

ショウは差し出されたフランク・マリナーの冷え切った手を握った。

マリナーは近隣の家々をちらりと確かめたあと、うなずいてショウを招き入れた。

経験から、ショウは懸賞金を申し出る人々についてはないか——懸賞金を本当に支払えるのか、出所《でどころ》は後ろ暗いものではないか——住居を見るだけでだいたいのところを推測できるようになっている。だから、面会時は可能なかぎり自宅を訪問することにしていた。それがかなわなければ、勤務先だ。職場を見れば、仕事が事件と関連している可能性はないか、懸賞金を出すに至る事情がどれほど深刻なものかがわかる。フランク・マリナーの家は、食品の酸っぱいにおいをさせていた。テーブルや家具の平らな面には請求書や郵便物をまとめたフォルダー、工具、商店のチラシが散乱している。リビングルームには衣類が山をなしていた。その光景は、ソフィーが行方不明になってまだ数日だというのに、父親がひどく取り乱していることを伝えていた。

家のみすぼらしさも目立った。壁や幅木《はばき》は傷だらけで、ペンキを塗り直すか、適切な修理が必要と見える。コーヒーテーブルの脚の一本は折れているらしく、オーク材に似せた色に塗ったダクトテープで補強してあった。天井に水漏れの染みがあり、窓の一つのすぐ上には、石膏《せっこう》ボードの壁からカーテンレールを無理に引っ張って剝がした跡の穴が開いていた。つまり、懸賞金の一万ドルが本当に支払われるかどうかは怪しいということだ。

二人はサイズの合っていない金色の布カバーがかかったクッションのへたった椅子に腰を下ろした。置いてあるランプのデザインはばらばらだ。大型テレビは、いまどきの基準に照らし合わせれば決して大型ではない。

ショウは尋ねた。「新しい情報はありましたか。警察から。ソフィーの友達から」

「何も。母親にも連絡はないそうです。母親はほかの州に住んでいて」

「こちらにいらっしゃるところでしょうか」

マリナーは一瞬黙りこんだ。「いや、母親は来ません」マリナーの丸い顎に力がこもった。残りが心細くなった茶色い髪をなでつける。「いまのところは」それからショウの顔をしげしげと見た。「おたくは私立探偵か何か？」

「いいえ。市民や警察が提供する懸賞金を受け取ります」

マリナーはその意味を熟考した。「懸賞金で生計を立てている」

「そのとおりです」

「そんな仕事があるとは知りませんでした」

ショウはいつものセールストークを並べた。たしかに、新規顧客の開拓を試みる私立探偵とは違い、マリナーに気に入られ、雇ってもらう必要はショウにはない。しかしソフィーを捜すのなら、情報は必要だ。そして情報は、家族の協力がなければ手に入らない。「人捜しの経験は豊富です。これまで数十人の行方不明者の捜索を手伝ってきました。私は調査をし、ソフィーの保護につながる情報を集める努力をします。ソフィーの居どころが判明しだい、お父さんと警察にそれを伝えます。ただ、救出まではやりませんし、家出人の場合、家に帰るように説得することもしません」

最後の部分はかならずしも正確ではなかったが、自分が何をどこまでやるか、先に明確にしておくことは重要だと考えている。ショウは例外を並べ上げるよりも、原則をきちんと伝えることを好んだ。

「私が持ち帰った情報をもとにソフィーが見つかった場合、懸賞金を支払っていただきます。いまはまず、お話をさせてください。私の説明に納得がいかなければ、そうおっしゃってくだされば、それ以上しつこくはしません。反対に私が納得できないことがあれば、お話はそこまでということになります」

「私のほうは、ぜひお願いしたい気持ちです」マリナーは声を詰まらせた。「あなたは信用できそうだ。率直だし、冷静だから。うまく言えませんが、テレビで見る賞金稼ぎとはだいぶ違っている。何とかしてフィーを見つけてやってください。お願いします」

「フィー？」

「あの子のニックネームです。ソフィー。あの子は子供のころ、自分をそう呼んでいたので」マリナーはこらえようとしているが、涙はいまにもあふれ出しそうだった。

「懸賞金を申し出て以来、連絡をしてきた人物はいましたか」

「ええ、電話やメールが山ほど。ほとんどは匿名で。あの子をどこそこで見たとか、いなくなった理由を知ってるとか。こっちからいくつか質問をするだけで、ああ、本当は何も知らないんだなとわかります。金がほしいだけなんですよ。宇宙船に乗った宇宙人なんて話をする奴もいたな。ほかには、ロシアの性的人身売買組織にさらわれたとか」

「連絡してくる輩の大部分が似たようなものだと思いますよ。一攫《いっかく》千金を狙っている。お嬢さんを本当に知っている人間なら、金など関係なく情報を提供するはずです。ただ、仮にこれが誘拐事件だとしての話ですが、誘拐犯と何らかのつながりを持つ人物から連絡が来る可能性もわずかながらあります。どこかの通りでお嬢さんを見かけたという情報も入るかもしれない。ですから、電話がかかってきたらかならず話を聞いてください。メールもすべて目を通すように。有益な情報がないとはかぎりませんから。

　私たちの目標はたった一つ、お嬢さんを見つけることです。そのためには、大勢から寄せられた情報の断片をつなぎ合わせる必要があるかもしれない。誰かは五パーセントの貢献度、別の誰かは十パーセントの貢献度。懸賞金は、私とほかの情報提供者のあいだでそんな風に案分します。あなたが支払う懸賞金の総額が一万ドルを超えることはありません。

　最後にもう一つ。回収の場合には懸賞金はいただきません。救出できた場合だけです」

　これにマリナーはすぐには反応しなかった。鮮やかなオレンジ色のゴルフボールを握り締めたり、手をゆるめたりを繰り返していた。しばしの間があって、ようやく口を開いた。「冬でもプレーできるようにオレンジ色なんだそうですよ。箱ごともらいましてね」そこで視線を上げて、ショウの冷徹な目を見た。「ここいらでは雪なんか降らないのに。ゴルフはやりますか。いくつか持っていきます?」

「ミスター・マリナー。時間がありません」

「フランクでけっこう」

「時間がない」ショウは繰り返した。

　マリナーは息を吸いこんだ。「お願いします。助けてやってください。フィーを見つけてください」

「その前に一つだけ。家出ではないことは確かですね」

「ええ、確かです」

「なぜ断言できるんです?」

「ルカ。根拠はルカです」

## 5

　ショウはダクトテープを包帯のように巻かれたコーヒーテーブルの上にかがみこんでいた。

　テーブルには三十二ページ綴りのまっさらなB6判無罫ノートを開いてある。ショウの手にはデルタの万年筆ティタニオ・ガラシアが握られていた。黒軸のペン先側にオレンジ色のリングが三つ並んでいる。〝万年筆? 何をまた気取って〟といいたげな視線を向けられることもあるが、メモ魔のショウにとっては、ボールペンや、それをいったらローラーボールペンなどの筆記具よりも、イタリア製の万年筆――二百五十ドルと決して安いものではないが、かといって贅沢品というほどではない――のほうが、どんなに書き続けても手が疲れなくていい。この仕事には最適なツールだ。

その場にいるのはショウとマリナーだけではなかった。マリナーが娘の家出を否定する根拠に挙げた〝ルカ〟がショウの隣に座り、荒い息をショウのももに吹きかけていた。

行儀のいい真っ白なスタンダードプードル。

「フィーがルカを置いていくわけがないんです。ありえませんよ。家出なら、ルカを連れていくはずです。少なくとも、電話してきてルカの様子を尋ねるはずです」

〝コンパウンド〟にも犬はいた。獲物の位置を指し示す《ポイント》ためのポインター犬、回収する《リトリーヴ》ためのレトリーヴァー。敷地に侵入者があったときやかましく吠えて知らせる役割は、すべての犬が共通して担った。コルターと兄のラッセルは、動物は人間の僕《しもべ》という父親譲りの観点から犬を見た。しかし妹のドリオンは、迷惑顔の犬たちに手縫いの服を着せたり、自分のベッドに入れて一緒に寝たりした。ショウは、ルカが家に残されているという事実を、ソフィーは家出したのではないことを示す証拠の一つとして認めることにした。ただし、その事実のみで完全に裏づけられるわけではない。

ショウはソフィー失踪の詳細をマリナーから聞き出した。通報したときの警察の反応。家族や友人について。

無罫のノートに小さく優雅な文字を完璧に水平に連ね、無関係と思われるものは切り捨て、参考になりそうな情報だけを書き留めていく。こちらからすべき質問が尽きると、あとはマリナーがしゃべるにまかせた。もっとも重要な情報は、こういったとりとめのないおしゃべりのなかに黄金のかけらのように埋もれているものだ。

マリナーは立ち上がり、キッチンから紙片やポストイットをひとつかみ分ほど持ってきた。名前や電話番号、住所が二種類の筆跡で書かれている。マリナーとソフィーの筆跡だろう。友人の連絡先、約束の日時、アルバイトや授業の予定。ショウはその情報をノートに書き取った。警察の捜査が開始された場合に備え、原本はマリナーが保管しておいたほうがいい。

マリナーは娘の捜索にできるかぎりの力を尽くしていた。〈捜しています〉のチラシを何十枚も作ってあちこちに貼った。ソフィーがアルバイトをしていたソフトウェア会社の上司や、通っていた大学の教授六人ほど、それにスポーツのコーチにも連絡した。数は少ないが、ソフィーの友人のうち何人かとも話をしている。

「最高の父親だとは口が裂けても言えません」マリナーはそう言って目を伏せた。「さっきも言いましたが、ソフィーの母親は別の州に住んでいます。私は私で仕事を二つかけ持ちしていますす。私一人で何役も果たさなくちゃならない。学校の行事や試合――ソフィーはラクロスをやってます――に行ってやりたくても、行けたためしがない」マリナーは散らかった家を手で指し示した。「ここでパーティを開くこともない。理由はこのとおりですよ。掃除する暇もない。だからといって業者を頼む金なんかありませんし」

ショウはラクロスの件をメモした。ソフィーは走る体力と筋力があるということだ。きっと競争心も旺盛だろう。

何かあれば抵抗するだろう――抵抗するチャンスさえあれば。

「友達の家に泊まることはよくありましたか」

「最近はほとんどありません。高校時代はありました。たまにですが。それに、そういうときは事前にかならず電話をよこします」マリナーは目をしばたたいた。「いけない、飲み物も出してませんでしたね。コーヒー？　水がいいですか」

「いや、お気遣いなく」

たいがいの相手がそうだが、マリナーも、ショウが紺色のインクでさらさらと書いている筆記体の文字から目を離せずにいた。

「それは先生から教わったんですか。学校で？」

「ええ」

ある意味では。

ソフィーの部屋を見せてもらったが、参考になりそうなものはなかった。コンピューター関連の本、マザーボード、簞笥《たんす》数本分の衣類、化粧品、コンサートのポスター、ツリー形のアクセサリースタンド。同年代の女性の部屋にありそうなものばかりだ。ソフィーは絵も描くようで、なかなかうまい。衣装簞笥の上に大胆な構図のカラフルな水彩の風景画が何枚か重ねて置いてあった。イーゼルで描いたあと絵の具が乾いたせいで、画用紙はでこぼこしていた。

マリナーによると、ノートパソコンと携帯電話はソフィーが持って出たらしい。これは想定内のことではあったが、やはり失望した。パソコンがもう一台あればなかをのぞけたのに。といっても、手がかりが見つかることは少ない。〈日曜日にブランチ、そのあと家出予定。うちの親は最低だから〉といった情報が入力されていることはまずない。

そして、遺書は、あちこち探し回らずとも見つかるものだ。

ソフィーの写真をもらえないかと頼んだ。異なる服装で、異なるアングルから撮影されたものを何枚か。マリナーは写りのいいものを十枚差し出した。

マリナーは椅子に腰を下ろしたが、ショウは立ったままでいた。メモを確かめずに言った。「二日前の水曜日、午後四時に大学から帰宅した。そのあと五時半に自転車で出かけて、それきり帰らなかった。お父さんが懸賞金の告知を出したのは、木曜の朝早くだった」

マリナーはうなずいて、時系列はそのとおりだと認めた。

「失踪直後ともいえるタイミングで懸賞金をかける例はあまりありません――犯罪がらみでない場合は」

「私は、その……じっとしていられなかったので。心配でたまらなかったんです」

「すべて話していただかなくてはお役に立てませんよ、フランク」ショウの青い目はマリナーの目をまっすぐに見つめた。

マリナーは右の親指と人差し指でまたオレンジ色のゴルフボールをもてあそんでいた。視線はコーヒーテーブルの上に広げられたポストイットのメモに向けられている。メモを集めてきちんとそろえた。そこで手を止めた。「喧嘩をしたんです。フィーと。水曜に。あの子が学校から帰ってきたとき。大喧嘩でした」

「詳しく話してください」ショウは口調をやわらげて促した。ここでようやく腰を下ろした。

「私が馬鹿でした。水曜にこの家の売却を依頼したんですが、不動産業者には、家の前に〈売却物件〉の札を立てるのは娘に話してからにしてくれと頼みました。ところが業者が勝手に立ててしまって、近所の友人がそれを見てフィーに電話したらしいんです。くそ。私が浅はかだった」涙に濡れた目を上げる。「引っ越さないですむよう、やれることはやりました。仕事は二つかけ持ちしています。前妻の再婚相手から金を貸してもらったりまでしましたよ。どうかしてますよね。やれるだけのことはやったつもりですが、それでもこれ以上ここではやっていけない。家族の家なのに！　フィーが育った家なのに、それを手放さなくてはならないなんて。この郡の税金の高さときたら。とても払いきれませんよ。ギルロイに新しい家を見つけました。だいぶ南にある町です。かなりの距離です。そこまで行ってようやく手が届く。ソフィーが大学やアルバイトに通うのに二時間かかります。友達に会う時間もなかなか取れなくなるでしょうね」

マリナーは苦い笑いを漏らした。「あの子は言いました。〝うちは世界一のニンニクの産地に引っ越すってわけ？　それって最高〟。ギルロイはたしかにニンニクの産地です。〝なのに私には事前の相談もなし？〟私はついかっとなって怒鳴ってしまいました。親の努力に感謝はないのかとか。私の通勤時間のほうがよほど長いんだとか。ソフィーはバックパックを持って飛び出して行きました」

マリナーはショウから目をそらした。「このことを話したら、家出だと思われるんじゃないかと怖かった。あなたは手伝ってくれないのではないかと」

これで重大な疑問は解決した。なぜそんなに早く懸賞金を設けたのか。ショウはこの点に懸念を抱いていた。マリナーの打ちひしがれた様子は芝居ではなさそうだし、家はこの散らかりようだ。それが娘の行方を本心から心配していることを裏づけている。ただ、配偶者やビジネスのパートナー、きょうだいを殺した人物は——ときには子供を殺した親も、無実を装うために懸賞金を設けることがある。しかも、ちょうどマリナーがしたように、失踪直後に出す。

むろん、マリナーに対する疑いが完全に晴れたわけではない。しかし、直前に喧嘩をしたと打ち明けたことと、マリナーの話を聞いてショウが出したほかの結論とを考え合わせると、マリナーは娘の失踪に無関係と思われた。

早いタイミングで懸賞金を設ける理由も納得できるものだ。自分のせいで娘が家を出て、殺人者やレイプ犯や誘拐犯の腕のなかに飛びこんだも同然かもしれないと思うと、いても立ってもいられなかったに違いない。

マリナーは、アイオワ州の平原のように抑揚のない声、かろうじて聞き取れるかどうかの小さな声で続けた。

「もしもあの子に何かあったら……私は……」そこで言葉をのみこみ、ごくりと喉を鳴らした。

「私が力になります」ショウは言った。

「ありがとう」かすれた声だった。ついに涙があふれ出して、激しく泣きじゃくった。「悪かった。悪かった。私が悪かった……」

「そう自分を責めないで」

マリナーは腕時計に目をやった。「ああ、そろそろ仕事に行かなくては。こんなときに行きたくないのに。でもこの仕事を失うわけにはいかないんです。連絡を待ってます。どんな小さなことでも、わかったらすぐに電話をください」

ショウは万年筆にキャップをし、ジャケットのポケットにしまうと、ノートを閉じて立ち上がった。そしてマリナーの見送りを待たずに辞去した。

## 6

懸賞金獲得に向けた戦略を練るとき――それだけでなく、人生におけるあらゆる決断に際して――コルター・ショウはいつも父のアドバイスに従った。

「脅威に対抗するとき、タスクに取り組むときは、発生しうる事態すべてについて確率を見積もり、もっとも確率の高いものから検討して、最適な計画を立案する」

風の強い日、斜面を上ってくる山火事から走って逃げて生き延びられる確率――一〇パーセント。先手を打って周囲の木々を燃やし、その灰のなかに横たわって、炎が通り過ぎるのを待つことで生き延びられる確率――八〇パーセント。

アシュトン・ショウ曰《いわ》く、「高山で暴風雪に遭遇して生還できる確率。歩いて山を下りる――三〇パーセント。洞穴に避難する――八〇パーセント」

「だけど」八歳の現実主義者ドリオンがすかさず指摘した。「洞穴に子連れの母ハイイログマが先にいたら助からないよね」

「そのとおりだね、ドリオン。その場合は、助かる確率は恐ろしく低くなる。ただし、洞穴にいるのはおそらくアメリカグマだ。カリフォルニア州のハイイログマは絶滅した」

ショウはいま、マリナーの家の前に駐めたシェヴィ・マリブに座り、膝にノートを広げ、かたわらに開いたノートパソコンを置いて、ソフィーの運命のパーセンテージを見積もっていた。

マリナーには話さなかったが、もっとも確率が高いのは、すでに死んでいるという可能性だ。

これを六〇パーセントと見積もる。おそらくは連続殺人者や強姦犯の手にかかったか、犯罪組織への加入儀礼としてギャング予備軍に殺害されたか（ベイエリアのギャングは、アメリカでもっとも凶悪とされている）。確率としてはそれよりやや低いが、事故で命を落とした可能性もある。たとえば酒酔い運転や運転中に携帯電話をいじっていたドライバーの車にぶつかられて、自転車ごと道路から転落したとか。

死んでいる確率が仮に六〇パーセントなら、言うまでもなく、いまも生きている確率もそれなりに高い。身代金目当ての誘拐犯に監禁されている可能性。あるいは、プードルのルカという否定要素はあるにせよ、引越の件でパパに腹を立て、冷や汗をかかせてやろうと、数日間、友達の家のソファで無断外泊しているとか。

ショウはパソコンに向き直った。仕事中は地元新聞社のニュース速報サイトに登録して、役に立ちそうなニュースがないか頻繁にチェックするように心がけている。いま確認しているのは、ソフィーの可能性のある身元不明の女性の遺体が発見されたというニュースがないか、ここ数週間以内に連続誘拐事件や連続殺人事件が起きていないかだった（それらしいものはいくつかあったが、これまでの被害者は全員、サンフランシスコのテンダーロイン地区で売春をしていたアフリカ系アメリカ人だ）。検索の範囲をカリフォルニア北部全域に広げたが、関連していそうなニュースは見当たらなかった。

フランク・マリナーの話を書き留めたノートに目を走らせた。水曜の夜と昨日、娘の行方を捜して、名前がわかるかぎりの友人、大学の同級生、アルバイト先の同僚に連絡したという。フランクとソフィーが知るかぎり、ストーカーに追い回されていたようなことはない。

「ただ、おたくにも伝えておいたほうがよさそうな人物が一人」

その人物とは、ソフィーの元ボーイフレンドだ。名前はカイル・バトラー（Kyle Butler）、二十歳で、やはり大学生だが、通っている大学はソフィーとは違う。マリナーによれば、ソフィーとカイルは一月《ひとつき》ほど前に別れている。一年ほど前からときおりデートをしていたが、真剣な交際に発展したのは今年の春先だった。別れた理由は知らないが、マリナーとしてはほっとしているという。

ショウのメモ――〈マリナー：KBはソフィーを大切に扱わなかった。下に見て、悪意ある言葉を浴びせていた。暴力はなし。KBはキレやすく、衝動的。ドラッグにはまっている。主にマリファナ。〉

マリナーはカイルの写真は持っていなかった――ソフィーは自分の部屋からカイル関連のものを一掃していた――が、カイルのフェイスブックページを探すと、多数の写真が投稿されていた。がっしりとした体つきと小麦色に焼けた肌をした青年で、ギリシャ神のような端整な頭のてっぺんに金色の巻き毛が鳥の巣のように載っかっている。フェイスブックのプロフィールによれば、ヘビーメタルと、サーフィンとドラッグの合法化に人生をかけている。マリナーは、カイルはたしかカーステレオの取り付け専門の会社でアルバイトをしているはずだと言っていた。

〈マリナー：ソフィーがカイルのどこを気に入っていたのかわからない。ソフィーは自分を魅力のない女、〝ギークな女〟と考え、カイルのことはハンサムでクールなサーファーボーイと見ていたのかもしれない。〉

フランク・マリナーの見たところ、カイルは別れに納得していない様子で、不穏当な行動を取るようになった。一日のうちに三十二回も電話をかけてきたことがあって、ソフィーがカイルの番号を着信拒否に設定すると、突然、家の前に来て泣き、自分のもとに戻ってきてほしいと懇願したりした。しばらくしてやっとカイルが冷静になり、二人は休戦状態に入った。ときおりは会ってコーヒーを飲んだりしている。ソフィーはフランクに、〝友人として〟観劇に出かけたりもしていた。ソフィーはフランクに、カイルはよりを戻したくて焦っているようだと話したが、カイルが関係修復をそこまで強く迫ることはなかった。

アメリカ国内で発生する誘拐事件の多くは、親の一方による子供の連れ去りだ（ショウが懸賞金ハンターの仕事を始めたきっかけは、そういった事件をひょんな巡り合わせで解決したことだった）。それでも、元夫や元ボーイフレンドが愛する女性をさらうことがないわけではない。

　コルター・ショウは経験から学んでいた。愛とは、有効期限が定められていない、何度でも使える狂気の処方箋のようなものだ。

　ショウはカイルが関与している確率を一〇パーセントと低く見積もった。ソフィーに執着していたのは確かなようだが、一方で、あまりにも平凡で涙もろく、暗黒面に堕ちそうな人物とは思えない。とはいえ、ドラッグを使用している点は気がかりだ。身元を知られたくない売人とソフィーを軽率にも引き合わせてしまい、その結果、ソフィーの命を危険にさらしたということはありえるだろうか。ソフィーはそうとは気づかないまま殺人などの犯罪を目撃してしまったとか？

　この確率は二〇パーセントといったところだろう。

　ショウはカイルの電話番号にかけてみた。応答なし。そこで警察官と誤解されそうな声を装い、たったいまフランク・マリナーから話を聞いた、ソフィーの件でカイルとも話がしたいと留守電に吹きこんだ。半ダースほどある有効なプリペイド携帯のうち、発信者番号がワシントンＤＣの市外局番として通知される一台を使ったから、カイルはＦＢＩからの電話だと勘違いするかもしれない。あるいは、〝行方不明の元ガールフレンド救出を戦術支援する全米機関〟の捜査官とか。

　車でパロアルトまで五キロほど移動して、カイルが住むベージュとオレンジ色に塗られたコンクリートブロック作りのアパートを探した。各部屋のドアは、なぜかベビーブルーに塗ってあった。３Ｂのドアを拳で荒っぽく叩いた。チャイムは使わなかった。どのみち壊れているだろう。そして大声で呼ばわった。「カイル・バトラー。開けなさい」

　警察官のような口調。ただし、警察官そのものではなく。

　反応はなかった。居留守を使っているわけではないだろう。まだらに汚れたカーテン越しに部屋をのぞいたが、人のいる気配はまったくなかった。

　ドアの隙間に名刺を差しこんだ。名前とプリペイド携帯の番号のみが書かれた名刺だ。そこにこう書き加えた――〈ソフィーの件で話が聞きたい。連絡を頼む。〉

　車に戻り、なじみの私立探偵のマックにカイルの写真と住所、電話番号を送り、経歴と犯歴、銃の登録の有無の調査を依頼した。公開されていない情報も含まれているが、マックは公開された情報とそうではない情報の区別にこだわりを持たない。

ショウはノートにもう一度ざっと目を通したあと、エンジンをかけて車を出した。調査の次のステップの行き先は決まっていた。

昼食だ。

## 7

コルター・ショウはマウンテンヴュー地区にあるクイック・バイト・カフェに入っていった。

ソフィーは水曜日の午後六時ごろ——行方不明になる直前の時間帯——この店に立ち寄ったことがわかっている。

木曜日、フランク・マリナーはこの店を訪れて娘のことを尋ねた。これといった手がかりは得られなかったが、店長を説得して、〈捜しています〉のチラシを店内のコルクボードに貼る許可を取りつけた。いまも塗装業者やギター教室、ヨガ教室の連絡先カード、ほかの〈捜しています〉——犬二頭とオウム一羽——のチラシと並んで掲示されていた。

ショウは店内をざっと見回した。熱した油、とろとろになるまで炒めたタマネギ、ベーコン、パンケーキ種《だね》の香りが立ちこめていた（〈朝食メニュー　開店から閉店までいつでもご注文いただけます〉）。

〈一九六八年創業〉のクイック・バイト・カフェは、バーになりたいのか、レストランになりたいのか、それともコーヒーショップになりたいのかさんざん迷ったあげく、その三つすべてを兼ねることにしたらしい。

パソコンのショールームにもなれそうだ。客のほとんどがノートパソコンの上にかがみこんでいる。

カフェはシリコンヴァレーの交通量の多い商店街に面しており、前面のガラスには小さな汚れが点々と散っていた。壁は暗い色味の鏡板張りで、床は凹凸の多い板張りだ。奥のバーカウンターに並んだ背もたれのないスツールには誰も座っていない。時刻を考えれば当然かもしれないが、どのみち常連客は酒を飲むタイプではなさそうだ。みな〝ギーク〟のオーラを発散している。ニット帽にゆったりしたスウェット、クロックスのサンダルといった服装の客ばかりだった。大部分は白人で、次に多いのは東アジア系、その次が南アジア系だ。黒人の客は二人。カップルらしい。客の年齢の中央値は二十五といったところだろう。

壁にはテクノロジー黎明《れいめい》期のコンピューターや関連する遺物の白黒写真やカラー写真が並んでいた。真空管、高さ二メートルくらいありそうなスチールの筐体《きょうたい》に収められたワイヤや灰色の四角いコンポーネント、オシロスコープ、不格好なキーボード。写真の下に、各装置の歴史を簡単に説明する名刺大のカードが添えてあった。一つはバベージの解析機関と呼ばれる装置――百五十年前に作られた、蒸気機関で動作する機械式計算機だ。

ショウは〈ご注文はこちら〉と書かれたカウンターに向かった。グリーン・ウェボス・ランチェロス（メキシコの朝食向け卵料理）とクリーム入りコーヒーを頼んだ。ウェボス・ランチェロスにはふつうトルティーヤを使うが、コーンブレッドにしてもらった。カウンターの奥の痩せた若者は、コーヒーと、てっぺんのらせん状の部分に〈97〉の札をはさんだ針金の番号札スタンドをショウに渡した。

ショウは入口に近いテーブルを選んで座り、コーヒーを飲みながら店内を観察した。

厨房は混み合っておらず、料理はすぐに運ばれてきた。ウェイトレスはきれいな顔立ちをした若い女性で、タトゥーやボディピアスを入れていた。ショウは料理の半分ほどを短時間で胃袋に収めた。なかなか美味く、腹も減っていたが、卵料理は堂々と店に入るためのパスポートにすぎない。

テーブルの上にさっき父親からもらったソフィーの写真をすべて並べ、全体をｉＰｈｏｎｅで撮影し、自分宛にメールで送信した。ノートパソコンにログインし、安全なサーバー経由でメールを受信して開封して、画像を画面に表示した。ノートパソコンの向きを調整し、カフェに入ってくる客の目にソフィーの写真の寄せ集めが自然と目に入るようにした。

コーヒーカップを手にさりげなく〝名声の壁〟の前に立ち、好奇心を刺激された旅行者を装って、展示物の説明書きを読むふりをした。懸賞金ハンターの仕事でパソコンやインターネットを多用していることもあり、こんなときでなければハイテク技術の歴史を興味深く感じたことだろう。しかしいまショウの意識は、展示ケースのガラスに映った自分のパソコンを見守ることに集中していた。

ショウは一切の法的権限を持っていない。いまこの店にいるのは、店側が黙認しているからだ。状況が許せば、そして事態が切迫しているときは、店の客に聞き込みめいたこともする。そうやって一つ二つ手がかりが手に入ることもあるが、たいがいは無視される。ときには店から追い出される。

だから、いまと同じ手段を用いることが多い。言ってみれば釣りだ。

ソフィーの写真を明るく映し出しているノートパソコンは、餌だ。写真を目にした瞬間の人々の表情を観察する。画面に格別の注意を向ける者はいないか。写真の女性に気づいて何らかの反応を示す者は？　懸念、好奇心、恐怖を感じている様子はないか。パソコンの持ち主を探して周囲を見回すか。

ノートパソコンに好奇の目を向ける客は何人かいたが、不自然なほどの好奇心を露わにする者はいなかった。

不審に思われることなく壁の写真に見入って稼げる時間はせいぜい五分だった。そこで携帯電話を取り出し、いもしない電話相手と話をしているふりをした。だが、これも四分が限界だ。芝居の小道具が尽きたところでしかたなく席に戻った。おそらく十五人ほどが写真をちらりと見たが、これといった反応はなかった。

テーブルにつき、コーヒーを飲み、携帯電話でメッセージやメールを読んだ。ノートパソコンは開いたまま、誰からも見える向きに置いてあった。釣り糸に当たりは来なかった。〈ご注文はこちら〉のカウンターにまた向かった。いまカウンターの奥にいるのは三十代の女性で、料理を運んできたウェイトレスと顔立ちの印象はそっくりだが、年齢はこちらのほうが十歳くらい上に見える。姉妹だろうか。

注文を厨房に伝える口調から察するに、この女性が店長かオーナーなのだろう。

「追加のご注文ですか。お料理はお口に合いましたか」

女性はやや低めの落ち着いた声で言った。

「ええ、美味かったですよ。一つ教えていただきたいことが。あの掲示板の女性のことです」

「ああ、彼女。お父さんがあのチラシを持っていらしたんですよ。お気の毒に」

「ええ。私はあの女性を捜す手伝いをしています」

　この説明に嘘はない。それが話題に上らないかぎり、ショウは懸賞金のことを自分からは持ち出さないようにしていた。

「それは頼もしいわ」

「何か言ってきた客はいますか」

「私はとくに何も聞いていませんね。従業員に聞いてみましょうか。誰か何か知っていたら、連絡しますよ。名刺をいただける？」

　ショウは一枚渡した。「ありがとう。お父さんは何としてもお嬢さんを見つけたいとおっしゃってましたから」

　女性が言った。「ソフィー。昔から好きな名前なの。いかにも賢そうな、〝学生〟って感じの名前だから。チラシにも学生さんだって書いてあるし」

　ショウは言った。「ええ、コンコーディア・カレッジの学生です。専攻は経営学。ジェンシス社でプログラミングのアルバイトもしている。お父さんによると、プログラミングが得意だそうで。私はソフトウェアのプログラミングなどまるきりわかりませんが」

　コルター・ショウはもともと無口なほうだが、調査中は意図的にとりとめのない世間話をする。おしゃべりには相手の警戒心を解く効用があるらしいからだ。

　女性が言った。「あなたの呼び方もすてきね」

「え？」

「女性って言ったでしょう。〝女の子〟じゃなく。若いから、たいがいの人なら女の子って呼ぶわ」女性はウェイトレスのほうを見やった。ウェイトレスはすらりとした体つきで、ゆったりしたシルエットの茶色のスラックスを穿《は》き、クリーム色のブラウスを着ていた。女性はウェイトレスに小さくうなずいて呼び寄せた。

「娘のマッジです」店長らしき女性は言った。

　親子か。娘ではなく。

「私はティファニー。こちらは――」母親は名刺を確かめた。「コルターね」そう言って手を差し出し、二人は握手を交わした。

「コルター？　それが名前なの？」マッジが言った。

「そうよ、ここにそう書いてある」ティファニーは指で名刺を軽く叩いた。「あの行方不明の女性を捜す手伝いをしてるんですってよ」

マッジが言った。「あそこのチラシの女の子のこと？」

ティファニーは苦笑まじりにショウに目配せをした。

**女の子……**

マッジは言った。「お客さんのノートパソコンの写真が見えました。警察の人か何かかと思ったけど」

「いや違います。お父さんの手伝いをしているだけです。行方不明になる直前にこの店に立ち寄ったそうなんですが」

マッジが表情を曇らせた。「そうなの？　何があったんだと思います？」

「まだわかりません」

「いまいる従業員に聞いてみましょうか」ティファニー――母親のほうが言った。世代からいって、母と娘の名前が逆のほうがすんなりなじむように思えて、とっさに混乱してしまう。ティファニーはコルクの掲示板からチラシを剝がして厨房に消えた。コックや皿洗い係に見せているのだろう。

ティファニーはまもなく戻ってきて、チラシを掲示板に貼り直した。「誰も何も知らないって。夜のシフトの従業員があとで来ますから、その人たちにも聞いてみますね」この女性なら本当に聞いてくれるだろうとショウは思った。母親、それも娘と仲のよい母親を味方につけられたのは幸運だった。子供が行方不明になっていると聞けば、その親にふつう以上の同情を感じるだろう。

ショウは礼を言った。「ソフィーを見かけなかったか、お客さんに聞いて回ってもかまいませんか」

返事に困っているようなティファニーの表情を見て、いやな話で客をわずらわせたくないのだろうとショウは思った。

ところが、その表情の理由はそれではなかった。ティファニーは言った。「その前に、うちの監視カメラの映像を見てみませんか」

## 8

ふむ。それは興味深い提案だ。この店に最初に入ったとき防犯カメラを探したが、一台もないように見えた。

「防犯カメラがあるんですか」

ティファニーは明るい青色の目でショウの顔を見ていたが、視線をそらし、カウンターの奥に並んだ酒のボトルにまぎれた小さな円い物体を指さした。

商業施設で防犯カメラを隠しておくのは本末転倒と言える。カメラを設置する最大の目的は、犯罪行為を思いとどまらせることなのだから。ああ、もしかしたらいま新しい――

「新しい監視システムを手配してるところで」ティファニーが言った。「それまでのあいだ、とりあえず家にあったカメラを持ってきたの。何もないよりはいいだろうと思って」ティファニーはマッジのほうを向いて、ソフィーの写真を客に見せて回ってちょうだいと頼んだ。

「わかった、ママ」マッジは掲示板からチラシを剝がし、店内の聞き込みを開始した。

ティファニーは雑然とした事務室にショウを案内した。「お父さんがいらしたときに録画があるって言えばよかったんでしょうけど、あのチラシを持ってきた日はちょうど私がいなくて。それきりすっかり忘れてました。あなたが来て、ようやく思い出したわ。どうぞかけて」ティファニーはショウの肩に手を添えてファイバーボードのテーブルの前に案内し、危なっかしいデスクチェアに座らせた。テーブルの上には書類の山と旧型のデスクトップパソコンがあった。ティファニーは腰をかがめてキーボードをタイプした。腕と腕が触れ合った。「いつの録画？」

「水曜日。午後五時から再生していただけますか」

爪に黒いマニキュアを塗ったティファニーの指は慣れた様子でキーを叩いた。ものの数秒で動画の再生が始まった。大半の防犯カメラの映像より鮮明だ。よくある広角レンズではないおかげだろう。広角レンズは、より広い範囲を撮影できる一方で、画像が不自然に歪んでしまう。動画には注文カウンター、レジ、カフェの入口周辺と、その向こうの通りの一部が映っていた。

ティファニーはタイムラインのスライダーを操作し、ショウが指定した時刻に合わせた。注文カウンターに来る客、離れる客が、画面上をハエのようにあわただしく飛び回る。

ショウは言った。「停めて。少し巻き戻してください。三分くらい」

ティファニーがスライダーを動かし、〈再生〉ボタンを押す。

ショウは言った。「あれだ」

ソフィーの自転車が左から画角に入ってきて店の前に止まった。乗り手はソフィーと見て間違いない。自転車やヘルメットの色、着衣とバックパックの特徴が、父親のフランクから聞いたものと一致している。自転車が止まる寸前、ソフィーはショウが見たことのない降り方をした。右足はペダルに乗せたまま、自転車がまだ動いているうちにフレーム越しに左脚を持ち上げた。その片足乗りのまま、完璧なバランスを取って進む。そして完全に止まる寸前に飛び降りた。まるでダンスのようだった。

ソフィーは頑丈そうなロックと黒く太いワイヤを使い、慣れた手つきで自転車を街灯柱に固定した。アーモンドの殻にそっくりな形の赤いヘルメットを脱ぎ、クイック・バイト・カフェに入って店内を見回す。店員や常連の知り合いに手を振るか何かしてくれないかとショウは期待したが、ソフィーは誰にも挨拶をしなかった。そのままカメラの撮影範囲の左側に消えた。まもなくまた戻ってきて、注文をすませた。

音のない動画——旧式の防犯システムはたいがい、記憶領域や伝送帯域幅を節約する目的で、音声を記録しない——のなかのソフィーは、コーヒーのマグと、番号札をはさんだ銀色のスタンドを受け取った。面長《おもなが》の顔は微笑んでいなかった。険しい表情をしていた。

「いったん停めてください」

ティファニーが再生を停止した。

「注文を受けたのはあなたでしたか」

「いいえ。この時間帯なら、たぶんアーロンですね」

「今日は店に来ていますか」

「今日はお休みです」

ショウはティファニーに、ソフィーの画像を携帯電話で撮影してアーロンに送り、ソフィーのことを何か覚えていないか問い合わせてくれと頼んだ。何か言っていなかったか。誰かと話していたか。

撮影した画像がしゅうっという効果音とともにアーロンに送信された。

アーロンに電話してみてくれとショウが頼もうとしたとき、ティファニーの携帯が着信音を鳴らした。ティファニーが画面を確かめる。「何も覚えていないそうです」

監視カメラの映像のソフィーはふたたび撮影範囲から消えた。

ここでショウは、映像のなかの店の前に別の人影が現れたことに目を留めた。背はとくに高くも低くもなく、大きめのサイズの黒っぽい色をしたスウェットの上下を着てランニングシューズを履き、ウィンドブレーカーを羽織り、灰色のニット帽を目深にかぶっていた。それに、いまいましいサングラス。ご多分に漏れず、この人物もサングラスをかけていた。

通りの左右を見たあと、その人物はソフィーの自転車に近づいてすばやくしゃがんだ。靴紐を結んでいるのかもしれない。

別のことをしているのかもしれない。

その行動を見た瞬間、ショウはこの人物が誘拐犯である可能性が高いと判断した。男女の別はわからない。そこでショウは、男女いずれでも通用するニックネームを授けることにした——容疑者X。

「何してるのかしらね」ティファニーがささやき声で訊いた。

自転車に細工をしているのか。それともGPS装置でも仕掛けているのか？

ショウは念じた——頼む、店に入って何か注文してくれ。

だが、そう都合よくいかないことはわかっていた。

Xは立ち上がり、元来た方角に向き直ると、足早に立ち去った。

「早送りします？」ティファニーが訊いた。

「いや、このままにしてください。通常の再生速度のままに」

客が入る。出ていく。ウェイトレスが料理を運び、空いた皿を下げる。

行き交う人や車を目で追いながら、ティファニーが尋ねた。「お住まいはこの近くですか」

「フロリダです。たまに帰るだけですが」

「ディズニーワールドの近く？」

「いえ、近いというほどでは。あまり行きませんし」

あまり行かないのはフロリダ州だ。ディズニーワールドについていえば、一度も行ったことがない。

ティファニーはほかにも何か言ったのかもしれないが、ショウは映像に集中していた。〈6：16：33㌽〉、ソフィーはクイック・バイト・カフェを出た。駐めた自転車のところまで歩く。そこでしばらく立ち尽くした。通りの向かい側の、わざわざ見るようなものが何もないところを凝視している——真向かいの店、陽に焼けて色褪せた〈売物件〉の札がウィンドウに貼られた店。ソフィーの片方の手は、無意識のしぐさだろう、拳を握り、ゆるめ、また握り締めた。反対の手に持っていたヘルメットが落ちて歩道上を跳ねた。ソフィーはすばやく腰をかがめてヘルメットを拾い、頭にかぶった——まるで八つ当たりをするように乱暴に。

それからロックやワイヤをはずし、来たときの優雅な降り方とは対照的に、脚をぞんざいに蹴り上げてサドルにまたがり、ペダルを力強く踏みこんで画面の右手へと消えた。

ショウは画面のなかを行き交う車、とくにソフィーが走り去った右方向に向かう車が通りかかるたびにそれを追い、視線を左から右へと忙しく動かした。しかし、車のなかまでは見えない。ニット帽とサングラスを着けた人物Xがいずれかの車に乗っていたのだとしても、見つけられなかった。

ショウは動画のXが映っていた部分をメールで送ってもらえないかとティファニーに頼んだ。ティファニーがさっそく送信する。

二人は事務室を出てカフェの店内に戻り、ショウのテーブルに向かった。母親世代の名前を持つ娘のマッジが来て、ソフィーの写真をひととおり見てもらったが、覚えている客はいなかったと報告した。そして最後に付け加えた。「写真を見て不自然な反応を示す人もいませんでした」

「ありがとう」

ショウの携帯電話が控えめに着信音を鳴らし、ショウは画面を確かめた。ソフィーの元ボーイフレンド、カイル・バトラーの調査を依頼したマックからのメッセージだった。カイルはドラッグ関連の微罪で二度、有罪判決を受けているという。暴力事件での逮捕歴はなし。現在、逮捕状は出ていない。ショウはメッセージを受け取った旨を返信してからログアウトした。

コーヒーを飲み終える。

「おかわりは？　ほかにも何か召し上がります？　お店のおごりです」

「いやけっこうです」

「あまり役に立てなくてごめんなさいね」

ショウはティファニーに礼を言った。クイック・バイト・カフェで手に入れた情報は、次にどこに行くべきか明快に指し示していることは付け加えなかった。

## 9

十五歳のコルター・ショウは、コンパウンドの北西の一角、高低差三十メートルの切り立った崖の下の干上がった小川のそばで、差し掛け小屋を造っていた。フィンランドの屋外シェルター《ラーヴ》式の差し掛け小屋だ。北欧の狩猟場や釣り場には雨風をしのげる小屋が点在していて、人々はそこで火を熾《おこ》して一休みする。コルターがラーヴを知っているのは、父親が話していたからだ。コルター自身はカリフォルニア、オレゴン、ワシントンの三州の外には一度も出たことがない。

傾斜した屋根にはすでに松の枝を敷き詰め、いまは断熱と防水のためのコケを集めているところだった。ラーヴでは、焚き火をするときは小屋の外に出る。

そのとき銃声が聞こえてコルターはびくりとした。ライフルの銃声だ。拳銃の乾いた高い音ではなく、もう少し湿った低い音だった。

ショウ家の敷地内から聞こえたことは間違いない。敷地外の発砲音はまず聞こえてこないからだ。アシュトン・ショウとメアリー・ダヴ・ショウが所有する土地の面積は四平方キロ近くある。いまショウがいる地点から敷地の境界線までは一・五キロ以上離れていた。

コルターはバックパックからオレンジ色の狩猟用ベストを取り出して着ると、銃声が聞こえた方角に歩き出した。

百メートルほど歩いたところで小柄な雄ジカが猛スピードで走ってくるのに遭遇し、コルターは驚いた。後ろ脚から血を流していた。雄ジカは北の方角に走り去った。コルターは雄ジカがいま来たほうへと歩き続けた。まもなくハンターを見つけた。男は一人きりらしく、ショウ家の地所の奥に向かって歩いている。男のほうは、近づいてくるコルターにまったく気づいていない。コルターは男を観察した。

体格のいい男だ。肌は白く、カモフラージュ柄のオーバーオール、やはりカモフラージュ柄のつば付き帽。帽子の下の髪は角刈りにしているようだ。服はどれも新品と見え、ブーツにもすり傷一つなかった。オレンジ色のベストを着ていない。見通しの悪い森の奥ではたいそう危険だ。ハンター自身が低木の茂みと間違えられることは珍しくないし、下手をすると獲物と誤認されかねない。オレンジ色のベストを着ていても、こちらの存在に気づかれてシカに逃げられる心配はない。動物は、オレンジ色ではなく、青い色を敏感に見分けて警戒する。

男は小型のバックパックを背負い、キャンバス地のベルトに水のボトルとライフルの予備のマガジンを下げていた。銃は、狩猟には奇妙な選択だった——アサルトライフルに分類されるような、黒くてずんぐりした銃だ。カリフォルニア州では、ごく少数の例外を除いてアサルトライフルの売買や使用は禁じられている。男のライフルはブッシュマスターで、使用する弾は二三三口径——通常、シカ狩りに使うものより小さく、シカよりも大型の獲物には使わない。銃身も通常より短いため、遠距離射撃の精度で劣る。こういった銃はセミオートマチックで、トリガーを引くたびに弾が発射される。この点では狩猟にも合法に使えるものだが、ショウ家で一番の射撃の腕を持つコルターの母親は、狩りにはボルトアクションのライフルしか使ってはいけないと子供たちに教えた。

メアリー・ダヴの考えでは、一発で獲物を倒せない理由は二つしかない。獲物に充分に接近する手間を惜しんだか、またはそもそも狩猟をする資格がないか。

男の銃にはもう一つ奇妙な点があった。スコープが取りつけられていない。狩猟に金属製照準器《アイアンサイト》を使う？　アマチュア中のアマチュアか、それとも名人級の腕の持ち主なのか。そこでコルターは思い出した——この男はシカに傷を負わせただけだった。それで答えが出た。

「すみません」コルターが声をかけると——十五歳のこの当時でも落ち着いた低い声をしていた——男がぎくりとした。

こちらを振り返る。ひげのない顔が疑わしげに歪む。十代の少年の全身をさっとながめる。十五歳のコルター少年は、身長はいまと変わらなかったが、いまより痩せていた。たくましい筋肉がついたのは、大学に入ってレスリングを始めてからだった。ジーンズにスウェットシャツ、ごついブーツに手袋——九月のこの日は肌寒かった——を見るかぎり、ハイキング中の少年と見えただろう。狩猟用のベストは着ているが、銃を持っておらず、ハンターとは思えないはずだ。

妹からはよく、めったに笑わないことをからかわれるが、コルターの表情はいつも柔和だ。このときもそうだった。

それでも男は、二三三口径のライフルのピストルグリップを握ったまま離さなかった。人差し指は銃身と平行に伸びていて、引き金にはかかっていない。その事実からコルターは二つの事実を読み取った。薬室に弾が装塡されていること。この男は狩猟には慣れていないかもしれないが、銃の扱いそのものには慣れていること。もしかしたら元軍人かもしれない。

「調子はどうですか」コルターは男の目をまっすぐに見て言った。

「まあまあだよ」甲高い声。いくらかかすれている。

「ここはうちの所有地です。狩猟は禁止です。そのように掲示もしています」つねに礼儀正しくふるまうこと。父のアシュトンは、サバイバルのあらゆる領域を子供たちに教えた。毒のある実と食べられる実の見分け方。クマの出鼻をくじく方法。争いに発展しそうな緊張をやわらげる態度。

**動物であれ人間であれ、敵意を持たせるべからず……**

「そんな掲示は見なかったな」冷たい、冷たい黒い瞳。

コルターは言った。「それはしかたがありません。とにかく広いですから。でも、ここはうちの所有地で、狩猟は禁止です」

「お父さんは近くいるのかい」

「いいえ、近くにはいません」

「きみ、名前は」

アシュトンは、相手がおとなだからといって、尊敬に値しない人物に従う必要はないと子供たちに教えた。コルターは答えなかった。

男は軽く顎を突き出して首をかしげた。むっとしているらしい。「で、どこなら狩りをしていいんだ?」

「ここは境界線から一・五キロくらい内側に入った地点です。車はきっとウィッカム・ロードに駐めたんですよね。あと八キロくらい東に走ってください。そこからならどっちに行っても全部公有地ですから」

「このあたりの土地は全部、きみの家族のものなのか」

「そうです」

「映画の『脱出』みたいな家族か。バンジョーを弾くのか」

何を言われているのか、このときのコルターにはぴんとこなかった。あとになってわかった。

「わかったよ、退散するよ」

「待ってください」

男は立ち止まって振り向いた。

コルターは困惑していた。「さっきのシカ。追いかけるんですよね」

男は驚いた顔をした。「何だって?」

「シカです。怪我をしてました」狩猟の経験が浅かろうと、誰でも知っている常識ではないのか。

男は言った。「へえ、俺が撃った弾が何かに当たったのか？　茂みの奥で音がしたから撃っただけだ。オオカミだろうと思ったよ」

その不可解な返答を聞いて、コルターは言葉に詰まった。

「オオカミは明け方と夜にしか狩りをしません」

「そうなのか？　知らなかったな」

しかも、ターゲットを確認もせずにトリガーを引いたって？

「いずれにせよ、シカは怪我をしています。追いかけて、死なせてやらないと」

男は笑った。「おいおい、何のつもりだ？　俺にものを教えようってのか、子供のくせに」

コルターは考えた。この無知さ加減と服の真新しさからを見るに、この男はきっと、友人から狩猟に誘われたはいいが、一度も経験がないものだから、恥をかかずにすむようこっそり練習に来たのだろう。

「僕が手伝いますよ」コルターは言った。「ともかくあのままにしておくわけにはいきませんから」

「どうして」

「怪我をした動物がいたら、かならず追跡するものだからです。苦しみを終わらせてやらないと」

「苦しみだと?」男はささやくような声で言った。「たかがシカだぞ。知ったことかよ」

**動物を殺すべからず。殺してもいいのは、次の三つの理由があるときにかぎる。肉または皮を手に入れるため、自衛のため、哀れみから。**

コルターの父親は、規則を並べた長いリストを子供たちに覚えさせた。規則の大半は〝べからず〟で終わっていた。コルターと兄のラッセルは父親を〝べからず《ネヴァー》大王〟と呼び、なぜ〝何々せよ〟の形で行動原理を示さないのかと父親に尋ねたことがある。アシュトンはこう答えた。「禁止事項のほうが記憶に残りやすいからだ」

「行きましょう」コルターは言った。「手伝います。痕跡を読み取るのは得意なので」

「調子に乗るなよ、子供のくせに」

この時点で、ブッシュマスターの銃口はほんのわずかにコルターのほうに向き始めていた。

コルターは下腹の奥のほうで緊張を感じた。三人兄妹はふだんから護身術の鍛錬を欠かさずにいる。組み討ち、格闘、ナイフ、銃。しかしコルターには本物の喧嘩の経験は一度もなかった。ホームスクールでは、いじめっ子の存在の余地は事実上排除される。

コルターは銃口が動いたのを見てこう考えた――愚かな男の愚かな行動。

しかし、愚かな人間は利口な人間よりずっと危険だ。

「親父の顔が見てみたいものだな。どうすればそんな生意気な口を利く子供になるのか」

銃口がまたわずかにこちらに向いた。人を殺したいわけではないだろうが、プライドをスイカのようにぐしゃりとつぶされたのだ、コルターが大あわてで逃げていく姿を見たいがために、こちらに向けて一発撃ってきたりしかねない。そして銃弾とは、えてして狙ったのとは違った場所に飛んでいくものだ。

コルターは一秒で――いや、おそらく一秒とかからず――ウェストバンドの背中側に着けたホルスターから旧式なコルト・パイソン・リボルバーを抜いた。銃口は下、足もとから離れた地面に向けた。

**トリガーを引く寸前まで、あるいは矢を放つ寸前まで、銃口や矢尻をターゲットに向けるべからず。**

男は目を見開いた。凍りついたように動きを止める。

この瞬間、コルター・ショウはある事実を悟った。衝撃的なはずなのに、それは衝撃というより、ランプがともり、それまで暗かった場所が照らし出されたような感覚をもたらした。いま目の前にいるのは人間だ。しかし自分は、今夜の夕食にするヘラジカを見るような目で、あるいは自分を今晩のメインディッシュにしようとしているオオカミの群れのリーダーを見るような目でその人間を見ている。

自分は敵を観察し、パーセンテージを見積もり、憂《うれ》うべき一〇パーセントが現実になった場合にどうやって相手を殺すかを検討している。この瞬間のコルターは、似《え》非《せ》ハンターの暗い茶色の瞳に負けないくらい、冷静で冷酷だった。

男は身じろぎもせずにいる。三五七口径マグナムの扱いを見て、この少年の銃の腕は確かだと気づいているだろう。早撃ち競争になれば、少年が勝つだろうということにも。

「マガジンを外して、なかの一発も抜いていただけますか」コルターの目は、侵入者の目から一瞬たりとも離れなかった。次に何をするかはかならず目に現れるからだ。

「それは脅しか？　警察を呼んだってこっちはかまわないんだぞ」

「ホワイトサルファースプリングス保安官事務所のロイ・ブランシュ保安官に連絡すれば、喜んで話を聞いてくれると思いますよ。そのほうが僕もありがたいです」

男はごくわずかに体の向きを変え、コルターに対して横向きに立った。射撃のスタンス。一〇パーセントだった確率は二〇パーセントに上昇した。コルターは銃口を下に向けたまま、パイソンの撃鉄を上げた。これでシングルアクションになる。つまり、この状態で狙いを定めて発射すれば、トリガープルが軽くなって命中精度が向上する。男は十メートルほど先にいる。この距離なら、パイ皿のど真ん中に命中させたことがある。

一瞬のにらみ合いののち、男がボタンを押してマガジンを地面に落とした。ボタンを押すだけではずれたのだから、やはりカリフォルニア州では禁止されているタイプの銃だ。カリフォルニア州では、セミオートマチックライフルのマガジンの交換には何らかの工具が必要な仕様にすべしと定められている。男は次にスライドを引いた。きらりと輝く細長い弾が飛び出した。男はマガジンは拾ったが、弾はそのままにした。

「シカのことは僕が引き受けます」コルターは言った。心臓がやかましいほど鳴っていた。「あなたはうちの所有地から出てください」

「言われなくたって出ていくさ、クソがきめ。また来るからな」

「わかりました。そのつもりでいます」

男は向きを変えて大股に歩いていった。

コルターはそのあとを尾《つ》けた――物音を立てずに。男はまさか尾行されているとは気づかなかったはずだ。一・五キロほどあとを尾け、いかだの川下りで人気の川沿いにある駐車場に男が入っていくのを見届けた。男はライフルを黒い大型SUVの後部シートに放りこんで走り去った。

侵入者を追い払ったところで、コルター・ショウは仕事に取りかかった。

**うちの家族の誰より追跡がうまいのはあなたよね、コルター。草に残ったスズメの呼吸の跡だってあなたなら見つけられる……**

コルターは傷を負ったシカの行方を追った。

**哀れみから……**

血の跡はほとんど残されていないうえ、地所のこの辺りの地面は松葉で覆われているか、岩が露出しているかで、足跡を見分けるのはほぼ不可能だ。消去法で正しい痕跡を洗い出していく追跡の基本的なテクニックは通用しそうにない。ただ、コルターにそれは必要なかった。痕跡は頭で探すこともできるからだ。獲物の行きそうなところを予測すればいい。

傷を負った動物は、二つのうちのいずれかを探す。死に場所、または傷を癒やす場所。

後者は水場を意味する。

コルターはふたたび物音を立てずに歩き出した。目指すは小さな池だ。五歳だったドリオンがその形から〝タマゴ池〟と名づけた池。この近くに水場はそれ一つしかない。シカの鼻――内部だけでなく外側にも嗅覚センサーがある――は人間の一万倍も鋭い。傷を負った雄ジカは、池の水に特有の無機物が排出した分子や、両生類や鳥類の排泄物、藻類、泥、腐朽した木の葉や枝、フクロウやタカが池の畔《ほとり》に残したカエルの死体が発するにおいを嗅ぎ分け、池にまっすぐ向かうだろう。

三百メートルほど進んだところで、コルターはシカを見つけた。脚から出血し、頭を下げて、水をひたすら飲んでいた。

コルターは銃を抜き、気配を殺して近づいた。

ソフィー・マリナーの場合は？

父親から引越を告げられ、怒りの砲煙の奥から辛辣《しんらつ》な言葉の銃弾を浴びて傷を負ったソフィーも、雄ジカと同様に、慰めと安らぎを求めただろう。コルターの脳裏に防犯カメラの映像が浮かぶ。肩を怒らせて立つソフィー。何度も握り締められた拳。落ちたヘルメットへの八つ当たり。

ソフィーにとってのタマゴ池は何だ？

サイクリングだ。

ショウが話を聞いたとき、父親も同じことを言っていた。それに、クイック・バイト・カフェの前に自転車を停めたときの、馬術家のようにエレガントな降り方、カフェの前から猛スピードで走り出したときの、怒りにまかせてペダルを踏みつけたあの勢い。

バランスに、スリルに、スピードに慰めを見いだしている。

思いきり自転車を乗り回したいとしたら、どこへ行くだろう。

シェヴィ・マリブの運転席に戻ってパソコンバッグを開き、ランドマクナリー地図のサンフランシスコ・ベイエリア版を取り出した。ウィネベーゴにはいつも同じような屏風《びょうぶ》式の地図が百種類近く積んであり、アメリカ、カナダ、メキシコの三カ国のほとんどの都市のものがそろっていた。コルター・ショウにとって、地図は魔法だ。地図をコレクションしている——現代の地図、古地図、さらに古い時代の地図。フロリダ州の自宅の装飾品のほとんどは額装した地図だ。ショウは電子より紙を好む。電子書籍ではなくハードカバー本を好むように。紙を介した経験のほうが豊かだと信じている。

仕事に必要な地図は自分で作成する。たとえば、調査の上で肝となる場所の地図や見取り図を自分で描き、それを何度も見直し、当初は小さなことと思えたのに、調査が進むにつれて重要度を増していくような手がかりを探す。いまではそういった図がかなりの数、集まっている。

現在地を地図上で確認する——マウンテンヴュー地区のちょうど真ん中あたり、クイック・バイト・カフェの前。

防犯カメラにとらえられたソフィーは、北に向かって走り出した。カフェを起点に、ショウは想定されるルートを指でたどった。ハイウェイ一〇一号線をくぐってサンフランシスコ湾のほうへ。もちろん、途中で別の方角にルートを変えた可能性はある。それでも、大ざっぱに北に向かったのなら、カフェからおよそ三キロの距離にある緑色の大きな長方形に行き当たったはずだ——サンミゲル公園。ソフィーはきっとこういう場所を選んだだろう。猛然とペダルを漕いで怒りを発散できる場所。車や歩行者を気にすることなくスピードを出せる、起伏に富んだサイクリングコース。

　問題は、サンミゲル公園にそのようなサイクリングコースがあるかどうかだ。紙の地図は充分に役割を果たした。ここからは二十一世紀の出番だ。ショウはグーグルアースにアクセスした（今回はとりわけグーグルアースに頼るのがふさわしい。何といっても公園とグーグル本社はわずか数キロしか離れていないのだから）。サンミゲル公園の衛星写真を確かめると、茶色い土か砂の小道が縦横に走り、しかも起伏が多そうだ。サイクリングには理想的な場所と思えた。

　ショウはシェヴィ・マリブを発進させて公園に向かった。さて、何か見つかるだろうか。

　空振りに終わるかもしれない。

　もしかしたら、サイクリング仲間がいて「ソフィー？　ええ、来てましたね、水曜日に。すぐ帰りましたけど。アルヴァラド・ストリートを西に走っていきました。どこに行ったかは知りません、あいにくですが」

　あるいは——「ソフィー？　ええ、来てましたね、水曜日に。何かでお父さんと喧嘩したと話してました。それで何日か友達のジェーンのところに泊めてもらうことにしたって言ってましたよ。お父さんに対する腹いせだとか。日曜には帰るつもりだってそのときは言ってましたけど」

　ハッピーエンドに終わることが絶対にないわけではないのだ。

　タマゴ池のシカがそうだったように。

　速くて細い弾丸は確かに雄ジカの後ろ脚に当たったが、骨に損傷はなく、傷口も熱でおおよそ焼灼《しょうしゃく》されていた。

　何も知らずに水を飲み続けているシカから三メートルほどのところまで近づいたコルターは、拳銃をホルスターに戻し、代わりにバックパックから消毒薬ベタジンの五百ミリリットル入り容器を取り出した。コルターや兄や妹は、どこへ行くときも消毒薬をかならず持っていた。息をひそめ、一切の物音を立てずにシカのすぐそばまで行って立ち止まった。未知のにおい分子を嗅ぎ取ったシカがはっと頭をもたげた。コルターは消毒薬のスプレーノズルの狙いを慎重に定め、赤茶色の液体を雄ジカの傷に吹きかけた。雄ジカは驚き、その場で五十センチくらい跳ねた。着地と同時に、アニメの動物のように一目散に逃げていく。コルターは思わず声を上げて笑った。

きみはどうだ、ソフィー？　ショウは公園に向けて車を走らせながら心のなかで尋ねた。きみはここに傷を癒やしに来たのかい？　それとも——死ぬための場所だったのか？

## 10

サンミゲル公園は半分が林、もう半分が野原といったところで、いまは使われていない排水路や干上がった小川のほかに、つい先ほどショウがグーグルの地図制作者の成果で確認した、未舗装の小道も縦横に走っていた。実際に来てみると、砂ではなく、踏み固められた土の小道だった。バイクを乗り回すには最適だ——ソフィーのような筋肉が原動力の自転車《バイク》も、ショウのようなガソリンで動く種類のバイクも。

ランドマクナリー地図では緑豊かな公園と見えたが、実際には、からから天気が続いているせいで、茶色とベージュと土埃だらけだった。

中央入口は公園の反対側にあるようだが、カフェからの道筋を考えると、ソフィーはこちら側、タミエン・ロードの路肩が広くなった部分からサイクリングコースに入ったはずだ。この界隈の土地勘はないが、タミエン・ロードの由来はショウも知っていた。数百年前、現在のシリコンヴァレー地域にはオローニ族の一部族であるタミエン族が住んでいた。彼らの土地は、どこかで聞き覚えがあるような、しかしとりわけ恐ろしい民族皆殺し《ジェノサイド》の結果、奪われた。虐殺者は一六世紀にアメリカ大陸を征服したスペイン人《コンキスタドール》ではなく、カリフォルニアが正式に州と認められたあとの政府当局だった。

ショウの母親のメアリー・ダヴ・ショウは、自分の祖先の一人はオローニ族の長老だったと信じている。

ショウは車のエンジンを止めた。路肩と公園の境界線となっている低木の茂みに二カ所、途切れているところがあり、そこからサイクリングコースに直接入れる。入ってすぐは急な下り坂になっていて、路面にはたくさんの足跡やタイヤ痕が残っていた。

車を降り、広大な公園をじっくりとながめた。なじみのある音が聞こえた。オフロードバイクのエンジンの独特な甲高い音を不愉快に思う人もいるが、ショウのようなダートコース好きの耳には誘惑の歌に響く。オートバイ乗入禁止と書かれた警告板が目立つところに立てられていた。だが、仕事で来たのでなければ、ショウは六十秒以内にヤマハのバイクをラックから下ろし、九十秒後にはコースを走り出しているだろう。

というわけで——これを誘拐事件と仮定し、灰色のニット帽にサングラスの容疑者Xが犯人と仮定し、さらにXはソフィーの自転車に追跡装置を取りつけ、ここまで追ってきたと仮定する。

その結果、ここで何が起きたと考えられそうか。

Xは、ソフィーが公園の奥まで行ってしまう前に、この地点で拉致《らち》しただろう。タミエン・ロードは交通量が少ないが、それでも通行車両や通行人の目を気にしたはずだ。ここまで来る道のりに、小規模な工場や運送会社などの会社は何軒かあった。しかしどの建物からも路肩のこの地点は見えない。通りかかる車もほとんどない。

考えられるシナリオは？　Xはソフィーを見つけた。次にどうする？　どうやって接近するか。道を尋ねるとか？

それはうまくいかない。誰もが車載ナビやスマートフォンを持っている時代に、優秀な学生でハイテク会社でアルバイトもしている十九歳の女性が、そんな手に引っかかるとは思えないからだ。とりとめのない世間話をして近づいた？　それも考えにくい。ソフィーに体力があり、運動神経もよくて、見知らぬ人物から声をかけられたら警戒するだろうことは、Xにもわかっただろう。加えて、自転車のスピードを上げて時速三十キロで公園に逃げこまれればそれまでだ。手のこんだ策略など使わなかったに違いない。狙われていることをソフィーに気づかれる前にいきなり襲いかかっただろう。

ショウは路肩の公園側に沿って歩き出した。小さな赤い物体が目に留まった。サイクリングコースへの入口二つのあいだの草むらに、三角形をしたプラスチックの破片が落ちている。自転車の反射板のかけらかもしれない。ティッシュペーパーを使って破片を拾い、ポケットに入れた。クイック・バイト・カフェの防犯カメラが撮影し

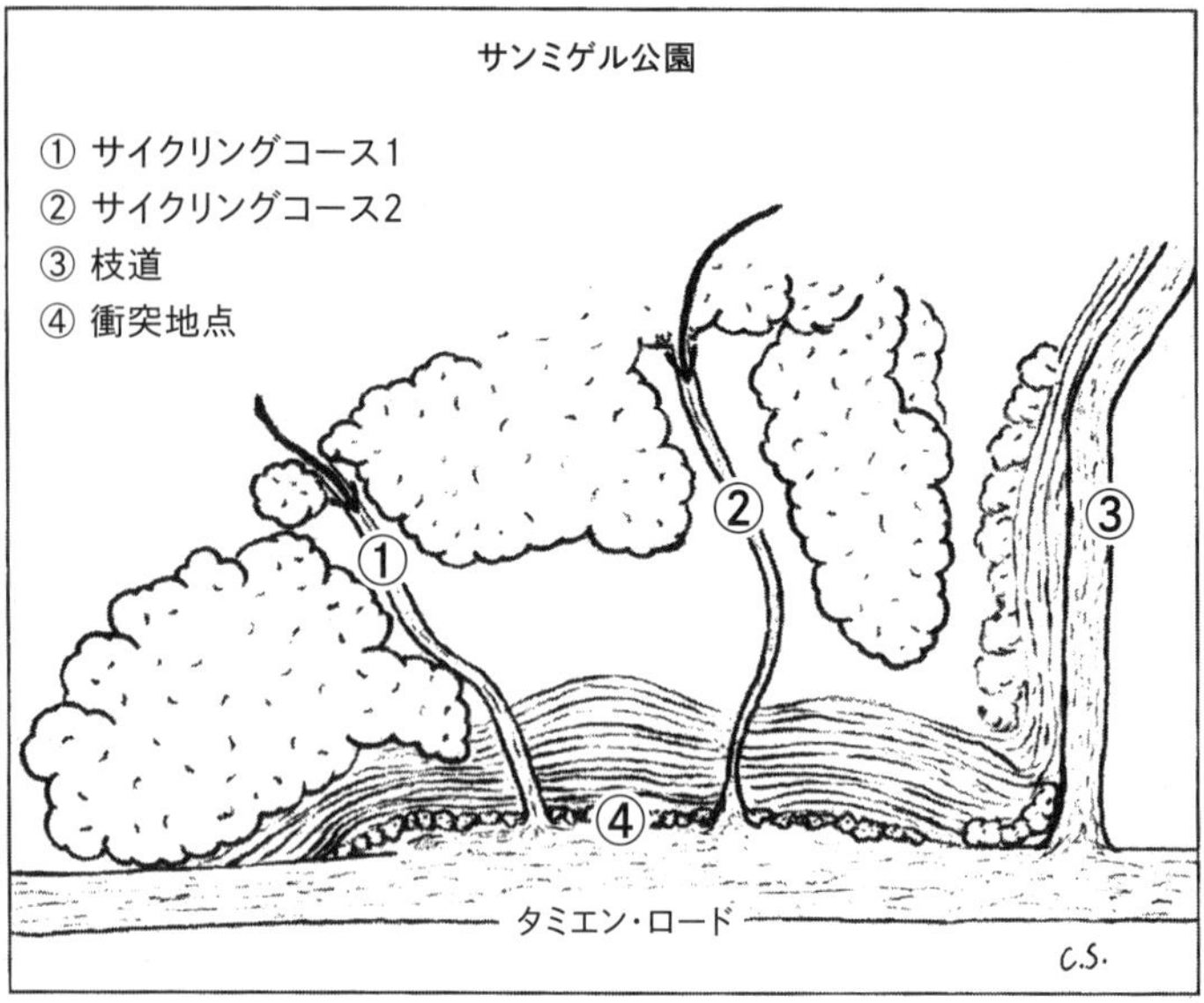


たソフィーの自転車のスクリーンショットを携帯電話で確かめた。やはりそうだ、後部に赤い反射板がついている。

筋は通る。Xはソフィーをここまで追跡し――車通り、人通りが途切れた瞬間を狙って――自転車に車で追突した。ソフィーは地面に投げ出された。Xは即座に襲いかかり、テープで口をふさぎ、手と足を縛った。自転車とソフィーとバックパックを車のトランクに押しこんだ。

プラスチックの破片が落ちていた近くの草むらが荒れていた。路肩から草むらに入り、斜面を見下ろす。ショウがいま立っている地点から小さな渓谷の底に向かって、草が乱された跡が直線状に延びていた。Xの計画どおりにはことが運ばなかったようだ。ソフィーの自転車に衝突する勢いがよすぎ、跳ね飛ばされたソフィーは傾斜四十五度の斜面を転がり落ちたのだろう。

ショウはサイクリングコースの一つをたどって斜面を下り、ソフィーが着地したところまで行った。しゃがんで地面に目を凝らす。ちぎれたり折れたりした草。地面の溝は、格闘の跡のように見えなくもない。まもなく、グレープフルーツ大の石に目が留まった。何か付着している。茶色。乾いた血の色。

ショウは携帯電話を取り出し、数時間前に登録したばかりの番号を探して〈通話〉をタップした。斜面を三メートルほど登ったところからかすかな音が聞こえた。数秒ごとにサイクルを繰り返している。サムスンの携帯電話の口笛のような着信音だった。

ショウがたったいまかけた番号は、ソフィーの携帯電話番号だった。

11

ここからは専門家に任せるべきだろう。

ショウはフランク・マリナーに電話をかけ、たったいま何を見つけたかを報告した。知らせを聞いてマリナーが息をのむ気配が伝わってきた。

「あいつら！　あれほど言ったのに！」

誰のことを言っているのか、ショウはとっさにわからなかった。しかしすぐに気づいた。マリナーが罵っている相手は警察だ。

「もっと早く対応してくれていたら……いますぐ電話する！」

大惨事になるのは目に見えていた。激昂《げきこう》してわめき散らす親。以前にも似たようなことがあった。「ここは私に任せてください」

「しかし──」

「私に任せてください」

マリナーは一瞬黙りこんだ。携帯電話を握り締めるマリナーの指が震え、関節が白く浮き上がっているのが目に浮かぶ。「わかった」マリナーがようやく言った。「私はすぐ家に帰る」

ショウは、ソフィーが行方不明になった直後にマリナーが話をした担当刑事の名前を聞き出した。サンタクララ近郊に本部を置く重大犯罪合同対策チーム（ＪＭＣＴＦ）の、ワイリーとスタンディッシュ。

マリナーとの電話を切り、ＪＭＣＴＦの代表番号にかけて、ワイリーとスタンディッシュのいずれかにつないでもらいたいと頼んだ。取り澄ました声の窓口担当官──そのような肩書きがあるのかどうか知らないが──は、二名とも外出中だと答えた。そこでショウは、緊急事態が発生したと告げた。

「緊急のご用件でしたら、九一一に通報してください」

「スタンディッシュ刑事とワイリー刑事が担当する捜査に進展があったんです」

「どの捜査のお話でしょうか」

やはりそうか。そもそも捜査など開始すらされていないのだ。

「そちらの所在地を教えていただけますか」ショウは言った。

十分後、ショウはＪＭＣＴＦ本部に向かって車を走らせていた。

カリフォルニア州には、覚えきれないほどの数の捜査機関がある。カリフォルニア州東部の奥地で暮らしていたショウ一家はパークレンジャーと縁が深かった――コンパウンドは、州や連邦の数千万平方キロに及ぶ官林と境を接していた。ほかの捜査機関ともまったく接点がなかったわけではない。州警察、カリフォルニア州捜査局、ごくたまにＦＢＩ。もちろん、ロイ・ブランシュ保安官もいた。

それでもＪＭＣＴＦには馴染みがなかった。インターネットでざっと調べたところ、殺人、誘拐、性暴力、傷害を伴う窃盗などの犯罪捜査を担当している機関だとわかった。小規模ながら麻薬取締チームも付属している。

ＪＭＣＴＦ本部が見えてきた。サンタクララ郡保安官事務所のすぐ近く、ウェストヘディング・ストリートに面した一九五〇年代風の低層の大型ビルだ。シェヴィ・マリブを駐車場に駐め、曲線を描く歩道を歩いた。両側に多肉植物や赤い花々が植えられ、近くを通るニミッツ・フリーウェイの往来の気配が絶え間なく聞こえていた。受付の窓口には、金髪の制服警官が座っていた。

「ご用件は」

この声には聞き覚えがある。ついさっき、ショウの電話を受けた若い女性だ。冷静だが融通がきかない。気の強そうな顔立ちをしていた。

ワイリー刑事かスタンディッシュ刑事に会いたいとふたたび告げた。

「スタンディッシュ刑事は外出からまだ戻っていません。ワイリー刑事の手が空いているか確認します」

ショウはオレンジ色のビニール地が張られたアルミの椅子に腰を下ろした。待合ロビーは医院の待合室のようだった。違いは雑誌がないことと……受付の人員を守るための防弾ガラスがあることか。

ショウはパソコンバッグを開き、ノートを取り出して書き始めた。書き終えたところで受付に戻った。制服警官が顔を上げた。

「このコピーを取っていただけますか。ワイリー刑事が捜査中の事件に関するものです」

捜査中というより、これから捜査する事件、か。

短い沈黙があった。制服警官はノートを受け取り、コピーして、ノートとコピーをショウに渡した。

「ありがとう」

椅子に腰を下ろすなり、かちりと音が鳴ってドアが開き、四十代半ばの大柄な男が待合ロビーに入ってきた。

私服刑事らしきその男は、ピラミッドを逆さにしたような体型をしていた。広い肩幅、シャツのボタンが弾け飛びそうに厚い胸板。それに対して腰は細い。学生時代はフットボール選手だったに違いない。ごま塩の豊かな髪はきっちりと後ろになでつけてある。額は広かった。均整の取れたたくましい体、髪型、ワシのくちばしのように尖った鼻、角張った顎。犯罪ものの映画の刑事の役にぴったりだ。といっても主役ではなく、信頼に足る《ディペンダブル》――ただし捨て駒にされがちな《エクスペンダブル》――相棒にちょうどいい。銃はグロックで、腰の高い位置につけたホルスターに差してあった。

泥のような茶色をした刑事の目がショウを上から下まで眺め回す。「俺に会いたいってのはあんた？」

「ワイリー刑事ですか」

「そうだが」

「コルター・ショウです」ショウは立ち上がって片方の手を突きつけ、強引に握手をした。「フランク・マリナーから、お嬢さんのソフィーの件で電話があったはずです。水曜に行方不明になった女性です。私はソフィーを捜す手伝いをしています。ソフィーが誘拐されたことを明確に示すものをいくつか見つけました」

しばしの沈黙。「捜す手伝いをしてるって？　一家の友人か何かか」

「フランク・マリナーは懸賞金を設けています。私が来たのは、だからです」

「懸賞金だって？」

このワイリーという刑事は厄介の種になりそうだ。

「私立探偵か」刑事が訊く。

「いいえ」

「じゃあ、バウンティハンターか」

「それも違います」保釈保証業者の依頼で保証金を踏み倒して逃亡した被疑者や、各捜査機関の管轄外に逃走した犯罪者を捜して連れ戻す賞金稼ぎ《バウンティハンター》の活動は法律によって厳しく規制されている。ショウがその道を選ばない理由の一つはそれだ。裁判所への出頭を拒否した人物とスーパーマーケットのピグリー・ウィグリーの駐車場で追いかけっこをし、手錠をかけ、汗まみれの逃亡者を保安官事務所の薄暗い受入口まで引き立てていく仕事をしたいともあまり思わない。

ショウは続けた。「事態は切迫しています、ワイリー刑事」

刑事の目がまた上から下まで眺め回す。さらに一拍置いて、ワイリーは言った。「あんた、銃は持ち歩いてないだろうな」

「ええ」

「話はオフィスで聞こう。その鞄のなかを点検させてくれ」

ショウはパソコンバッグを開いた。ワイリーはなかのものをざっと調べたあと、向きを変えて暗証つきのドアを開けた。ショウはそのあとについて実用一点張りの廊下を歩き、たくさんのオフィスや十五名ほどの男女が勤務する小部屋の前を通り過ぎた。わずかながら男性のほうが多いようだった。ほとんどは灰色の制服を着た巡査だが、スーツ姿の私服刑事もいる。ラフな私服のおとり捜査官らしき者もいた。

ワイリーは広々とした殺風景なオフィスにショウを案内した。装飾品の類はないに等しい。開きっぱなしのドアには名札が二つ並んでいた。〈D・ワイリー刑事〉と〈L・スタンディッシュ刑事〉。デスクが二台、向かい合わせで部屋の両端に置いてある。

ワイリーは自分のデスクにつき——大柄なワイリーの体重で椅子が盛大にきしんだ——電話メモを確かめた。ショウは真向かいに置かれた灰色のスチール椅子に座った。座面は人間の尻の形に合わせてくぼんでいたりしない平らなもので、座り心地はすこぶる悪かった。おそらくこの椅子に容疑者を座らせておいて、無遠慮な質問を浴びせかけるのだろう。

ワイリーは手慣れた様子でショウを完全無視し、電話メモをめくりながら丹念に目を通した。それから向きを変えてパソコンのキーボードを叩いた。

ショウは無意味な我慢競争にうんざりした。ティッシュペーパーでくるんだソフィーの携帯電話をポケットから取り出し、ワイリーのデスクに置く。狙ったとおり、ごとんと重たい音がした。ティッシュペーパーを開いてなかの携帯電話が見えるようにした。

ワイリーの細い目がさらに細くなった。

「ソフィーの携帯電話です。サンミゲル公園で見つけました。行方不明になる直前にそこのサイクリングコースに出かけたようです」

ワイリーは携帯電話を一瞥し、次にショウの顔に視線を戻した。ショウはクイック・バイト・カフェの防犯カメラの映像のこと、誘拐犯がカフェからソフィーを尾行した可能性があること、公園のこと、車で自転車に追突したらしいことを説明した。

「追跡装置でも取りつけたか」ワイリーはそう聞き返しただけだった。

「ええ、もしかしたら。動画のコピーをもらってありますし、カフェに行けばオリジナルが見られます」

「あんた、懸賞金うんぬん以前からマリナーや娘と知り合いだったのか？」

「いいえ」

ワイリーは椅子の背にもたれた。木と金属が悲鳴を上げる。「あんたがこの件とどう関係してるのか、確かめておきたいね。ショウだったな」パソコンのキーボードを叩く。

「刑事さん、私が何をして生計を立てているかという話はまたの機会にゆっくりしましょう。いまはソフィーの捜索を開始することのほうが肝心です」

ワイリーの視線は画面に注がれていた。ショウが警察に協力し、逃亡者や失踪人の捜索に尽力したことに触れた記事でも読んでいるのだろう。いや、それより前科の有無を調べているのかもしれない。それなら、逮捕状は出ていないし、過去に有罪判決を受けたこともないとわかったはずだ。もちろん、昨日、神聖なる知の殿堂から四百ページ分の文書を盗み出した犯人がコルター・ショウであることがカリフォルニア大の首脳陣に知れ、それについて逮捕状が出ているというのなら話は変わってくるが。

手錠が取り出されることはなかった。ワイリーは椅子を回してショウに向き直った。「携帯は落としただけのことかもしれない。パパに八百ドルで買ってもらったものをなくしちまって、家に帰りにくくなって、友達の家に泊めてもらってるとか」

「もみ合った形跡がありました。血痕のようなものが付着した石もありましたし」

「ＤＮＡ検査には最低でも二十四時間はかかる」

「ソフィーの血液かどうか確かめたいという話ではありません。血痕は、ソフィーが襲われ、誘拐されたおそれがあることを示しています」

「あんた、元警察の人間か」

「いいえ。しかしこの十年、失踪人の捜索に協力してきています」

「金をもらって？」

「私は人の命を救うことで生計を立てています」

刑事だって同じだろう。

「懸賞金はいくらだって？」

「一万ドル」

「へえ。そりゃけっこうな大金だ」

ショウはもう一つのティッシュペーパーの包みを取り出した。こちらには赤い反射板の三角形の破片が入っていた。ショウの考えでは、これはソフィーの自転車の反射板のかけらだ。

「どちらもティッシュペーパーを使って拾いました。これも、携帯電話も。ただし、犯人の指紋が付着している可能性は低いでしょう。斜面を転がり落ちたあと、ソフィーは助けを呼ぼうとしたんだと思います。しかし誘拐犯が追いかけてきたので、携帯を投げ捨てたのではないかと」

「どうして」ワイリーの視線は、今度は紙ばさみへと漂った。シャープペンシルを取って何か書きつけた。

「友達か父親から電話がかかってくれば、誰かが携帯電話の音に気づいて拾い、そこから自分が誘拐されたことがわかると期待したんでしょうね」ショウは続けた。

「発見した地点に目印を残してきました。鑑識チームの検証に協力しますよ。サンミゲル公園はご存じですか。タミエン・ロード沿いの公園です」

「知らないな」

「海のすぐ手前です。目撃者がいそうな場所はほとんどありませんが、公園に向かう途中の道沿いに何軒か会社がありました。どれかに監視カメラが設置されているかもしれない。クイック・バイト・カフェからサンミゲル公園に至る道筋にも、交通監視カメラを六基くらい見かけました。映像から犯人の車のナンバーを割り出せるのでは」

ワイリーはまた何かメモを取った。捜査に関するメモか。それとも食料品の買い出しリストか。

ワイリーが尋ねる。「懸賞金はどのタイミングでもらうんだ？」

ショウは立ち上がり、携帯電話と反射板のかけらをデスクから回収し、パソコンバッグに戻した。ワイリーの顔に驚愕が浮かぶ。「おい、それは――」

ショウは落ち着き払った声で言った。「誘拐は連邦犯罪でもあります。パロアルトにＦＢＩの支局がある。これはそこに持っていきます」そしてオフィスを出ようとした。

「いやいや、ちょっと待てよ、チーフ。そうあわてるな。こっちにも事情があるんだよ。こいつは誘拐事件だってことになると、いろいろ面倒なことが起きる。警察山脈のてっぺんからマスコミ沼まで、大騒ぎになるんだよ。まあ、座れって」

ショウはためらった。それから向きを変えて椅子に座り直した。パソコンバッグを開け、待合ロビーで待っているあいだにノートに書きつけたもののコピーを取り出してワイリーに渡す。

「〝ＦＭ〟はフランク・マリナー。〝ＳＭ〟はソフィー。〝ＣＳ〟は私のことです」

各人のイニシャルだとふつうはぴんとくるだろうが、相手はこの刑事だ。念には念を入れたほうがいい。

・失踪者：ソフィー・マリナー（19歳）
・拉致現場：マウンテンヴュー地区サンミゲル公園、タミエン・ロードの路肩
・考えられるシナリオ
・家出：３パーセント（携帯電話、反射板の破片、格闘の痕跡を考慮すると、この可能性は低い。親しい友人――ＦＭが話を聞いた８名――は家出に言及していない）
・轢き逃げ：５パーセント（ドライバーが遺体を持ち

去るとは考えにくい）
・自殺：１パーセント（精神病歴なし、過去に自殺未遂なし、自殺をほのめかす言動なし、サンミゲル公園の現場の状況と合致せず）
・誘拐／殺人：80パーセント
・元ボーイフレンド、カイル・バトラーによる誘拐：10パーセント（情緒不安定ぎみ、暴力的傾向、ドラッグの使用歴、別離に不満。CSに折り返しの電話なし）
・犯罪組織の加入儀礼として殺害：５パーセント（近隣にMT－44やラテン系犯罪組織の活動あり。ただしメンバーはふつう、殺害の証拠として死体を目立つ場所に残す）
・FMの元妻、ソフィーの母親による連れ去り：１パーセント以下（ソフィーは未成年ではなく、離婚は７年前。母親の犯罪歴など身辺調査の結果を見ても考えにくい）
・営利誘拐：10パーセント（身代金要求なし。通常は誘拐から24時間以内に要求あり。加えて、父親は裕福ではない）
・二件の仕事先のいずれかに関する機密情報をFMから引き出すことが目的の誘拐：５パーセント（一つは自動車パーツ販売会社の中間管理層、もう一つは倉庫管理人で、機密情報や貴重な情報、製品を手に入れられる立場にない）。いまの時点で何らかの連絡があるはず。
・ソフトウェア開発会社ジェンシスでプログラミングのアルバイトをしているソフィーから何らかの情報を引き出すことが目的の誘拐：５パーセント（機密情報や企業情報を扱う仕事内容ではない）
・元ボーイフレンドのカイル・バトラーと、身元を隠匿したい売人のあいだの麻薬取引を目撃したため殺害された：20パーセント（参考：カイル・バトラーも連絡が取れず。関連して殺害？）
・反社会的犯罪者、連続誘拐犯、連続殺人犯による誘拐／殺害、SMは強姦・殺害された、または拷問と性的暴行、最終的には殺害のために監禁されている：60から70パーセント
・不明の動機：７パーセント
・関連事項：

・SMのクレジットカードは二日間使用されていない。いずれもFMの家族カード、履歴閲覧可能
・クイック・バイト・カフェの監視カメラ映像に容疑者の可能性のある人物。店長がオリジナルを保存、クラウドにアップロード。ティファニー・モンロー。CSの手もとにもコピー
・個人情報保護法に基づき、FMはソフィーの発着信履歴を入手できず
・犯人がソフィーの尾行を目的に自転車に追跡装置を仕掛けた可能性
・マリナーは自宅を売りに出した直後だが、買い手候補を装って誘拐の下見に訪れた者はいない

ワイリーはひげのないつるりとした顔をしかめた。

「こんなもの、どこから出てきたんだ、チーフ?」

〝チーフ〟という呼び名はまるで気に食わなかったが、ショウは無視した。せっかく事態が進展しかけているのを邪魔したくない。「情報がどこから来たか、ですか」

ショウは肩をすくめた。「父親から聞き出した事実、私が足を使って集めた情報」

ワイリーはつぶやくように言った。「このパーセンテージは何だ」

「何か考えるとき、かならず優先順位をつけます。どこから始めたらいいか、わかりやすくなりますから。もっとも確率の高いものから調べるんです。それで結果が出なければ、次に移る」

ワイリーは頭からもう一度目を走らせた。

「足しても百にならん」

「どんな場合でも未知の要素がありますから——私が思いもよらなかった要素がかならずあとから出てくるものです。捜査チームを公園に派遣していただけますか、ワイリー刑事」

「まかしとけ。あとはこっちで調べるよ、チーフ」ワイリーはショウの分析のコピーをそろえ、愉快そうに首を振った。「これ、もらっていいんだよな」

「どうぞ」

ショウは携帯電話と反射板の破片をワイリーの前に置いた。

ちょうどそのとき、ショウの携帯電話が低い音を鳴らしてメッセージの着信を知らせた。画面をさっと確かめ

た。〈至急!〉とある。すぐに携帯電話をしまった。「何かあったら連絡をいただけますね、ワイリー刑事」

「ああ、まかしとけ、チーフ。まかしとけ」

12

ショウがクイック・バイト・カフェにふたたび行くと、ティファニーが不安顔で小さくうなずいた。

つい先ほどのメッセージはティファニーからで、店に寄ってくれという内容だった。

**至急!**

「コルター。これを見て」二人は注文カウンターを離れ、フランク・マリナーがソフィーの写真つきチラシを貼った掲示板の前に行った。

チラシはなくなっていた。代わりにレターサイズの白い印刷用紙が貼ってある。ステンシル風のモノクロの不気味な画像が印刷されていた。人間の顔の形をしている。目が二つ——真ん丸の目で、それぞれの右上の端に白い光の点があって立体を表現していた。笑ったように開いた口。カラーとネクタイ。頭に一九五〇年代のビジネスマン風の帽子をかぶっていた。

「チラシがなくなっているのに気づいてすぐメッセージを送ったの。でも、持っていこうと思えばいつでもやれたはずだわ。店にいた人には訊いてみた。従業員も、お客さんにも、全員。誰も何も知らなかった」

コルクの掲示板は店の横手の出入口の隣にあって、防犯カメラの撮影範囲からははずれていた。映像も期待できない。

ティファニーはぎこちない笑みを作った。「マッジは——娘は、私に腹を立てていて。家に帰らせたわ。犯人が捕まるまで店には出ないように言っておいたわ。だって、あの子も自転車で通ってるのよ。週に四度。なのに犯人はついいましがた店に来たってことだもの!」

「犯人とはかぎりませんよ」ショウは言った。「行方不明者のチラシを記念品のように持ち帰る人間もいますからね。自分でも懸賞金を狙っているなら、ライバルを減らそうとしてチラシを処分することもあります」

「そうなの? そんなことする人がいるの?」

その程度ならまだいい。懸賞金の額が十万ドルを超えてくると、懸賞金ハンターは考えつくかぎりの手段を使ってライバルの排除にかかる。ショウの腿の傷痕がその証拠だ。

では、この不気味な画像は?

故意に置き換えたものなのか。誘拐犯が貼っていったのか。

もしそうだとすれば、なぜ?

ひねくれたジョークのつもりか。何らかの主張か。警告とか?

言葉は一つも印刷されていない。ショウはナプキンを使って印刷用紙を剝がし、パソコンバッグにしまった。

店内に視線を巡らせる。客のほぼ全員が大小さまざまな画面に見入っていた。

表側の入口が開いて、新たな客が続けざまに入ってきた。ダークスーツに白いシャツ、ノーネクタイのビジネスマンは、何か悩んでいるように眉間にしわを寄せていた。次に医療用の青いスクラブ姿の小柄で太った女性。最後に入ってきた整った顔立ちをした二十代なかばの女性は、ショウをちらりと見たあと、空席を見つけてそこに座った。バックパックからノートパソコン――ほかに何があるというのだ?――を引き出した。

ショウはティファニーに言った。「事務室にプリンターがありましたね」

「何か印刷します?」

ショウはうなずいた。「あなたのメールアドレスを教えてください」

ティファニーのアドレスに宛ててソフィーの写真を転送した。「その写真を二枚、印刷していただけますか」

「二枚ね」ティファニーは事務室に向かい、印刷した写真を持ってすぐに戻ってきた。ショウは一方の写真の下に懸賞金の情報を書き写し、掲示板に貼り直した。

「私が離れてから、このあたりが映るように防犯カメラの向きを調整してください」

「了解」

「できるだけ目立たないように」

ティファニーはうなずいた。犯人が自分の店に来たという可能性にまだ動揺しているようだった。

ショウは言った。「ソフィーを見かけた人がいないか、尋ねて回りたいんですが、かまいませんか」

「どうぞ」ティファニーは注文カウンターに戻っていった。最初に会ったときとは印象が変わってしまっていた。

自分の王国が侵されたせいだろう、朗らかさは消え、猜《さい》疑《ぎ》走った表情を浮かべていた。

ショウはティファニーが印刷したもう一枚の写真を手に、店内の聞き込みを始めた。客の半数くらいに声をかけ終えたところで――手がかりは一つも得られなかった――背後から女性の声が聞こえた。「行方不明？　気の毒に」

振り返ると、数分前にカフェに入ってきた赤毛の女性だった。ショウが持っている印刷用紙にじっと目を注いでいた。

「その人、あなたの姪御《めいご》さん？　妹さんとか？」

「私はこの女性のお父さんの手伝いで捜しています」

「じゃあ、親戚？」

「いいえ。お父さんが懸賞金をかけていまして」ショウはチラシを見せてうなずいた。

女性は思案げな表情はしたものの、これといった反応を示さなかった。「お父さんは娘が心配で生きた心地がしないでしょうね。本当にお気の毒。お母さんも」

「ええ、心配していると思いますよ。ただ、ソフィーはこの近くでお父さんと二人暮らしをしています」

女性は、前髪を上げるか下ろすかによって印象は変わるだろうが、額が広く顎が細い、いわゆるハート形の顔をしていた。不安を覚えたときの癖なのか、しきりに髪をいじっている。野外で過ごすことが多いのだろう、肌は陽に焼けている。スポーツ選手のように引き締まった体型だった。黒いレギンスが腿の筋肉の盛り上がりを強調していた。肩は広く、いかにもトレーニングで鍛えた成果といった風に見える。ショウも運動するときはかならず野外に出る。一つところにじっとしていられないタイプの人間だ。ランニングマシンやステアステッパーといった屋内トレーニング機器は我慢ならない。

「その人に、その、何かよくないことが起きたんだと思う？」緑色をした大きくて濡れたような目で、心配そうにソフィーの写真を見つめている。女性の声は穏やかで耳に心地よかった。

「まだわかりません。この女性を見かけたことはありますか」

写真に目を凝らす。「いいえ」

女性の視線がさっと動き、ショウの左の薬指に指輪がないことを確かめた。ショウはすでに女性の指に結婚指輪がないことを見て取っていた。それともう一つ――この女性は自分より十歳くらい若い。

女性は蓋つきのカップに入ったコーヒーを飲んだ。

「がんばってください。無事に見つかることを祈ってます」

女性は自分のテーブルに戻っていき、ノートパソコンのスリープを解除して、イヤフォンではなくかなり本格的と見えるヘッドフォンを接続し、キーを叩き始めた。

ショウは聞き込みを再開し、ソフィーを見かけなかったかと客に尋ねて回った。

誰も見ていなかった。

いまできることはここまでだ。サンミゲル公園に戻り、ダン・ワイリーが公園に派遣した鑑識チームの検証作業を手伝うとしよう。ショウはティファニーに礼を言い、ティファニーは意味ありげに小さくうなずいてみせた。おそらく、店の監視活動はまかせてくれという意味だろう。

店を出ようとしたとき、視界の左隅に動くものが映った。誰かが近づいてこようとしている。

「待って」赤毛の女性だった。ヘッドフォンを首にかけ、コードをぶらぶらさせていた。女性は近づいてきて言った。「私はマディー。あなたの携帯電話、ロックはかかってる？」

「私の――？」

「携帯電話。ロックはかかってる？　パスコードを入力しないと使えない？」

誰の携帯電話もそうなのでは？

「ええ、ロックがかかっていますが」

「じゃあ、解除して、ちょっと貸してもらえる？　私の電話番号を登録するから。そうすれば、私はちゃんと登録されてるって安心できる。ほら、あなたがちゃんと入力するふりをして、実は５５５－１２１２とか、適当な番号を打ちこんだわけじゃないとわかるでしょう」

ショウは女性の美しい顔、魅惑的な瞳をまじまじと見つめた。その瞳は、豊かに茂った木々の葉と同じ色、ランドマクナリー地図上のサンミゲル公園と同じ色をしていた。

「あとで削除しようと思えばできる」

「でも、よけいな一手間よね。あなたはそんな面倒なことしないと思う。名前を訊いてもいい？」

「コルター」

「嘘じゃなさそうね。男の人って、バーや何かでナンパした女に偽名を教えるとき、たいがいボブかフレッドって言うから」女性は微笑んだ。「私、押しが強いでしょう。たいがいの男の人は、それだけで逃げ腰になるのよ。でもあなたは、そんなことで怖じ気づいたりするように見えない。というわけで、番号を登録させて」

ショウは言った。「番号を教えてください。いまここでこちらからその番号にかけるから」

女性はわざとらしく眉間にしわを寄せた。「いいの？ だってそれだと、こちらの着信履歴にあなたの番号が残るわけで、そのまま連絡先に登録されちゃうわよ。いきなりそこまで踏みこんじゃっていいわけ」

ショウは携帯電話を目の前に持ち上げた。女性が自分の電話番号を告げ、ショウはその番号にかけた。女性が設定している着信音は、ショウの知らないロック音楽のギターリフだった。女性は大げさに顔をしかめて電話を耳に当てた。「もしもし？……もしもし？……」それから通話を切断した。「セールスの電話だったみたい」女性の笑い声は、瞳と同じようにきらきら輝いていた。

またコーヒーを飲む。髪をいじる。「じゃあね、コルター。捜索、がんばって。あ、そうだ、私の名前は何だった？」

「マディー。ラストネームはまだ教えてもらっていない」

「一度に一歩ずつ」女性はヘッドフォンを耳に当て直して自分のノートパソコンの前に戻っていった。画面には、一九六〇年代風のサイケデリックなスクリーンセーバーが表示されていた。

信じられない。

## 13

カフェを出て十分後、ショウはタミエン・ロードの路肩に車を駐めてサンミゲル公園を見下ろした。警察官の姿はどこにも見当たらなかった。

**まかしとけ、チーフ。まかしとけ……**

口から出まかせだったか。

ショウは唯一の通行人——ベビーブルーのおそろいのランニングウェアを着た高齢のカップルに近づいて、ソフィーの写真のプリントアウトを見せた。予想どおり、見たことがないという。

警察に捜すつもりがないのなら、自分が捜すしかない。ソフィーはおそらく故意に携帯電話を投げ捨てた。誰かが電話をかけてくれれば、通りがかりの人に気づいてもらえると考えた。

そこまで気が回ったなら、Ｘに捕まる前に、土の地面に何かメッセージを書き残しているかもしれない。名前。車のナンバーの一部。もみ合いになったとすれば、ティッシュペーパーやペン、布の切れ端など、犯人の指紋がたっぷり付着しているものをむしり取って、それも草むらに放り投げたかもしれない。

ショウは斜面伝いに小さな渓谷へ下りていった。草の上を歩くように気をつけた。砂や土の部分には誘拐犯の痕跡が残っているかもしれない。

褐色の汚れがついた石を始点に、周囲を螺旋状に歩いた。円を少しずつ広げながら、足もとの地面に目を凝らす。足跡、布きれ、ティッシュペーパーの切れ端、誰かのポケットから落ちたごみ。何も見つからなかった。

そのとき、視界の隅で何かが光を反射した。

光は上――尾根伝いに通っている枝道で閃いた。また閃く。車のドアが開き、閉まったような間隔だった。もしそうなら、閉まるときの音はまったく聞こえなかった。

背をかがめ、光が見えたほうに近づいた。そよ風に揺れる木々のあいだに、思ったとおり、車らしき輪郭がある。だが、陽射しがまぶしくてはっきりと見えない。光が揺れた。風が枝を揺らしたせいかもしれない。それとも、車から降りてきた人物が斜面のぎりぎりまで来て、谷底を見下ろしたからか？

いざ走り出そうとしてストレッチをしているランナーか。家までの長いドライブの途中で小便がしたくなったドライバーか。

Ｘか。ソフィー・マリナーの失踪にいらぬ関心を示している男の動向をこっそりうかがっているのか。

ショウは腰を落とし、低木の茂みにまぎれて谷底を移動して、車が駐まっている真下――あれが車だとして――に来た。かなりの急斜面だが、ふだん垂直に切り立った岩の壁を登るロッククライマーであるショウにはどうということはない。ただ、地面の様子を見ると、登るだけで大きな音がしそうだ。

なかなかの難題だ。姿を見られずにてっぺん近くまで登り、花の咲いた草むらをかき分け、そこから車のナンバーを携帯電話で撮影するにはどうしたらいいか。ランナーが乗ってきた車。小便がしたくなった誰かの車。あるいは誘拐犯の車。

谷底から五メートルから六メートルほど登ったところで、角度のせいで尾根が見えなくなった。ちょうどそのとき、背後で小枝が折れる音が響いて、ショウは自分の失策を悟った。できるかぎり音を立てずに進めるルートを見きわめるのに集中するあまり、横や背後の警戒を怠っていた。

**三百六十度、どこに敵がいるかわからないことを忘れるべからず……**

振り向くと同時に、銃口が持ち上がってショウの胸の真ん中に狙いを定めるのが見えた。続いてフードをかぶった若い男の低くしわがれた声が聞こえた。「動くな。動くと死ぬぞ」

## 14

コルター・ショウは銃を持った若者を不機嫌に一瞥したあとつぶやいた。「静かにしろ」

そして頭上の枝道に視線を戻した。

「撃つぞ」若い男が大声を出す。「本気だぞ！」

ショウはすばやく一歩踏みこんで銃を奪い取り、草むらに放り捨てた。

「おい、何すんだよ！」

ショウは険しい調子でささやいた。「言っただろう——静かにしろ！　二度と言わせるな」密生したレンギョウの枝をかき分け、上の枝道を確かめようとした。車のドアが閉まる音、エンジンが始動する音、砂利を跳ね上げながら猛スピードで走り去る音が聞こえた。

ショウはできるだけ急いで斜面を登った。尾根に立ち、肩で息をしながら道路の左右を見た。土煙が立ちこめているだけだった。ふたたび斜面を下ると、若い男は地面に膝をつき、草むらを叩いて銃を探していた。

「やめておけ、カイル」ショウは言った。

若い男が凍りつく。「俺のこと知ってんのか」

ソフィーの元ボーイフレンド、カイル・バトラーだ。フェイスブックの写真を見ていたから、顔を合わせるなりすぐわかった。

銃が安物のエアガンであることにも気づいていた。一発しか撃てず、しかも発射される〝弾〟が当たったところでかすり傷一つつかないような代物だ。ショウはおもちゃの銃を拾い、近くの雨水管に投げ捨てた。

「おい！」

「カイル、あんなものを持っているところを見られたら、きみが撃たれかねないぞ。この公園にはどの入口から入った？」

バトラーは立ち上がり、面食らった顔でショウを見つめた。

「どの入口から入った？」静かな声で話せば話すほど、迫力は高まることを経験から学んでいた。だからこのときも低く静かな声で繰り返した。

「あっちだ」バトラーはオートバイの音が聞こえているほうに顎をしゃくった。東側のメインの入口だ。バトラーの喉仏が上下する。それからいきなり両手を挙げた。ショウに銃口を向けられたかのようだった。

「手は下ろしていい」

バトラーはそろそろと手を下ろした。

「尾根に駐まっていた車を見たか」

「尾根って？」

ショウは枝道を指さした。

「いや、見てないよ。嘘じゃない」

ショウは値踏みするような目をバトラーに向けた。サーファーだと聞いた。波頭の泡のようにふわふわした金髪、紺色のTシャツ、その上に黒いパーカ、下は黒いナイロン地のトレーニングパンツ。まなざしはいくぶんうつろだが、ハンサムな若者だ。

「私がここに来ていることはフランク・マリナーから聞いたのか」

バトラーがまた言葉に詰まる。何を言っていいのか、何を言ってはまずいのか。しばしの逡巡《しゅんじゅん》のち、バトラーはようやく答えた。「まあね。あんたの留守電のメッセージを聞いてすぐ、フランクに電話したんだ。そのとき、あんたがこの公園でソフィーの携帯電話を見つけたって言ってたって聞いた」

最後の動詞の連続に、ショウは多くを読み取った。恋に悩むこの若者は、ショウが懸賞金ほしさに自分の元ガールフレンドを誘拐したと独り合点したのだろう。たしかバトラーのアルバイト先はスバルやホンダの車に大型スピーカーを取りつける会社で、情熱をかたむけている趣味は、蠟を塗った木っ端で荒ぶる波を乗りこなすことだ。カイル・バトラーが誘拐犯である確率は、ゼロパーセントと見なしていいだろう。

しかし、バトラーが関係する仮説はもう一つある。

「マリファナなのかコカインなのか知らないが、きみがドラッグを買ったときにソフィーが一緒だったことは一度でもあったか」

「何の話だよ、それ」

いいだろう、ものごとには順序があるよな。

「いいかカイル、父親が懸賞金をかけてくれるだろうと期待して、若い女性を誘拐するのは合理的な行為だと思うか？　身代金を要求するほうが話が早くないか？」

バトラーは目をそらした。「まあそうかもな。そのほうが話は早いな」

遠くから聞こえるオートバイのエンジン音が、チェーンソーのうなりのように大きくなったり小さくなったりを繰り返していた。

バトラーが続けた。「だけど……それしか考えられないんだよ。ソフィーはどこだ？　ソフィーはいまどうしてる？　また会えるのか？」そう言って声を詰まらせた。

「きみがドラッグを買ったとき、ソフィーが一緒にいたことはあったか」

「わからない。あったかも。どうして」

ソフィーに顔を見られたことで身元が特定されると懸念している密売人がいるかもしれないからだと説明した。

「いや、それはないよ。俺が買う相手はプロの売人じゃないから。学生とか、ボード仲間とかだ。サーフィンの仲間な。イーストパロアルトやオークランドの組織から買ってるわけじゃない」

嘘ではなさそうだ。

ショウは言った。「誘拐犯に心当たりはないか。ストーカーに悩まされているようなことはなかったとお父さんは話していたが」

「いや……」バトラーは押し黙った。下を向いて首を振っている。目に涙が浮かんでいた。「俺のせいだ。くそ」

「きみのせい？」

「そうだよ。だって、毎週水曜日はいつも一緒に何かすることになってたんだ。俺らにとっては水曜が週末みたいなもんだったから。土曜と日曜は俺がいつもアルバイトでさ。水曜は、ハーフムーンやマーヴェリックでニュースクール――っていうのは、トリックサーフィンのことだ――をやったあと、ソフィーを迎えに行って、ほかの友達と遊んだり、飯を食いにいったり、映画を見たりしてた。もしも俺が……もしも俺がドラッグにはまったりしてなければ、今週だって水曜日にはそうやって一緒にいたはずなんだ。こんなことにはなってなかったんだよ。俺がマリファナばかりやってたせいだ。やると、ついひどい態度を取っちまう。別にわざとじゃない。どうしてもそうなっちまうんだ。それでついに愛想を尽かされた。負け犬とは一緒にいられないって思われた」バトラーは顔をごしごしとこすった。「でも、いまはクリーンだよ。三十四日、一度もやってない。それに大学の専攻も変更した。工学に。情報工学だ」

つまりカイル・バトラーは、ドラゴンを倒して囚われの姫君を救出せんと、ＢＢ銃を手にサンミゲル公園に駆けつけた騎士というわけだ。それで姫君の心を取り戻そうとした。

ショウはタミエン・ロードの路肩のほうを見上げた。警察はまだ来ていない。重大犯罪合同対策チームに電話をかけた。ワイリー刑事は外出中。スタンディッシュ刑事も外出中だ。

「袋を探してくれ」ショウはバトラーに言った。

「袋？」

「紙袋、ビニール袋、何でもいい。きみは路肩を見てくれ。私はこの辺を探す」

バトラーは斜面を登ってタミエン・ロードに向かい、ショウはサイクリングコース沿いを歩いてくず入れを探した。一つもなかった。やがてバトラーの声が聞こえた。

「あったぞ！」バトラーが急いで斜面を下りてきた。「道ばたに落ちてた」白い袋を差し出す。「ドラッグストアの袋だけど。こんなもんでいいか？」

コルター・ショウはめったに笑みを浮かべない。それでもわずかに口角を持ち上げた。「ちょうどいい」

今回もまた草むらを選んで歩き、血痕のついた石のところまで行くと、袋を使って石を拾った。

「それ、どうする気だよ」

「民間のラボを探してDNA検査を依頼する。ソフィーの血痕で間違いはないと思うが」

「え？　じゃあ――」

「せいぜいかすり傷からの出血だよ。命に関わるような怪我ではないさ」

「なんであんたが検査なんか？　警察がやらないから？」

「そうだ」

バトラーは目を見開いた。「なあ、だったら一緒にソフィーを捜そうぜ！　だって、警察は何もしてくれないんだろ」

「そうしよう。しかし、その前に一つ頼みたいことがある」

「いいよ、何でも言ってくれよ」

「ソフィーのお父さんがもうじき仕事先から帰ってくるはずだ」

「週末はイーストベイに行ってるんだよな」バトラーは同情するような顔で言った。「片道二時間かかる。平日は平日で別の仕事をしてる。それでもいまの家を手放すしかなくなった」

「お父さんが帰ってきたら、きみにあるものを探してもらいたい」

「わかった」

「申し訳ないが、カイル、きみにはちょっと酷な話かもしれないぞ。ソフィーが別の男性と交際していなかったかどうかを確かめてもらいたいんだ。部屋を調べたり、友達から話を聞いたりしてくれないか」

「新しい男が犯人だと思う？」

「それはわからない。だが、あらゆる可能性を検討しなくてはならないからね」

バトラーは弱々しい笑みを作った。「いいよ。やるよ。どのみちかなわない夢だもんな。よりを戻すなんてさ。そんなことあるわけないんだ」バトラーは向きを変えて斜面を上り始めた。が、すぐに足を止めて引き返してきた。そしてショウの手を握った。「さっきはすみませんでした。『ナルコス』（麻薬取締捜査官が主役のドラマ）みたいな真似しちまって」

「気にするな」

ショウは公園東側の入口に向かうバトラーを見送った。

使命を帯びて行く若者。

ただし、無意味な使命だ。

フランク・マリナーから話を聞き、ソフィーの部屋を調べた時点で、ショウはソフィーに新しい交際相手はいないと判断した。真剣な交際をしている相手はおらず、ましてやソフィーを誘拐するような相手はいない。だが、確信が深まったいまとなっては、あの哀れな若者を遠ざけておかなくてはならない。まもなくショウは、あるものを――ソフィー・マリナーの死体を発見することになるだろうから。

15

ショウはサンミゲル公園をあとにし、曲がりくねったタミエン・ロードを車で走り出した。

連続誘拐犯ならばそれなりの時間、被害者を地下牢のような場所に監禁するというのもありえない話ではない。とはいえ、そういう例のほうが珍しいのではないか。そこでショウは、より現実的ななりゆきを想定して動くことにした――ソフィーは性的社会病質者の餌食《えじき》になったというシナリオだ。ショウの経験からいえば、レイプ犯の大半は常習的に犯行を繰り返す。被害者が一人で終わることはまずない。一人を殺したら、すぐにまた次の獲物を探しに出る。

ソフィーの遺体は、襲撃現場の近くに放置されている可能性が高い。Xが愚かでないことは明らかだ。自転車に追跡装置をつけ、目立たない服装をし、襲撃ゾーンも吟味している。遺体をトランクに積んだまま長距離を移動するような真似はしないだろう。事故を起こすかもしれないし、交通違反で停止を命じられるかもしれない。検問だってあるだろう。サンミゲル公園の近隣で欲望を満たしたあと、逃走したと思って間違いない。サンフランシスコ湾の南西側のこの地域には湿った砂地がどこまでも続いている。浅い墓を掘るのに大して時間はかからない。半面、開けた土地ばかりで、半径数百メートルに視線をさえぎるものが何一つないところが多い。何よりもまず人目に触れにくい場所を捜すはずだ。

まもなく大規模な貸倉庫施設が見えてきた。収納スペースは百くらいありそうだ。施設の周囲は空き地で、雑草と砂地に覆われている。ショウは車を駐めた。金網のゲートを動かすと、二人くらいが並んで通り抜けられそうな隙間ができた。ショウはそこから敷地に入り、通路を行ったり来たりしながら倉庫をのぞいて回った。捜索は容易だった。各倉庫のシャッターはすべて取り外され、建物の一つの裏手に積み上げられて錆び放題になっていたからだ。安全を考慮してのことかもしれない。子供が誤って閉じこめられることがないよう、廃棄された冷蔵庫の扉が取り外されるのと同じだ。理由が何であれ、そのおかげでソフィーの遺体がないことを楽に確認できた。

シェヴィ・マリブはふたたび走り出した。

十メートルくらい先の道ばたに野犬がいた。地面にある何かを食いちぎろうとしている。赤と白の物体だった。

血と骨か？

ショウは急いでブレーキをかけ、車を降りた。犬はさほど大きくない。体重は二十から二十五キロくらいしかなさそうで、あばらが浮き出るほど痩せていた。ショウは一定の速度でゆっくりと近づいた。

**決して、絶対に、動物を驚かすべからず……**

犬は黒い目を細めてショウに近づいてきた。片方の牙が欠けているのが不気味だった。ショウは目を合わせないようにしながら、それまでと同じペースで接近した。が、犬が食いちぎろうとしていた物体が見えて、足を止めた。

ケンタッキーフライドチキンのバケツ型容器だった。

ショウは痩せっぽちの犬の架空のディナーの邪魔をやめ、車に戻った。

タミエン・ロードは沼地や野原のあいだをくねくねと続き、ショウはサンフランシスコ湾を左手に見ながら南へと走り続けた。

陽に焼けてひび割れたアスファルトの道路をさらに進むと、雑木林や低木の茂みの奥に大規模な工業施設が見えてきた。外観から察するに、何十年も前に閉鎖されたままらしい。

高さ二メートル半ほどの金網のフェンスで囲まれた敷地に、雑草に埋もれた工場が建っていた。ゲートは三十メートルおきに三カ所設けられている。ショウはメインゲートと思われる一つの前で車を停めた。荒廃した建物が五棟――いや、六棟か――ある。剝がれかけたベージュの塗料と赤茶色の錆び、植物の蔓のごとく壁を這う配管類や機械のチューブやワイヤ。独創性を欠いた落書きで埋まった壁もある。周辺に並んだ建物はどれも平屋建てだった。真ん中の一棟だけが不気味に高くそびえている。建物の大きさは三十×六十メートルほどだろうか。五階建てで、屋上から金属の煙突がさらに空高く延びている。煙突の根元の直径は六メートルほどで、上に行くに従ってわずかに細くなっていた。

敷地はサンフランシスコ湾に隣接しており、静かに起伏する海に幅広の桟橋の骨格だけが十数メートル突き出している。もしかしたらここは、船に関連した機器や装置を製造する工場だったのかもしれない。

ショウはいったんゲート前を通り過ぎた。車を完全に隠せそうな場所が見当たらず、しかたなく鬱蒼《うっそう》とした木立の陰に駐めることにした。そこなら表通りから気づかれにくい。古びて色褪せているとはいえ、はっきりと読み取れる〈立入禁止〉の札があちこちに掲げられているのに、それを無視して立ち入った現場を地元警察に押さえられるリスクをわざわざ冒すことはない。それに、ほんの二十分ほど前、サンミゲル公園の尾根からこちらを偵察していたらしい人物のこともある。あれはおそらく容疑者Xだろう。ショウはパソコンバッグと血のついた石を車のトランクに入れた。通りの様子を確かめ、その向こう側の森に目を凝らし、工場の敷地に視線を巡らせた。誰もいない。つい最近、メインのゲートから車が乗り入れたことは間違いなさそうだった。敷地内の背の高い雑草がそろって一方向に倒れ、車両が通過したことを示している。

歩いてゲートに戻る。鎖と錠前で閉ざされていた。フェンスをよじ登るのは気が進まない。フェンスの金網のてっぺんには切断された金網の鋭い先端がずらりと並んでいる。かみそり鉄線ほど鋭利ではないだろうが、触れれば出血は免《まぬか》れないだろう。

さっきの貸倉庫のゲートと同じように、ゆるみがあるだろうか。ショウは二枚あるゲートパネルの一枚を強く引いてみた。ほんの十センチ程度の隙間しかできない。力を入れやすいように、大きな南京錠《なんきんじょう》をつかんでもう一度引くと、南京錠そのものがはずれた。

鍵を使わないタイプの南京錠だ。底面を見ると、鍵穴の代わりに数字のダイヤルがある。たったいまはずれるまで、かけがねは押しこまれた状態になっていた。つまり、最後にここを出入りした人物は、南京錠のかけがねを押しこんだだけでダイヤルは回さなかったということだ。ショウは二つの興味深い事実に目を留めた。まず、この南京錠は真新しい。そしてもう一つ、開いた状態を見れば、暗証番号は初期設定――たいがいは０－０－０－０または１－２－３－４――から７－４－９－９に設定し直されていることがわかる。何者かがこのゲートに鍵をかけるのに使用していたが、最後に出入りしたときはダイヤルを回さなかったことを裏づけている。

なぜだ？　警備員の怠慢か？

それとも、最後にここから入った人物は、すぐにまた出るつもりでいたからか。

もしそうなら、その人物はいまも敷地内にいるということになる。

ワイリー刑事に連絡すべきか？

まだだ。

具体的な証拠がないかぎり、あの刑事は動かないだろう。

ショウはゲートを開け、なかに入り、南京錠を元の状態に戻しておいた。雑草に埋もれた通路を急ぎ足で二十メートル進む。一番手前の建物に来た。小さな警備小屋だった。なかをのぞく。無人だ。近くに建物が二つ。〈第３倉庫〉と〈第４倉庫〉。

手前の倉庫に向けて目立たないように移動しながら、周囲に視線を投げる。銃を持った人物がこちらを狙いやすそうな地点がいくつかあった。いまこの瞬間にも照準器の十字線に狙われていると直観的に感じたわけではないが、それでも南京錠がきちんとかけ直されていなかったせいで、ショウのなかの警戒スイッチはオンになっていた。

**クマは茂みをかき分けて近づいてくる。その音が予告になる。ピューマはうなる。その声が予告になる。オオカミの群れは、銀色の毛皮が目立つ。その色が予告になる。しかし、銃をかまえた人間は？　音はせず、姿も見えない。どの岩の陰に隠れているか、見抜く手がかりはない。**

ショウは二つの倉庫をのぞいた。かびのにおいが充満しているだけで、何もない。倉庫二棟と少し先に見えている大きな製造施設をつなぐ幅の広い通路を歩き出した。煉瓦の壁に文字が塗料で書いてある。全体は高さ三メートル、幅十二メートルほどあって、最後の数文字は剝げて消えていた。

　ＡＧＷ産業――私たちの手からあなたの**うちの家族の誰より追跡がうまいのはあなたよね……**

通路を横切り、大きな建物の陰に身を隠す。

それは父ではなく、母の言葉だった。

　いまショウが探しているのは痕跡だ。大自然のなかなら、足跡や爪痕、地面の荒れた跡、折れた枝、とげのある植物に引っかかった動物の毛を探す。郊外の工業施設で探すのは、タイヤ痕や靴跡だ。草が折れているように見えるのは、一月前《ひとつき》に――あるいはたった三十分前に――車が通過した跡か？

　ショウは製造施設に近づいた。裏手の搬出入ドックが見えている。車はあそこで停まったかもしれない。足音を立てないよう高さ一メートルほどの階段を上り、ドアの前に立った。ドアノブを試す。ノブは回るが、ドアはびくともしなかった。

　ドア枠に黒く長いねじの頭がいくつか突き出していた。ドアが動かないようにするための細工だろう。ドックの反対側にもう一つあるドアも確かめた。同じだった。ドックの奥に金網入りのガラスがはまった窓があるが、これもねじで動かないよう固定されていた。使われているねじは、南京錠と同じく新品のようだった。

　つまりこういうことか。Ｘはソフィーをレイプして殺害し、遺体をこの工場に遺棄したあと、侵入した者に遺体を発見されないよう、ドアと窓が開かないようにした。

　よし、警察に連絡しよう。

　携帯電話を取り出そうとしたそのとき、男の声が聞こえて、ショウはぎくりとした。「ミスター・ショウ！」

　ショウは搬出入ドックから地面に下り、建物の裏側に沿って歩いた。

　カイル・バトラーが近づいてこようとしていた。「ミスター・ショウ。よかった、会えて」

　こいつはここでいったい何をしている？

　ショウはゲートが施錠されていなかったこと、誘拐犯がまだ敷地内にいる可能性が高いことを思い、人差し指を唇に当てて声を出すなと伝え、身を低くしろと、これも手振りで伝えた。

　立ち止まったバトラーは、困惑したような顔で言った。

「ほかにも誰かいるみたいなんですよね。あっちの駐車場に車があった」

バトラーは木立のほうを指さしていた。その向こうに、敷地の端の平屋の建物が見えていた。

「カイル！　伏せろと言っているだろう！」

「もしかしてソフィーがここに――」バトラーがそう言いかけたとき、銃声が響いた。バトラーの頭がはじかれたようにのけぞり、赤い霧が広がった。バトラーはそのまま地面に倒れ、黒っぽい服と命をなくした体が動かなくなった。

銃声がまた響く。とどめの二発。銃弾はバトラーの脚と胸に当たり、服の生地が引っ張られて跳ねた。

考えろ。急げ。撃った人物にもバトラーの声が聞こえただろう。ショウがどこにいるか、だいたいのところを把握しているはずだ。しかも一発目はバトラーの頭に命中した。つまり、そいつはすぐ近くにいるということだ。

一方で、射手――おそらくXだろう――は用心しているはずだ。サンミゲル公園でショウの様子を見て、警察の人間ではなさそうだと安心しただろうが、絶対の確信は持てなかったに違いない。それにショウが銃を持っている前提で動いているだろう。

ショウはカイル・バトラーを見やった。

死んでいる。命を失った目、吹き飛ばされたこめかみ。大量の出血。

だが、次の瞬間、ショウはバトラーのことを意識から締め出した。いまは忘れよう。

身を低くし、さっき来た道を逆にたどり、雑草が倒れていた通路まで戻った。移動しながら九一一に電話をかけ、タミエン・ロードのAGW産業の工場跡で拳銃を持った人物に狙われていることを伝えた。

「了解しました。パトロールカーを急行させます。このまま電話を切らずにいてください。お名前を聞かせ――」

通話を切った。

まずは隠れ場所を探して銃撃から身を守ることだ。ショウが民間人なのか警察官なのかはわからなくても、応援を呼んだだろうことはXにも予想がつくだろう。逃走をはかるに違いない。

ところが、Xはまだすぐ近くにいた。

頭上でガラスが砕ける音がしたかと思うと、破片がショウの周囲に降り注いだ。ショウは背を丸め、両腕で頭を守った。

Ｘはここでの任務をまだ終えていなかったらしい。工場に入り、上階からショウの姿を確認して銃撃しようとしている。破った窓からいまこの瞬間にも頭と手を突き出して、ショウの上に銃弾の雨を降らせるだろう。

ここには身を隠す場所がない。半径十五メートル以内に何一つない。

ショウは向きを変え、手前側の倉庫に向かって走り出した。銃声が聞こえるだろうと思った。背中に銃弾がめりこむだろうと覚悟した。

だが、そのどちらも起きなかった。

代わりに、女性のすさまじい叫び声が響き渡った。ショウは立ち止まって振り返った。

割れた窓の奥に立っているのは、ソフィー・マリナーだった。顔はカイル・バトラーの血まみれの死体を見下ろしていた。

まもなく視線をショウに向けた。純然たる怒りがその顔に広がっていく。「なんで？　なんでこんなことを？」

次の瞬間、ソフィーの姿は消えた。

# 16

コルター・ショウは、薄暗い洞窟のような製造工場のなか、金網の橋状通路《キャットウォーク》に立っていた。身を低くし、耳を澄ます。

さまざまな音が四方八方からこだましている。足音か？　水のしたたる音？　古い建物がきしむ音？　頭上を通り過ぎるジェット機の轟音がそれに加わった。工場はサンフランシスコ国際空港の最終進入ルートの真下に位置している。泡立つような轟音が一瞬、ほかのすべての音をかき消した。

暴漢が背後から接近してきていたとしても、わからない。

ショウは黒いねじで固定されていないドアが一つだけあるのを見つけ、それを開けて工場に入ったあと、ドアを元どおり閉めておいた。それから工場内を見渡せそうな三階のキャットウォークに上った。

ソフィーの姿もＸの姿もどこにも見えなかった。Ｘはまだここにいるのだろうか。ショウが助けを呼んだだろうことはわかっているはずだ。それでもあえて工場にとどまり、ショウを探して始末を試みる理由は充分にある。ショウは、Xの車のナンバーなど、犯罪の証拠となりうる情報を握っているかもしれないからだ。もちろん、ソフィー・マリナーも殺されることになるだろう。

ショウは鉄階段を伝って一階に下りた。三階から見下ろすと、一階はまるで迷路だった。小さな事務室の列、機械の操作盤、コンクリートの板。機械類が残されているのは、テクノロジーの発達によって時代遅れになり、ばらしてパーツとして売ろうにも価値がないからだろう。

薄暗闇のなかで見ると、現実の光景とは思えなかった。めまいも感じた。これはおそらくディーゼル油や機械油、果てしなく領土を広げたかびのにおいが充満しているせいだ。

ソフィーが割った窓を見つけた——四階のキャットウォーク沿いの窓だ——が、その近くに身を隠せる場所はない。ソフィーは一階のどこかに隠れているのだろう。

ショウは一階の探索を開始した。コンクリートの板やくず入れ、機械の操作盤のあいだを縫うように進む。いくつもの部屋の前を通り過ぎた。〈ロータ―設計室2〉〈工学管理室〉〈陸軍省連絡室〉。各部屋の手前で立ち止まり、物音に耳を澄ます——息づかい、靴に踏まれた砂利がこすれる音。人がいれば、音の反響具合が変わる。その変化にも耳を澄ました。

どの部屋も無人だった。

しかし、ほかとは違っている部屋が一つあった。ドアが閉まっていて、しかも外からの入口と同じように黒いねじで固定されている。ショウはその手前で立ち止まった。近くの壁に粗雑な絵があった——クイック・バイト・カフェの掲示板に貼られていた、ステンシル風の不気味な顔とそっくりな絵。掲示板に貼ったのは誰かという疑問の答えはこれで出た。

ショウはドアがねじ留めされた事務室に向き直った。壁に縦横五十センチほどの穴が開いている。内側から斬りつけたり殴ったりして開けた穴らしく、外の床に石膏ボードの破片や塵が散らばっていた。しゃがんで床をうっすらと覆った白い塵に目を凝らすと、足跡が見て取れた。小さい。ソフィーの足跡だ。これを見るかぎり、ソフィーは靴もソックスも穿いていない。かといって裸足でもなかった。足に布を巻きつけている。

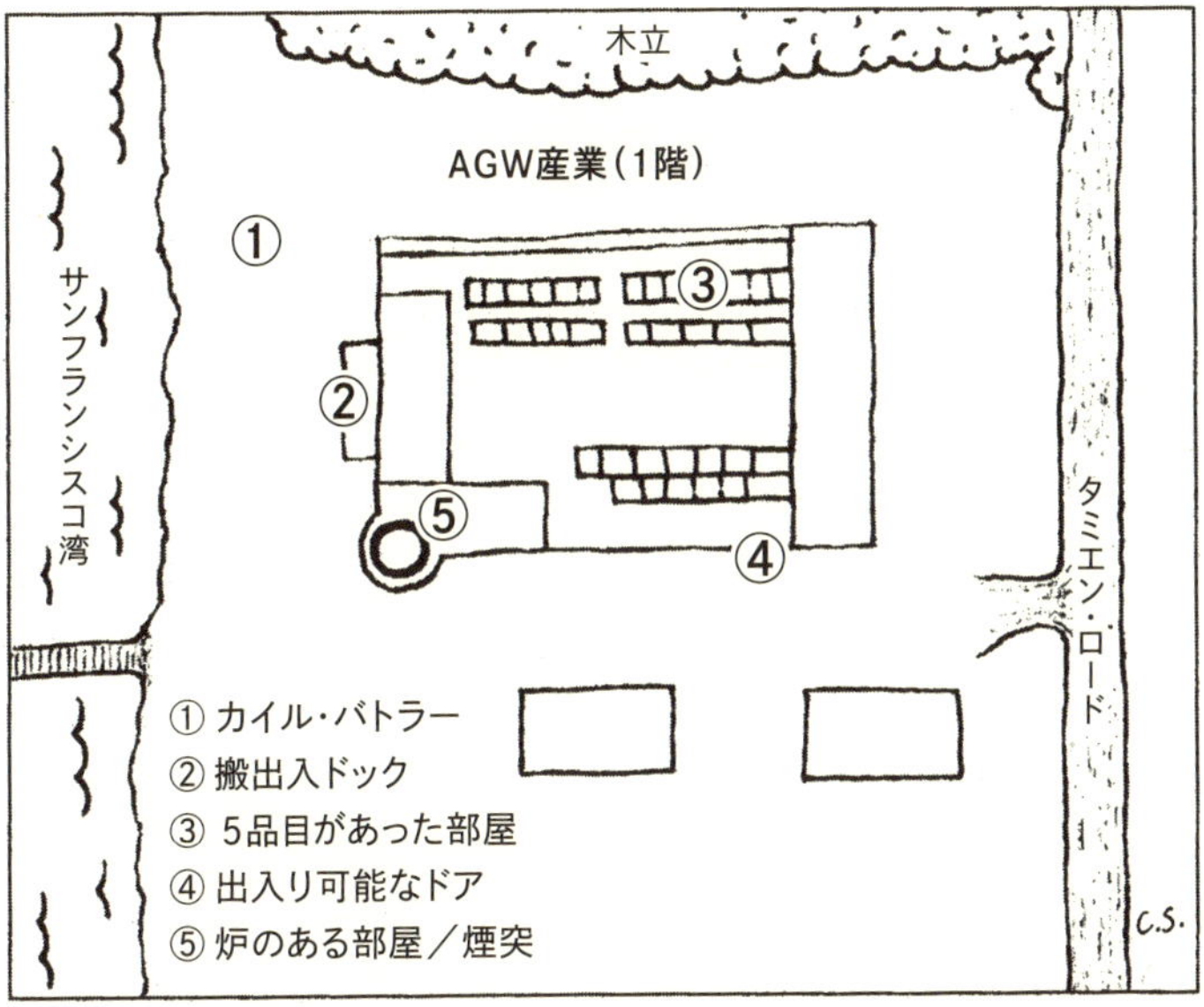


穴に耳を近づけて人の気配を探す。穴は、ちょうど人ひとりがすり抜けられるくらいの大きさだった。

誘拐犯Xはソフィーをこの部屋に監禁していたのかもしれない。ソフィーは手足を縛っていたダクトテープを何らかの手段で切断し――縛られていたのは間違いないだろう――室内にあった道具を使って壁に穴を開けた。次にこの建物から脱出しようと試みただろうが、ねじで固定されていないドアをまだ発見できていなかった。

　次にどうすべきか、ショウが考えあぐねていると、右手のほうでかちりという音がかすかに聞こえた。続けて、低いつぶやき声のようなものも。うっかり音を立ててしまった自分を罵っているような声だった。すぐ近くの通路――両側にパイプや排気管がびっしり並んで細長い壁のようになっているあたりから聞こえたようだ。〈規則に〝度胸試し〟しないこと。ヘルメットの着用または罰金、選ぶのはきみ自身だ！〉という注意書きがあった。

　先のほうに二百リットル入りのドラム缶や材木が積まれたラックが壁のように並び、通路はそこでT字に突き当たる格好になっている。

　つぶやくような声がまた聞こえた。

ソフィーか。それともX？

そのとき、薄暗がりに慣れてきたショウの目は、通路の行き止まりの床に影が伸びていることに気づいた。かすかに動いている。こちらからは見えない位置、この通路がT字に突き当たったすぐ左側に、誰かが立っている。

見逃せないチャンスだ。ショウは慎重にT字に近づき、すばやく角を曲がった。影がXのものなら、銃を握った腕をつかんで組み伏せるつもりだった。相手を地面や床に押し倒してすぐには立ち上がれないようにする方法なら、数えきれないほど知っている。

近づいていく。あと六メートル。三メートル。二メートル。

影がわずかに動いた。左右に揺れている。

あともう一歩。

その一歩で、ショウは罠に落ちた。

足もとに仕掛け線が渡されていた。ショウは前のめりに投げ出された。ぎりぎりのところで両手を先に床につけた。腕立て伏せのような姿勢になって、手は痛んだが、顎を粉砕せずにすんだ。体を起こしてしゃがんだ姿勢になったところで、ようやく見えた。すぐそこで、フックに下がったスウェットシャツが揺れている。釣り糸が結びつけられていた。

つまり……

完全に立ち上がる前に、ラックからドラム缶が転がり落ちて来てショウの肩にぶつかった。ドラム缶は空《から》だが、その衝撃でショウはふたたび転倒した。そこに声が聞こえてきた。ソフィーの金切り声だった。「人殺し！　カイルを殺すなんて！」

ソフィーが近づいてくる。髪を振り乱し、目を見開いている。Tシャツは染みだらけだ。刃物を握っている。ガラスの破片に布を巻きつけて持ち手にした急ごしらえのナイフだ。

ショウはドラム缶を力まかせに押しのけた。ドラム缶は大きな音を立ててコンクリートの床に転がった。いまの音とソフィーの金切り声で、二人のおおよその位置がXにも伝わっただろう。

「ソフィー！」ショウは立ち上がってささやいた。「私は味方だ！　声を立てるな」

勇気が萎《な》えたのか、ソフィーは向きを変えて走り出した。

「待て！」ショウは小声で引き留めようとした。

ソフィーは別の部屋に飛びこみ、鉄扉を叩きつけるようにして閉めた。ショウは十メートルほど遅れて追いかけた。ソフィーが通った道筋だけを通るようにした。それなら罠にかからずにすむ。ドアを押し開ける。ボイラー室か溶鉱炉のような部屋だった。壁際に石炭入れが並んでいた。いまも石炭が半分ほど残っているものも見えた。部屋にある何もかもが土埃と灰とすすにまみれていた。

炉の列の先に、光が射している。

ショウはソフィーの足音を追いかけた。ソフィーは奥の冷たい光のほうに向かっている。光は頭上三十メートルにある穴から射しこんでいた。いまショウがいるのは煙突の真下だ。この工場が稼働していたころは、周辺環境への影響をさほど考慮する必要がなかったはずだ。炉から出る煙は煙突からそのまま排出され、ベイエリア南部に流れていただろう。煙突の真下に直径五メートルほどのピットがあり、灰色がかった茶色い泥のようなものがたまっている。おそらく何十年も前の灰や石炭かすに雨水が混じってできた液体だ。

ショウはソフィーの足跡を探した。

どこにもない。消えてしまったかのようだった。

まもなくその理由がわかった。煉瓦造りの煙突の内壁に、ホッチキスの針を大きくしたような長方形の横木が二十センチほど突き出して並んでいる。煙突のてっぺんにある航空灯の電球を交換するのに、怖い物知らずの工員が使っていたものだろう。

ソフィーはすでに十メートルほど上り、さらに上に行こうとしていた。あの高さから転落したら、死ぬか、体に麻痺が残るに違いない。

「ソフィー。私はお父さんの友人だ。きみを捜してここに来た」そのとき、何か光るものが見えて、ショウはすばやく飛びのいた。ソフィーが何かを投げ落とした。

思ったとおりのものだった――ガラスのナイフだ。ナイフはショウをぎりぎりでかすめ、足もとに落ちて砕け散った。ショウは炉のある部屋の入口をさっと振り返った。誘拐犯が来る気配はない。いまのところは。

ソフィーの震え声が聞こえた。泣いている。「カイルを殺したでしょ！　見たんだからね！」

「たしかに私はあの場にいた。しかし、彼を撃ったのはきみを拉致した人物だよ」

「嘘つき！」

「頼むから大きな声を出さないでくれ！　犯人はまだ近くにいるかもしれない」ショウは険しい声でささやいた。

そこで思い出した。父親から聞いた、ソフィーのニックネーム。「フィー！　お願いだ」

ソフィーの動きが止まった。

ショウは続けた。「ルカ。きみのプードルの名前はルカだ。白いスタンダードプードル」

「どうして知ってるの……？」ソフィーの声は力なく消えた。

「まだ小さかったころ、きみは自分のことを〝フィー〟と呼んでいたね。お父さんは懸賞金をかけたんだよ。それで私はきみを捜しにきた」

「懸賞金？　パパが？」

「きみの家にも行った。アルタヴィスタ・ドライブの家。金色の布カバーをかけたソファ。みっともない金色の布カバーだった。ルカはそのソファの私のすぐ隣に座った。ソファの前のコーヒーテーブルは、脚が一本壊れている」

「ルカの首輪の色は？」

「青。白いラインストーンがついている」ショウは答えた。それから付け加えた。「いや、あれはダイヤモンドかな」

ソフィーの顔から表情が消えた。だがすぐに小さな笑みを浮かべた。「パパが懸賞金を？」

「下りてきてくれ、フィー。どこかに隠れないと危険だ」

ソフィーは一瞬ためらった。

それからはしごを下り始めた。下から見ていても、脚が震えているのがわかる。高所は誰だって怖い。

はしごは延々と続いている。煉瓦敷きの床まであと五メートルほどまで下りたところで、ソフィーは右手を離し、掌を腿にこすりつけて汗を拭った。

しかし、右手でふたたびはしごをつかもうとしたとき、左手がすべった。ソフィーは悲鳴を漏らし、必死にはしごをつかみ直そうとしたが、手が届かなかった。ソフィーは後ろ向きに落ちた。すぐに頭が下になった。その真下には、さっき砕け散ったガラスのナイフが、カミソリのような鋭い破片となって待ちかまえていた。

# 17

サンミゲル公園のときとは違い、警察は即座に駆けつけてきた。しかも大挙して。当局の車両十台が集結し、回転灯がにぎやかに閃いて、まるでカーニバルだった。

検死局の技官がカイル・バトラーの遺体をちょうど調べ終えたところだった。現場で最初に仕事を始めたのは今回も検死局チームだ。それを見るたび、ショウは不思議に思う。死体はおとなしく待っていてくれる――もちろん、死んでいると確認されたあとの話ではあるが――のに対して、物的証拠は干からびてしまうかもしれないし、風で飛ばされたり、組成が変化したりしてしまうかもしれないのに、なぜ？　しかしまあ、専門家のすることに間違いはないだろう。

この捜査を推し進める心臓と脳は、どうやら重大犯罪合同対策チーム（ＪＭＣＴＦ）らしい。より具体的には、ダン・ワイリーだ。堂々たる風采をしたワイリー刑事を中心に、すべての捜査機関の捜査員が集まって打ち合わせをしていた。地元警察の人員、サンタクララ郡の人員。私服の数名はおそらく捜査局の人間だろう。捜査局といっても連邦捜査局《ＦＢＩ》ではなく、カリフォルニア州捜査局だ。ＦＢＩが来ていないのは少し意外に思える。ワイリーにも指摘したとおり、誘拐は州法に違反する犯罪であると同時に、連邦犯罪でもあるのだから。

ショウは搬出入ドックの近くに立っていた。そこで待つようにワイリーから言われていた。カイル・バトラーが容疑者Ｘ――とは呼ばず、警察が好む〝未詳〟（身元未詳の容疑者の略）という用語を使ったが――のものと思われる車を見たと話していたこと、そこから推測するに、Ｘはタミエン・ロードを南方向に逃走したと思われることもすでにワイリーには話してあった。

「州道四二号線とタミエン・ロードの交差点には交通監視カメラが設置されているのではないかと思います。車のモデルや色はわかりません。おそらく慎重に運転しているでしょう。赤信号ではきちんと停まって、制限速度も守って」

ワイリーはうなるような声を残して立ち去った。部下に情報を伝えにいったのだろう――いや、本当にそうだろうか？

いまワイリーは、金髪をきっちり一つに結った若い女性巡査を相手に怒鳴り散らしていた。「あれを捜索しろと言ってるだろう。捜索しろってのは捜索しろって意味だ。捜索させたくないのに捜索しろなんて言うわけがないだろう」

巡査は挑むようなまなざしをワイリーに向けていたが、まもなくあきらめた様子で視線をそらし、あれの捜索に向かった。

ショウは十メートルほど離れた位置に二台並んだ救急車を見やった。箱形をした車両の一方には、カイル・バトラーの遺体が積まれている。もう一方にはソフィー・マリナーが乗っていた。ソフィーの怪我の具合はまだ知らされていなかった。ショウはソフィーがガラスの破片が散らばった床に転落するのをかろうじて防いだ。落ちてきた彼女に体当たりするようにして、灰がたまったピットに落としたのだ。たまっている液体は胸がむかつくにおいを漂わせていたが、煉瓦の床よりはずっと柔らかい。二人がぶつかった瞬間、骨が――ショウではなく、ソフィーの骨が折れる感触が伝わってきて、そのあとソフィーは気色の悪いスープに落ちた。ショウは即座にソフィーを引き上げたが、ソフィーはうめき声を漏らし、空嘔吐《からえず》きをした。近くにあるなかで一番きれいな水はたまっていた雨水で、それもきれいとは言いがたかったが、ショウは掌ですくってソフィーの口に何度も流しこみ、すすいで吐き出せとまるで歯医者のように繰り返した。ピットのどろどろに含まれている化学物質が体にいいとは思えない。ソフィーは橈骨《とうこつ》と尺骨《しゃっこつ》を折っていたが、骨が皮膚を破って飛び出す開放骨折でなかったのはせめてもの幸いだった。

ショウはまだ誘拐のいきさつについてソフィーから詳しく聞いていなかった。煙突の下で過ごした短い時間の大部分は応急処置に費やされたからだ。救急車でソフィーの手当をしていた救急隊員が降りてくるのが見えた。携帯電話を耳に当てて遠ざかっていく。

搬出入ドックの壁にもたれていたショウは体を起こし、救急車に近づいてソフィーと話をしようとした。

それにワイリーが気づいた。「おい、あまり遠くまでふらふら行かないでくれよ、チーフ。このあと話があるからな」

ショウはワイリーを無視して救急車に近づいた。右手の金網のフェンスの向こう側にテレビ局の中継車が集まっているのが見えた。レポーターとカメラマンが三十人ほどいてやかましい。野次馬もいる。

ソフィーは座っていたが、朦朧《もうろう》とした様子で、目もうつろだった。折れた右腕は応急のギプスで固定されている。まもなく病院に運ばれるだろう。ショウも何度か骨折したことがある。ソフィーにはおそらく手術が必要だろう。救急隊は、緊急用のシャワーを使ってソフィーの体に付着した化学物質を可能なかぎり洗い落としたようだ。

ソフィーがショウに気づいて目をしばたたいた。「彼は……」声がかすれ、咳きこんだ。「カイル」

「亡くなった。残念だが」

ソフィーはうつむき、目を覆って泣いた。少し落ち着いたところで訊いた。「犯人は……見つかりましたか」

「まだだ」

「そう」ソフィーは箱からティッシュペーパーを取り、目もとや鼻を拭った。「どうしてカイルが?」

「犯人の車を目撃したんだ。証言があれば特定できたかもしれない」

「カイルはあなたと一緒に来たんですか」

「いや。彼にはきみの家に行くように頼んであった。お父さんに会ってほしいとね。しかしきみが心配で、私の捜索を手伝おうとしてここに来たんだ」

ソフィーはまたひとしきり泣きじゃくった。「彼は……とても優しい人だった。そうだ、お母さん。誰かから伝えてもらわないと。弟にも」目の焦点が合ったように見えたが、すぐにまたぼんやりとした。「どうやって……どうしてここがわかったんですか」

「サンミゲル公園周辺のきみがいそうなところを順に当たった」

「ここ、公園の近くなの?」ソフィーはそびえ立つ建物を見上げた。

「犯人の顔は見たかな。知っている人物ということはあるかい」ショウは尋ねた。

「顔は見てません。覆面をしてたんです。スキーマスクみたいな覆面。それにサングラスもかけてた」

「覆面は灰色?」

「たぶん。ええ、灰色でした」

あのニット帽か。

ショウの携帯電話が鳴った。画面を確かめる。〈応答〉をタップしてからソフィーに渡した。

「お父さんだ」

「パパ!……ううん、私は大丈夫。腕。腕の骨を折っちゃったけど……でもカイルが。パパ、カイルが殺されちゃったの。撃たれて……わからない……男の人が……えっと、ミスター……」

ソフィーの目がショウを見る。

「ショウだ」

「ミスター・ショウ。パパ、ミスター・ショウが見つけてくれたの。助けてくれたのよ……うん、わかった……いまどこ?……私も愛してる。ママに電話して。電話してくれる?……愛してる」

電話を切り、携帯電話をショウに返した。「いまから来るそうです」

ソフィーはショウの背後に視線を向け、自分が囚われていた建物を見つめた。そしてつぶやくように言った。

「あそこにただ閉じこめられたんです」途方に暮れたような声だった。「気がついたら、真っ暗な部屋にいた。一人きりで。襲われて、レイプされそうになったほうがまだましだったかも。それなら抵抗できたから。きっと殺してやってた。でも一人で放っておかれたんです。二日間。雨水を飲むしかなかった。吐きそうになった」

「たまたまガラスを見つけて、それを使って脱出したということかな」

「部屋にガラス瓶があったんです。それを割って、ナイフを作りました」

そのとき、背後から別の声が聞こえた。「ミスター・ショウ?」

振り返ると、さっきワイリー刑事にがみがみ怒鳴られていた金髪の女性巡査がいた。

「ワイリー刑事がお話ししたいそうです」

ソフィーは怪我をしていないほうの腕を伸ばしてショウの肩に手を置いた。「ありがとうございました」かすれた声で言った。目に涙があふれかけた。

女性警官が言った。「ミスター・ショウ。いらしてください。ワイリー刑事はいますぐお話ししたいそうですから」

## 18

ドック周辺では大勢の鑑識員が現場検証に取りかかっていた。ワイリー刑事は搬出入ドックのそばで別の女性巡査に高飛車な態度であれこれ指示していた。

　スタンディッシュ刑事がこの捜査の担当だったらどんなによかったかとショウは思った。まだ見ぬスタンディッシュが不愉快な人物であったとしても、このワイリーほど鼻持ちならない人間ではないだろう。

　二人が近づいていくと、ワイリーはうなずき、ショウを案内してきた女性巡査に言った。「キャシー、いい子だから一つ頼まれてくれないか。スージーを表のほうに行かせた。何か収穫がありそうか、様子を見てきてくれ。さ、ほら行った行った」

「スージー？　ああ、ハリソン巡査のことですね」

　ワイリーはその当てつけがましい言い換えを気に留める風もなく、脅しつけるような調子でこう付け加えた。

「記者連中に何か訊かれても答えるんじゃないぞ。いいな？」

　金髪の巡査は苦々しげな顔をしたが、それでも怒りをこらえ、工場と倉庫のあいだの広い通路を遠ざかっていった。

　ワイリーはショウを見て、搬出入ドックに上る階段を掌で叩いた。「まあ座れや、チーフ」

　ショウは立ったまま腕組みをした。ワイリーは〝好きにしろ〟とでもいうように片方の眉を吊り上げた。ショウは訊いた。「タミエン・ロードと四二号線の交差点にカメラは設置されていましたか」

「いま確認させてる」ワイリーはペンとメモ帳を取り出した。「よし、洗いざらい話してくれ。俺のオフィスを出たところから全部」

「クイック・バイト・カフェに戻りました。ソフィーの父親が貼った捜索チラシを何者かが持ち去っていました」

「なんで？」

「代わりにこれを置いていきました」ショウは自分のポケットをそっと叩いた。

「そこに何を隠してるんだ、チーフ。嚙み煙草か。手持《フィ》ち無沙汰解消《ジェットスティック》おもちゃか」

「ラテックスの手袋をお借りできますか」

ショウの予想どおり、ワイリーはためらった。それでも――これもショウの予想どおり――差し出した。ショウは手袋を着けてからポケットに手を入れた。クイック・バイト・カフェに貼ってあった印刷用紙を引き出す。男の顔を描いた、不気味なステンシル風の絵。表側をワイリーのほうに向ける。

「で?」ワイリーが訊く。

「この絵ですが」

「ああ、見えるよ」不機嫌そうに答える。

「ソフィーが監禁されていた部屋の外の壁に、同じ絵が――これとそっくりな絵がありました」

ワイリーも手袋を着けた。紙を受け取り、鑑識員の一人を手招きした。紙を渡して分析に回すよう指示する。

「データベースを検索して、この絵に何か意味がありそうか調べろ」

「了解、ワイリー刑事」

威張り屋と有能な刑事が一人のなかに同居している例が絶対にないわけではないのだからとショウは自分に言い聞かせた。

「で、カフェに行ったわけか。そのあとは?」

「サンミゲル公園にまた行ってみましたよ。あなたが鑑識チームを派遣しているものと思っていましたから」

ワイリーは胸の高さのドックにメモ帳とペンを置いた。ワイリーはショウを殴りつける気で両手を空けたのだと思って、ショウはとっさに身がまえた。しかし刑事はラテックスのポケットから処方薬の小瓶に似た形の金属容器を取り出しただけだった。ねじ蓋を開け、爪楊枝を一本取り出す。ミントの香りが鼻先をかすめた。

「いまはあんたの話をしてるんだがな、チーフ」爪楊枝の先でショウを指し、それから前歯ではさんでくわえた。刻印の入った太い結婚指輪をしていた。さっきと逆の手順を踏んで金属容器をポケットに戻し、筆記用具をふたたび手に取った。

ショウはそのあとの行動を時系列に沿って説明した。公園でカイルが声をかけてきたこと。尾根の枝道に車が駐まっていたこと。

「もしかしてあなたでしたか」ショウは訊いた。「車に乗っていたのは」

ワイリーは目をしばたたいた。「なんで俺だと思う?」

「あなただったんですか」

　ワイリーはそれに答えずに続けた。「その車を見たんだな」

「いいえ」

「へえ。目に見えない車が何台もこの界隈をうろうろしてるらしいな」ワイリーはぶつぶつ言った。「で」

　ショウは話を続けた。ソフィーはレイプされて殺されたのだろう、死体はすでに処分されたのだろうという結論に達したこと。処分に適した場所を捜してこの工場跡に来たこと。「カイルにはソフィーの家に行くように言ってあったんですが、ここへ来てしまったんです」

「誘拐犯があんたを襲わなかったのはなんでだと思う」

「私が銃を持っていると思ったんでしょう。ところでワイリー刑事、一階のドアはどれもねじで固定されていたのに、一カ所だけ例外がありました。一つだけ開くようにしていたのはなぜでしょうね」

「目的のために決まってるだろう、チーフ。いつでもそこから出入りしてレイプできるように」

「だったら、そのドアにも南京錠をつければよかったでしょう。ゲートにはつけていたんだから」

「なあ、犯人は頭がどうかしちまってるんだよ、チーフ。頭のおかしい人間が、俺やあんたみたいに理詰めで行動するわけがない。だろ？」爪楊枝がワイリーの口の片端からもう一方へ移動した。舌だけを使ってやってのけたらしい。なかなかの芸当だ。「で、あんたはまんまと懸賞金を手に入れるわけだな」

「それは私とミスター・マリナーの問題、ビジネスの話です」

「ふん、ビジネスね」ワイリーは言った。体の大きさにふさわしく、声も大きかった。化粧品のような香りが漂ってきた。ごま塩の豊かな髪を固めるのにたっぷり吹きつけたヘアスプレーだろう。

「懸賞金が出てることをどうやって嗅ぎつけたのかってことくらい、教えてくれてもいいんじゃないのか、チーフ」

「私の名前はコルターです」

「愛情表現だと思ってくれよ。誰だって愛情表現は使うだろう。あんただって使うよな」

　ショウは黙っていた。

　爪楊枝がもぞもぞと上下する。「懸賞金。どこで聞きつけた」

「私の仕事についてこれ以上話すつもりはありません」ショウは言った。それから付け加えた。「クイック・バイト・カフェの防犯カメラの映像を確認するといいかもしれませんよ。ここ一月《ひとつき》分くらい。より鮮明な犯人の映像が記録されているかもしれませんからね。あの店に下見に来ていたとすれば」

ワイリーはメモ帳に何か書きつけた。ショウのいまの提案をメモしたのか、まったく別のことなのかはわからない。

そこへ少し前にワイリーがあれの捜索に行かせた若い女性巡査が戻ってきた。

ワイリーがふさふさした眉を吊り上げた。「何か見つかったか、お嬢ちゃん」

巡査は証拠袋を持ち上げてみせた。ドラッグストアのレジ袋が入っていた。血痕——いまとなってはソフィーの血と考えて間違いないだろう——が付着した石を入れたレジ袋だ。

「これがトランクにありました、ワイリー刑事」

ワイリーがちっちっと舌を鳴らした。「なるほど、犯罪の現場から物的証拠を盗んだか。そりゃ公務執行妨害に当たるな。ここはきみに譲るとしようか、お嬢ちゃん。被疑者の権利を聞かせてやってくれ。ほら、あっちを向け、ミスター・ショウ。背中で手首をそろえろ」

ショウはおとなしく従った。内心ではこう考えていた——ワイリーの奴、ようやく〝チーフ〟呼ばわりをやめてくれたな。

19

ショウ一家が暮らしていた〝コンパウンド〟のゆったりと広いコテージでは、何部屋かが——それも大きな部屋が——書庫に充《あ》てられていた。大量の書物は、アシュトンとメアリー・ダヴが大学で教えていたころに集めたものだった。アシュトンはそれまで歴史学と人文学と政治科学を教えていた。メアリー・ダヴは医学部教授で、PI——企業や政府が資金を提供して行われている研究プロジェクトで、資金が適切に使われているかどうかを監督する〝研究代表者〟——も務めていた。その後、アシュトンがサバイバリズムに傾倒するようになって、書物はますます増えていった──言うまでもなく、紙に印刷された本が。

**インターネットを信用するべからず。**

このルールはあまりにも自明なためか、アシュトンの〝べからず〟集には記載されていなかった。

コルター、ドリオン、ラッセルは日々本を読んで過ごした。コルターはなかでも法律の本に強い関心を持った。コテージには法律関連の本が数百冊そろっていた。大学の町バークリーを離れてフレズノの東側に広がる原野に移住したとき、なぜかアシュトンは法律事務所を開けそうな数の判例集を引越荷物に入れた。コルターはそういった判例集の魅力に取りつかれた。契約、憲法、不法行為、刑法、家族関係法の諸問題について裁判所が下した判決の数々。それぞれが裁判に至る背景にある物語にも惹かれた。どのような争いが高じて訴訟に至ったのか。原告、被告のどちらがどういった理由で勝訴するのか。父アシュトンは、身体的に生き延びるためのルールを子供に教えた。そして法律は、社会的に生き延びるためのルールを定めている。

大学卒業後──ショウはミシガン大学を優等《クム・ラウデ》で卒業した──カリフォルニア州に戻り、公選弁護人事務所にインターンとして勤務した。この経験から二つのことを学んだ。第一に、自分はオフィス勤務にまるきり向いていないと思い知った。それまではロースクールに進んで弁護士になろうと考えていたが、取りやめとした。そしてもう一つ、法律についての自分の考えはどうやら正しいと確信した。法律は、上下二連式のショットガンや弓、ぱちんこと同じように、攻撃するにも身を守るにも頼れる武器になる。

いま、ＪＭＣＴＦの殺風景な留置場の取調室に座ったコルター・ショウは、刑法に関する知識を記憶の底から引っ張り出して状況を検討していた。職業柄、逮捕されたことは何度もある。有罪を宣告されたことは一度もないが、仕事の性質も手伝って警察と角を突き合わせる場面もままあり、警察側の気分や状況によっては逮捕手続カウンター前に引き立てられることも少なくない。

ショウは、落ちてきたソフィー・マリナーをいなしてピットに落として彼女の体重を受け止めた右腕をもみほぐしながら、自己弁護プランを冷静に、かつ秩序立てて構築した。時間はそうかからなかった。

ドアが開き、頭髪の乏しくなった五十代の痩せた男が入ってきた。頭皮はワックスでもかけたようにまぶしく輝き、そこを注視せずにいるのはかなり難度が高かった。男は明るい灰色のスーツを着て、ベルトに警察のバッジを下げていた。派手な花柄のネクタイの結び目は完璧に左右対称だ。コルター・ショウが最後にネクタイを締めたのは……いつだったたか。マーゴはコルターの服装を〝個性的〟と評した。

「ミスター・ショウ」

ショウは挨拶代わりにうなずいた。

男は〝重大犯罪合同対策チーム上級管理官のカミングス〟と自己紹介した。長ったらしい肩書きは、職務内容よりもこの男の人柄を表していた。フレッドとかスタンとか簡潔に自己紹介されたほうがよほど好感が持てただろう。

カミングスはテーブルをはさんだ真向かいに腰を下ろした。テーブルは、ベンチと同じく床にボルト留めされており、頑丈なスチールでできていた。カミングスはノートとペンを持参していた。カメラのレンズは室内のどこにも見当たらなかったが、設置されているのは間違いないだろう。

「留置場の担当から、私と話したがっていると連絡を受けた。気が変わったということかな。権利を放棄して、弁護士の同席なしに取り調べに応じる気になったか」

「気が変わってはいません。ワイリー刑事とは話したくないだけのことです。弁護士が同席していようといまいとね。あなたとなら話してもいい」

痩せた男はビックのボールペンの先でノートを軽く叩きながら思案した。「現状、私は不利な立場に置かれている。急な話で、事実をすべて把握できているわけではない。被害者の父親が懸賞金を出していたと聞いた。きみの目的はそれを勝ち取ることというわけだな」

懸賞金を〝受け取る〟という言い方のほうが好ましいが、ショウは黙ってうなずいた。

「それで生計を立てている」

「そうです。ただ、いまからする話にそれは関係ない」

カミングスはまた思案した。「ダン・ワイリーには、たしかに扱いにくいところがある。しかし、有能な男だよ」

「苦情が申し立てられたことは過去にありませんでした

か。たとえば、女性の巡査から」

　カミングスはそれには答えなかった。「ワイリーによると、きみは事件現場から証拠を盗んだそうだな。物的証拠が誰の手にも渡らなければ、被害者の女性を発見できるのはきみ一人だけになる。つまり、懸賞金を誰かと分かち合わずにすむ」

　ワイリーの奴、そう来たかとショウは思った。なかなか鋭い。

「こちらから一つ提案がある。ワイリー刑事の同意も得た上での提案だ。罪状を公務執行妨害から証拠毀損に引き下げる。軽罪だよ。引き換えに、きみは懸賞金をあきらめてこの街を出る──自宅はシエラネヴァダだそうだな」

「ええ、そこにも住まいがあります」

「誓約書を書いてもらう。それで無罪放免だ。検察官が書類を用意して待っている」

　ショウは疲れを感じた。長い一日だった──モロトフ・カクテルに始まり、殺人まで起きた。しかもまだやっと午後六時になったところだ。

「カミングス上級管理官、ワイリー刑事が私を逮捕したのは、非難の矛先を自分以外に向けるためでしょう。私が懸賞金をあきらめてこの街から消えれば、ワイリーがヘマをし、代わりに一民間人が事件を解決したという事実がなかったことになる」

「ちょっと待てよ、ミスター・ショウ」

　ショウはかまわず続けた。「ワイリーの手もとには、誘拐事件が進行中であると断定できるだけの情報が集まっていた。サンミゲル公園周辺に制服警官を二十五名派遣してソフィー・マリナーの捜索に当たらせるべきだったんです。もしそうしていれば、警察がソフィーを見つけていたでしょう──私一人でも半時間ほどで見つけられたんですから。カイル・バトラーはいまも生きていただろうし、おそらく未詳は留置場にいたはずです」

「ミスター・ショウ、それでもきみが現場から物証を持ち去った事実は動かないぞ。りっぱな犯罪行為だ。その点で法にグレーゾーンはない」

　カミングスは、自分から進んでショウの罠に足を踏み入れたも同然だった。

　ショウはほんのわずかに身を乗り出した。「一つ。私があの石を現場から持ち出したのは、自腹でＤＮＡ検査を依頼して、ソフィーが誘拐されたことを証明するためでした。あなた方は誰一人信じようとしませんでしたから。そしてもう一つ」——反論しようと口を開いたカミングスを、ショウは片手を挙げて制した——「サンミゲル公園は事件現場ではありません。ダン・ワイリーは現場として保存していませんでしたからね。私は郡立公園で花崗岩《かこうがん》のかけらを拾ったにすぎないということです。さて、カミングス上級管理官。私からお話ししたいことは以上です。あとは検事局と相談してください。相応に対処していただけないなら、弁護士に連絡して、あとを任せることにします」

20

ショウは消去法でピーナツバター・クラッカーを選んだ。

ＪＭＣＴＦのロビーにある軽食の自動販売機に並んでいるのは甘い物ばかりで、例外はクラッカーと、未調理のチェダーチーズ・ポップコーンくらいのものだった。ポップコーンをここでどうやって調理しろというのだろう。ショウの見るかぎり、ロビーには電子レンジが設置されていなかった。

ボトル入りのミネラルウォーターも買った。コーヒーはおそらく飲めた代物ではないだろう。

軽食がショウの胃袋に収まったころ、カミングスの部下——鋭い目つきをした若い男——が潜水艦に設置されていてもおかしくなさそうなセキュリティつきドアを開けてロビーに入ってきて、あいにくだがショウの車は警察の押収車両保管場にレッカー移動されていると告げた。

理由は尋ねるまでもなかった。ショウは釈放されたのに、車はまだ勾留されたままというわけだ。

「私は起訴されなかったんだが」

「ええ、知っています」

「車は返してもらえないわけか」

「ええ。車内から証拠物件が発見されたわけですからね。担当刑事の署名がないとお返しできません」

「署名なら、カミングス上級管理官がしてくれるだろう」

「もう退勤しましたので。権限を持っているほかの上級刑事を探しているところです」

「あとどのくらいかかりそうかな」

「ともかく書類がそろわないことには。通常なら、四時間か五時間です」

ショウの車といっても、レンタカーだ。このまま引き取らないことにして、新しい車を借りるという手もある。だが、何らかのペナルティを食らうかもしれない。レンタカーを借りる際、事故に備えて自車両損害免責オプションはかならずつけることにしているが、レンタルの契約書には小さな文字で印刷された条項が読みきれないほど並んでいる。借り手が故意に警察の車両保管場に放置した場合は免責にならないという条項がまぎれこんでいない保証はない。

「電話番号は控えています。返却の手続きがすみしだいご連絡します」

「容疑者が特定されたかどうか、きみは聞いていないかな」

「容疑者？」言外にこう訊いていた──〝どの事件の？〟

「ソフィー・マリナー誘拐事件の容疑者」

「僕は知る立場にありません」カミングスの部下は、核戦争にでも備えたかのようなドアの奥に消え、ドアはがちゃりと大きな音を響かせて閉まった。

ショウはＪＭＣＴＦの正面玄関前の様子をうかがった。テレビ局の中継車が四台。レポーターやカメラマンが少しでもよい位置を確保しようと静かな争奪戦を繰り広げている。証拠物件をこともあろうにドラッグストアのレジ袋に押しこむという許しがたい犯罪の容疑はめでたく晴れ、起訴手続も罪状認否手続も行われず、ショウの名前が公の記録に現れることもないが、事件の関係者であることに変わりはないわけで、めざといレポーターのなかには、現場でショウを見かけて顔を覚えている者もいるかもしれない。西部劇の賞金稼ぎにも通じる職業、映画スターのような容貌──〝売れない映画俳優〟レベルにせよ──の二つがそろったコルター・ショウは、メディアの餌食になりかねない。

ショウは防弾ガラスの向こうの窓口担当官──ノートをコピーしてくれた女性ではなかった──に尋ねた。

「すみません、このビルに裏口はありますか」

窓口担当官は、玄関前に集まったマスコミを見やり、この男性は何かの容疑で取り調べを受けたが、十一時のニュースで自分の映像が流れると妻に知られてしまうと心配しているのだろうとでも思ったらしい。少し迷ったあと、軽食の自動販売機の奥の窓のない出入口を指さした。

「ありがとう」

ショウはそのドアの奥の通路から外に出た。夕方のまぶしい陽光がまともに目を射た。保釈保証業者の事務所や、苦労が多いわりにあまり儲かっていなそうな弁護士事務所が並んだ通りを歩いた。Ｕｂｅｒを呼んでウィネベーゴを駐めたＲＶパークまで乗せてもらおうとしたところで、メキシコ風の雰囲気のよさそうなバーが目に留まった。

数分後、ショウはきんと冷えたテカテ・ビールの缶を手にしていた。くし切りのライムを飲み口から押しこむ。ふつうなら汁を搾《しぼ》って垂らすのだろうが、ショウはそうしない。缶のなかを漂っているだけで充分だ。

ビールを喉に流しこむ。もう一口。それからメニューに目を走らせた。

携帯電話が鳴った。見覚えのある番号だった。「ミスター・マリナー？」

「フランクと呼んでください。お願いします」

「わかりました。では、フランク」

「どうお礼を言っていいのやら」感極まったような声だった。

「ソフィーはどんな様子ですか」

「もう家に戻ってます。ひどいショックを受けてますが、まあ、しかたのないことです。骨折もだいぶひどくて。でも、指はギプスで固定されてないので、キーボードは使えるようですよ。友達とメッセージをやりとりするのには問題ない」マリナーは笑いまじりにそう言ったが、すぐに黙りこんだ。ふいにこみ上げた涙をどうにかこらえようとしているのだろう。「病院で検査を受けました。骨折以外は無事だそうです」

〝無事〟。遠回しな表現だが、性的暴行は受けていないと言いたいのだろう。父親なら誰であれ、口にするには大きな抵抗のある言葉だ。

「あなたは……？　怪我はありませんでしたか」

「ええ」

「ソフィーの発見に協力した人物がいたと警察は言っていましたが、ソフィーに確かめたら、助けてくれたのはあなた一人だったと」

「ええ、警察はあとから駆けつけてきました」

「それに、ソフィーから聞きました――あなたは警察に連れていかれた、逮捕されたって」

「心配は無用ですよ。その件は解決しましたから。ところで、ソフィーのお母さんはもうじきこちらに？」

　短い間があった。「二、三日中には来ると思います。会議があるそうで――役員会議が。欠席するわけにはいかないと」その言い訳一つで、フランク・マリナーの元妻がどのような人物であるか想像がついた。「ミスター……いや、コルター、何もかもあなたのおかげです……お礼の言葉もありません。こんな風に言っても、あなたは聞き飽きているかもしれませんが」

　事実、過去にも何度も同じことを言われていた。

「しかし……カイルが」フランク・マリナーは声をひそめて言った。きっとソフィーが近くにいるのだろう。

「まさかこんなことに」

「ええ、気の毒に」

「ところでコルター。懸賞金を用意しました。できればじかにお渡ししたい」

「明日お宅にうかがいます。ソフィーには警察から捜査の進捗報告がありましたか」

「刑事がうちに来ました。スタンディッシュ刑事」

　おや、幻の刑事が満を持してご登場らしいぞ――事件は確かに起きていたと証明されるなり。

「手がかりがあるような話はしていましたか」

「いいえ」

　ショウは続けて尋ねた。「ＪＭＣＴＦは、お宅の前に警護の車を配備していますか、フランク」

「パトロールカーですか。ええ」

「それならよかった」

「犯人はまた来ると思います？」

「それはないでしょうね。しかし、用心に越したことはありません」

　明日の訪問の時刻を取り決め、電話を切った。

　カルネアサーダ（牛肉をマリネして焼いたメキシコ料理）を注文しようとしたところで、ｉＰｈｏｎｅがまた鳴り出した。この番号にも見覚えがあった。ショウは〈応答〉をタップした。

「もしもし」

「私よ。押しの強い女」

カフェで番号を交換した赤毛の女性だ。「マディー？」

「名前を覚えててくれたのね！　ニュースを見たわ。あなたが探してた女の子が見つかったって。警察が救出したんですってね。でも〝善意の市民〟の協力があったとも言ってた。あなたのことじゃない？」

「そうだ」

「死者が出たそうだけど、あなたは無事？」

「何ともないよ」

「犯人はまだ捕まってないって」

「いまのところは」

短い沈黙。「きっとこう思ってるところよね。このストーカーじみた女はいったい何の用だ？」

ショウは答えなかった。

「コルターとコルト、どっちで呼ばれるほうが好き？」

「どっちでも」

「ところで、プールよ。私のラストネームは」

**覚悟……**

「懸賞金はもらった？」

「まだ」

「懸賞金って、キャッシュでもらえるの？　単なる好奇心だけど」マディーの思考は、熱したフライパンに落とした水のしずくのようにあちこちに飛び回るようだ。

「だんだんわかってきた。あなた、無意味な質問に答えるのは嫌いなんでしょ。心に留めておくわ。女の子を救出したあとは何してた？」

留置場。そのあと、ライムを浮かべたテカテ。

「とくに何も」

「じゃあ、とくに用事はないってこと？　いま。このあとすぐ」

「ああ」

「あなたに見せたいものがあるの。どう？《ユー・ゲーム》」

ショウはマディーの天使のように美しい顔を思い浮かべた。柔らかな髪。鍛えられた体。

「いいね。ただ、車がないんだ」

「大丈夫。迎えにいくから」

ショウはバーテンダーから店の名刺をもらい、番地をマディーに伝えた。

「どこに行くのかな」ショウは訊いた。

「たったいま、ヒントはあげたつもりだけど」楽しげな声だった。「あとは自分で考えて」マディーはそれだけ言って電話を切った。

## 21

こんなものは初めて見た。

コルター・ショウは、地平線まで続いているかのごとく広大なコンベンション・センターの入口に立っていた。幅も奥行きも五百メートル近くありそうだ。そこに渦巻く無数の電子音が鼓膜に襲いかかってくる。光線銃にオートマチック銃、爆発音、腹に響く音楽、クリーチャーやスーパーヒーローの芝居がかった声。ときおり恐竜の咆哮《ほうこう》までまじった。それに加えて、視覚効果が目をくらませる――劇場にあるようなスポットライト、ＬＥＤ電球、バックライトつきのバナー、てんかんを引き起こしそうな明滅光、レーザー光、スクールバスくらいありそうな大型の高解像度ディスプレイ。

**どう？**《ユー・ゲーム》

マディー・プールのヒントは、来る気はあるか《アー・ユー・ゲーム》ではなく〝ゲームはやるか《ドゥー・ユー・ゲーム》〟の意味だった。

やられたな。

ここ、サンノゼ・コンベンション・センターの国際Ｃ３ゲームショーは、どうやらビデオゲーム業界の〝グラウンド・ゼロ〟らしい。数万、数十万の来場者が、水族館の密集した水槽を悠然と泳ぐ魚の群れのように動いている。照明は薄気味悪いほど暗い。スクリーンやディスプレイの映像を引き立てるためだろう。

隣のマディーは、まるでキャンディショップに来た子供だった。目を輝かせて会場を見回している。黒いニット帽、胸に〈ＵＣＬＡ〉のロゴが入った紫色のパーカ、ジーンズにブーツという出で立ちだった。首筋に、昼間カフェで会ったときは気づかなかった、漢字らしき文字が三つ並んだ小さなタトゥーがある。豊かな髪――ニット帽からはみ出した後《おく》れ毛――をあいかわらずしきりにいじっている。爪にはマニキュアを塗っておらず、指先にくっきりとしたしわがあって、皮膚が赤い。あのしわはどんな職業や趣味のせいなのかとショウは首をかしげた。マディーはいっさいの化粧をしていない。頬や鼻の付け根に、人によっては化粧で隠しそうなそばかすが散っていた。隠さずにいることにショウは好感を持った。

ここに来る車中でゲームショーの概要はマディーから

聞いた。世界中からビデオゲーム製作会社が集まり、趣向を凝らしたブースを設営して商品を紹介する。来場者は、各社の最新作を一足先に体験プレイできる。百万ドルの賞金がかかったトーナメントや、お気に入りのキャラクターに扮した参加者がコスプレを競うコンクールも開催される。撮影クルーが通路を歩き回り、ライブでストリーム配信を行う。ショーのハイライトは各ゲーム会社の幹部が登壇する新製品発表会で、ジャーナリストのみならずゲームファンからの細々《こまごま》した質問も受け付けて答えるという。

二人は、試遊台が並んだブースのあいだをゆっくり歩いた。試遊台によっては時間制限の案内が掲げられていた。〈一人10分まで。見るものはほかにもたくさんありますよ！〉。〈17+　ＥＳＲＢ〉——これはおそらくゲームの対象年齢の表示だろう。

「見せたいものというのは？」ショウは大声で言った。この調子では、帰るころには声がかすれそうだ。

「もうじきわかるわよ」マディーは思わせぶりにはぐらかした。

サプライズはあまり好きではない。だが、ここは調子を合わせることにした。

ショウは頭上の大きなディスプレイの前で足を止めた。まばゆい白い背景に青い文字が並んでいた。

Ｃ３へようこそ
今日が未来と出会う場所

その下に、さまざまな統計情報が流れていた。

ご存じでしたか……

ビデオゲーム業界の昨年1年間の総売上は
１４２０億ドル（前年比15％増）

ハリウッドをしのぐ業界規模

日常的にビデオゲームをプレイするアメリカ人＝１
億８０００万人
日常的にビデオゲームをプレイする18歳以上のアメ
リカ人＝１億３５００万人

日常的にビデオゲームをプレイする50歳以上のアメリカ人＝4000万人

アメリカ国内の80％の家庭がゲームのできるデバイスを所有しています

人気のジャンルは――

アクション／アドベンチャー　30％

シューティング　22％

スポーツ　14％

ソーシャル　10％

人気のプラットフォームは――

タブレットとスマートフォン　45％

ゲーム専用機　26％

パソコン　25％

もっとも急成長しているゲーム市場はスマートフォン向け

それほどの規模と人気を誇る業界だとは。

　二人は『フォートナイト』のブース前を通り過ぎた。ホールのこの一帯で一番人気のブースのようだ。入場制限がかかった一角にパソコンが並び、そこで来場者が『フォートナイト』に興じていた。風景やプレイヤーが自分で造った建築物――これが〝砦《フォート》〟だろう――のあいだをアバターが縦横無尽に動き回っている。キャラクターは敵クリーチャーに向けて武器を連射したり、ときには奇妙なダンスを踊り出したりと忙しい。

「こっちこっち」マディーが言った。「早く」どこか明確な目的があるらしい。マディーが大きな声で訊く。「子供のころのお気に入りゲームは何だった？」

　今度はショウが言葉遊びをする番だった。「シカ肉かな」

　一瞬、間があった。それからマディーはジョークに気づいて笑った（英語の「ゲーム」には「猟の獲物の肉」という意味もある）。高く軽やかな笑い声だった。それからショウをじっと見た。「ほんと？　あなたも狩猟をやるってこと？」

　あなたも？　〝私たちって似てるわね〟と言いたいのか？　ショウはうなずいた。

「毎年秋になると、うちの父と狩りに行くの。カモとかキジとか」マディーが続けた。「家族の伝統みたいなもの」おかっぱ風のウィッグをかぶったアジア系の女性二人組とすれ違った。一人のウィッグは緑、もう一人は黄色だった。ヘビ柄のボディスーツを着ている。

マディーが訊く。「家にパソコンがなかったから」「ゲームはやらなかったってこと？」

「じゃあ、ゲーム専用機で？」

「それもなかった」

「ふうん」マディーは言った。「火星育ちの人と会うのは初めてよ」

シエラネヴァダ山脈の岩だらけのコンパウンドで暮らしていたショウ家には、ベーシックな携帯電話が二台あった。言うまでもなくプリペイド式で、使うのは緊急時だけだった。それと別に短波ラジオ機はあって、子供たちもラジオは自由に聴けたが、電話と同様、通信に使えるのは切迫した事情があるときに限られた。父のアシュトンは、自分を探している人々が近隣で〝フォックスハンティング〟――無線電波を追跡して送信機を発見する行為――をするかもしれないと警戒していた。アシュトンと母のメアリー・ダヴは、コンパウンドから一番近い街、四十キロ離れたホワイトサルファースプリングスに出かけた折に、子供たちが街の図書館で古めかしいパソコンにログインしたり、毎年夏に〝文明〟――オレゴン州ポートランドやシアトル――に旅行した際、おじやおばの家でパソコンを使ったりするのは禁止しなかった。

とはいえ、切り立った崖を懸垂下降《けんすい》したり、ガラガラヘビやヘラジカと遭遇してにらみ合ったりするような毎日を過ごしていると、画面のなかの異星人をやっつける遊びが楽しそうには見えないこともまた事実だった。

「あ、あれ！……こっちよ！」マディーは大型ディスプレイの一つに突進していった。ニット帽にスウェットの上下を着て、あごひげを伸ばし始めたところらしい若者が巨大なモンスターに武器を連射し、大半をみごとに吹き飛ばしている。

「彼、うまいわ。あのゲームは『ドゥーム』」マディーは言い、懐かしむように首を振った。「古典の一つ。文学でいえば『失楽園』や『ハムレット』みたいなもの……いま、意外そうな顔をしたでしょ、コルター。こう見えても英文学の学士号と情報科学の修士号を持ってるのよ」

マディーはコントローラーを取ってショウに差し出した。「やってみる?」

「いや、遠慮するよ」

「私がちょっとやってもかまわない?」

「どうぞ」

マディーは椅子に座り、ゲームを始めた。真剣そのものの目つき、わずかに開いた唇。やや前かがみになった体がときおり左右に揺れたり、びくりと反応したりする。まるでゲームの世界が唯一の現実にすり替わったかのようだった。

マディーの動きはどこかバレエの振り付けに似ていた。どことなく官能的だった。

背後のスピーカーからロケットの打ち上げ音が聞こえ、ショウは振り返って混雑した通路の向こうを見た。ディスプレイにこの会社の新作ゲームのプレビュー版を誰かがプレイしているのが映し出されている。『ギャラクシーⅦ』というタイトルで、プレイヤーは宇宙飛行士の視点で宇宙船を操縦し、かなたの惑星へ飛び立った。宇宙船が着陸し、プレイヤーはキャラクターを操作して宇宙船を下り、洞窟に入っていく。トンネルを探索し、地図や武器、〝パワープラス・ウェハース〟などのアイテムを収集している。最後の一つは、ショウの耳にはマラソンランナー向け補給食の商品名のように聞こえた。

モンスターを端から殺しまくる『ドゥーム』に比べると、『ギャラクシーⅦ』は穏やかで落ち着いたゲームと見える。

マディーが隣に来た。「世界を救ってきた。もう安心よ」コルターの腕をつかみ、耳もとに顔を寄せて、周囲の騒音に負けない大声で言った。「ゲームの世界を簡単に分類するとね」背後の『ドゥーム』を指さす。「プレイヤー視点で、自分がやられる前に敵を一掃するジャンルが一つ。ファーストパーソン・シューティング・ゲームっていうの」次にマディーは、たったいまショウがながめていたゲームを指さした。「次がアクション・アドベンチャー。第三者視点のロールプレイング・ゲームよ。自分のキャラクター――アバターともいうけど――あ、ねえ、〝アバター〟ってわかる?」ショウはうなずいた。「自分のアバターを操作して、謎を解いたり、先へ進むのに役立つアイテムを集めたりする。最大の目的は生き延びることだけど、心配しないで、パルスレーザーでオークどもを黒焦げにするチャンスだってもちろんあるから」

「オークか。『指輪物語』に出てきたな」

「よくできました」マディーは笑い、ショウの腕をぐっと握り締めた。「素質がまるでないってわけじゃなさそうね」

家にテレビがない生活では、自然と本に手が伸びる。

「もう一つ教えておくと」マディーは『ギャラクシーⅦ』の画面を指さした。「ほかにもアバターが歩き回ってるでしょ？　あれは世界のどこかにいるプレイヤーなのよ。単なるロールプレイングゲームじゃなくて、〝複数プレイヤー《M》参加型オンライン《O》RPG〟——MORPG。ほかのゲーマーは自分の味方かもしれないし、倒すべき敵なのかもしれない。人気のあるゲーム、たとえば『ワールド・オブ・ウォークラフト』あたりだと、その瞬間、二十五万人が接続してプレイしているかもしれないのよ」

「きみはよくゲームをやるのかな」

マディーは目をしばたたいた。「そうだった。まだ話していなかったわね。それが私の仕事なのよ」ポケットから名刺を取り出す。「改めて自己紹介させて。本名はGrindrGirl12と申します」マディーはそう言うと、愛嬌に満ちたしぐさでショウの手を握った。

## 22

マディー・プールはゲーム開発者ではない。グラフィックデザイナーでもない。広告コピーを書いているわけでもない。

ゲームをプレイすることそのものが仕事だ。

グラインディング——ハンドルネームの〝Grind〟の部分——は、二十四時間営業でゲームをプレイし、Ｔｗｉｔｃｈのようなサイトでゲーム実況を配信することを指す。「〝これこれって何だか知ってる？〟っていちいち確かめるのはもうやめるわ。わかってもわからなくても話を進めるから、とりあえず聞いて。ゲーム実況の配信というのは、サイトに大勢がログインして、お気に入りのゲーマーのプレイを見るってこと」

すでに一大ビジネスになっているのだとマディーは説

明した。有名スポーツ選手や俳優と同じように、ゲーマーにも代理人がつく時代が到来している。

「きみにもついているのかい」

「そろそろつけようかと考え始めたところ。ただ、代理人がつくと、本当に仕事になっちゃうでしょ。いつでもどこでも好きにプレイするというわけにはいかなくなる。その感覚、わかる？」

　コルター・ショウは答えなかった。代わりにこう尋ねた。「大勢がログインすると言ったね。みなで一緒にゲームをするわけか」

「いいえ。みんなはただ見るだけ。私がプレイしている画面をリアルタイムで見るのよ。私の肩越しに画面をのぞきこんでいるみたいなもの。私の表情を撮ってるカメラもあるから、このかわいらしい顔も見られる。私はヘッドセットとマイクを着けて、ゲームプレイや、いま何をしたか、どうしてその操作をしたかを説明したり、ジョークを言ったり、視聴者とチャットをしたりする。私個人のファンだという人が大勢いるの――男の人ばかりじゃなく、女の子も。ストーカーもまじってるけど、いまのところうまくあしらってるわ。ゲームをやる女はタフじゃなくちゃいけないの。女性ゲーマーも数では男性に負けていないけれど、ゲーム実況や大会は男の世界だから。女だというだけで嫌がらせを受けることもある」

　マディーは不愉快そうに顔をゆがめて続けた。「よく知ってる女性ゲーマーがいてね。まだ十八歳の女の子なんだけど、あるとき、ベーカーズフィールドにある実家の地下室で暮らしてる引きこもり男性ゲーマーを二人、ゲームでこてんぱんにやっつけたの。そうしたらその二人、その子の実名や住所を突き止めて、ＳＷＡＴしたのよ。あ、ＳＷＡＴっていうのは、悪質な嫌がらせのことなんだけど、知ってる？〝スワッティング〟とも言ったりする」

　その語は初耳だった。

「警察に電話して、これこれの番地の家に銃を持った人間が侵入したから来てくれって言うわけ。その二人は、女性ゲーマーの住所と特徴を伝えたの。警察は、通報を受けたら規則どおりに対応しなくちゃいけないでしょう。ＳＷＡＴがその子の家の玄関を蹴破って、彼女を逮捕した。そういう事例は想像以上に多いのよ。もちろん、その女性ゲーマーはすぐ釈放されて、いやがらせをした男二人はプロキシを使ってたけど、それでもその子は二人の身元を突き止めた。二人は刑務所行きよ」

「きみのそのタトゥーはどういう意味なのかな」ショウはマディーの首筋にちらりと目をやった。

「いつか教えてあげる。たぶんね。さて、コルト。あなたの質問に答えるわ」

「質問？　何だったか」

「ここに来た目的は何か。じゃじゃーん！」

すぐ先に、コンベンション・センターの角に設営されたブースが見えていた。広さはほかのブースと変わらないが、落ち着いた雰囲気だった。レーザー光も、腹に響く音楽もない。控えめな電子看板にはこう表示されていた。

HSE最新作

IMMERSION――イマージョン――

ビデオゲームの新機軸

このブースには試遊台が設置されていなかった。どんな趣向が用意されているにしろ、それは黒と紫の巨大なテントの奥に隠されているらしい。テント前に入場を待つ参加者の列ができていた。

マディーは受付に向かった。デスクの奥にアジア系の女性が二人待機している。ほかのブースの従業員に比べて年齢が高かった。二人ともまったく同じ紺色の地味なビジネススーツを着ている。マディーがIDバッジと運転免許証を提示した。受付係は画面を確認したあと、白いゴーグルとワイヤレスのコントローラーを差し出した。マディーは画面に表示された文書に署名し、次はあなたよというようにショウにうなずいた。

「私？」

「そうよ。私のゲストに登録したから」

身分証明書の確認ののち、ショウもゴーグルとコントローラーを受け取った。署名を求められた文書は免責同意書だった。

二人はカーテンで仕切られたテントの入口の前にできた行列の最後尾についた。並んでいるのは大多数が若い男性で、みなゴーグルとコントローラーを手にしていた。

マディーが説明した。「私、ゲームのレビューの仕事もしてるのよ。どこの会社もレビュワーを何人か雇ってる。新作のベータバージョンをプレイして、意見や改善点を伝える仕事。『イマージョン』は、個人的にもずっと楽しみにしてた新作でね。今日ここでは純粋に楽しむだけ。帰りにベータバージョンをもらえるから、家に帰ったあと真剣に試すの」

ショウは複雑な形をしたゴーグルをながめた。左右にボタンがいくつも並び、イヤフォンもついている。

列の進みはのろい。従業員が二人――にこりともしない大柄な男性で、受付の女性たちの地味なスーツの紳士版といった雰囲気のスーツを着ている――入口に立ち、近くに設けられた出口から出てきたのと同じ人数の入場を許可している。出口にはまた別の従業員がいて、ゴーグルを回収していた。ショウは出てきた来場者の表情を観察した。呆然としたように首を振っている者。畏敬の念を浮かべた者。当惑顔も一つ二つ見えた。

マディーが説明を続けた。「ＨＳＥは、ホンソン・エンタープライゼスといって、中国の会社よ。ビデオゲーム業界は昔から国際色豊かだった。アメリカ、イギリス、フランス、スペインあたりは、最初期からゲームを開発してた。でも、急激に発展し始めたのは、アジア勢が進出してから。とくに日本。ニンテンドーとか。ニンテンドーは聞いたことある？」

「配管工のマリオ」大学入学と就職のためにコンパウンドを離れたあと、ショウは現代カルチャーの知識を貪欲に吸収した。

「一八〇〇年代の創業当時は、ハナフダっていう日本のトランプを販売してたんですって。その後、家庭用ゲーム機のパイオニアになった。ゲームセンターにあるゲーム機の家庭版を開発したのよ。社名の由来が興味深いの。直訳すればそういう意味らしいの。でも、日本人ゲーマーと一緒にプレイしたことがあってね、そのとき、もっと深い意味もあるかもって教えてもらった。任天堂の〝任〟は騎士道、〝天〟は家族を殺されたものに剣術を授けたとされる天狗、〝堂〟は神殿。それを聞いて、私はこう思うことにしたわ。任天堂は、弱い者の味方の騎士をまつった神殿なんだって。このバージョンのほうがすてきでしょ。

歴史の講義に戻ると、日本はゲーム業界で隆盛を誇った。中国はパーティに完全に乗り遅れた――笑っちゃう話よね。共産党《パーティ》がゲームを禁止したせいなんだから。危険分子を生み出しかねないとか、そういう理由で。でもそれはもちろん、お金を稼ぐチャンスを逃してることに気づくまでの話。アメリカには二億人のゲーマーがいる。中国には七億人もいるのよ。

それであわてて業界に本格的に参入したのはいいけど、北京は頭を抱えることになった。ゲーマーは朝から晩まで座ったきりでしょ。だからみんな太っちゃったのよ。どうしようもない肥満体。まだ三十代なのに、心臓発作を起こしたりする。そこでＨＳＥ、ホンソン・エンタープライゼスが解決に乗り出した」マディーは『イマージョン』の看板を手で指した。「このゲームをプレイすると、どうしたって体を動かすことになる。しかも、テレビの前に立って偽物のテニスラケットを振り回す程度じゃすまないの。歩き回ったり、走ったり、ジャンプしたりするはめになるようにできてるのよ。地下室、リビングルーム、裏庭。浜辺でも、野原でもかまわない。トランポリンで跳びながらプレイできるバージョンもあるし、プールでやれるバージョンも開発中だって聞いた」

マディーはゴーグルを持ち上げて指さした。「見て、前と左右にカメラがあるでしょ。プレイヤーがこのゴーグルを装着して、携帯電波かＷｉ－Ｆｉに接続して、たとえば裏庭に出ると、そこはもういつもの見慣れた裏庭じゃなくなってる。ゲームのアルゴリズムが、プレイヤーの目に映る景色を一変させるのよ。三輪車も、バーベキュー台も、飼い猫も――何もかもが別のものに変わる。ゾンビ、モンスター、岩、火山。

私はもともとスポーツや体を動かすことが好きだから、これはまさに私向けのゲームよ。『イマージョン』はきっと大ヒットする。次に来るゲームはこれよ。ホンソン・エンタープライゼスはもう数千本を学校やリハビリ施設のある病院、陸軍に寄付してるらしいわ。戦場を再現するソフトウェアがあって、兵士はいつでも訓練を受けられる。兵舎にいても、自宅にいても、世界中どこにいても」

二人は行列の先頭に来た。「さて、いよいよ次よ、コルター。ゴーグルを着けて」ショウはゴーグルを装着した。薄い灰色がついたサングラスをかけているような感覚だった。

「コントローラーはそのまま武器になる」マディーは微笑んだ。「うーんと、それじゃ向きが反対。そのまま発射すると、自分の股間を吹き飛ばしちゃうわよ」

ショウはコントローラーを反対向きにした。一般的なリモコンに似ているが、握るとしっくり馴染んだ。

「撃つときはボタンを押すだけ」

マディーは次にショウの左手を取り、ショウのゴーグルの左側面に持ち上げた。「このボタンがスイッチ。なかに入ったら、二秒くらい長押しして。それからこっちのこのボタン。わかる？」

わかる。

「死んだときはこのボタンを押してね。それで生き返るから」

「どうして私が死ぬと思うのかな」

マディーは黙って微笑んだ。

23

テント内に入ると、従業員から廊下の先の三番の部屋へどうぞと案内された。

縦横十メートルくらいの空間は、劇場のバックステージを思わせた。通路、階段、床から一段高くなったエリア、ゴムでできた木、床に敷かれた大きな防水シート、ポテトチップスや缶詰が並んだテーブル、床置き型の大きな振り子時計。同じ部屋にいるのはショウとマディーだけだった。

たかがゲームだ。それでもショウは自然と戦闘モードに切り替わるのを自覚した。崖を懸垂下降する直前。ヤマハのオフロードバイクでスロープを勢いよく登ってジャンプする直前。その瞬間に備えて態勢を整える必要がある。

**身体的、精神的に準備不足のままものごとに挑むべからず……**

どこか高いところから声が聞こえた。「戦闘準備。カウント1でゴーグルのスイッチを押してください。3……2……1！」

ショウはさっきマディーから教えられたボタンを押した。

世界が一変した。

驚きだった。

振り子時計は、ひげを生やした魔法使いのような人物に変わっていた。一段高くなったところは氷に覆われた岩棚。ゴムでできた作り物の木は焚き火に変わって緑色の炎を輝かせている。防水シートは岩だらけの海岸で、その向こうに荒れ模様の大海原が広がり、潮が渦を巻き、船がその黒い螺旋にのみこまれていこうとしていた。空には太陽が二つ。一つは黄色、もう一つは青だ。その二つの光が世界をかすかに緑色を帯びたもやで包みこんでいた。黒いカーテンの壁も消え、代わりに雪をかぶった山並や火山がそびえ立っていた。火山はいままさに噴火しているところだった。すべてが本物と見まがう３Ｄ画像で描かれている。

右を見ると、マディーがいた。服は黒い防具に変わっていた。自分の脚を見下ろすと、ショウも同じ防具を着ていた。手には黒い金属繊維のグローブ。右手のコントローラーは光線銃になっている。

現実とまるで区別がつかない。

没入《イマージョン》というタイトルは、なるほどぴったりだ。

「コルター」マディーが呼んだ。といっても、マディーの声ではなかった。ふだんより低くかすれた声に変わっている。

「ここだ」ショウの声も、ふだんの落ち着いたバリトンから野太いバスに変わっていた。

マディーが岩場に上ろうとしている。ゴーグルのスイッチを入れる前はただの足場だったところだ。しゃがんで低くかまえ、左右に視線を巡らせていた。「そろそろ来るわよ。準備して」

「誰が――」

ショウは息を吞んだ。どこからかクリーチャーが出現してマディーのすぐ隣に飛び下りた。青く輝くクリーチャーの顔は、人間のそれだった――ただし、歯は刃物のように鋭く、目が三つあって、赤い光を放っている。クリーチャーが剣をマディーに振り下ろす。マディーは銃で反撃した。しかしクリーチャーはすぐには倒れず、何度も撃たれながらもマディーに繰り返し斬りつけた。光り輝く剣がもう一本現れ、それを振り下ろす。マディーは岩場から野原に飛び下りて攻撃をかわした。その動きさえもどこか優雅だった。

**官能的……**

そのときだった。翼竜《プテロダクティルス》が空から急降下してきて、ショウの心臓をえぐり出した。

〈あなたは死んだ〉――ゴーグルの内側のスクリーンにそう表示された。

死んだら押すボタン。

**リセット……**

ショウは生き返った。同時に、子供時代のサバイバル訓練が蘇った。

**周囲の変化を見落とすべからず……**

ショウは勢いよく振り向き、ずんぐりしたクリーチャーが振り下ろした燃える大槌《おおづち》をぎりぎりでかわした。光線銃を五度発射してようやく倒したが、息絶える寸前にクリーチャーが振り回した大槌を避けるのに大きく飛び退《の》かなくてはならなかった。

ゴーグル内にメッセージが表示された――〈溶岩《ラヴァ》の大槌《ハンマー》を手に入れた〉。同時に大槌の画像が右隅に小さく表示された。そのウィンドウのタイトルは〈武器庫〉だ。

野原のすぐそこに影が現れた。

心臓が跳ね、ショウはすばやく上を見た。翼竜だ。ぎりぎりで倒したが、危うくやられるところだった。このクリーチャーも人間の顔を持っていた。

汗をかき、神経が張り詰めていた。むやみやたらにトリガーを引きまくりたい衝動を感じた。敵の姿が確認できなかろうと、草むらや木立に向けて乱射したい気分だった。

何年も前に遭遇したあのハンターのことが頭に浮かんだ。低木の茂みの奥にいた雄ジカを撃ったハンター。

**へえ、俺が撃った弾が何かに当たったのか？　茂みの奥で音がしたから撃っただけだ。オオカミだろうと思ったよ……**

神経をなだめ、自分なりの戦術を取り戻した。クリーチャーを着実に倒していく。空を飛ぶもの、地を這うもの。だがそれも、クリーチャーの一体が悪知恵を働かせ、山の上から大岩をショウの頭上に投げ落とすまでのことだった。

リセット。

見ると、マディー・プールはクリーチャー三体に追われて倒木の陰に身をひそめたところだった。倒木の上にはトウモロコシや田舎風のパンの袋が並んでいる。ポテトチップスや缶詰が置いてあったテーブルだ。ショウは一体を難なく撃ち倒した。マディーはショウの援護に礼を言ったりはしなかった。現実の兵士と同じく、一瞬たりとも戦闘から注意をそらさない。

アジア系の癖のある英語のアナウンスがスピーカーから流れた。「『イマージョン』体験プレイ時間は残り五分です」

残り二体を倒したあと、マディーはゴーグルのボタンを押し、ショウに近づいてきてショウのゴーグルの同じボタンを押した。幻の世界はそのまま残ったが、クリーチャーは消えた。海と風の効果音を残して、周囲はふいに静まり返った。二人の手にあった光線銃も消えていた。

「生々しい体験だった」ショウは言った。

マディーがうなずく。「ほんとそうよね。クリーチャーの顔がどれも人間そっくりだったことに気づいた？」

気づいたと答えた。

「HSEのCEOのホン・ウェイは、ゲーマーを集めて敵を選ばせたんですって。ゲーマーは動物に似たクリーチャーを殺すのには抵抗を感じるけれど、人間に似たクリーチャーにはあまり抵抗を感じないの。人間は消耗品ってこと。おかげでバンビちゃんは殺されずにすむ」

ショウは周囲を見回した。「出口はどこかな」

マディーはいたずらっぽい表情で言った。「まだ時間があるわ。もう少し戦わない？」

めまぐるしい一日のあとで疲れていた。それでもマディーと過ごすのは楽しかった。「いいね《アイム・ゲーム》」

マディーは楽しげにほほえみ、ショウの手を取って、ゴーグルのまた別のボタンを触らせた。

「カウント3で、今度はこれを押して」

「わかった」

「1……2……3！」

教えられたボタンを押す。するとコントローラーから炎のように輝く剣が延びた。マディーの手にも同じ剣が握られている。今回はほかのクリーチャーは現れなかった。いるのは二人だけだ。

マディー・プールは一瞬たりとも無駄にしなかった。いきなりショウに向かってきた。剣を頭上に振りかぶり、すばやく振り下ろす。ショウはナイフの扱いには慣れているが、剣を使うのは初めてだった。それでも、自然に体が動いた。マディーが振り下ろした剣を巧みにかわし、ゲームのこの部分がどんな内容なのか明かさなかったマディーへの怒りにまかせて反撃した。ショウが突き出し、あるいは振り出した剣を、マディーは自分の剣で払ったり飛び退いたりしてかわした。次の瞬間にはまた前に出て、攻撃してくる。ショウには脚の長さと筋力という強みがあるが、マディーにはスピードと、的として小さいという強みがあった。

ショウの息は上がり始めていた……それは岩棚や大岩に跳び乗ったせいばかりではなかった。

天から「残り二分」の声が聞こえた。残り時間が少なくなったことで、マディーはいよいよ発憤したらしい。何度も踏みこんで剣を突き出した。ショウは脚を切られた。マディーは上腕に傷を負った。傷口から血があふれ出す。不気味な光景だった。ゴーグル内のメーターは、ショウの〝ライフ〟残量を九〇パーセントと表示していた。

ショウがフェイントをかけると、マディーはそれに引っかかった。飛び退くのが一瞬遅れて、ショウの剣に太ももをえぐられた。浅い傷と見えたが、それでも低く陰にこもった声でつぶやくのが聞こえた。「ちくしょう」

ショウはぐいと距離を詰めた。マディーが後退し、低い岩棚——高さ四十センチほどの段——に飛び乗ろうとして目測を誤り、派手に転倒した。床にはクッションが敷かれていたが、脇腹を段のへりに打ちつけた。床に膝をついて脇腹を手で押さえた。苦痛のうめきが聞こえた。

ショウは動きを止めて剣を下ろし、マディーを助け起こそうと近づいた。「大丈夫か」

一メートルほどのところまで近づいたとき、マディーが跳ねるように立ち上がって剣を突き出した。剣はショウの腹を貫いた。

〈あなたは死んだ〉

芝居だったのだ。わざと段差を踏み外し、わざとあんな風に倒れた——正座のような姿勢で。反動を使って立ち上がり、不意打ちができるように。

天の声が体験プレイは終了したと告げた。幻の世界は、劇場のバックステージに戻った。ショウとマディーはゴーグルをはずした。ショウは一つうなずいて「いまのは反則《ローブロー》だな」——〝低いところから攻撃した《ローブロー》〟とかけた、悪くないジョークだ——と言いかけたが、言葉をのみこんだ。マディーは服の袖で額やこめかみの汗を拭いながら周囲を見回している。その表情は、ついさっきショウを殺したクリーチャーのそれと変わらなかった。満足げではない。勝ち誇っているのでもない。そこには何の感情もなかった。ただ氷のように冷たかった。

このブースに入る前にマディーが言っていたことを思い出した。

**今日ここでは純粋に楽しむだけ……**

出口に向かって歩き出したところで、連れがいることをふいに思い出したかのようにマディーの表情が変わった。「ねえ、怒ってないわよね」

「怒ってなどいないさ」

ぎこちない空気は和らぎはしたが、部屋の外に出てもまだ完全には消えなかった。消えたのは、マディーを食事に誘おうというショウの気持ちだった。また別の機会に誘うとしよう……たぶん。とにかく今夜はやめておこう。

ゴーグルをＨＳＥの従業員に返却した。ゴーグルは殺菌消毒の機械にかけられた。受付に戻り、マディーはキャンバス地の袋を受け取った。家に持ち帰ってレビューするための新作ゲームが入っているのだろう。

ショウの携帯電話が鳴った。

市外局番はこの地域のものだった。


バークリーの警察か？　窃盗容疑で逮捕しようというのか？　それともダン・ワイリー刑事とカミングス上級管理官の気が変わって、〝大事な証拠をくすねた罪〟で逮捕し直すことにしたのか？

番号はＪＭＣＴＦのものではあったが、かけてきたのは受付担当官で、車の返却手続が完了したので保管場で引き取ってくれという連絡だった。

疲労困憊《こんぱい》し、この十分ほどで三度も――四度だったか？――死んだショウは、ダメもとのつもりで言った。「車を届けてもらうことはできませんか」

受付担当官は三秒ほど黙りこんだ。面食らった表情が目に浮かぶようだった。「あいにくですが、それはできません。ご自分で保管場に行って手続きしてください」

伝えられた番地をショウは暗記した。

それからマディーのほうを見た。「車を返してもらえることになった」

「車で送っていってあげてもいいけど」

本心ではもうしばらくゲームショーを見たいと思っているのは明らかだった。それならそうでこちらはかまわない。

「いや、Uberを呼ぶよ」

別れのハグをすると、マディーはショウの頬にキスをした。

「今夜は楽しかっ――」ショウはそう言いかけた。

「またね！」マディーは大きな声で言った。そして髪をいじりながら行ってしまった。別のブースへ――地球を侵略しにきた異星人《エイリアン》と剣の世界へ。ショウはすでに完全に消去されていた。パソコンのRAMからデータが消去されるように。

## 24

そもそも押収する理由がなかった車を返してもらうのに、百五十ドル取られるというのもおかしな話だ。

だが、支払うしかない。

クレジットカードで支払う場合は手数料五パーセントが上乗せされるというのだから、踏んだり蹴ったりとはこのことだ。コルター・ショウは手持ちの現金を確かめた。百八十五ドル。しかたなくアメックスのカードを差し出し、支払いを済ませてから、正面ゲートで待った。

押収車両保管場は、一一〇号線の東側、シリコンヴァレーのみすぼらしい界隈にあるだだっ広い駐車場だった。汚れ具合からいって何カ月もここに放置されたままらしい車もちらほら見える。ショウは最終進入ルートをたどってサンフランシスコ国際空港に着陸する飛行機をぼんやり数えながら、廃工場でソフィーを探したときも飛行機の音がやかましくて、たとえ悪意を持った人物が接近してきても、その気配はきれいにかき消されるだろうと不安を感じたことを思い出した。十六機まで数えたところでやめた。五分後、車が出てきた。ショウは外観を点検した。傷やへこみはついていない。パソコンバッグはトランクに入ったままで、おそらくなかを検《あらた》められただろうが、壊れたものやなくなったものはなさそうだった。

車載ナビの歯切れよい指示に従い、シリコンヴァレーの寂れた地域を走り出した。夜も更けて、街は閑散としていた。ショウはウィネベーゴを駐めたロスアルトスヒルズのRVパークに向かった。ただ、ナビの女声のルート案内――と忍耐強い再探索――を無視して、わざと遠回りした。

何者かがショウを尾行している。

保管場を出ると同時に、別の車のヘッドライトが点灯したのを見た。その車がUターンして、ショウと同じ方角に走り出したことにも気づいた。ただの偶然だろうか。ふつうならたとえ通過してしまっても切符を食らわずにすむようなタイミングの黄信号でわざと停止してみると、後続の車またはトラックは、急に歩道際に寄って停まった。車のメーカーやモデル、色まではわからない。

たまたまカージャック犯や強盗に目をつけられただけのことか。この確率は二パーセントといったところだろう。シェヴィ・マリブなど強奪しても、服役するだけ損だろう。

ダン・ワイリー刑事か。腹いせに半殺しの目に遭わせてやろうと企んでいるとか？　確率四パーセント。せいせいはするだろうが、キャリアを棒に振ることになりかねない。ワイリーはナルシシストではあるが、愚か者ではない。

ショウが過去に刑務所に放りこむのに協力した悪党、あるいはその悪党に雇われた刺客か。確率一〇パーセント。心当たりがありすぎる。ショウが押収車両保管場に現れることをあらかじめ探り出すのは難しいだろうが、不可能ではない。確率を二桁に見積もったのは、その可能性が現実になった結果、起きると考えられる事態がとりわけ深刻なとき――あるいは命取りになりそうなとき――確率を高めに見積もる癖がショウにあるせいだ。

このどれより可能性が高そうなのは、容疑者Xが――ソフィー・マリナーに何をする気でいたにせよ、ショウにその計画を邪魔されたことに憤《いきどお》ったXが、復讐を狙っている可能性だろう。これは確率六〇パーセントだ。

ショウはナビの音声案内を消音し、自動ブレーキシステムを解除して、人通りのない道に曲がった。尾行を振り切って逃げようとしているかのようにアクセルペダルをぐいと踏みこむ。タイヤが空転した。尾行の車も速度を上げた。時速八〇キロに達したところでショウはブレーキペダルを踏み、左に急ハンドルを切った。車が横すべりを始めた。あやうくコントロールを失ってスピンする寸前で――路面が湿気で濡れていた――すばやくカウンターステアを当てた。かろうじて姿勢を立て直し、マリブは真っ暗な屋内駐車場の入口に乗り入れた。五メートルほど進んだ所でUターンをした。タイヤが床面にこすれて甲高い音を鳴らし、それがコンクリートの壁面にやかましく反響した。急加速して入口に戻る。

携帯電話のカメラを動画撮影モードで起動し、ヘッドライトをハイビームに切り替えた。尾行の車を撮影する準備は万端だ。

しかし、被写体は現れなかった。一分ほど待ってからアクセルペダルを踏みこみ、駐車場から右に出た。尾行の車が待ち構えているだろうと思った。

通りは空っぽだった。

そのままRVパークに向かった。今度は車載ナビの指示におとなしく従った。RVパークの入口手前でいったん停止し、周囲を確かめた。後続の車は何台もあった。しかしどの車も流れに乗って通り過ぎた。ショウに関心を示すドライバーはいない。ショウはRVパーク内に車を進め、グーグル・ウェイを経由して、割り当てられた区画に車を駐めた。

車を降り、ロックして、ウィネベーゴのドアに急ぎ足で近づいた。なかに入り、室内灯は消したまま、スパイスの棚からグロックを取り出した。それから五分、ブラインド越しに外の様子を見守った。近づいてくる車は一台もなかった。


小さなバスルームに入り、熱いシャワーを浴び、次に氷のように冷たい水に切り替えて浴びた。ジーンズとスウェットシャツを着て、拳銃の保管庫のスパイスをいくつか（タラゴンとセージ）加えたスクランブルエッグと、バターを塗ったトースト、塩味のきいた手作りハム一切れ、アンカースティームの缶ビール一本の夕食を用意した。午後十一時。ショウの夕飯はこの時刻になることが多い。

ベンチに座り、食事をしながら毎晩の日課である地元のテレビニュースのチェックをした。近隣のデーリーシティでまた女性が襲われたというニュースがあったが、ショウがソフィーを救出する前に容疑者が逮捕されていた。そのあともショウには関係のなさそうなニュースがいくつか続いた。有名な労働組合リーダーが不正疑惑を否定。オークランド港を標的にしたテロ計画を当局が阻止。州民投票が迫り、カリフォルニア州民の選挙登録が急増中。

ソフィー・マリナー誘拐事件に関しては、ニュースキャスターやコメンテーターが言及したなかにショウの知らない事実は一つもなかったが、いつもどおり、視聴者の不安を効果的にあおり立てた。「おっしゃるとおりです、キャンディ。私の経験からいうと、このタイプの誘拐犯は――〝快楽誘拐犯〟と私たちは呼んだりしますが――複数の被害者を狙うことが多いんですよ」

ショウの名前も報じられた。

ダン・ワイリー刑事が取材に応じ、世を憂える市民、コルター・ショウ氏が、ミスター・マリナーが申し出た懸賞金を狙って――〝金目当て〟の行為であるとことさら強く印象づける表現――被害者救出に結びつくような情報を提供したと話した。

ショウはログオフし、パソコンとルーターの電源を落とした。

**救出に結びつくような情報を提供……**

そろそろ日付が変わろうとしていた。

だが、眠いのに、目が冴えてしまっていた。キッチンに戻り、カリフォルニア大学書庫から盗み出した封筒を戸棚から取り出した。表に美しい筆跡で〈採点済み答案5／25〉と記入された封筒。今朝、ぱらぱらとめくってみた書類が入っている。ショウはノートの新しいページを開き、万年筆のキャップをはずした。

ビールを一口飲んでから、本腰を入れて読み始めた。

果たしてこのどこかから疑問の答えが見つかるだろうか――十五年前の十月五日早朝、荒涼としたやまびこ山でいったい何が起きたのか。

# レベル3　沈みゆく船

六月九日　日曜日

石を何度叩きつけても、沈みかけたシーズ・ザ・ディ号のガラスには傷一つつかなかった。

ショウは無慈悲な色をたたえて荒れ狂う太平洋に石を投げこみ、ポケットからロック機構つきの折りたたみナイフを取り出した。ナイフを使って窓枠をキャビンの全面に固定しているねじを回してはずすつもりだった。

岩や砂にぶつかっては砕ける波の腹にずしんと来る音の合間に、エリザベス・チャベルの声が聞こえた。何か叫んでいるようだ。

おそらく――「早くここから出して！」

表現は違うかもしれないが、趣旨はそれだろう。

錆びてざらざらした感触の手すりを左手でしっかりとつかみ、ねじを回しにかかった。ねじは四つ。ねじ頭はプラスではなくマイナス形だった。ナイフの刃の向きを合わせて刻み目に差しこみ、左回りにねじる。びくともしなかった。だが、ありったけの力をかけてこじると、ようやくゆるんだ。数分で一本目がはずれた。続いて二本目。三本目もはずれた。

四本目を回している途中で横から大きな波が来て船が大きく揺れ、ショウは手すりを越えて海に投げ出されて、船体と桟橋の杭のあいだに背中から落ちた。

反射的に何かをつかもうとして、ナイフを離してしまった。ナイフは優雅に回転しながら海の底へと沈んでいった。ショウは水を蹴って海面まで上昇し、力を振り絞って船のデッキにふたたび上った。

窓のところに戻る。窓枠はゆるんでいるが、はずれてはいない。

えい、面倒だ。ショウは窓枠を両手でつかみ、キャビンの外壁に両足を踏ん張ると、怒りにまかせて思いきり引っ張った。腕の筋肉、脚の筋肉、背中の筋肉を総動員する。

窓枠がはずれた。

その拍子にショウは窓と一緒にまたもや海に投げ出さ

れた。

くそ――頭のなかでそうつぶやきながら、海に落ちる寸前に息を大きく吸った。

水を蹴り、海面にふたたび顔を出す。体の震えは少し収まり、幸福感の波が静かに押し寄せてこようとしていた。それは低体温症からのメッセージだ――死ぬのは意外に楽しいよ。

前甲板に這い上り、キャビンの前の空間に下りて床をすべって後ろ半分の空間との仕切りの隔壁に近づく。船尾はすでに水にのまれ、船体は四十五度に傾いている。ショウの足の下で、エリザベス・チャベルがこちらに来ようとしているのが見えた。キャビンの後ろ半分をいまにも完全に満たそうとしている水から逃れようと、壁に造りつけられた寝台に上っていたらしい。エリザベスがドアに設けられた小さな窓の枠につかまった。その手は傷だらけだった。窓のガラスを割り、そこから手を伸ばしてドアノブを探したのだろう。

ノブは、取りはずされていた。

エリザベスが泣きじゃくる。「どうして。誰がこんな」

「かならず助けるから心配するな、エリザベス」

ショウはキャビン内のドアの周囲を手探りした。尖ったものがいくつかある。ソフィーが閉じこめられていた工場のドアと同じように、戸枠の外側に長いねじを取りつけて開かないようにしてあった。

「そっち側に何か工具はないか」

「ない！　わ、私も探したの、こ、工具」冷え切った体が震えて、うまく言葉が出ないようだ。

低体温タイマーはいま何分を指している？　おそらく残り十分を切っているだろう。

また波が打ち寄せて船を揺らした。エリザベス・チャベルが何か言ったが、震えがひどくて、ショウには聞き取れなかった。エリザベスが繰り返す。「だ……誰……？」

「犯人はアイテムを残しているはずだ。五つ」

「すごく、さ、寒くて」

「何が置いてあった？」

「凧……た、凧があった。エナジーバー。それは食べた。か、懐中電灯。マッチ。濡れてた。は、は、鉢。う、植木鉢。何の役にも立たない植木鉢」

「それを貸してくれ」

「それ……？」

「植木鉢だ」

　エリザベスはかがみ、水中を探った。まもなく茶色い植木鉢を窓越しに差し出した。ショウは受け取るなり壁に叩きつけて粉々にし、一番鋭い破片を拾って、木のドア枠のちょうつがいの周囲をそれでほじり始めた。

「寝台に戻って」ショウは言った。「水から出ているんだ」

「でも、も、もう……」

「できるかぎりでいい」

　エリザベスは向きを変えて寝台に上った。体の大部分が——丸く突き出した腹部より上が——水面より上に出た。

　ショウは言った。「ジョージの話を聞かせてくれ」

「わ、私のボ、ボーイフレンドを知ってるの？」

「二人の写真を見たよ。社交ダンスをやるんだろう？」

　小さな笑い声。「ジョージはね、へ、へたくそなのよ。彼なりに、が、がんばってるけど。フォックストロットはま、ま、まあましかな。あなた……も……？」

　ショウも小さく笑った。「いや、私は踊れない」

ドア枠はチーク材だった。石のように堅い。それでもショウはあきらめなかった。「マイアミの実家にはよく帰省するのかな」

「あ——あまり……」

「私もフロリダに家を持っている。マイアミよりはずっと北だが。エバグレーズ湿地に行ったことは？」

「プ、プロペラボートに乗った。飛行機のプ、プロペラがついた船。私、ここでし、死ぬのよね、そうでしょ？」

「そんなわけないだろう」

　ソフィーはガラスの破片で作ったナイフで石膏ボードに穴を開けて脱出したが、植木鉢の破片はほとんど役に立たない。「ストーンクラブは好き？（食用の大型のカニ）」

「前に、か、殻を噛んで、は、歯を折った……」エリザベスはむせび泣いた。「あな、あなたが誰なのか、そ、それさえわからないけど。でも、ありがとう。逃げて。もう逃げて。あ、あなたは助かって……わた、私はもう無理」

　ショウは奥をのぞきこんだ。薄暗いキャビンの片隅で、エリザベスは寝台の支柱にしがみついていた。

「お、お願い」エリザベスが言った。「あなただけは助かって」

船はさらに大きくかたむいた。

# レベル2　暗い森

六月八日　土曜日（前日）

# 25

　午前九時、コルター・ショウは、シリコンヴァレーに無数に点在するショッピングセンターの一つにいた。ここにはネイルサロン、美容院チェーンのヘア・カッテリーの店舗、宅配運送会社フェデックスの支店と、ショウがいま座っているエルサルバドル料理店が並んでいた。陽気な雰囲気の店だった。華やかな赤と白の紙で作った花やリボン飾りと、おそらくエルサルバドルの風景なのだろう、山々の写真が飾られている。ショウがこれまで試したなかで最高にうまい中南米産コーヒーを出す店でもあった。エルサルバドルの〝極小都市〟ポトレログランデのサンタマリア農園のコーヒー豆。少し買って帰りたいと思ったが、豆や粉では売っていなかった。

　香り高いコーヒーを味わいながら、表の通りに視線を向ける。車で来る途中、威容を誇る豪邸をいくつか見かけたが、そこからそう離れているわけではないのに、この界隈に並んでいるのはこぢんまりとしたバンガロー風の民家ばかりだった。一軒は競売にかけられていて――ショウはフランク・マリナーの近所の家を連想した――持ち主が売りに出している家もあった。二軒の住宅の駐車スペースに看板が立っていた。〈法案四五七号に賛成の投票を――固定資産税増税に反対！〉。もう一つには、似たような訴えに加え、髑髏《どくろ》とその下に交差した骨が描かれ、〈シリコンヴァレーの不動産価格へ――庶民は死ねとでも？〉という文字が並んでいた。

　前々日に大学から持ち出した文書の束に向き直った。厳密には〝盗み出した〟だが、考えてみれば、これは正当な窃盗であるという議論も成り立つのではないか。何といっても、この文書を書いた、またはまとめたのは、ショウの父、アシュトン・ショウなのだから。

　父のルールのうち二つを思い浮かべた。

　確率を検討することなく戦術を採用したり仕事に取りかかったりするべからず。

　可能なかぎりの事実が集まる前に確率を見積もるべからず……

言うまでもなく、この二つは重要だ。

手に入るかぎりの事実が集まるまで、十五年前の十月五日に何が起きたのか判断はできない……目の前にあるこの文書には、そのできごとについてどんなことが書かれているのか。文書は三百七十四ページある。その数字そのものがメッセージなのだろうか。ショウの父親は暗号や謎なぞめいた言い回しが好きだった。

アシュトンは政治学、法律、行政、アメリカ史が専門で、ほかに——趣味として——物理学に詳しかった。文書はそのすべてに関する断片の寄せ集めだった。中途半端に終わっている論文、最後まで書いてはあるものの何を主張したいのかショウにはさっぱり理解できない論文。怪しげな学説、名前を聞いたことさえない人物の引用。中西部、ワシントンDC、シカゴ、ヴァージニア州やペンシルヴァニア州の小さな町の地図。一八〇〇年代の人口増減グラフ。新聞の切り抜き。古い建物の写真。

医療記録もあった。よく読んでみると、東海岸の製薬会社の依頼で母が行った向精神薬のリサーチ文書らしかった。

過多な情報は、乏しいよりかえって役に立たない。

ページの角が折られているところが四カ所あった。ショウの父、あるいは別の誰かが、あとでもう一度そのページに戻って精査するつもりでつけたしるしだろう。ショウはそれぞれのページについて簡単なメモを取った。三七ページは、アラバマ州の町の地図。六三ページは、粒子加速器に関する論文。一一八ページは『ニューヨーク・タイムズ』紙に掲載された、ニューヨーク証券取引所に新たに導入される予定のコンピューター・システムについての記事。二二五ページは、アメリカのインフラの嘆かわしい現状を考察するアシュトン自身のとりとめのない評論。

この文書はそもそも関係ない可能性だってあるのだとショウは自分に言い聞かせた。問題の年の十月五日の少し前にまとめられた文書であるのは確かだが、まとめた人物が問題だ。そのころにはもう、現実との結びつきが糸のように細くなっていた男なのだ。

ショウはニューイングランド地方の古い裁判所の写真から顔を上げて伸びをした。ちょうど一台の車に目が留まった。通りをのろのろと走ってきて、ショウのマリブの横で停まった。灰色のニッサン・アルティマだ。二年か三年ほど前のモデルで、後部にへこみとすり傷がある。ドライバーの顔は、太陽の反射がまぶしくて見えなかったが、男なのか女なのか不明とはいえ、背は高くなさそうだということだけは見分けられた。携帯電話のカメラアプリを起動して立ち上がろうとしたとき、車はスピードを上げ、角を曲がって消えた。ナンバーは確認できなかった。

ゆうべ尾行してきた人物だろうか。サンミゲル公園で尾根沿いの道からショウを監視していた人物か。その疑問は、何より肝心な疑問につながる――つまり、容疑者Xということか？

椅子に座り直した。JMCTFに通報するか。

だが、ワイリー刑事に何を言えばいい？

携帯電話が鳴り出した。ショウは画面で発信者を確かめた。フランク・マリナーだった。面会の約束までまだ一時間ある。

「フランク？」

「コルター」マリナーの声は張り詰めていた。ソフィーの容態が急変でもしたのだろうか。転落したときの怪我は、見た目よりも深刻だったのかもしれない。「話しておきたいことがある。本当は……その、口止めされているんだが、重要な話だから」

ショウは最高にうまいコーヒーのカップを置いた。

「聞きましょう」

一瞬の間があって、マリナーが続けた。「電話では話せない。いますぐ来てもらえないだろうか」

## 26

マリナー家の前に、白と緑色のJMCTFのパトロールカーが灯台のように駐まっていた。運転席の制服警官は若く、アビエーター型のサングラスをかけていた。JMCTFの本部で見かけた職員の大部分と同じで、頭は剃り上げてある。

まもなくショウが訪ねてくることやショウの人相特徴をあらかじめ伝えられていたのだろう。制服警官はショウのほうを一瞬見ただけで、無線機かパソコンらしきものに向き直った。もしかしたら『キャンディークラッシュ』に興じているのかもしれない――と、昨日、ビデオゲームの世界にデビューしたばかりのショウは思った。マディー・プールによれば、『キャンディークラッシュ』は〝カジュアル〟なゲーム、携帯電話で暇つぶしにやるようなゲームだ。

フランク・マリナーがショウを招き入れ、二人はキッチンに向かった。マリナーはコーヒーでもとさかんに勧めてきたが、ショウは固辞した。

キッチンには二人きりだった。ソフィーはまだ起きてきていないという。足もとに何か気配を感じてショウが見下ろすと、フィーのスタンダードプードル犬のルカが入ってきて、水を飲み、床にごろりと横たわった。ショウとマリナーは椅子に腰を下ろし、マリナーは自分のマグを両手で包むようにしながら言った。「また誘拐事件が発生したそうで。誰にもしゃべるなと言われているんですがね」

「詳しく話してください」

新しい被害者の氏名はヘンリー・トンプソン。マウンテンヴューのすぐ南の町サニーヴェールに配偶者と一緒に住んでいる。五十二歳のトンプソンは、前日、パネラーとして招かれていたスタンフォード大学の講演会に出席したあと、深夜以降、連絡が取れなくなった。車のフロントウィンドウに、石か煉瓦を投げつけられた痕跡が残っていた。車を停めたところを襲われ、誘拐されたと思われる。

「スタンディッシュ刑事の話では、目撃者はいないそうで」

「担当はワイリー刑事ではないわけですか」

「いや、スタンディッシュ刑事が一人で来ましたよ」

「身代金の要求は」

「ないんじゃないかな。警察がフィーのときと同じ犯人だと考えている根拠の一つがそれだと思いますね」マリナーは言い、先を続けた。「で、被害者のヘンリー・トンプソンのパートナーが私の名前と電話番号をどこから聞きつけて、連絡してきたんですよ。フィーが行方不明になったときの私とまったく同じように取り乱してました。半狂乱というのかな……まあ、あなたも覚えているでしょう。あなたが手を貸してくれたと誰かに聞いたらしくて、橋渡し役を頼まれたんです。あなたを雇いたいと言ってました。ヘンリーを捜してほしいと」

「私は人捜しの依頼は受けません。が、とりあえず話はしてみましょう」

　マリナーは名前と電話番号をポストイットに書きつけた。〈ブライアン・バード〉。

　ショウは手を伸ばしてプードルの頭をなでた。自分の飼い主をショウが救ったことを理解しているわけではないだろうが、まるでちゃんとわかっているかのようにショウを見上げた――目を輝かせ、訳知り顔で笑っている。

「ヘンリー・トンプソン」ショウは携帯電話でグーグル検索をした。「どれがそうかな」サニーヴェール在住のヘンリー・トンプソンは複数いた。

「ブロガーで、LGBT人権活動家」

　ショウはその一人を見つけてタップした。トンプソンはぽっちゃり体型に人好きのする顔立ちをした男性で、グーグルが探してきたほとんどの写真で朗らかに笑っていた。ブログを二つ運営している。一つはコンピューター業界に関するもの、もう一つはLGBTの権利に関するもの。ショウはトンプソンのウェブページをマックに転送して調査を依頼した。

　いかにもマックらしい返信があった――〈了解《K》〉。

　ショウはマリナーに尋ねた。「フィーに会えますか」

　マリナーはキッチンを出ていき、まもなく娘と一緒に戻ってきた。ソフィーは厚手のワイン色のローブを着て、ピンク色のふわふわしたスリッパを履いていた。右腕は淡い水色をした仰々《ぎょうぎょう》しいギプスで固定されていた。左手の甲には絆創膏がいくつも貼ってある。

　目の縁が充血していて、まなざしはぼんやりしていた。ソフィーは父親の優しげな腕に支えられていた。

「ミスター・ショウ」

「気分はどうだい？　折れた腕は痛む？」

　ソフィーはうつろな目で自分の腕を見つめた。「まあまあ。ギプスの下がかゆくて。痛みよりそっちのほうがつらいの」冷蔵庫を開けてオレンジジュースを注ぎ、戻ってきてスツールに座った。「パトロールカーに乗せられてるのを見ました。あなたが助けてくれたんだって、私、ちゃんと言ったのに」

「大丈夫、その件は解決したよ」

「聞きましたか。別の人を誘拐したらしいって話」

「ああ、いま聞いた。また警察に力を貸すことになりそうだよ」

　そのことを警察はまだ知らずにいるが。

ショウは続けた。「思い出したくないかもしれないが、何があったのか聞かせてもらえないかな」

ソフィーはオレンジジュースを一口飲んだ。すぐにまたグラスを持ち上げて、半分くらい一気に飲んだ。鎮痛剤のせいで口が渇くのだろう。「はい」

ショウは持参したノートを開いた。ソフィーは万年筆を見つめた。目はやはりぼんやりしていた。

「水曜日。帰宅したところから」

ところどころ言葉につかえながら、その日は腹を立てていたのだとソフィーは言った。「いろんなことがあって」

フランク・マリナーは唇を引き結んだが、何も言わなかった。

自転車でクイック・バイト・カフェに行き、カフェラテと何か食べるものを頼んで——何を食べたかは思い出せない——友達に電話してラクロスの練習予定を教えてもらった。それからサンミゲル公園に向かった。「腹が立つこと、悲しいことがあると、あの公園のサイクリングコースに行くんです。がーっと走って発散するの。発散する感じ、わかります？」

ショウにも理解できた。

ソフィーは声を詰まらせた。「カイルはいつもサーフィンで発散してた。ハーフムーンやマーヴェリックで」歯を食いしばり、あふれた涙を拭った。

「タミエン・ロードの路肩にいったん止まって、ヘルメットのストラップを締め直そうとしたんです。そうしたら、車がいきなり突っこんできて」

警察に同じことを訊かれただろうが、ショウも訊いた。「その車を見たかな」ショウの頭に灰色のニッサン・アルティマがあったが、証人を誘導するようなことは決して口にしない。

「いいえ。いきなりものすごい勢いでぶつかられたから。どかーんって感じで」

斜面を転がり落ち、とっさに立ち上がれずにいると、足音が近づいてきた。「これは事故なんかじゃないって思いました。あそこの路肩はすごく広くなってるの——わざとぶつかってきたとしか考えられない。それにぶつかる寸前に、タイヤが空回りするような音が聞こえました。私を狙って突っこんできたんだと思います。九一一に通報しようと思って携帯を出したんだけど、そのときにはもう遅くて。それで携帯を投げました。誰かが気づいて私を捜してくれるかもしれないと思ったから。それから立ち上がろうとしたところで、あいつが飛びかかってきたの。背中を——腎臓のあたりを蹴られたか殴られたかして、動けなくなりました。起き上がれなかった。あおむけになることさえできなかった」

「携帯を投げたのは冴えていたね。きみに何があったのか、そのおかげでわかったんだ」

ソフィーはうなずいた。「動けずにいたら、首に注射針を刺されて、気を失いました」

「病院や警察は、薬の種類について何か言っていたかな」

「私も訊いてみたんですけど。病院で処方されるような鎮痛剤を水で溶いたものだったとだけ」

「犯人の人相や特徴について、ほかに覚えていることはないかな」

「あなたに話したんだっけ……？　誰かに話したような気がするけど。灰色のスキーマスクにサングラス」

ショウはクイック・バイト・カフェの防犯カメラに残っていた映像のスクリーンショットを見せた。

「スタンディッシュ刑事にも同じものを見せてもらいました。一度も会ったことがない人です」ソフィーは立ち上がり、抽斗《ひきだし》をのぞいて箸を取り、ギプスの下に押しこんで皮膚をかいた。

「男女どちらかと言われたら……？」

「たぶん男の人だと思います。背は高くありませんでした。女性だった可能性もありますけど、私を抱え上げるか引きずるかして車に連れこんだわけでしょう。よほどの体力がないと無理かもしれない。それに、背中を蹴られたって言いましたよね。女相手に女がやることじゃないような」ソフィーはそう言って肩をすくめた。「でも、男の人と同じように、女だってやるときはやるのかも」

「犯人は何か言っていたかな」

「いいえ。次に目が覚めたら、あの部屋に閉じこめられていました」

「部屋の様子を教えてくれないか」

「真っ暗というわけじゃなかったけど、ほとんど何も見えなくて」ソフィーの目がふいに怒りに燃えた。「とにかく気味が悪かった。映画なんかでは、誘拐されたら、ベッドと毛布とおまる代わりのバケツや何かがある部屋に監禁されますよね。あの部屋にはボトル入りの水はあったけど、食べるものはまったくありませんでした。ほかにあったのは、何も入ってない大きなガラス瓶と、くしゃくしゃの布、釣り糸一巻き、マッチ。ものすごく古い部屋でした。かび臭くて。でもガラス瓶や布は――みんな新品だった」

ショウは本当に冴えていたねとソフィーを褒めた。ガラス瓶を割って間に合わせのナイフを作り、それで石膏ボードを破ったのはいい判断だった。

「脱出して、出口を探したんです。窓はいくつもありましたけど、板でふさがれていないのは一番上の階のものだけでした。ただガラスを破って外に出ても、高すぎて下りられそうになくて。それで今度はドアを探しました。どれも鍵がかかってるか、釘が打ちつけられていて開かないかだった」

ドアはどれもねじで固定されていた。ふさいだのは最近だ。ショウは、自分もドアを見て回ったが、開けられるのは一カ所だけ――工場の表側のドアだけだったと説明した。

「そこまではまだ見にいってなかった」ソフィーはごくりと喉を鳴らした。「銃声が聞こえて……カイルが……」声を立てずに泣いた。フランク・マリナーが近づ近づいて腕を回し、ソフィーは父親の胸に顔を埋めて泣いた。

ショウはマリナーに説明した。ソフィーは釣り糸を張って罠を作り、残りの釣り糸を自分のジャケットに結びつけて揺らして、床に影が落ちるようにした。誘拐犯を誘い、近くまで来させるために。ドラム缶でそいつを倒すために。

マリナーは目を見開いた。「驚いたな」

小さな声でソフィーは言った。「あのときはあなたを……犯人を殺す気でいたの。刺し殺すつもりだった。でも、土壇場で怖くなって逃げたんです。あのせいで怪我をしたりしてたら、ごめんなさい」

「見抜けなかったこっちも悪かったんだ」ショウは言った。「きみは戦いもせずにやられるような人じゃないと知っていたのに」

それを聞いてソフィーは微笑んだ。

ショウは尋ねた。「犯人はきみの体に触れたかい？」

父親のマリナーが居心地悪そうにしたが、これはどうしても訊いておかなくてはならない。

「何もされていないと思います。脱がされたのは、靴とソックスだけでした。目が覚めたとき、ウィンドブレーカーのジッパーも喉もとまで締まった状態だったし。あの、すごくちっちゃい字で書くんですね。パソコンやタブレットを使えばいいのに。そのほうが速く書けそう」

ショウはソフィーに答えた。「手書きでのろのろと書いた言葉は、自分のものになる。タイプすると、ただ書いただけになりがちだ。パソコンやタブレットで読んだ内容はもっと忘れやすい。耳で聞いたことは、ほとんど記憶に残らない」

その説明にソフィーはいたく感心したらしかった。

「最近、クイック・バイト・カフェでナンパしてきた男はいなかったかな」

「そういう男の人はたくさんいます。〝何読んでるの〟とか〝この店のタマーレはどう？〟とか訊いてくる。男の人はみんなそう。でも、常識を越えてなれなれしい人はいませんでした」

「クイック・バイト・カフェにこんなものがあった」ショウはフランクが掲示した〈捜しています〉のチラシと入れ違いに貼り出されていたイラストを撮影した写真を携帯電話で見せた。ステンシル風に描かれた不気味な顔、帽子、ネクタイ。「きみが閉じこめられていた部屋の外側の壁にも似たような絵が描いてあった」

「覚えてません。とにかく暗かったから。不気味な絵ですね」

「何か心当たりは？」

フランクもソフィーもないと答えた。フランクが尋ねた。「どんな意味があるんだろうな」

「わかりません」ショウはすでに、帽子とネクタイを着けた男の顔の画像をネット検索していた。この絵に近いものは見つからなかった。

「スタンディッシュ刑事からこの絵のことは訊かれなかったかい？」

「訊かれませんでした」ソフィーは答えた。「訊かれたら覚えてると思います」

ソフィーのローブのポケットから着信音が聞こえた。初期設定の着信音だ。新しい携帯電話を手に入れたが、設定を変える暇がまだなかったのだろう。古いほうの端末は証拠物件保管室にある。おそらくそのまま静かな死を迎えることになるだろう。ソフィーは画面を確かめてから電話に出た。「ママ?」

ソフィーの目がショウのほうを見る。ショウは言った。

「私からの質問は以上だよ、フィー」

ソフィーはショウを抱き締めてささやいた。「ありがとう。本当にありがとう……」それからかすかに身を震わせたあと、一つ大きく息を吸いこみ、携帯電話を耳に当ててショウのそばを離れた。「ママ」反対の手でオレンジジュースのグラスを持ち、自分の部屋に戻っていく。ルカがそのあとを追った。「うん、無事……平気だってば、パパがついいてくれてるし……」

マリナーの唇の端がひくついた。結婚指輪のないショウの薬指をちらりと見る。「結婚は?」

「してません。まだ一度も」その話題が出たときなどたまに起きることだが、マーゴ・ケラーのギリシャ神話の女神のようなほっそりとした顔が脳裏をよぎった。その顔を縁取る暗い金色をした柔らかな巻き毛も。今回のスライドショーのマーゴは、遺跡発掘調査の現場の見取り図から顔を上げてこちらを見た。その見取り図は、ショウが描いたものだった。

と、マリナーが封筒を差し出した。「これを」

ショウは受け取らなかった。「場合によっては分割でいただくことにしています。利息はつけません」

「いや、しかし……」マリナーは封筒を見下ろした。顔が赤かった。

ショウは言った。「毎月千ドル、十カ月間。それでいかがですか」

「かならず全額支払います。何があろうとかならず。約束します」

ショウが分割払いに応じることはしばしばあり、ビジネスの〝元締め〟ヴェルマ・ブルーインはそのたびに烈火のごとく怒り出す。「あなたはやるべきことをやってるでしょう、コルト。もらうべきものはちゃんともらいなさいよ」よくそんな風にたしなめられる。

ヴェルマの言うとおりではあるが、臨機応変に考えることの何がいけないのだろう。それに、今回の仕事にこそ臨機応変さが必要だ。ショウはここ数日で、シリコンヴァレーの経済格差の現状を目の当たりにした。

〝約束の地〟シリコンヴァレーでは、あまりにも多くの人が生活苦にあえいでいる。

## 27

ヘンリー・トンプソンの家に向かう途中で、コルター・ショウはまたも尾行されているらしいことに気づいた。おそらく。

後続の車がショウの車と同じ交差点で同じ方角に曲がるのが二度見えた。灰色のセダン――エルサルバドル産の最高にうまいコーヒーを出す店の前で減速した車と外観が似ている。車間が六台分か七台分開いているため、グリルのロゴは見分けられなかった。ニッサンか？　そのようにも見えるし、違うようにも見える。

意外なことに、ドライバーは女のようだった。

ショウが見ていると、その車は赤信号を無視してショウの車と同じ方角に曲がってきた。そのとき、運転席側のウィンドウ越しにドライバーのシルエットが一瞬だけ浮かび上がった。昨日見た車のドライバーと同じで背は高くなく、縮れた髪をポニーテールにしていた。だから女だと決めつけるわけにはいかないにしても、男よりは女である可能性が高いだろう。

女相手に女がやることじゃないような……でも、男の人と同じように、女だってやるときはやるのかも……

ショウは二度、とくに意味もなく交差点で曲がってみた。灰色の車はついてきた。

通りの様子を確かめ、アスファルトの路面に目を凝らし、角度と距離を測り、車の回転半径を考慮する。

よし、いまだ……

急ブレーキをかけ、百八十度ターンをした。尾行の車と正面から向き合う格好になった。ほかの車のドライバーがショウに向かって中指を立て、五、六台が抗議のクラクションを鳴らす。

その合唱にもう一つ、やかましい音が重なった。

サイレンの音が一瞬だけ響く。しまった、まったく気づかなかった。覆面車両の目の前で強引なＵターンをしてしまったらしい。

ため息が出た。路肩に寄って車を停め、免許証とレンタカーの契約書を用意した。

緑色の制服を着たずんぐり体型のラテン系の警察官がショウの車の運転席側に来た。

「免許証を」

「どうぞ」ショウは書類を差し出した。

「いまのは無謀でしたね」

「はい。すみません」

制服警官――名札には〈P・アルヴァレス〉とあった――は自分の車に戻っていき、運転席に乗りこんで情報を照会した。ショウは灰色の車が最後に見えたあたりを探したが、車は消えていた。エルサルバドル料理店で見たのと同じ車だと確認できただけよしとしよう。ニッサン・アルティマ、同じ年式。後部のへこみや傷も同じだった。ただ、ナンバーは今回も見逃した。

制服警官がまた来て、ショウに書類を返す。

「なんでまたあんな強引なことを？」

「尾行されていると思ったもので。強盗か何かに狙われているのかと不安でした。レンタカーは狙われやすいと聞きましたし」

アルヴァレスはゆっくりと言った。「レンタカーにそうとわかる印がついていないのは、だからですよ」

「そうなんですか」

「不安なことがあったら、九一一に通報してください。警察はそのためにあるんですよ。住所は市内ではないようですね。仕事か何かで？」

ショウはうなずいた。「ええ」

アルヴァレスは少し考えてから言った。「いいでしょう。今日はあなたのラッキーデーだ。裁判所に行かなくちゃならなくて、切符を切っている時間がないんです。さっきみたいな無謀な真似は二度としないように」

「もうしません」

「では、どうぞ行ってください」

ショウは書類をしまい、エンジンをかけて、ニッサンの車が最後に見えた交差点まで行った。ここを左折して消えたと考えるのが妥当だろう。だがもちろん、ニッサンの車はすでに影も形もなかった。

車載ナビが指示するルートをたどり、十五分後にはヘンリー・トンプソンがパートナーのブライアン・バードと同居しているコンドミニアムに着いた。無印の警察車両が建物の前に無人で駐まっていた。今度の事件の捜査を担当しているのがJMCTFなのか別の捜査機関なのかわからないが、トンプソンの車が損傷した状態で見つかっていることから、ソフィーの場合とは違い、今回はヘンリー・トンプソンが誘拐されたのは明らかだと考えて捜査を開始している。無印の車両で来た捜査員――謎の刑事スタンディッシュか?――はいまごろブライアン・バードと一緒に身代金の要求を待っているのだろう。いくら待っても犯人からの要求はおそらくないだろうが。

携帯電話にメッセージが届いた。ショウは車を停めてメッセージを確かめた。マックからの報告だった。ヘンリー・トンプソンにもブライアン・バードにも犯罪歴はない。銃の登録もなかった。誘拐の動機になるような国家機密を知る立場にはないし、機密情報を扱う会社に勤めてもいない。トンプソンは、ウィキペディアに記載されていたとおりブロガーであり、ゲイの権利向上を求める活動も行なっている。パートナーのバードは、小さなベンチャーキャピタルの最高財務責任者だった。家庭内暴力の通報記録はなし。トンプソンは以前、一年ほど女性と結婚していたことがあるが、十年も前の話だった。元妻とのあいだにトラブルはない。ソフィーと同じく、ヘンリー・トンプソンもランダムに選ばれた被害者のようだ。

最悪のタイミングで最悪の場所に居合わせただけの、偶然の被害者。

マリナー家を辞去したあと、ショウはバードにメッセージを送っていま自宅にいることを確かめ、会って話を聞きたいと伝えてあった。バードからは即座に了解の返信があった。

ショウはバードの番号に電話をかけた。

「もしもし」

「ミスター・バードですね」

「はい」

「コルター・ショウです」

バードが同じ部屋にいる誰かに向けて言うのが聞こえた。「友人です。関係ありません」

それから電話口に戻ってきた。「いま話せますか。すぐ下りていきます。ロビーのすぐ前に庭がありますので、そこで」

ショウにしてもバードにしても、ショウが関わっていることは警察に知られたくない。

「わかりました。庭で待っています」ショウは電話を切って車を降り、きれいに手入れされた庭を抜け、エントランスのすぐ前のベンチに腰を下ろした。噴水から広がった水蒸気が虹色に輝きながら揺らめいていた。

美しい庭を透かして表通りに目を走らせ、ニッサン車がいないことを確かめた。

まもなくバードが現れた。年齢は五十代、白いドレスシャツに黒っぽいスラックスを合わせている。ベルトから腹の脂肪が五センチ分ほどあふれていた。握手を交わしたあと、バードはベンチに腰を下ろし、前かがみになって手を組んだ。何度も手を組み直す。フランク・マリナーがオレンジ色のゴルフボールをもてあそんだのに似ていた。

「警察が来て、身代金を要求する電話を待っています」バードは弱々しい声で言った。「身代金ですって？　ヘンリーはブロガーです。私は最高財務責任者ですが、うちの会社なんかシリコンヴァレーの基準で言ったらちっぽけなものですよ。ＩＴ系のスタートアップ企業でさえない」そこで声を詰まらせた。「金なんかないんですよ。身代金をよこせと言われたら、どうしていいかわかりません」

「目当ては金ではないと思いますよ。そもそも動機らしい動機はないのかもしれない。錯乱した男の犯行という可能性も考えられる」ショウは犯人が男という前提で話した。いま性別をうんぬんしても話がややこしくなるだけだ。

バードは充血した目をショウに向けた。「昨日、誘拐された女子学生を見つけたんですよね。ヘンリーを捜してもらえませんか。報酬は用意します。スタンディッシュ刑事は優秀な人のようですが……私はあなたにお願いしたい。額を言ってください。いくらでもかまいません。どこかから借りなくちゃならないかもしれませんが、そのくらいのことでヘンリーが帰ってくるなら」

ショウは言った。「私は報酬を受け取りません」

「でも、女子学生のお父さんは……金を支払ったんでしょう」

「あれは懸賞金です」

「だったら、私も懸賞金を出します。いくら出せばいいですか」

「金はいりません。いまさらこの事件を放り出すわけにはいかない。いくつか質問をさせてください。その答えを足がかりに、私にやれるかぎりのことをしましょう」

「よかった……恩に着ます、ミスター・ショウ」

「コルターでけっこう」ショウはノートを取り出し、万年筆のキャップをはずした。「ソフィーのとき、犯人は事前にソフィーに目をつけて尾行したようです。ヘンリーの場合も同じと考えてよいのではないかと思います」

「ヘンリーの行動を監視していたってことですか」

「おそらく。ソフィーのときはひじょうに計画的にことを運んでいます。ヘンリーの……そうだな、誘拐される直前の三十六時間としましょうか。ヘンリーの立ち回り先を教えてください。実際に行ってみます」

バードはまた手を組み直した。関節が白く浮いた。

「夜は、もちろん家にいました。夕飯は、二人ですぐそこのフリオの店で」そう言って通りの先に顎をしゃくる。「それがおとといの夜。ゆうべはスタンフォード大学の講演会。それ以外にどこに行ったか、私にはわかりません。ヘンリーはふだんから車でシリコンヴァレーのあちこちに行っているもので。サンフランシスコやオークランドに行くこともあります。取材で一日八十キロくらい走り回っているんじゃないかな。ヘンリーのブログに人気があるのは、それだけの労力をかけているからです」

「ここ数日で誰と誰に会ったかご存じですか」

「ゆうべの講演会に行ったことしかわかりません。その帰りに誘拐された。それ以外は……わからない。すみません」

「最近はどんな取材を進めていましたか。それがわかれば、どこに行ったか推測がつくかもしれない」

バードは足もとの地面に目を落とした。「このところ熱心に書いていたのは、ＳＶの――シリコンヴァレーの不動産価格高騰の背景を暴く記事でした。不動産が値上がりしていることはご存じですよね」

ショウはうなずいた。

「ほかには、ゲーム会社がデータマイニングでプレイヤーの個人情報を収集して転売しているという話ですね。あともう一つ、ソフトウェア業界の収益源について。

不動産のブログ記事の取材では、ずいぶんあちこちに取材に出かけていました。税務局や都市計画委員会の調停役、住宅を所有している一般の人、賃貸業者、地主、建築業者なんかを取材して……データマイニングと収益源については、グーグルやアップル、フェイスブックあたりのＩＴ企業に取材していたかな。全部は思い出せませんが」バードは膝をぴしゃりと叩いた。「そうだ、ウォルマート」

「ウォルマート？　スーパーマーケットの？」

「そうです、エル・カミノ・レアル（国道101号線の通称）沿いの。ウォルマートに行ってくると言うので、買い物なら行ったばかりじゃないかと私が言うと、買い物じゃないんだ、取材なんだと」

「ゆうべのスタンフォード大での講演会ですが。会場はどこでした？」

「ゲイツ・コンピューターサイエンス・ビルディング」

「最近、ＬＧＢＴの権利向上を求める集会に出席したことは」

「ここしばらくは一度も」

　トンプソンの手帳や予定表を見て、ほかにも行き先があったら教えてほしいとショウは頼んだ。バードは確かめてみると答えた。

「マウンテンヴューのクイック・バイト・カフェに行ったような話をしていたことはありましたか」

「あのカフェなら二人で行ったことがありますが、ここ何カ月かは一度も」バードはじっと座っていられなくなったらしい。ふいに立ち上がり、鮮やかな紫色の花をつけたジャカランダの木を見上げた。「女子学生は——ソフィーは、連れ去られたあと、どうしていたんですか。警察はあまり詳しいことは教えてくれなくて」

　部屋に閉じこめられ、放置されていたとショウは話した。「犯人はいくつかの品物を残していました。ソフィーはそれを使って脱出し、犯人を倒すつもりで罠まで仕掛けていました」

「それはすごいな」

　ショウはうなずいた。

「ヘンリーには耐えがたいだろうな。責め苦ですよ。閉所恐怖症なんです」バードはふいに泣き出した。ようやく落ち着くと続けた。「家がやけに静かで。ヘンリーが留守のときはいつだって静かですよ。でも、今日は静けさの種類が違うというのか。うまく説明できませんが」

　言いたいことはショウにも痛いほど理解できた。しかし慰めの言葉は一つも浮かばなかった。

## 28

　ショウはヘンリー・トンプソンが誘拐される直前に行ったと思われる先を一つずつ回ることにした。

アップルとグーグルは、文字どおり巨人のような企業だ。トンプソンの取材の窓口になっていた社員の名前すらわからないのでは、問い合わせ一つできそうにない。ティファニーに防犯カメラの映像をこっそり見せてもらおうにも、今回もクイック・バイト・カフェで何か起きたと考える根拠は何一つなかった。

となると、スタンフォード大学から調べるのが理にかなっていそうだ。犯人は講演会場からトンプソンを車で尾行し、さびれた通りにさしかかったところでトンプソンの車を追い越して百メートルほど先に停め、トンプソンが追いついてきたところで煉瓦か石をフロントウィンドウに投げつけたと思われる。

しかし、講演会場となったゲイツ・コンピューターサイエンス・ビルディングは、スタンフォード大学キャンパス内の人であふれた一角にあった。半径二百メートルほどの範囲に駐車場はない。トンプソンはどこか離れた場所に車を駐め、講演終了後、そこまで歩いたのだろう。ショウはトンプソンの写真を大学の職員や警備員、商店主に見てもらったが、芳《かんば》しい答えはなかった。

拉致現場となった通りはわかっている。ショウはそこに行ってみた。車はレッカー移動されていたが、路肩の一角が黄色い立入禁止のテープで囲われていた。雑草が生い茂っている。Ｘは意図的にその地点を選んだに違いない。工場の現場と同じように、そこならタイヤの痕跡を残さずにすむからだ。近隣に住宅やオフィスビルは建っていなかった。

次はトンプソンが車で取材に出かけたとバードが話していたウォルマートを見てみることにした。ブログのどの記事の取材でスーパーマーケットに行ったのだろう。

車載ナビにウォルマートの所在地を入力し、その指示に従ってマリブを走らせた。広い道路のアスファルト敷きの路面が太陽の照り返しでまぶしい。完璧に手入れされた生け垣、背の高い草、コピー用紙のように真っ白な歩道、緑色に輝く芝生、蔓植物に生い茂ったヤシ。建築家がきっと自分の代表作品集に掲載したであろうスタイリッシュで独創的な建物もいくつか。ミラーガラスの窓が肉食の魚の目のようで、いまはこちらに関心がないようだが……次は目が合ってしまうかもしれない。

朝、ウィネベーゴを駐めたＲＶパークからエルサルバドル料理店に向かったときと同じように、豪邸や華やかな企業ビル群はふいに背後に遠ざかり、もう一つのシリコンヴァレーが見えてきた。フランク・マリナーの家と似た、質素でくたびれたつつましい住宅。所有者が食べ物とペンキの塗り直しのいずれを選んだかは明白だ。

ウォルマートの駐車場に車を乗り入れた。ウォルマートなら、ショウも何度も買い物をしたことがある。衣類、食料品、衛生用品や狩猟用具、釣り用具など、生きていくのに必要な品物が何だって買える。年に数度会う妹の子供たちに渡す土産を買いそこねていたことにぎりぎりになって気づいたようなときも、ウォルマートは頼りになる。

ヘンリー・トンプソンは、そのウォルマートにどんな取材で来たのか。

目的はまもなくわかった。駐車場の奥の一角に、たくさんの乗用車やSUV、ピックアップトラックが集まって駐まっていた。車内や周囲に――運転席やローンチェアに――皺くちゃではあるが清潔な服を着た男たちが座っている。ジーンズ、チノパンツ、ポロシャツ。スポーツコートを着こんでいる者もいた。見たところ全員がノートパソコンを開いている。九十年前の大恐慌時代、人々は集まって焚き火を囲んだ。いまは白く冷たい光を放つパソコン画面の前にそれぞれ座る。

新世代の路上生活者。

ショウはマリブを駐めて降りた。携帯電話にトンプソンの写真を表示し、行方不明になったこの男性を捜しているとだけ説明して、そこにいた全員に見せて回った。

意外なことに、集まった男たち――女は一人もいなかった――は、ホームレスでも失業者でもなかった。みなシリコンヴァレーの会社で働いているという。なかには誰でも知るネット企業の社員もいた。全員が住むところを持っているのだ。しかし職場からあまりにも遠く、毎日通勤するのは無理だが、かといってホテルやモーテルに宿泊する金銭的な余裕はない。そこで週のうち二日、三日、あるいは四日はここで寝泊まりして会社に通い、それ以外の日は家族の待つ家に帰る。夜になると、この〝自然発生的キャンプ場〟にはもっと人が増える。いまいる面々は夕方から、あるいは深夜からのシフトで働いている。

ヘンリー・トンプソンがここに来た理由はこれだろう。いまシリコンヴァレーで不動産を所有したり借りたりするのがいかに非現実的であるかを取材して、ブログに掲載しようと考えたのだ。

　ビュイックのクロスオーバーＳＵＶで寝泊まりしているという痩せた体つきのラテン系の男性は、こう話した。「これでも前より楽になったんですよ。以前はマリン郡行きの夜行バスで寝てましたからね。往復で六時間寝られる。切符さえちゃんと買えば、一晩中寝ていようと運転手も文句は言わない。でも、二度、強盗に遭いました。ここのほうがまだ安心です」

　掃除係や保守係をしているという者もなかにはいた。ほかはプログラマーや中間管理職だ。毎日の手入れがたいへんそうなヒップスター風口ひげを生やし、繊細な金のイヤリングを着けた男は、大きなスケッチブックを広げ、ハードウェア製品の広告向けのものらしき絵を描いていた。才能豊かなデザイナーと見えた。

　ヘンリー・トンプソンを覚えていたのは一人だけだった。「ああ、二、三日前に来た人ですね。どこに住んでるか、通勤はどうしてるのか、会社の近くに家を探してみたかとか、そんなような質問をして回ってました。大家に追い出されたのかとか。買収や脅迫をされたことはないかとか。具体的には、政府の職員や不動産開発業者から」そう言って首を振った。「ヘンリーは感じのいい人でしたよ。僕らの境遇に深い関心を持ってくれていた」

「誰か一緒でしたか。ヘンリーをつけ回している人間はいませんでしたか」

「つけ回す？」

「誘拐されたと思われます」

「誘拐された？　本当に？　そんな。気の毒に」周囲を見回す。「ここはいろんな人が出入りしますから。役に立てそうにありません」

　ショウは駐車場をひととおり確認して回った。スーパーマーケットの建物の周辺には防犯カメラが設置されているが、だいぶ離れたこのあたりまでは記録されていないだろう。ティファニーのような協力者も望めない。

　マリブに戻る。ちょうどそのとき携帯電話が鳴り出して、ショウは応答した。

「もしもし」

「コルターー？　ブライアン・バードです」

「何か新しいことでも？」

「いいえ。いろいろ確認しましたが、ヘンリーが書いたメモはほかに見つからなかったことだけお伝えしようと思って。その、犯人に狙われたとして、どこなのかわかるようなものはありませんでした。メモや何かは全部持ち歩いていたのかもしれません。そちらは何かわかりましたか」

「何も」

「ふう、いったい誰がこんなことを?」バードはささやくような声で言った。「どうして?　何が目的なんだろう。身代金の要求もないし、ヘンリーは誰かを傷つけるような人間じゃないんです。だって、さっぱりわかりませんよ。犯人は、何だろう、悪趣味なゲームでもしてる気でいるのかな……」深いため息が聞こえた。「いったい何のつもりなんでしょうね。何か心当たりはありませんか」

一瞬考えたのち、コルター・ショウは答えた。「ええ、ブライアン、もしかしたら。一つ思いついたことがあります」

## 29

ショウはウィネベーゴを駐めたRVパークに向けて車を飛ばした。警察車両に用心はしたが、いまは切符を切りたいなら切れよという気分だった。

ウィネベーゴに戻るなり、インターネットに接続してネット検索を開始した。

もしかしたらと考えた情報は、あっけなく見つかった。しかも検索結果には期待以上の収穫があった。さっそくJMCTFに電話をかけ、ダン・ワイリー刑事と話したいと告げた。

「申し訳ありません。ワイリー刑事は外出しております」

「彼のパートナーは」

「スタンディッシュ刑事も外出中です」

JMCTFの受付のいつもの女性の返答まで、いつもの繰り返しになり始めている。

ショウは電話を切った。それならこちらも前回と同じことをしよう。JMCTF本部に乗りこみ、ワイリーでもスタンディッシュでもいいから、オフィスにいるほうに会わせろと迫る。二人とも外出中なら、上級管理官カミングスだってかまわない。何にせよ直接会って話したほうが早いとショウは考えた。ショウの新しい観点を警察に理解させるには、根気強く説得しなくてはならないだろう。

検索の成果をプリントアウトし、その束をパソコンバッグに入れた。ウィネベーゴから降りてドアをロックし、右側に駐めたマリブのほうに歩き出す。しかし、自分のスペース内の電力と水道の接続設備まで来たところで凍りついた。

灰色のニッサン・アルティマがマリブの進路をふさいで駐まっている。運転席は無人で、ドアは開けっぱなしだ。

ウィネベーゴに戻れ。銃の出番だ。

パソコンバッグをその場に置き、向きを変えてウィネベーゴのドアまで戻ってキーを取り出した。

ロックは三つある。最短時間で三つとも解錠するには――一つずつゆっくりやることだ。

**急ぐときほどあわてるべからず……**

三つ目にはたどりつかなかった。五メートルほど先、ウィネベーゴと隣のメルセデス・レネゲードとのあいだの影のなかから、グロックの拳銃をかまえた人物が現れたからだ。ニッサン車のドライバーだ――思ったとおり女だった。アフリカ系で、シルエットでちらりと見たとおり、癖の強い髪をポニーテールに結っていた。ギャングが好んで着るようなくすんだオリーブ色のコンバットジャケットを着て、カーゴパンツを穿いている。視線は刺すように険しかった。銃口をショウに向けている。

ショウは確率を見積もった。といっても、やれることはないも同然だった。わずか八歩の距離から、いかにも扱いに慣れている人物の手に握られた銃を向けられているのだから。

格闘して撃たれずにすむ確率：二パーセント。

交渉によって突破口が開ける確率：検討材料が不足。

しかし格闘より確率は高い。

しかし、愚かと思える決断をなすべき場面もある。ショウのなかのレスラーが目を覚まし、ショウに重心を落とさせた。胴体を撃たれてから気を失うまでに、どれほど女に接近できるだろう。拳銃で致命傷を与えるのは世の中で言われている以上に難しいのだ。そこでショウは思い出した——この女が誘拐の犯人なら、もっとずっと遠距離からカイル・バトラーを一発で射殺できる腕の持ち主だ。

　険しい顔つきの女は目を細め、ショウに近づいてきながら腹立たしげに言った。「伏せて！　早く！」

　それは〝地面に伏せろ、さもないと撃つぞ！〟ではなかった。〝伏せてよ、あんたが邪魔で撃てない！〟と聞こえた。

　ショウはその場にしゃがんだ。

　女は小走りでショウの脇を通り過ぎた。その視線は、ＲＶパークの敷地と閑散とした通りの境界線をなす木立に向けられていた。女は通路の突き当たりまで走って足を止め、鬱蒼と茂った木立を透かして通りをうかがった。

　ショウは立ち上がり、キーを握ったまま忍び足でウィネベーゴのドアにふたたび近づいた。

　女は即座に発砲できる姿勢で銃を両手でかまえ、視線を木立に据えたまま、遠慮のない声で言った。「言ったでしょ。伏せてて」

　ショウはまた身を低くした。

　女は木立のあいだに足を踏み入れた。まもなく小さな声で言った。「逃げられた」それから向きを変え、銃をホルスターに戻した。

「もう安全です」女は言った。「立ってかまいませんよ」

　女が近づいてくる。ポケットから何かを取り出そうとしている。出てきたのは、警察の金色のバッジだった。

　ショウはそれには驚かなかった。だが、次に女が言ったことには驚いた。「ミスター・ショウ。ラドンナ・スタンディッシュ刑事です。お話があります」

## 30

　ショウはとっさに草むらに置いたパソコンバッグを回収した。

　スタンディッシュ刑事とともにウィネベーゴのドアに向かいかけたところで、覆面車両がタイヤをきしらせてウィネベーゴの前に急停止した。見覚えのある車だった。ヘンリー・トンプソンのコンドミニアムに向かう途中で派手なＵターンをしたとき、ショウに停止を命じた車だった。たしか——Ｐ・アルヴァレス巡査。

ショウは刑事と巡査を交互に見た。「二人で私を尾行していたわけですか」

スタンディッシュが言った。「尾行はダブルチームが原則だから。一台じゃ尾行しきれないでしょう。理想は三台だけど、いまどき一人に三台も張りつけるなんて無理な相談だし」スタンディッシュは続けた。「経費、経費、経費をとにかく減らせのご時世ですから。ゆうべは私一人で尾行するしかなかったけど、今朝はピーターの手が空いてたから手伝ってもらったんです」

アルヴァレスが言った。「本音を言えば、停止させずに見逃したかったんですが、かえって怪しいでしょう。それにしてもみごとなターンでしたね、ミスター・ショウ。まあ、あのときも言いましたけど、無謀もいいところです。それでもみごとでしたよ」

「できれば二度とやりたくありませんがね」ショウはにらむような視線をスタンディッシュに向けた。スタンディッシュが小さく笑う。ショウは木立のほうにうなずいた。「で、誰を見つけたんです？」

「わかりません」スタンディッシュの声にかすかないらだちがにじんだ。「あなたのキャンピングカーの近くに不審な人物がいる、車に忍びこもうとしているようだって通報があって。事情を考えたら、これは何かにおうなと」

スタンディッシュの無線機が乾いた音を立てた。たまたまこの近くを巡回中だったパトロールカーからの報告で、不審者は発見できなかったという。続けてまた別のパトロール警官からも報告が入った。スタンディッシュは捜索を継続するよう指示した。アルヴァレスにも同じ指示を与えた。アルヴァレスの車が走り去ると、スタンディッシュはウィネベーゴに顎をしゃくった。ショウは最後のロックを解除すると、スタンディッシュはショウよりも先に車に乗りこんだ。

〝令状〟という言葉がショウの脳裏をよぎったが、ここは何も言わずにおくことにした。ドアを閉めてロックする。

「カリフォルニア州の隠匿携帯許可を持っていますね」スタンディッシュは言った。「銃《ウエポン》はどこに？　ひょっとして複数《ウエポンズ》？」コーヒーポットに近づき、カウンターにボルト留めされたかごに五つ六つ入ったコーヒー粉の袋を一つずつ確かめている。

「スパイス棚に」ショウは答えた。「この州の隠匿携帯許可を得ている銃のことですが」

「スパイス棚ね。なるほど。で、その銃は……？」

「グロック42」

「そのままましまっておいてください」

「ベッドの下にもう一丁あります。そっちはコルトパイソン357」

スタンディッシュは驚いたように眉を上げた。「懸賞金ハンターの仕事はよほど儲かるのね。そんな銃を買えるくらいだから」

「もらいものですよ」

「ほかには？」

カリフォルニア州内で外から見えない状態で銃を持ち歩くための許可は、州民でないと取れない。しかもカリフォルニア州の許可証は、ほかの多くの州では無効だ。ショウはフロリダ州が発行した非居住者向けの許可証を持っていて、それはほかの大多数の州でも有効だった。ただ、銃を持ち歩くことはめったにない。いまいる場所で合法に持ち歩けるのかどうかをつねに気にしていなくてはならないのがわずらわしいからだ。たとえば学校や病院はどこへ行ってもだいたい銃持ち込み禁止ゾーンに指定されているが、州によって法律は大きく異なる。

ショウは言った。「私を誘拐犯かもしれないと疑ったわけか」

「当初はそれも考えました。でもアリバイが確認できたし、あなたがダン・ワイリーに伝えた情報はどれも正しかった。もちろん、共犯者がいないとはかぎらないけど、誰かを拉致しておいて、その誰かのお父さんが懸賞金をかけるだろうと期待して待つ——？　そんな当てにできないことを当てにするのは、よほどの馬鹿か、またはよほどの馬鹿か。その二種類しかありえない。あなたの周辺を調べました。で、どっちでもなさそうだとわかったので」

スタンディッシュが自分を尾行した理由がふいに閃いた。「そうか、私を囮《おとり》に使ったわけだ」

刑事は肩をすくめた。「あなたは犯人のお楽しみをだいなしにしたわけでしょう。ソフィーを見つけて保護した。とすると、犯人はむちゃくちゃ頭に来てるはず。またすぐに次の被害者——ヘンリー・トンプソンをさらったくらい、頭に血が上ってる」

「不審者というのは、私を尾行してここを突き止めた誘拐犯だと？」ショウは外に向かってうなずいた。

「これが事件と無関係だというのは、ちょっとありえない偶然でしょう。それにソフィーの事件と同一犯なら、ヘンリー・トンプソンもどこかに一人きりで監禁してあるはず。つまり犯人の男には、あなたを訪問する暇がたっぷりあるだろうってこと。その気があればの話ですけど。でも、どうやらその気があったみたい。あなたに苦情を言いに来る理由がある人が他にもいるなら話は変わってきます。あなたの仕事を考えると、それも大いにありそうな気がします」

「たしかに、何人か心当たりは頭に浮かびますよ。ただ、人に頼んで、そういうことが起きないように目を光らせてもらっている。これまでのところ、警戒しろという連絡は来ていません」

　ショウの友人であり、ロッククライミング仲間でもある元FBI捜査官トム・ペッパーは、シカゴで民間警備会社を経営している。ショウが懸賞金を獲得した案件で割を食った物騒な連中のなかには、ショウに脅しをかけてきた者が何人かいるが、トムとマックが彼らの動向をつねに監視している。

　ショウは続けた。「ここにいた不審者の人相特徴は」

「黒っぽい着衣。判明してるのはそれだけです。車両については何も」

「さっき〝犯人の男〟と言いましたね」

「そうだった。男とはかぎりません。女かもしれない」

「ワイリー刑事はブライアン・バードの家に？」

　短い間があった。「ワイリー刑事はもうJMCTFの犯罪捜査部の一員ではありません」

「え？」

「私が連絡係への異動を命じました」

「あなたが異動を命じた？」

　スタンディッシュはわずかに首をかしげた。「ひょっとして、ワイリーが上司で、私は部下だと思ってました？　それはまたいったいどうしてかしらね、ミスター・ショウ。私が」――意味ありげな長い間《ま》があった――「ワイリーより背が低いから？」

　スタンディッシュのほうが若いからだったが、ショウは言った。「あなたは尾行が下手くそだから」

〝おっとそう来たか〟とでもいうように、スタンディッシュの唇がほんの一瞬だけ笑みを描いた。

ショウは続けた。「ワイリーの異動は、私を逮捕したことが理由ですか」

「いいえ。私だって逮捕したと思うから。たしかに、ワイリーがあなたを逮捕した根拠は間違ってました。あなたがカミングスに指摘したとおりです。証拠をあなたが現場から持ち出した？　警察がそもそも見つけてもいなかった証拠を？　そんな話をマスコミに漏らされたりしたら、ＪＭＣＴＦが大恥をかくだけのことよ。あなたならマスコミに漏らしただろうし」

「まあ、そうかもしれない」

「私だったらあなたを重要参考人として保護したと思います。被疑者としてじゃなくてね。保護しておいて、あなたの身元を徹底的に洗ったと思う。ダンが異動になった理由は、あなたから渡された覚え書きに基づいて捜査すべきだったのに、しなかったから。ところで、すごくきれいな字ですよね。同じことを何度も言われてるだろうと思うけど。あれを受け取ったワイリーは、即座に事件として捜査を開始すべきでした。あなたはどこかの捜査機関に勤務していた経験があるとか？」

「いいえ。ワイリーの異動先の連絡係というのはどんな部署です？」

「ＪＭＣＴＦは〝合同対策チーム〟でしょう？　八つの捜査機関から人員が集まって動いてる。となると、連絡事項が山ほど発生するわけ。ダンの仕事は、報告書をしかるべき先に届けて回ること」

つまり使い走りか。そりゃついてないな、チーフ。

スタンディッシュが続けた。「ダンは悪い人じゃありません。ただ、このところ災難続きで。長年、デスクワーク専門だったんですけど、それに関してはすごく有能な人です。ものすごく優秀なの。ところがしばらく前に奥さんが亡くなった。突然。診断から亡くなるまで、たった三十三日だった。それでダンは、環境を変えてみたくなった。デスクから離れて外に出たいと思い立った。現場で忙しくしていたら気がまぎれると思ったんでしょうね。外見は刑事そのものだし」

「たしかに、映画の刑事役にぴったりだ」

「ただし現場で指揮を執るのにはまるで向いていない。自信がないくせに威張り屋――最悪の組み合わせでしょ。ほかにも苦情が来てた」

何か見つかったか、お嬢ちゃん……

スタンディッシュは、コンパウンド内のハイキングルートを描いた地図に目を留めた。「あれは……？」

「実家です。シエラ国立森林公園の近く」

「この場所で育ったってこと？」

「ええ。母はいまも実家に住んでいます。帰省するつもりでいたところに、この事件が起きた」

スタンディッシュは、地図に赤いマーカーで引かれた線を指先でたどった。

ショウは言った。「ロッククライミングをやるのを楽しみにしていたんですよ」

スタンディッシュは短い笑いを漏らした。「岩登りが楽しいの？」

ショウはうなずいた。

「お母さんはここに――こんなへんぴなところに一人で住んでるんですか」

あまり詳しい話は聞かせなかった。

メアリー・ダヴ・ショウは、ジョージア・オキーフのような人なのだとだけ説明した。精神という意味でも、筋張った体つきや長い髪といった外見についても。精神科医で、医学部教授で、研究代表者でもあった母親は、コンパウンドを医師や研究者の隠れ家にした。そこで女性の健康をテーマにした集まりをよく開いている。狩猟パーティも。人間は誰であれ、食べなくては生きていかれない。

いまでも年に何度かは帰省するようにしているのだとショウは付け加えた。

「親孝行ね」スタンディッシュは言った。その言い方から、スタンディッシュも家族思いでいるらしいことが伝わってきた。

ショウは言った。「ヘンリーの事件に何か新しい展開は？」

「ヘンリー・トンプソンの事件？　まだ何も」

ショウは尋ねた。「証拠の分析結果は？」

民間人相手に捜査情報は明かさないだろうと思ったが、スタンディッシュはためらうことなく答えた。「あまり期待できなそう。ソフィーの着衣から接触DNAは検出されなかった。トンプソンの車や、フロントウィンドウに投げつけられた石の分析結果はまだ出ていないけど、これまでの犯人が突然、不注意になるとも思えないし。布の手袋ところ、指紋一つ残していないわけですから。布の手袋をはめてるし、販売元をたどれた証拠は一つもありません——ドアを固定するのに使ったねじ、監禁場所に残した水やマッチ。あなたもきっと気づいたと思うけど、雑草のおかげでタイヤ痕も採取できない。ああ、そうだ、誰かがあなたを見張ってたかもしれないという枝道。あそこも調べさせました」

カイル・バトラーと会った公園の枝道だ。ショウはうなずいた。

「砂利敷きの道でした。やはりタイヤ痕は採取できなかったということ。クイック・バイト・カフェから公園までのタミエン・ロード沿いにある交通監視カメラも調べましたけど……」スタンディッシュは額に皺を寄せてショウを見つめた。「もしかして、交通監視カメラを調べろってあなたがダンに助言を……?」

「ええ」

「やっぱり。残念ながら手がかりは何も見つかっていません。クイック・バイト・カフェの近くに駐まっていた車の特徴に一致する画像は、タミエン・ロード沿いの交通監視カメラの録画からは見つからなかった」

いい仕事ぶりだとショウは思った。

「トンプソン事件でも犯人は草の生えた場所を選んでる——今度もタイヤ痕はないってこと。未詳の靴はナイキ、サイズは紳士向けの9½。といっても、彼または彼女は紳士物の9½の靴を履いているというだけの話で、足のサイズが9½だとはかぎりません。防犯カメラの映像は、あなたがクイック・バイト・カフェで見つけた分だけでした。不運な新人《ルーキー》に何時間もかけてつまらない映像をチェックしてもらったの。二週間さかのぼったけど、ソフィーに特別な関心を示した人物はいません。ほかの店やバーやレストランもチェックしました。そちらも手がかりなし。タミエン・ロードと四二号線の交差点のカメラを確認しようって言い出したのはあなた? それともダン?」

「何か映っていましたか」

ショウが質問をはぐらかしたことをスタンディッシュは小気味よく思ったらしい。「カメラは設置されていませんでした。使用された銃は九ミリのグロック。薬莢は犯人が拾って持ち帰ってました。カイル・バトラーとの距離はかなりあっただろうに、それでも一発で頭に命中させてる。相当な戦闘訓練を受けてるんでしょうね。きっとプロだと思うけど、プロは人を部屋に監禁するような面倒なことはしないわ。黙って撃つか、身代金をよこせば撃たないと約束するかのどちらか」

「あなたはどうなんです？」ショウは訊いた。

「私が何？」

「戦闘訓練を受けているんじゃないかと」ショウはくすんだオリーブ色のコンバットジャケットにうなずいた。

「いいえ。これは暖かいから着てるだけ。寒がりなの」

「灰色のニット帽に関して聞き込みは？」

「クイック・バイト・カフェの映像に映ってたニット帽のこと？　聞き込みはしたけど、いまのところ有力な情報はない。スタンフォード大の駐車場には監視カメラが設置されてて、十時間分くらいの映像をまた別のルーキーに点検させてるところ」

　ショウは言った。「クワリー・ロード沿いの駐車場が一番可能性が高そうですよ。講演会場のゲイツ・センターに近い駐車場はせまくてすぐ満車になる」

「私も同じことを思いました」

　ショウは、キャンパス内の店舗や警備員にひととおり聞き込みをしたと話した。〝キャンバス《キャンバス》〟という警察の用語が出ると、スタンディッシュは愉快そうに口もとをゆるめた。

「警察の聞き込みには応じてもらえました？」

「たいがいは。ただ、トンプソンを見たという人はいなかった」

「ポスターの件は？」ショウは尋ねた。

　スタンディッシュはいぶかしげにショウを見返した。

「ワイリーに渡したんですが。顔が描かれたポスターのようなもの」

　スタンディッシュはメモ帳をめくった。「カフェに紙が貼り出されてたってことまでは聞いてます。科学捜査ラボが検査したけど、ＤＮＡも指紋も採取されていません。私は実物を見ていません」

　ソフィーに見せなかったのは、だからか。

　ショウはパソコンバッグを開け、さっき印刷しておいた紙の束を取り出した。一番上にステンシル風の男のイラストがある。それをスタンディッシュに見せた。

「これ何？」

「〝ささやく男《ウィスパリング・マン》〟」

「これが重要だと思うのはどうして」

「これこそ事件を解く鍵になりそうだからです」

# 31

ショウは説明した。「ブライアン・バードから提供された情報をもとに、少し調べてみたんです。この一日、二日のあいだにヘンリーが立ち寄った先を聞きましてね。ヘンリーを尾行している人物を目撃した人がいるかもしれないと思って。どこかの防犯カメラの映像が見つからないともかぎらない。しかし、どちらも当てがはずれました。ブライアンにそのことを報告するとブライアンは、ヘンリーを誘拐する意味がわからないと言ったんです——誰かが悪趣味なゲームでもやっているつもりなのかと」

スタンディッシュはうめき声を漏らした。ただしそれは、〝なるほど〟と言っているようなうめき声だった。スタンディッシュはプリントアウトから顔を上げた。

ショウは続けた。「いまC3ゲームショーが開催中なのをご存じですか」

「コンピューター。ゲーマーのお祭り。おかげでこの地域まで大渋滞。ただ、会場はサンノゼだし、とくに気にしていませんでした。でも、ゲームショーと未詳と何の関係が?」

「ソフィーをレイプしよう、殺そうと思えばいつでもできたはずでしょう。ところが犯人はそうしなかった。廃工場の一室にソフィーを監禁したうえで、サバイバルに使えそうな品物を用意した。品物は五種類——釣り糸、マッチ、水、ガラス瓶、布」

「で?」

この話がどこに向かおうとしているのか、スタンディッシュはすでに察したのだろう。懐疑を示すフラグが上がろうとしているのが目に見えるようだった。

「昨日、ゲームショーに行ったんです」

「あなたが? ゲーム好き?」

「いいえ。友人につきあっただけです」

きみたち警察に車を強奪されて、つぶさなくちゃならない時間がたっぷりあったものだからね……

ショウは続けた。「ゲームショーで、先へ進むのに役立つ品物を集めるゲームを見ました。武器や服、食糧、魔法のアイテム」

「魔法」

「バードは的を射ているのだとしたら？　これが本当に悪趣味なゲームなのだとしたら？　そこでネットを検索して、プレイヤーが五つの品物を与えられ、それを使ってサバイバルを試みるゲームがないか、探してみました。一つありました。『ウィスパリング・マン』です」

スタンディッシュはプリントアウトの上から数ページを扇のように開いた。ウィスパリング・マンのステンシル風のイラストはいかにも素人くさい出来だが、ショウは同じものをプロ級の人物が描いたバージョンを何パターンもダウンロードしていた。大部分はゲームのプロモーションや広告に使われた公式画像だが、なかには熱狂的ファンが描いたものもある。

「これ、幽霊？」スタンディッシュが訊いた。「それとも……？」

「超自然的な存在？　見当もつきません。ゲームが始まってすぐ、プレイヤーはこのウィスパリング・マンに襲われて気絶する。目を覚ますと、ソフィーの場合と同じように靴を脱がされていて、手もとにあるのは五種類のアイテムだけ。そのアイテムは交換もできるし、武器として使ってほかのプレイヤーを殺し、そのプレイヤーの持ち物を奪ったりもできます。プレイヤー同士で協力してもいい――たとえば自分はハンマーを持っていて、別の誰かは釘を持っているというような場合ですね。ゲームはオンラインでプレイする。世界で十万のプレイヤーがつねに同時にログインしているそうですよ」

「ミスター・ショウ」スタンディッシュが言った。懐疑のフラグはもう、風に吹かれて盛大にはためいていた。

ショウはかまわず続けた。「ゲームにはレベル10までありますす。簡単な1から難しい10まで。最初のレベルのタイトルは〈廃工場〉」

スタンディッシュは黙りこんだ。

「これを」ショウはデルのノートパソコンに向き直って身を乗り出す。ＹｏｕＴｕｂｅにアクセスした。二人で画面のほうにを乗り出す。ショウが検索ボックスに入力すると、『ウィスパリング・マン』のさまざまな実況動画が並んだ。そのうちの一つをクリックする。動画は一人称視点で始まった。プレイヤーは平和な郊外の町の歩道を散策している。音楽は静かで、その奥から足音がかすかに聞こえている。誰かが後ろから近づいてこようとしているようだ。プレイヤーは立ち止まって振り返る。歩道は無人だった。プレイヤーが前に向き直ると、小さな笑みを浮かべたウィスパリング・マンが立ちふさがっている。一瞬の間《ま》があって、ウィスパリング・マンが飛びかかってくる。画面は暗転する。甲高く楽しげな男のささやき声が聞こえる。「誰も助けてはくれない。脱出できるものならやってみるがいい。さもなくば尊厳を保って死ね」

キャラクターの意識が戻るのに合わせて画面はしだいに明るくなる。周囲を見ると、どうやら古い工場にいるようだ。五つの品物が見える。ハンマー、ガスバーナー、糸一巻き、金のメダル、青い液体が入ったガラス瓶。

プレイヤーが操作するキャラクターが起き上がる。女のアバターがこっそりと近づいてきて、金のメダルに手を伸ばそうとした。プレイヤーはハンマーを拾って女のアバターを殴り殺す。

「うわ、ひどい」スタンディッシュがつぶやく。

画面に文字が現れた。〈浄水タブレット、絹のリボン、時計に似た物体を入手しました〉

「工場の現場で、未詳はソフィーに、使い方さえわかれば脱出に使えるツールを残していました。それに、すべてのドアをねじで留めて開けられないようにしたのに、一カ所だけは開くようにしてありました。未詳はソフィーにサバイバルのチャンスを与えたわけです」

スタンディッシュはすぐには何も言わなかった。「つまり、未詳はこのゲームのとおりに誘拐事件を実行してるっていうのがあなたの仮説？」

「まだ推測にすぎませんよ」ショウは言った。「推測が立証されると、仮説に昇格する」

スタンディッシュはショウをちらりと見たあと、画面に向き直った。「何と言ったらいいかわからないわ、ミスター・ショウ。ほとんどの犯罪は単純なものです。でも、これはややこしすぎる」

「以前にも似た事件が起きていました。しかも同じゲームで」ショウはスタンディッシュに別のプリントアウトを渡した。オハイオ州デイトンの新聞に掲載されていた記事だ。「八年前、このゲームに夢中になった男子高校生二人が起こした事件です」

「このゲーム？『ウィスパリング・マン』？」

「そうです。少年たちは現実の世界でゲームを再現して、同じクラスの女の子を拉致した。十七歳の少女です。被害者の手足を縛って納屋に監禁しました。被害者は逃げようとして重傷を負いました。犯人の二人はそれを見て、いっそ殺してしまおうと考えたようです。しかし被害者は逃げ出して助かりました。犯人の一人は精神科病院に送られ、もう一人は二十五年の実刑を言い渡されています」

スタンディッシュの目の色が変わった。「その二人はいま……？」

「まだ病院と刑務所に」

スタンディッシュはプリントアウトをもう一度見てから折りたたんだ。

「調べてみたほうがよさそうね。ありがとう。ソフィー・マリナーの件でもお礼を言わなくちゃ。あなたはソフィーを見つけてくれた。ダン・ワイリーは何もしなかったのに。私も同罪ね。だけど、経験からいえば、一般市民が事件に関わると……捜査が混乱しがちになる。だから申し訳ないけど、このいかしたキャンピングカーのエンジンをかけて、予定どおりお母さんに会いにいっていただけるとありがたいですね。セコイアの森やヨセミテ国立公園に行くのでもかまわない。どこでもお好きなところへどうぞ──ここ以外ならどこへでも」

## 32

コルター・ショウは、母親に会いにコンパウンドに向けてウィネベーゴを走らせてはいなかった。樹齢千年といわれる樹木を見上げて目をみはったり、ヨセミテ国立公園の絶壁エルカピタンを登ったりする予定も当面はなかった。

ショウはどこへも向かっていない。

シリコンヴァレーのど真ん中から動いていなかった。具体的には、クイック・バイト・カフェにいて、コーヒーを飲んでいる。この店のコーヒーは文句なくうまいが、エルサルバドルはポトレログランデとやらからはるばる渡ってきたコーヒー豆とは比べるべくもない。

店内の掲示板に視線を漂わせた。昨日、ショウが貼ったソフィーの写真はそのままになっていた。あれから防犯カメラが掲示板を監視しているせいだろうか。新たに印刷した紙の束──今度のは私立探偵のマックがショウの求めに応じて送ってきた情報──に目を戻す。昨日の礼を言おうとティファニーを探したが、ティファニーも娘のマッジも今日は店に出ていなかった。

すぐ近くから、女性の妖艶な声が聞こえた。「男性を殺しちゃったあと、同じ男性から電話をもらうことってめったにないのよね。あなたが根に持つタイプじゃなくてよかったわ、坊や」

マディー・プールが近づいてこようとしていた。美しく魅惑的な顔、そばかすがチャーミングな顔。その顔は笑みを浮かべている。マディーはショウの真正面の椅子に腰を下ろした。緑色の瞳がきらめいた。

**坊や……**

ダン・ワイリーから〝チーフ〟と呼ばれたことを思い出し、親愛の情の表れである呼び名を許せるかどうかは、親愛の情を示しているのが誰なのかによってだいぶ違うものだなと苦笑した。

「何か食べるかい？」ショウは訊いた。

マディーは近くのテーブルをさりげなく観察した。サイズが大きすぎるスウェットの上下にジャケットというという服装の若い男性の二人組のテーブルに、エナジードリンクのレッドブルとコーヒーが並んでいた。二人とも目が充血している。それに気づいたショウは、この町はコンピューターとゲームの世界の中心地なのだと改めて思った。マディーの目もやはり縁が充血していた。「同じものがいい」マディーが言った。「レッドブルとコーヒー。混ぜちゃいやよ。それはすごくまずそうだから。あと、ミルクとか、カフェインの効き目を邪魔しそうなものは入れないで。ああ、ついでに何か甘いものが食べたい。かまわない？」

「どうぞ」

「甘いものは好き、コルト？」

「いや」

「あら気の毒」

注文カウンターに立ち、ショウは透明プラスチックのドームに守られたペストリーを品定めしてからマディーに言った。「シナモンロールでいいかな」

「私の心が読めるのね」

今回の注文に番号札は必要なかった。若い男性は特大のシナモンロールを三十秒ほど温め、溶けたアイシングをぽたぽた垂らしているそれと飲み物をトレーに並べた。ショウもコーヒーのおかわりを頼んだ。

トレーを持ってテーブルに戻る。

マディーは礼を言うなりレッドブルを一気に飲み干し、続けてコーヒーを一口飲んだ。浮ついた態度がふいに影をひそめた。「ねえ、昨日のことだけど――ホンソンのゲーム。『イマージョン』。うまく説明できないかもしれないけど、私、ゲームをやると完全に入りこんじゃうの。どんなゲームでも同じ。自分をコントロールできなくなるの。スポーツでもそうね。むかしはダウンヒルスキーをやってた。マウンテンバイクのレースにも出てたわ。レースに出たことはある？」

「モトクロスのレースなら。ＡＭＡ（米国モーターサイクリスト協会）のレースの経験がある。仕事が忙しくてなかなか乗れない。ガソリンエンジンが載っている」

「じゃあ、わかってもらえるかも。どうしても勝たなくちゃ気がすまない。ほかの選択肢はゼロなのよ」

その気持ちはわかる。それ以上の説明は必要なかった。

「ありがと」マディーは言った。張り詰めた気まずい雰囲気もまたふいに消えた。「ほんとにいいの？　一口食べない？」

「けっこう」

マディーはフォークを使って特大のシナモンロールを一口大に切り分けた。次の瞬間にはもう口に放りこみ、咀嚼《そしゃく》しながら目を閉じて大げさなため息をついた。

「コマーシャルみたい？　ほら、レストランのコマーシャルでよくあるでしょう。登場人物がステーキやエビを一口食べたとたん、恍惚《こうこつ》とした表情を浮かべて悶えるの」

ショウがコマーシャルを目にする機会は少ない。そんなコマーシャルは一度も見たことがなかった。

「あれからゲームショーにまた行ったのかい？」ショウは尋ねた。

「行ったり来たりの繰り返し。ゲームショーに行って、借りてる部屋に帰って。部屋にゲーム環境をセットアップしてあるのよ。グラインダーガール《Grindrgirl》は日銭を稼がなくちゃ暮らしていかれないから」マディーはシナモンロールをまた一口食べ、続けてコーヒーを飲んだ。「甘いものを食べると、それだけで幸せ。コカインなんて試したこともないわ。甘いアイシングさえあれば、ほかのものはいらないから。そう思わない？」

ショウがドラッグに関心を持っているかどうか、探りを入れているのだろうか。ショウはドラッグにまったく関心がなかった。過去に抱いたこともない。必要に応じてたまに鎮痛剤をのむ程度で、薬《ドラッグ》にはまるで縁のない人生を歩んでいる。マディーの質問は〝恋人関係〟に至る道筋にあるものだろう。しかし、いまはそのタイミングではない。

「また誘拐事件が起きた」

マディーはフォークを皿に置いた。笑みが消えた。

「また？　同じ犯人？」

「おそらく」

「今度の被害者はもう見つかったの？」

「まだだ。被害者の男性はいまも行方不明だ」

「男性？　じゃあ、動機は性的なものじゃないってこと？」マディーが訊く。

「それは何とも言えない」

「今度も懸賞金が？」

「いや、私は警察を手伝っているだけだ。そこでぜひきみの力を借りたいと思った」

「ナンシー・ドルー役ね」

「誰？」

「お姉さんか妹はいる、コルト？」

「三歳下の妹が」

「妹さん、ナンシー・ドルーを読んでたでしょ」

「それは児童書かな」

「そうよ、シリーズもの。女の子の探偵が主人公」

「妹は読んでいなかったと思う」ショウ家の子供たちはたくさんの本を読んでいたが、膨大な書物を収めたコンパウンドのロッジの図書室に児童向けの小説は一冊もなかった。

「私は子供のころ、シリーズを読破したの……でも、こういうデート向けのおしゃべりはまたいつかのために取っておくわ……ねえ、あなたってめったに笑わないのね」

「まあね。でも、デート向けのおしゃべりを聞きたくないからではないよ」

マディーはほっとしたような顔をした。「で、何が知りたいの」

「誘拐犯は、あるゲームの犯罪を再現している可能性がある。『ウィスパリング・マン』だ。知っているかい？」

マディーはまた一口シナモンロールを食べた。顎を動かしながら考えている。「聞いたことはある。だいぶ昔のゲームだと思うけど」

「プレイしたことは？」

「ない。あれはアクション・アドベンチャーだから。NMS」ショウが無反応なことに気づき、マディーは説明を加えた。「あっと、ごめんなさい。〝私好みじゃない《ノット・マイ・スタイル》〟って意味なの。昨日話したでしょ、私はファーストパーソン・シューティング・ゲーム専門なのよ。『ウィスパリング・マン』はたしか、プレイヤーはどこかに閉じこめられていて、そこから脱出しなくちゃいけないんじゃなかったかしら。そんなようなシナリオよ。アクション・アドベンチャーのなかの〝サバイバル〟っていうサブカテゴリーに属するゲーム。どこかのサイコな誰かが『ウィスパリング・マン』を現実の世界で再現しておもしろがってるってこと？」

「一つの可能性としてそう考えている。犯人は利口で、計算高くて、実行前に綿密な計画を立てる。科学捜査にも詳しくて、どうすれば証拠を残さずにすむかを知っている。私の母は精神科医でね。これまでの仕事で何度か相談したことがある。母によると、連続殺人者——多くはソシオパス——はきわめてまれな存在で、そのなかでもとくに秩序立ったタイプであっても、今回の犯人ほどには徹底していない。もちろん、犯人がソシオパスだという可能性はある。ただ、その確率は一〇パーセント程度ではないかな。ここまで利口な人物だ。精神を病んでいるふりをしているのかもしれない。本当の動機を隠すために」

「本当の動機って？」

ショウはコーヒーを一口飲んでから答えた。「動機はよくわからない。一つの可能性として、『ウィスパリング・マン』のメーカーをつぶすこととか」

オハイオ州で起きた女子高校生誘拐事件のことを話して聞かせた——『ウィスパリング・マン』をプレイしていた同級生が現実の世界でゲームを再現した。マディーはその事件のことは知らなかったと言った。

ショウは続けた。「そういった事件からヒントを得たのかもしれない。『ウィスパリング・マン』を再現した人物がまた現われたと報道されれば、悪評が立って、メーカーはつぶれるかもしれない」ショウはプリントアウトを指でそっと叩いた。「きみはおそらく知っていることだろうが、ビデオゲームで描かれる暴力を不安視する声は多い。犯人はそれを利用するつもりでいるのではないかな」

「その議論は大昔からあるわね。七〇年代から続いてる。初期のアーケードゲームに『デス・レース』というのがあってね、作ったのはたしかここ――マウンテンヴューの会社だったと思う。作りは安っぽいのよ。白黒で2D、人間はいわゆる棒人間。当時は大騒ぎになったのよ。車で走り回って、人間に見えるキャラクターを手当たりしだい轢《ひ》くゲームだったから。轢くと棒人間は死んで、その場所に墓石が現れる。議会は――世の中の全員ってことね――パニックになった。いまならたとえば『グランド・セフト・オート』あたり……史上もっとも人気のあるゲームの一つよ。警察官を殺したり、うろうろ歩き回ってその辺の人を無差別に射殺するとポイントがもらえるの」マディーはショウの腕に手を置き、彼の目をまっすぐに見た。「私はゾンビを殺すのを仕事にしてる。でも、どう？　私はリアルで無差別に人を殺しそうに見える？」

「問題は、その会社をつぶす動機があるのは誰か」

「CEOの元妻とか」

「それは私も考えた。CEOの名前はマーティ・エイヴォン。結婚二十五年になる妻と幸せに暮らしている。いや、〝幸せに〟の部分は私がいま勝手に付け加えた。要するに、恨みを持つ元妻はいないということだ」

「じゃあ、不満を募らせた従業員」マディーが言う。「IT業界には掃いて捨てるほどいる」

「それはありそうだね。調べたほうがよさそうだ……考えられる可能性はもう一つある。ゲーム業界の競争は激しいのかな。プレイヤー同士の話ではなく、ゲーム会社同士の競争という意味で」

マディーは苦笑した。「競争というより戦争ね」悲しげな目をして続けた。「前はこんなじゃなかったのよ。昔は。あなたみたいなおじいちゃんたちの時代にはね、コルター」

「言ってくれるね」

「誰もが協力し合ってた。みんなが無報酬でプログラムを書いてたような時代よ。著作権のことをうるさく言う人はいなかった。コンピューターの実働時間を融通し合って、ゲームも無料で配布してた。私がゲームにはまるきっかけになった『ドゥーム』――昨日の会場で見たわよね。ファーストパーソン・シューティング・ゲームの草分け中の草分け。あれも初めはシェアウェアだったの。誰でも無料でダウンロードできたのよ。でも、そういう時代は長くは続かなかった。この業界はお金になるってことにゲーム会社が気づいたとたん……〝自分さえサバイバルできれば〟って世界になった」

　マディーは有名な〝コンソール戦争〟の話をした。任天堂とセガの争いだ。配管工のマリオvs.ハリネズミ《ヘッジホッグ》のソニック。「勝ったのは任天堂だった」

　**弱い者の味方の騎士をまつった神殿……**

「いまではシリコンヴァレー発のニュースといえば、誰それがライバル企業の秘密を盗んだとか、著作権の侵害だとか、企業スパイやインサイダー取引、個人情報漏洩、妨害行為とか、そんな話ばかり。他社を買収するなり全員を解雇するなりして、その会社が開発してたソフトを葬り去るとかね。そうやってライバルを消すわけよ」マディーはシナモンロールの残りを一瞥したあと、皿を押しやった。「だけど、コルター、さすがに人殺しまではしないだろうと思うんだけど」

　ショウは過去に何度も、起業家がセカンドカーに選ぶようなメルセデス・ベンツにすら届かない価格の金品を目当てに人を殺す犯罪者を追跡したことがある。見本市の大型スクリーンに流れていた統計をふと思い出した。

　ビデオゲーム業界の昨年1年間の総売上は
　1420億ドル（前年比15％増）……

動機としては充分な額だろう。

「『ウィスパリング・マン』を販売している会社は――」

「コルト、いまどきはね、〝配信する〟と言うのよ。ゲームは配信するものなの。ゲーム会社のことは〝スタジオ〟と呼んだりする。ハリウッド映画の製作会社と同じ。最近のゲームは映画とさほど変わらないしね。アバターやクリーチャーは、グリーンバックの前でリアルな俳優が演じたものを加工して作ってるのよ。監督もいるし、撮影監督に音響デザイナー、脚本家もいて、もちろんグラフィックデザイナーもいる」

　ショウは続けた。「『ウィスパリング・マン』の配信会社は、デスティニー・エンタテインメント。マーティ・

エイヴォンとデスティニー・エンタテインメントはこれまでに十回以上、訴訟を起こされている。どれも和解するか、棄却されるかしているが、ともかく、エイヴォンにソースコードを盗まれたという訴えが複数あったということだ。ソースコードというのが何なのか私にはよくわからないが、どうやら重要なものらしいな」

「人間にとっての心臓や神経系だと思って」

「たとえば訴えを棄却された原告が、自分なりのやり方でデスティニーに復讐しようと考えたのかもしれない」

ショウは書類をマディーのほうに押しやった。「過去十年にデスティニーを相手取って訴訟を起こした会社や個人のリストだ。私の私立探偵がまとめた」

「私立探偵を雇ってるの?」

「その原告リストのなかに、『ウィスパリング・マン』に似たゲームを配信していて、しかも十年前にすでに存在していた会社はあるかな」

リストに目を通しながらマディーは言った。「きっと独立系の会社よね。アクティビジョン・ブリザードとかエレクトロニック・アーツみたいな大企業が人を殺すなんてちょっと考えられないもの。それこそどうかしてるわ」

そうとも言いきれないだろうとショウは思った。父アシュトンから、企業国家アメリカに対する恐怖をしっかりと受け継いでいる。しかし、いまのところは独立系の会社に限定することにした。

書類をめくり始めてまもなく、マディーは手を止めた。「シナモンロール分のお返しができそうよ」マディーは言い、人差し指をある名前に突き立てた。

33

トニー・ナイトは、ナイト・タイム・ゲーミング・ソフトウェアの創業者で、現CEOだ。

ビデオゲームを始め、数々のソフトウェアを生み出してきている。業界で大きな成功を収めた一人で、政治家やベンチャーキャピタリスト、ハリウッドの映画人とも親しい。その一方で、挫折も経験し、過去に三度、破産宣告を受けていた。ショウが話を聞いたウォルマートの駐車場の住人たちのように、パロアルトの空き地に車を駐めてそこで寝泊まりしながら、借り物のノートパソコンを使ってプログラムを書いていた時期もあったという。

マディーが容疑者候補としてナイトを名指しした根拠は、ナイトの会社が『ウィスパリング・マン』と似たサバイバル・アクション・アドベンチャーゲームを配信していることだった。ナイトのゲームのタイトルは『プライム・ミッション』。

「『プライム・ミッション』のほうがリリースが先だったのかどうか調べてみましょうよ。もし先なら、ナイトはマーティ・エイヴォンにソースコードを盗まれたと思ってるかもしれない。訴訟を起こしたけど敗訴して、その恨みを晴らそうとしてるのかも」

どちらが先か、数分の検索で答えが出た。思ったとおりだった。『プライム・ミッション』のリリースは、『ウィスパリング・マン』の一年前だ。

自分はどちらのゲームにも詳しくないのだとマディーは念を押した。いずれもアクション・アドベンチャーで、マディーにとっては退屈なのだという。それでも、トニー・ナイトが強烈なエゴと非情さと短すぎる導火線の持ち主で、しかも根に持つタイプとして業界で有名だということは知っていた。

「その二つのゲームはどのくらい似ているのかな」ショウは尋ねた。

「実際に見てみましょ」マディーはショウのノートパソコンのほうにうなずき、椅子をショウのすぐ隣に引き寄せた。

ラベンダーの香りか？　ああ、そうだ。ラベンダーだ。そばかすとラベンダーの香り。じつに魅力的な組み合わせだ。

それに、あのタトゥーはどういう意味なのだろう。

マディーはあるウェブサイトにログインした。迷路の画像が表示された。ナイト・タイムのロゴだ。そこにタイトルが浮かび上がった――〈トニー・ナイトの『プライム・ミッション』〉。

新しいウィンドウが開いた。保険会社や格安ホテルの広告だろうとショウは思ったが、そこに表示されたのは、テレビニュースのような番組だった。容姿端麗なキャスターが二人――男性と女性で、どちらも入念に整えられたヘアスタイルをして、洗練された衣装を着けている――今日のニュースを次々と読み上げた。ヨーロッパでＧ８貿易会議が開幕。オレゴン州ポートランドに本社のある企業のＣＥＯが、第二次世界大戦中にアメリカ政府が日系アメリカ人を強制収容したのは正しかったとほのめかして〝炎上〟。フロリダ州の小学校で銃乱射事件が発生。複数の十代の売春婦とメッセージをやりとりしていた国会議員を事情聴取。ある清涼飲料の発がんリスクに関する〝驚くべき〟研究結果……

ニュース専門局の本領発揮といったところか……

マディーが画面にうなずいて言った。「ゲーム自体はどれもたいがい安いのよ。でも、アドオンを買わないと本当には楽しめない。勝つのに役に立つアイテム、見た目をよくするアイテムのこと。たとえば一時的に能力が上がるパワーアップとか、アバターの着せ替え衣装、防具、武器、宇宙船、追加レベル……そうこうするうちに相当な額を使うことになるわけ」

「使い捨てかみそりの販売戦略と同じだね」ショウは言った。「かみそり本体は無料だが、替え刃は高い」

「そういうこと。でも、ナイト・タイムのゲームはいっさい課金しないの。ゲームも、アドオンも無料なのよ。その代わり、このニュースを最後まで見ないとゲームが始まらない」ニュース番組の終わりに、投票人登録を促す公共広告が流れた。マディーは画面を指さした。「これ聞いて」アナウンサーが次のように説明した——ニュースを見たことでプレイヤーは五百〝ナイト・ポイント〟を獲得した、このポイントはユーザー登録後にナイト・タイムのすべてのゲーム内でアイテムを購入するのに使える。

二つの誘拐事件にトニー・ナイトが関わっているのかどうかは別として、公共広告をユーザーに見せる仕組みは優れていると認めざるをえなかった。政治学の教授だった父アシュトン・ショウは、世界には義務投票制度を採用している国も多いのに、アメリカが採用していないのはどうなのかと言い続けていた。

そのあとようやく〈プライム・ミッション〉のロゴが表示された。

「見て」画面上を文字が流れ始めると、マディーが言った。

きみは連合軍のＸＲ５戦闘機のパイロットだ。きみの機は惑星プライム４に不時着した。プライム４では連合軍がほかの勢力と戦いを繰り広げている。空気、食糧、水の残量は限られている。現在地から西に二百キロ離れたズールー安全基地にたどりつかなくては命が危険だ。

続く説明文を要約すれば、キャラクターが乗ってきた戦闘機から持ち出せるアイテムは三つ。それを利用して二百キロの行軍を成功させる必要がある。説明の最後に次のような不吉な警告が表示された。

ここからは自分だけが頼りだ。賢い選択をせよ。生き残れるかどうかは、きみ自身の選択にかかっている。

「なるほど、『ウィスパリング・マン』の宇宙版だね」ショウは言った。「最後の警告までそっくりだ。『ウィスパリング・マン』は、〝誰も助けてはくれない。脱出できるものならやってみるがいい。さもなくば尊厳を保って死ね〟だった。ナイトのことをもう少し詳しく知りたいな」

ゲームからログアウトし、トニー・ナイトやナイト・タイム・ゲーミング・ソフトウェアに関する記事を検索した。

ナイト・タイム・ゲーミング・ソフトウェアは、大手ＩＴ企業の典型的な道筋をたどっていた。二人の創業者によってガレージで創業された。ビル・ゲイツとポール・アレン、スティーヴ・ジョブズとスティーヴ・ウォズニアック、あるいはビル・ヒューレットとデイヴ・パッカードの例とそっくりだ。ナイトのパートナーはジミー・フォイルで、二人ともオレゴン州ポートランドの出身だった。ナイトは会社のビジネス面を、フォイルはゲームの開発を担った。

報道を信じるなら、ナイトの人柄に関して先ほどマディーが言ったことがそのまま会社にも当てはまりそうだった。

ジミー・フォイルはＩＴ業界をリードするプロフェッショナルのお手本のような人物で、週に八十時間も働いてゲームエンジンのプログラムに磨きをかけたとされ、〝ゲームの導師《グル》〟と呼ばれていた。

それと正反対なのがトニー・ナイトだ。エキゾチックな美男子のトニー・ナイトは、短気なことで有名だった。病的に疑い深く、つまらないことにこだわる。ナイトに暴力を振るわれたとする従業員からの通報を受け、パロアルトにある本社に警察が駆けつけたことが二度あった。一人は床に押し倒され、もう一人はキーボードを顔に投げつけられたという。いずれの件でも起訴はされず、〝気前のよい〟条件で和解した。従業員に秘密保持契約や競業禁止契約の違反があったと思えば、ナイトは充分な証拠がなかろうと訴える。本社前で逮捕されたこともある。駐車スペースを巡って言い争いになったとか、芝刈り作業員がガレージからシャベルを盗んだとかいったささいなトラブルが原因だった。

　ゲーム業界では、互いにかけ離れた性格を持つビジネスパートナーが袂《たもと》を分かつ例は珍しくない。あるインタビュー記事の執筆者は、ナイトとフォイルをそれぞれ〝ブラック・ナイト〟と〝ホワイト・ナイト〟と呼んでいた。フォイルはかつて有名なホワイトハット・ハッカーだったからだ。ホワイトハット・ハッカーとは、企業や政府機関の依頼を受けて情報システムに侵入を試み、脆弱性の有無を突き止める専門家を指す。

　ナイトがデスティニー・エンタテインメントに対して起こした訴訟は棄却され、原告、被告の両方から訴訟記録の閲覧等制限の申立てが出された。企業秘密が含まれているからというのがその理由だった。情報自由法に基づく公開請求は可能だが、認められるまでに数カ月かかるだろう。そこでショウは、デスティニー・エンタテインメントはナイトのプログラムを盗用したという仮定で調査を進めることにした。そしてもう一つ、ナイトは恨みを晴らさずにいられないほどの強烈なエゴと復讐心の塊であると仮定することにした。

　ショウはマディーに言った。「それでも、すでに莫大な富を手にしている人物にとっては大きなリスクだ」

　するとマディーは言った。「パズルのピースはもう一つありそうよ。ナイト・タイムの屋台骨を支えているゲームは『コナンドラム』。拡張現実《AR》ゲームでね、グラフィックがとにかくすごいの。謎解き系だから、私向きじゃないけど。私は反射神経で勝負するゲームのほうが好みだから。その『コナンドラム』の新しいバージョンのリリースが当初の発表より半年も遅れてるのよ。それはゲームの世界ではタブーの一つ」

　ショウは言った。「ナイトは、数万、数十万のゲーマーがシリコンヴァレーに集まるタイミングを狙った。誰かを金で雇って精神を病んだプレイヤー役を演じさせた。警察は実行犯さえ逮捕できれば、背後にあるものまでは見ようとしない。よく考えられた煙幕だ」

「警察に伝えるつもり？」

「担当刑事は、私の推測をそもそも買っていない。名の知れたＣＥＯが犯人かもしれないとほのめかしたりしたら、ますます引かれるだろう。証拠がなければ説得は無理だ」

マディーはショウの顔を見ながら何か考えていた。やがて言った。「ときどき父と狩猟にいくって話はしたわよね」

その話なら聞いた。共通の関心事——ただ、マディーにとっては娯楽だろうが、ショウにとってはまったく別のものだ。

「そういうとき、父の顔に独特の表情が浮かぶの。ふだんとは別人みたいな顔。どこか別の世界に行っちゃってるみたいな。その瞬間、考えてることは一つだけ、目の前のシカやらキジやらを仕留めることだけなのよ。いまのあなたも同じ顔をしてる」

マディーの言いたいことはわかる——昨日、ショウを剣で刺し殺した瞬間のマディーもまったく同じ表情をしていた。

「ナイト・タイム・ゲーミングもＣ３ゲームショーにブースを出しているかな」

「もちろん。大きいほうから数えたほうが早いくらい」

ショウは書類を集めた。「ちょっと行ってみるとしよう」

「連れはいらない？　誰かと一緒のほうが狩りは楽しいわよ」

それについては同感だ。父や兄と連れ立ってコンパウンドの森や野原で狩りをしたときのことを思い出す。母と行くこともあった。射撃の腕前は、家族で母が一番だった。

しかし、今回の狩りにそれは当てはまらない。

**ほとんどの犯罪は単純なものです。でも、これはややこしすぎる……**

「今日は一人で行ったほうがよさそうだ」ショウは最後にもう一口コーヒーを飲んでから席を立ち、携帯電話を取り出した。

# 34

真実とは不思議なものだ。

役に立つこともあれば、まるきり役に立たないこともある。

懸賞金ハンターとしての経験は、嘘をついても何の得にもならないことをコルター・ショウに教えた。嘘をつけば、いくつかの答えを手っ取り早く得られるかもしれないが、嘘を見破られたとたん――しかも見破られることのほうが多い――情報源は干上がってしまう。

とはいえ、下心を隠し、動機が別のところにあるように装ったほうが効果的な場面がないわけではない。

ショウは前日に引き続きC3ゲームショーのおもちゃ箱をひっくり返したような会場を歩いていた。参加者のほとんどは若者で、大部分が男性だ。

ニンテンドー、マイクロソフト、ベセスダ、ソニー、セガ。前日と同じ大量殺戮《さつりく》が今日も繰り広げられていたが、血の流れないゲームもちらほら見える。サッカー、フットボール、カーレース、ダンス、パズル。奇怪としか思えないゲームもあった――闘牛士の衣装を着けて網を持った緑色のリスが、おびえた顔をしたバナナを追いかけている。

世の中の人々は本当にこんなことに時間を費やしているのか?

それから思い直した。おんぼろキャンピングカーで何かから逃げてでもいるかのように国中を走り回るほうが、上等な時間の使い方だとでも?

他人の趣味をけなすなかれ。そのまま自分に返ってくる。

ナイト・タイムのブースは規模こそ大きいが、ほかの会社のものに比べると重々しくて陰気だった。壁やカーテンはどれも黒で統一され、音楽は低音のビートが腹に響くようなものではなく不気味な雰囲気のものだ。明滅する光もスポットライトもない。もちろん、C3ゲームショーの必需品らしい幅三メートルもありそうな高解像度ディスプレイはいくつも並んでいた。リリースが遅れているという『コナンドラムⅥ』の予告映像が流れている。それによると〈まもなくリリース!〉とのことだった。

ショウは巨大なディスプレイの映像をしばらくながめた。惑星、ロケット、レーザー、爆発。ブース内の試遊台で五十人ほどの若者がナイト・タイムのゲームで遊んでいる。ショウのすぐ目の前では、スタイリッシュな赤い眼鏡をかけて髪をポニーテールにした若い女性が『プライム・ミッション』を熱心にプレイしていた。

「何だよそれ、最低だな」十代の少年が連れの友人にそう言っているのが聞こえた。ショウもついさっき見たばかりの、ナイト・タイムのゲームの開始前に流れるニュース番組を見つめている。画面にはまじめそうな若い男性のニュースキャスターが二人並び、一日ごとの使用量に応じて税額が決まるインターネット税の導入に、ある国会議員が前向きな姿勢を示しているというニュースを報じていた。

連れの友人が画面に向かって中指を立てた。

まもなくゲームのロード画面が表示され、少年たちはほっとした様子で敵エイリアンを撃ちまくろうと身構えた。

ショウはブースのスタッフの一人にさりげなく近づいた。

「ちょっと教えていただきたいんですが」ショウは黒いジーンズに灰色のTシャツという服装の男性スタッフに話しかけた。Tシャツの胸にナイト・タイム・ゲーミングのロゴがプリントされていた。左側の頭のほうの文字は黒いが、右に行くにしたがってピクセルに分解されて灰色っぽくなり、〝ゲーミング〟の〝ング〟はほとんど消えかかっている。見ると、ナイト・タイム・ゲーミングのスタッフの全員が同じTシャツを着ていた。

「はい、どのようなことでしょう」

スタッフはショウより六歳か七歳年下と見えた。おそらくマディー・プールと同年代だろう。

「姪に毎年ゲームをプレゼントしていてね──誕生日やクリスマスに。それで、今日は次の候補を探しにきたんだ」

「いいですね」スタッフは言った。「どんなジャンルがお好きなんでしょう」

「『ドゥーム』。『アサシンクリード』。『ソルジャーオブフォーチュン』」これはマディー・プールの入れ知恵だった。

「おっと、本格的ですね。姪御さんとおっしゃいましたか。年齢は」

「五歳と八歳」

　スタッフが固まった。

「『コナンドラム』の噂を聞いてね」ショウはディスプレイに目をやった。

「五歳と八歳にはまだ早いかもしれないと言おうとしていました。でも、『ドゥーム』をプレイできるなら……」

「八歳のほうのお気に入りなんだ。『プライム・ミッション』はどうかな。二人とも『ウィスパリング・マン』が好きらしい」

「ああ、タイトルは聞いたことがありますけど、自分ではプレイしたことがないんです。すみません」

「『プライム・ミッション』はおもしろいそうだね」

「ええ、ゲーム・アワードでいくつも賞を取ってます」

「両方もらうよ。『コナンドラム』と『プライム・ミッション』」ショウは周囲を見回した。「ディスクはどこで買えるのかな」

　スタッフは言った。「ディスク？　すみません、うちのゲームは配信オンリーなんですよ。それに無料です」

「無料？」

「はい、うちのソフトはすべて無料です」

「それはいいね」ショウは頭上の巨大なディスプレイを一瞥した。「おたくの社長は天才だそうだね」

　若者の顔に崇敬《すうけい》の念が浮かんだ。「ええ、この業界にミスター・ナイトのような人はほかにいません。唯一無二の才能ですよ」

　ショウはディスプレイを見上げた。「あれが新作？『コナンドラムⅥ』？」

「そうです」

「おもしろそうだ。いまのバージョンと何が変わったのかな」

「基本的な構造は同じです。ＡＲＧですよ」

「ＡＲＧ？」

「拡張現実ゲーム《ARG》。今度のバージョン6では、探索する銀河の規模がさらに大きくなって、探索できる惑星の数は五千兆個、全体では一京《けい》五千兆個になりました」

「五千兆個？　ゲームのなかでそれだけの惑星に行けるということか」

　オタクの誇りをくすぐられたのだろう、スタッフは言った。「計算の上では、一つの惑星に一分しか滞在しないとしても、全部を回るのに――端数は切り捨てて――ざっと二百八十億年かかります。つまり……」

「どの惑星に行くか、慎重に選ばないと終わらない」

スタッフはうなずいた。

「発売が延期されたとか。新作のリリースが」

スタッフはふいに弁解がましくなった。「延期といってもほんの少しですよ。ミスター・ナイトは完璧主義者なので。これで完璧だと納得できるまでリリースしないんです」

「新作を――今度の『Ⅵ』を待つべきかな」ショウはまたディスプレイにうなずいた。

「いや、私なら『Ⅴ』をダウンロードしますね。これをどうぞ」そう言ってショウに名刺大のカードを差し出した。

　　コナンドラム
　　ナイト・タイム・ゲーミング
　　もちろんダウンロード無料……

裏にダウンロードページのアドレスが書かれていた。


ショウはジーンズの尻ポケットにカードをしまった。

スタッフに礼を言い、ショウはほかのプレイヤーのあいだをゆっくりと歩いた。そしてブース内の別のスタッフ二人に同じような質問をした。返ってきた答えもほとんど同じだった。『ウィスパリング・マン』に詳しいスタッフはいないようだ。トニー・ナイトが今日はどこにいるのか、それもさりげなく聞き出そうとした。私生活についても質問した。そういった質問に具体的に答えるスタッフはいなかったが、ほぼ全員が同じ趣旨のことを口にした――トニー・ナイトは先見性と独創性を兼ね備えた〝ヴィジョナリー〟であり、ハイテク世界のオリュンポス山頂に暮らす男神の一人である。

まるでカルトだな。

ここでやれることはすべてやった。ショウはブースの出口に向かった。途中でカーテンの壁の前を通った。そのなかほどまで来たところで、ブースの高い位置にある幅六メートルのディスプレイの周囲に設置された無数のレーザーライトやスポットライトがオンになり、まぶしい光を天井に向けて照射した。ショウはぎくりとして立ち止まった。同時にエレクトロニック音楽が大音量で流れ出し、力強い声が響き渡った——「コナンドラムⅥ、これぞゲームの未来……新作ももちろん無料です……」ディスプレイ上で死のビームが発射され、五千兆個の惑星の一つが粉々に吹き飛んだ。

近くにいた全員がディスプレイと光のショーを見上げていた。

だからだった——カーテンの壁がふいに割れ、そこから巨漢二人の手が伸びて、コルター・ショウを奥の暗闇に引きずりこんだことに誰も気づかなかったのは。

35

奥まった薄暗い一角で、慣れた手つきの無言のボディチェックを受けながら、コルター・ショウは自分のプランを振り返った。どこに穴があったのだろう。なかなかいい計画のつもりでいたが、こうなったということは穴があったに違いない。

業界を知らない客を三十分にわたって演じ、的外れとも聞こえるが何かを探ろうとしているのが明らかな質問を連発すれば、こいつは幼い姪にプレゼントするゲーム——それもまるで子供向けではないゲーム——の下調べをしにきたのではなく、何か別の目的を持っていると疑いの目を向けられるだろうとショウは考えていた。

そしてころあいを見てコンベンション・センターの外に出れば、ナイトのボディガードが餌に——すなわちショウ自身に食いついてくるだろう。駐車場に出たら、マリブを駐めた人気《ひとけ》のない一角にまっすぐ向かい、マックの番号にかけて電話をつないだままにしておく。そうすれば、ナイトのボディガードがショウを追ってきたかどうか、追ってきたなら何人いるのか、マックにすべて聞こえる。万が一ショウの身に危険が迫った場合、マックは即座にＪＭＣＴＦとサンタクララ郡保安官事務所に通報する手はずになっていた。念のためマリブのグローブボックスにグロックを忍ばせてもあった。

机上ではよくできた作戦と思えた。ナイト本人またはボディガードに後ろ暗いところがあるなら、これで燻《いぶ》り出せるはずだった。

しかしショウの計画は、コンベンション・センター内でショウに手を出すことはないという前提に基づいていた。

その前提が間違っていた。

ショウはボディガードに急《せ》き立てられながら十メートルほど歩き、防音布で隔てられたナイト・タイムのブースの黒い心臓部に押しこまれた。少し前まで『コナンドラムⅥ』のプロモーション映像のくぐもった低音が轟いていたが、人の目をそらすという役割を終えたいま、スピーカーの音量は落とされていた。

何か訊こうという気も起きなかった。髪を剃りあげたボディガードはどのみち答えないだろう。二人がプロであることは見ればわかる。背の低いほうが容疑者Xだろうか。ソフィーの証言によれば、誘拐犯は背が高くない。

**サイズ9½の靴……**

ボディガードはちゃんとしたドア――カーテンではなくてドア――の前でいったん立ち止まり、ショウのポケットのなかのものをすべて取り出してプラスチックの箱に入れた。もちろん、マックの番号がど真ん中に表示されてはいるが、電話はまだ通じていない携帯も。

箱は別の誰かに渡され、ボディガード二人は左右からショウの腕をつかんでドア口を抜け、黒檀《こくたん》のテーブルの周囲に八つ並んだ座り心地のよい黒い椅子の一つにショウを座らせた。壁には吸音材が、天井には吸音タイルが貼られていた。壁も天井も黒く塗られているか、マットな黒い物質で作られているようだ。そのスペースは死んだように静かだった。光源は、常夜灯のように壁の下のほうに設置された小さなランプ一つしかない。いくつかのディテールがかろうじて見分けられた。この地下牢――という言葉が自然と浮かんだ――のような部屋の広さは六メートル四方といったところで、天井高はおよそ二・五メートル。電話機はなく、ディスプレイもノートパソコンもない。テーブルと椅子があるだけの空間だった。奥まっていて、外の世界と隔絶されている。

父アシュトンが喜びそうな環境だ。

背の高いほうのボディガードは出ていき、もう一人はドア脇に残った。その一人の特徴がいくつか見て取れた。装身具はいっさい着けていない。シークレットサービスやTVのコメンテーターが使うようなイヤピース。ダークスーツに白いシャツ。ストライプのネクタイはクリップで留めるタイプだろう。プロの常套手段だ。格闘になったとき、ネクタイを首絞め具代わりに使われずにすむ。顔は陰になっていて、表情は読み取れない。きっと何の表情も浮かんでいないだろう。こういう人種のことはショウもよく知っていた。

さて、これからどうするか。

ここで危害を加えられることは九〇パーセントの確率でないと考えていいだろう。後始末が面倒だからだ。ショウのぼろぼろになった体または死体を人目につかないようコンベンション・センターから運び出さなくてはならない。ただ、暴力的でキレやすいトニー・ナイトがいまさらそんなことを気にするだろうか。もしナイトが二つの誘拐事件の黒幕だとすれば、ライバル会社に対する恨みを晴らすためにこれまで築いてきたすべてを一発で失うリスクをとっくに冒しているのだから。

ふいに天井の照明がともった。下向きのスポットライトだった。冷たい光。ドアが開いた。ショウはまぶしさに目を細めた。

トニー・ナイトが入ってきた。ショウがネットで見た写真の印象よりも痩せていて背も低いが、それでも威圧感は充分だった。ショウはふと思った――ナイトが黒幕なら、かならずしも誰かを雇って誘拐を実行させるとはかぎらないのではないか。かっとなりやすい上に執念深い性格を考えれば、ソフィー・マリナーやヘンリー・トンプソンを喜んで自ら拉致しそうだ。

ナイトの黒い目が、ショウの青い目をまっすぐに見据えた。頭上の照明が作る影のせいで、その敵意に満ちた視線がいっそう恐ろしげに見える。ナイトはいかにも高価そうな黒いスラックスと白いドレスシャツを着ていた。シャツのボタンは二つ目まではずしてあり、濃い胸毛がわずかにのぞいている。それが肉食獣のような獰猛《どうもう》さを増幅させていた。大きな両手はこぶしを握ったりゆるめたりを繰り返している。あのこぶしが飛んできたとき、どこに転がればダメージを最小限にできるだろう。

ナイトはテーブルの上座についた。反対の端に座っていたショウは、このとき初めて気づいた。ショウが座らされているこの椅子とほかの六脚は、ナイトが座っている一脚よりも五センチほど座面が低くなっている。この部屋はおそらく、難しい交渉を行う場として用意されているのだろう。背の低いナイトは、ほかのメンバーを見上げるのを嫌うに違いない。

ナイトは携帯電話を取り出し、イヤフォンを耳に入れて画面を見つめた。

サバイバルの成否は計画段階で決まる――アシュトン・ショウは、ラッセル、コルター、ドリオンの三人にそう教えた。

**決してふいを突かれるべからず。**

どうやって脅威を避けるか、あるいは排除するか、あらかじめ計画しておくこと。ボディガードは銃を持っているだろう。しかしナイトはおそらく持っていない。ショウはボクシングやマーシャルアーツには詳しくないが、父アシュトンは子供たちに格闘のテクニックをひととおり教えた……その成果は、ショウがミシガン大学時代にレスリングで獲得した数々のトロフィーが裏づけている。

ドア脇のボディーガードを倒すのは比較的簡単だろう。ナイト――と彼のエゴ――は、脅威を排除して自分の命を守れとボディガードに命じているはずだ。ボディガード自身の命ではなく。

ショウは床に両足をしっかりと踏ん張り、片方の手をさりげなくテーブルの端に置いた。視界の隅でボディガードの様子をうかがう。いまの動きには気づかれていない。ハイキングやロッククライミングで鍛えられた脚に力をこめ、バランスを整えた。ボディガードとの距離は三メートル。立ち上がると同時にテーブルをナイトのほうに押しのける。ボディガードに体当たりし、平手で顎を押さえ、みぞおちに肘打ちする。銃を奪い取り、一発を排出することになってもスライドを引き、薬室に弾があることを確かめる。室内の二人を制圧する。携帯電話を取り、来たときの道筋を逆にたどって、ラドンナ・スタンディッシュに電話する。

ナイトが険しい顔つきで腹立たしげに立ち上がった。

作戦変更。ナイトがすぐそばまで来たら、ジャケットの襟をつかんでボディガードのほうに投げつけ、ボディガードの銃を奪う。

1……

ナイトが大股で向かってくる。前かがみになってこちらをのぞきこむ。両手はあいかわらず握ったり開いたりを繰り返している。

2……

ショウは身構えた。距離を目で測る。この部屋に監視カメラはない。いいぞ。

そのときだった。トニー・ナイトが鼓膜の破れるような声でいきなりわめき立てた。『コナンドラムⅥ』はヴェイパーウェアなどではない。おまえのその頭はその程度のことも理解できないのか」

それだけ言うと、ナイトは元の椅子に戻っていき、腕組みをして、憎悪に満ちた目でショウをにらみつけた。

36

ここまで生きてくるあいだ、コルター・ショウは、あることないこと、考えつくかぎりの罪を疑われてきた。しかし〝ヴェイパーウェア〟とやらの罪でなじられたのは、今日が初めてだった。

ショウの矢筒《やづつ》には返答の矢がよりどりみどりといった風情で収まっている。ショウはそのなかからもっとも正鵠《せいこく》を射た一つを選び出した。「何の話かまるでわかりませんね」

ナイトが唇をなめた。舌の先端だけがひらめいた。その様子はヘビそっくりとはいかないが、そうかけ離れてもいなかった。

「全部聞いたんだよ」アクセントで、オンタリオの出身だとわかった。ナイトは携帯電話を指先で叩いた。「おまえがうちの者に訊いて回った質問……ゲーマーではないな。おまえの顔にタグをつけて、監視カメラの映像をチェックした。おまえがコンベンション・センターに入った瞬間までさかのぼってな。おまえはほかのブースには目もくれずにまっすぐうちに来た。そしてでたらめな質問をした。何も知らない素人のふりをして、情報だけ引き出そうとした。そんなことをするのは自分が初めてだとでも思うか。情報を漏らしそうな人間を探そうとした野郎がこれまで一人もいなかったとでも？　うちの人間が裏切ると思うか？　この私を裏切る？　そんなことが一度でもあったと本気で思うのか？」

ナイトはブースの表側の方角を手で指し示した。「プロモ映像を見ただろう。あれを見てもまだ、ヴェイパーウェアだと思うか。え？　そう思うか？」

ドアが再び開いて、もう一人のボディガード、大柄なほうが入ってきた。ナイトのほうに屈みこんで何事か耳打ちする。ナイトの目はショウから離れなかった。ボディガードが体を起こすと、ナイトは訊いた。「確認は取れたんだな？」

ボディガードがうなずく。ナイトがさっと手を振り、ボディガードは立ち去った。もう一人はドア脇にそのまま残った。ロンドン塔の護衛兵のような姿勢を崩さない。

ナイトの怒りは困惑に変わっていた。「私立探偵なのか」

「違います。私立探偵ではない。懸賞金で生活しています」

「誘拐された女子学生を見つけたのはあんただったって？」

ショウはうなずいた。

「ハイテク業界には無関係か」

「ええ」

「誰かに雇われて、無能な企業スパイを演じたわけではないのか」

「ヴェイパーウェアというのが何なのかさえ知りません」

ショウはゲーム業界のライバルではないとナイトは納得しかけているらしい。ショウのほうも、ナイトがライバル会社をつぶそうとしているという自分の推測にはどうやら大穴があるようだと悟り始めていた。

「ヴェイパーウェアってのは、架空の新製品のことだ。実際は開発予定さえないとか、発売できる目処《めど》がまるで立っていないとかなのに、発売の予告だけ出す。期待をあおったり、マスコミの注目を集めるための戦略だよ。世間の機嫌を取っておいて、微調整の時間を稼ぐのにも使う。最初に約束したとおりのスケジュールで約束したとおりのものを渡さないと、ファンは敵に変わるものだ」

ショウは言った。「『コナンドラムⅥ』もそういう噂が立っているということですか。ヴェイパーウェアだと？」

一京五千兆個の惑星を作らなくてはならないのだ。時間がかかるのも無理はない。

ナイトはショウをじっと見つめた。「で？　説明してもらおうか」

確率を検討するまでもない場面もある。何をすべきか、直観に従うべきときがある。

「別の場所で話しませんか」ショウは言った。

ナイトは迷った。それからうなずくと、ボディガードがドアを開けた。三人は、表のブースとは隔絶された、別の明るく大きな部屋に移った。会社のロゴ入りTシャツとジーンズという〝制服〟姿の若い女性二人と男性一人がパソコンに向かって仕事に精を出していた。ナイトが入ってきたことに気づくと、三人はおびえたような目を一瞬だけナイトに向け、すぐにまた画面に向き直っていっそう忙しくキーを叩き始めた。

ショウとナイトは、最新型のパソコンが置かれていない唯一のテーブルについた。髪を短く刈りこんだ若い女性がショウの持ち物を入れた箱を持ってきた。ショウはそれぞれそれをしかるべき場所にしまった。

ナイトが大きな声で言った。

「何年か前にマーティ・エイヴォンを相手取って訴訟を起こしていますね」

とっさにぴんと来なかったのか、ナイトは眉間に皺《しわ》を寄せた。「エイヴォン？　ああ、デスティニー・エンタテインメントの？　訴訟？　起こしたかな。そんなこともあった気がする。私をコケにしようとした奴を見つけたら、即座に訴えることにしているんだ。ところで、私の質問の答えになっていないな」

「先日の誘拐事件。ソフィー・マリナーという女子学生の事件です。あの犯人は『ウィスパリング・マン』を再現しているようなんですよ」

ナイトは、こういう場合にふさわしい困惑顔を浮かべただけで、ほかにはいっさいの反応を示さなかった。ナイトの有罪を疑うショウの推測のパーセンテージは、一気に一桁まで低下した。「デスティニーの最大の売れ筋ゲームか……〝再現〟というのはどういう意味だ？」

ショウは工場の部屋のことや五つのアイテムが用意されていたことと、脱出のチャンスが与えられていたことなどを話した。

「それはまた趣味の悪い話だな。しかし、動機は」

「情緒不安定なゲーマーとも考えられますが……それとは別の可能性がありそうです」マーティ・エイヴォンに対する報復か、デスティニー・エンタテインメントを経営破綻に追いこむことが目的とも考えられると説明した。「ゲームからヒントを得た犯行だという噂が広まれば、暴力的なゲームを規制すべきだと主張するグループが、デスティニーを相手取って販売禁止を求める裁判と不買運動を起こすでしょう。そうなればデスティニーの経営は破綻する。過去に同じようなことが起きてもいます」

ショウは続けて、同じクラスの女子生徒を誘拐して殺そうとした男子高校生二人の事件を話した。

「その事件なら記憶にある。嘆かわしい話だ」ナイトは鼻を鳴らした。「で、私が首謀者ではないかと疑ったわけか。動機は何だ？　マーティ・エイヴォンにソースコードを盗まれて揉めたことがあるから？　それとも、『プライム・ミッション』の売り上げを伸ばすのに『ウィスパリング・マン』が邪魔だから、エイヴォンの会社を倒産させてやろうとして？」

「あらゆる可能性を検討する必要があります。新たな誘拐事件が発生したので」

「え、また？」ナイトは言った。「最初の事件は何年前だって？　男子高校生が同級生を誘拐した事件」

ショウは時期を答えた。

ナイトは立ち上がり、制服姿の従業員の一人が作業中のパソコンに近づいた。女性従業員は顔を上げて目を見開き、ナイトが追い払うような身振りをすると、跳ねるように立ち上がって椅子をナイトに譲った。ナイトはそこに座り、ひとしきりキーを叩いた。やがてショウの背後からプリンターが用紙を吐き出す音が聞こえた。ナイトが立ち上がり、印刷された数枚をプリンターから取ってショウの前に置いた。ナイトはポケットからペンを取り出した。ボールペンだが、恐ろしく高価な品物だ――見たところ材質はプラチナだろう。

「各種の製品やサービスの世界規模の売上額を集計しているマーケティングデータ・サービス会社と契約していてね。去年の三月のシリアル市場でもっとも売れたのは、チェリオだったか、それともフロストフレークだったか、どこの地域でどちらがより売れたか、チェリオのほうが売れた地域の世帯収入の平均額は、平均的な家庭の学齢期の子供の平均年齢は？　どんな切り口のデータでも手に入る。まあ、よくあるサービスの一つだよ」ナイトはショウの前に置いた一番上のページをペンで指し示した。

「このグラフは、デスティニー・エンタテインメントの『ウィスパリング・マン』の売り上げを表している」

ナイトはグラフのなかの水平な部分に丸をつけた。

「オハイオ州の高校生の事件が発生した直後の二カ月だ。販売を規制せよという声がおそらく最大に高まっていた時期、批判的な報道がもっとも多かった時期に当たる。ゲームに感化された奴が女子高校生を殺そうとした結果、何が起きた？　そのゲームの売れ行きには何の影響も及ばなかった。大衆は気にしないということだよ。気に入ったゲームがあれば、買う。そのゲームの影響で快楽殺人者やテロリストが事件を起こそうと、誰も気にしちゃいないんだ」

データはたしかにナイトの話を裏づけていた。ショウはこの売上データをもらっていいかとは尋ねなかった。黙って用紙を折りたたんでポケットにしまった。おそらくグラフの数字に誤りはないだろうが、念のためあとで裏を取ろうと思った。

ナイトが言った。「デスティニーを訴えた件だがね。連中はおそらく、うちが独占販売契約を結んでいた小売店の一部をかすめ取ろうとしていたんだろう。本来ならいちいち騒ぎ立てるようなことじゃないが、一度がつんとやっておく必要があった。一度許せばつけあがるからね。マーティ・エイヴォン？　好きにやらせておけばいい。ゲームの世界じゃ、いつつぶれてもおかしくない零細商店みたいなものだよ」ナイトはショウをしげしげとながめた。「さて。これで納得してもらえたか。うちの連中は少しばかり手荒だったか？」

「心配無用です」ショウは立ち上がって出口を探した。

「あっちだ」ナイトが指さした。

ショウが出ようとしたところで、ナイトが言った。

「ちょっと待った」

ショウは振り返った。

「話をしてみるとよさそうな奴が一人いる」ナイトは携帯電話からメッセージを送り、テーブルに顎をしゃくった。二人はまたテーブルについた。「おい、コーヒーを頼む。コーヒー、飲むか？　中米の農園から直接取り寄せた豆だ」

「エルサルバドル？」

「違う。私はコスタリカに自分の農園を持っている。エルサルバドルの豆なんか勝負にならない」

ショウは答えた。「それはぜひ試してみたいな」

## 37

ナイト・タイムの共同設立者の片割れ、ジミー・フォイルは、三十代なかばと見えた。

会社のチーフ・ゲームデザイナーでもあり、〝ゲームの導師〟――どういう意味かよくわからないが――と呼ばれているとマディーが話していた人物だ。

小柄だががっちりとした体つきのフォイルの髪は黒くまっすぐで、そろそろ散髪に行ったほうがよさそうな具合に伸びていた。少年のような顔立ちで、顎はうっすらと無精ひげで覆われている。ブルージーンズは新品だが、黒いTシャツはくたびれきっていて、オレンジと黒の色あせた格子縞の半袖のオーバーシャツは皺くちゃだ。会社の制服とは無縁なのだろう。なんといっても、一京五千兆個の惑星の創造主なのだ。好きな服を着てかまわないに決まっている。

フェイスブックのマーク・ザッカーバーグ風だが、オーバーシャツを着ている分、ややフォーマルな印象か。

フォイルは落ち着きのない人物だった。といっても、不安でそわそわしているというのとは違う。おそろしく優秀な頭脳、渦巻く思考の勢いに手足がつねに振り回されているというような落ち着きのなさだった。フォイルはワークステーションが並んだ部屋のテーブルにナイトやショウとともについた。いま部屋にいるのは三人だけだ。少し前にナイトが「おいおまえたち、消えろ！」と叫び、忙しくキーボードを叩いていたほかの三人を追い払っていた。

ショウはコーヒーを味見した。たしかにうまいが、コスタリカの豆は、エルサルバドルのそれとは比べ物にならないくらいうまいという前評判どおりとは言いがたかった。

ショウが誘拐事件について説明しているあいだ、フォイルはテーブルに突っ伏すような姿勢で黙って聞いていた。内気な性格らしく、社交辞令は一つも口にせず、挨拶さえしなかった。ショウとの握手も省略した。もしかしたら、アスペルガー症候群の気《け》があるのかもしれない。そうでないなら、ソフトウェアのソースコードがつねに頭のなかをぐるぐる巡っていて、人と交流すべしという考えがそこから浮かび上がる瞬間があったとしても、たちまちほかの考えに押し流されてしまうのだろう。結婚指輪もほかの装身具もいっさい着けていなかった。ローファーはそろそろ新しいものに買い替えたほうがよさそうだ。ショウはジミー・フォイルについて読んだ記事を思い出し、週に八十時間も暗い部屋にこもっていられるのは、週に八十時間も暗い部屋にこもっているのが楽しいからに違いないと思った。

ショウの説明が終わると、フォイルは言った。「その女子学生の事件なら聞いています。今朝のニュースでは、また新たに誘拐事件が起きたと報道していました。ジャーナリストの解説によれば、同一犯ではないかということでしたが、まだ確認は取れていないそうですね」柔らかな発音はボストン風だった。ボストンのマサチューセッツ工科大学で情報科学の学位を取得したのだろう。

「その可能性が高いと考えています」

「しかし、『ウィスパリング・マン』については触れられていませんでしたが」

「それは私の推測です。捜査陣には話しましたが、あまり真剣に取り合ってもらえませんでした」

「警察は、今度の被害者を救出できそうですか」フォイルは堅苦しい話し方をした。きっとコンピューターのプログラムの文法が形式張っているのと似たようなものなのだろう。

「一時間前の時点では何一つ手がかりがありませんでした」

「あなたの考えでは、犯人は、何年か前に事件を起こした男子高校生のように、心に問題を抱えた少年がゲームに入れこみすぎて起こした事件か、あるいは――もう一つの可能性として――何者かに雇われた犯人が、何か別の動機を隠すために心に問題を抱えた少年を装っていると」

「そうです」

ナイトが訊いた。「きみはどう思う、ジミー？」ほかの従業員にはあれほど横柄なのに、フォイルに対する口調はやけに丁寧だった。媚《こ》びへつらうようと言ってもいい。

フォイルは指で自分のももを静かに叩いていた。そのあいだも視線はせわしなくあちこちを飛び回っていた。

「誘拐事件の真の動機を隠すために心に問題を抱えたゲーマーを装う？　どうかな。複雑すぎるように思う。手がかかりすぎる。真実を暴かれる隙が多すぎる」

ショウに反論はなかった。

「心に問題を抱えたプレイヤーが一線を越えてしまったというほうがまだわかる」フォイルは何かを考えているような顔でうなずいた。「バートルによるゲームプレイヤーの分類を知っていますか」

ナイトがいかにも愉快そうに笑った。「いやいや、彼はゲームのことなど何一つ知らないよ」

それはかならずしも事実ではなかったが、ショウは黙っていた。

フォイルは学生に講義をする教授のように説明を始めた。ほんの一瞬だけ目を見開く――フォイルが感情らしきものを示したのはそれが初めてだった。「この分類が重要な意味を持つと思います。バートルによると、ゲーマーは四種類のパーソナリティ・タイプに分類できます。一つ目は〝アチーヴァー〟。ゲームでポイントを累積して、あらかじめ設定されたゴールを達成《アチーヴ》することを目標とするタイプです。次が〝エクスプローラー〟で、まだ見たことのない未知の場所や人、クリーチャーを探索《エクスプロア》することに時間を費やす。三つ目は〝ソーシャライザー〟。このタイプは、ほかのゲーマーと関わ《ソーシャライズ》ったり、コミュニティを築いたりすることに楽しみを見出します」

フォイルは少し間を置いて続けた。「最後、四つ目は、〝キラー〟。競争して勝つためにゲームをやるタイプです。彼らにとってプレイする目的はそれだけです。勝つことだけ。ただし、命を奪うことに限定されるわけではない。レースやスポーツのゲームもやるでしょう。ただ、何より好きなのはたいがいファーストパーソン・シューティング・ゲームです」

**殺人者《キラー》**……

フォイルは先を続けた。「ゲームを開発するに当たっては、想定されるプレイヤーの属性分析に多くの時間をかけます。〝キラー〟の大部分は男性で、年齢は十四から二十三歳、一日に最低でも三時間プレイする。人によっては八時間から十時間ということもあります。家庭に何らかの問題があることが多く、少なからず学校ではいじめられっ子で、友達はいない。

しかし〝キラー〟の最大の特徴は、競い合う相手を求めるということです。そういう相手はどこで見つかるか。オンラインですよ」

フォイルは黙りこんだ。その顔は満足げにやや紅潮していた。

ショウは満足げな表情の理由がわからなかった。「その分析が事件の解決にどう役に立つんです？」

ナイトとフォイルはそろって驚いた顔をした。「どうって」フォイルが答えた。「いまの分析は犯人の自宅を教えてくれるかもしれませんからね」

# 38

ラドンナ・スタンディッシュ刑事が言った。「自分が間違っていたときは、潔くそう認めることにしてるの」

スタンディッシュが言っているのは、シリコンヴァレーを離れ、実家に帰るなり、どこかで観光するなりしたほうがいいという忠告のことだ。

二人は重大犯罪合同対策チームのスタンディッシュのオフィスにいる。いま使われているのはオフィスの半分だけだった。もう半分は完全に空っぽになっている。ダン・ワイリーの後任はいない。ワイリーはサンタクララ郡のあちこちに散らばったさまざまな捜査機関に文書を届けて回っている。ショウが想像するに、ゲームにたとえるなら〝地獄《ヘル》〟レベルの仕事だろう。

いまから二十分前にスタンディッシュがJMCTFの受付ロビーに下りてきたとき、ショウは自分の発見を知らされた瞬間のスタンディッシュの反応を愉快な気分で観察した。⑴困惑、⑵怒りと進んだあと、ジミー・フォイルの話を伝えたとたん、⑶強い関心を示した。

それに――反応⑶½と呼ぶべきか？――感謝の念が続いた。スタンディッシュはショウを自分のオフィスに案内した。スタンディッシュのデスクは書類とファイルに埋もれていた。ファイルキャビネットの上には表彰記念の盾や友人や家族の写真が飾られてはいたが、ここにも築かれたファイルの高山がいつ雪崩《なだれ》を起こすかと怯《おび》えているように見えた。

ジミー・フォイルは、容疑者が〝キラー〟タイプであるとすれば、朝から晩までほとんどの時間をオンラインで過ごしているはずだと指摘した。

「オンラインこそ自分の居場所でしょうから」フォイルはそう言った。「もちろん、学校に行くなり、職場に出勤するなりはするだろうし、睡眠時間もあるでしょう。ただ、そういう時間はできるだけ節約しているはずですよ。一日中ゲームのことばかり考えて、絶えずプレイしているはずです」フォイルはここで身を乗り出し、かすかな笑みを浮かべた。「しかし、犯人が絶対にプレイしていなかった時間帯はわかっているのではありませんか」

それはすばらしい質問だとショウは悟った。答えはもちろん――ソフィー・マリナーやヘンリー・トンプソンが誘拐された前後、カイル・バトラーが撃たれた前後には、犯人はゲームをプレイしていなかった。

ショウはスタンディッシュに言った。「『ウィスパリング・マン』はMORPG、つまり複数プレイヤー参加型オンラインRPGです。プレイヤーは月ごとに料金を支払わなくてはならない。つまり配信しているデスティニーは、クレジットカード情報を保存している」

スタンディッシュの考えるときの癖は、イヤリングをいじることだった。ハート形のスタッドピアスで、カーゴパンツに黒いTシャツ、コンバットジャケットという服装は、もちろん、腰に装着した四十五口径の大型グロックとまるでそぐわなかった。

「フォイルによると、クレジットカード情報から、シリコンヴァレー一帯の登録ユーザーのリストを作成できるだろうと。デスティニーの協力があれば、毎日朝から晩までプレイしているのに、二つの誘拐事件が発生した時刻と、カイルが殺害された時刻にはアクセスしていなかった利用者を割り出せる」

「それ、いけそう。いい作戦だわ」

「デスティニーのCEO、マーティ・エイヴォンにかけあって、私たちに協力してもらう必要があります。令状は取れるかな」

スタンディッシュは含み笑いを漏らした。「令状？ゲームを根拠に？　判事に話したところで、きっと笑い飛ばされるだけ」スタンディッシュはショウをまっすぐに見た。瞳はオリーブ色がかった濃い茶色をしていた。肌の色より二段くらい濃い。視線は鋭かった。「一つ気になったんだけど、ミスター・ショウ」

「〝コルター〟と〝ラドンナ〟にしませんか」

スタンディッシュはうなずいた。「一つ気になったのは――〝私たち〟。JMCTFは民間人を雇わないの」

「私は役に立つ。もうわかっているでしょう」

「わかっていても、規則は規則」

ショウは唇を引き結んだ。「以前、ニューヨーク北部の妹のところに遊びにいったときの話をしましょう。ある男の子が行方不明になって、どうやら自宅そばの森で迷ったらしいとなった。森は二平方キロメートルもあって、しかも猛吹雪が近づいていたものだから、警察は焦っていた。そこで民間のコンサルタントを雇うことにした」

「コンサルタント？」

「超能力者」

「それほんと？」

「私も保安官事務所に協力を申し出ました。追跡の経験も豊富だからと売りこんだんですよ。そのうえ無料だとね。超能力者は報酬を要求していましたから。保安官事務所はどちらも了承した」ショウは両手を持ち上げた。「雇わなくてかまわないんですよ、ラドンナ。相談役とでもすればいい。州の経費は一セントたりとも使わずにすみます」

スタンディッシュは耳たぶをいじった。「危険のある現場にはついてこないこと。銃は携帯しないこと」

「わかりました。銃は携帯しない」ショウはうなずいた。スタンディッシュが唇を引き結んだところを見ると、ショウが後半部分にしか同意しなかったことにしっかり気づいているのだろう。

二人はＪＭＣＴＦ本部から駐車場に出て、スタンディッシュが灰色のアルティマを駐めたスペースに向かった。歩きながらスタンディッシュが訊いた。「行方不明の男の子はどうなった？　その女性は役に立ったの？」

「女性？」

「超能力者」

「どうして女性だとわかったのかな」ショウは尋ねた。

「私は超能力者だから」スタンディッシュが答えた。

「彼女は、男の子が湖のそばにいるのが見えると言いました。倒れたクルミの木の下にもぐりこんでいるのが見えるとね。自宅から六キロくらい先で、牛乳の空きパックが近くにあって、男の子の隣のカエデの木の枝にコマドリの古い巣があると」

「すごい。ずいぶん具体的に見えるのね。で、当たってた？」

「大はずれでしたよ。しかし私が探したら、男の子はものの十分で見つかった。自宅のガレージの屋根裏に隠れていたんです。始めからずっとそこにいた。算数の試験を受けるのがいやで」

39

「あなたのファーストネームだけど」スタンディッシュ

がショウに言った。スタンディッシュのおんぼろアルティマはシリコンヴァレーの街中を走っている。車のうしろのどこかで何かががたごと音を立てていた。「そんな名前の人、初めて会った」

「うちは三人きょうだいで」ショウは言った。「父は開拓時代のアメリカ西部を研究していた。私は探検家のジョン・コルターにちなんで名づけられたんです。ルイス・クラーク探検隊の一員だった探検家。妹のドリオンは、北アメリカ大陸最古の女性探検家の一人、マリー・アイオエ・ドリオンから。ドリオンと二人の子供は、酷寒の時期に友好的ではない部族の土地で二カ月間のサバイバルを耐え抜いた——妹ではなく、マリー・アイオエがね。兄のラッセルは、オレゴン州の探検家オズボーン・ラッセルから」

「ほかの二人も懸賞金ハンター？」

「いや、違います」

とはいえ、カエルの子はカエルだ。少なくともドリオンについてはそうで、ドリオンは防災専門コンサルティング会社に勤務している。ラッセルについてももしかしたら当てはまるのかもしれない。だが、家族の誰もラッセルの居場所を把握しておらず、いま何をしているのか知らない。ショウは何年も前から兄の行方を探し続けている。見つけたいと思う一方で、見つかったときのことを考えると不安にもなる。


**十五年前の十月五日……**


いっそ探すのをやめてしまおうと考えることもあった。

それでも自分はやめないだろうとわかっている。

**やり遂げなくてはならないとわかっている仕事を放棄するべからず……**


車は一〇一号線を南へと走っていた。華やかで高級なシリコンヴァレーも、クイック・バイト・カフェやフランク・マリナーの住まいがある地域も、遠く背後に飛び去った。このあたりでは、舗装のひどく荒れたフリーウェイの左右どちら側にも殺伐とした都会の風景が広がっていた。ギャングが幅を利かせる地域、市営の住宅団地、捨て置かれた建物、ギャング・サインの落書きで飾り立てられた陸橋。

車載ナビによれば、デスティニー・エンタテインメントの本社はもうすぐだった。ショウはフォイルから聞いた話を思い返した。『ウィスパリング・マン』はデスティニーの主力商品だという。ほかにヒット作はおそらく一つもなく、失敗続きで、デスティニー本社は〝線路の向こう側〟(貧しい地域のこと)からこちら側に返り咲けずにいる。

車がフリーウェイを下りて一般道を走り出したところで、ショウはその話をスタンディッシュに伝えた。するとスタンディッシュは言った。「私の側ね」

ショウはスタンディッシュの顔を見た。

「なつかしのわが家。通称ＥＰＡ。イーストパロアルト。私はここで育ったの」

「申し訳なかった」

スタンディッシュは鼻を鳴らした。「謝るようなことじゃないわ。イーストパロアルト……混乱するわよね。だって、位置関係でいえばパロアルトの北側にあるんだから。〝線路の向こう側〟もいいところ、汽笛も聞こえないくらい、高級なパロアルトとはかけ離れてる。お父さんはカウボーイが好きだったのよね。ここは開拓時代のツームストンみたいな街よ。人口に対する殺人事件発生率がアメリカ一高いから」

「シリコンヴァレーの一地域なのに？」

「そうよ。住民の大部分は黒人。赤線指定(金融機関が申請者の信用状況とは無関係に、その地域内の住民への融資を一律で拒否する投資差別)と名義譲渡条件制限のおかげ」スタンディッシュは声を立てずに笑った。「私が子供だったころは、毎晩、どこかしらで発砲事件が起きてた。私には兄弟が三人いるんだけど、いつもウィスキー・ガルチでたむろしてた。スタンフォード大は飲酒を禁止してて、キャンパスの半径二キロにはお酒を持ちこむことさえできなかった。でも、二キロと一ブロック先なら？　ＥＰＡには商店街があって、酒屋やバーがたくさん並んでた。毎日そこで遊んでた。仕事から帰ってきたパパに見つかって、引きずられて家に帰るまでね」

もちろん、ウィスキー・ガルチはその後取り壊されて、ユニバーシティ・サークルになって、いまじゃフォーシーズンズ・ホテルが建ってる！　ほとんど冒瀆行為だと思わない、コルター？　去年発生した殺人は一件――それも無理心中だった。コンピューター・オタクとルームメートの心中事件。うちの父はいまごろお墓の下で嘆いていると思う」

「お父さんが亡くなったのは最近？」

「ううん、もう何年も前。犯罪統計が改善しても父には何のメリットもなかった。撃たれて死んだのよ。家族で住んでたアパートのすぐ前で」

「きみはそれで警察官に？」

「そう、一〇〇パーセントそうよ。高校を出て、大学は三年で卒業して、警察学校には二十一歳から入れるから入学した。卒業してＥＰＡの警察に採用された。パトロール警官をしながら、夜は大学で刑事司法を勉強して、修士号を取得した。そのあとＣＩＤに異動した。犯罪捜査部ね。仕事は楽しかったけど……」薄い笑みを浮かべて言葉を濁す。

「けど……？」

「馴染めなかった」スタンディッシュは言った。「職場で浮いてた。それでＪＭＣＴＦへの異動を希望した」

ショウには事情が飲みこめなかった。この地域の住民の大部分は黒人なのに、なぜ？

ショウの表情に気づき、スタンディッシュが言った。

「そういう意味で浮いてたんじゃないの。うちの父のせい。そうね、説明を省いちゃったものね。私が警察官になったのは父のことが理由だった。でも、パパはママと娘の目の前で撃たれて死んだかわいそうな無辜《むこ》の市民だからじゃない。父は正真正銘のギャングだったの」

そう聞いて想像がついた。犯罪組織のメンバー――自分たちの同僚や友人を撃ったことがあるかもしれない、もしかしたら殺したことがあるかもしれない犯罪者を父に持つ刑事と喜んで一緒に働こうとする刑事がいるわけがない。

「父はパルガス・アヴェニュー13って組織のボスだったの。サンタクララ郡麻薬取締局が父を逮捕しにきて、銃撃戦になった。警察に入ってから、父の捜査資料をこっそり見たわ。あらびっくり、うちのパパは筋金入りの悪党だった。麻薬と銃、銃と麻薬。三つの殺人事件の容疑者。そのうちの二件は証拠不十分で不起訴になってた。残りの一件は有罪にできそうだったのに、目撃証人が失踪した。きっとサンフランシスコ湾のレーヴンズウッド沖あたりに沈んでる」

スタンディッシュは舌を鳴らした。「考えてもみて。兄や弟と一緒に学校から帰って、母の体調が悪かったりすると、父が夕飯を作ってくれたり、『ハリー・ポッター』を読み聞かせてくれたりしたのよ。アスレチックスの試合に連れていってくれたりもした。私の友達の半数くらいは、お父さんがいない家の子供だったの。でも、私の父はちゃんといてくれた。ついに死んでしまうまではね」

それから五分ほど、どちらも口を開かなかった。車は薄汚れた一般道をたどった。歩道や縁石際に紙くずやソーダやビールの空き缶が散らかっていた。「あれね」スタンディッシュは、築五十年から六十年くらいたっていそうな三階建てのビルに顎をしゃくった。そのビルと周囲の何軒かは、ここまでの道のりから受ける印象ほどにはみすぼらしくなかった。デスティニー・エンタテインメントの本社は外壁を塗り直したばかりらしく、まぶしいほど真っ白だ。通りに面して小ぎれいなオフィスが並んでいる。グラフィックデザイン事務所、広告会社、ケータリング会社、コンサルティング会社。

シリコンヴァレーの不動産会社が再開発した、開拓時代のツームストン。

デスティニーの駐車スペースに車を駐めた。ほかの車も地味だった。グーグルやアップルの本社周辺とは違い、ここにはテスラやマセラティやBMWはない。こぢんまりしたロビーには、『ウィスパリング・マン』のさまざまなイラストが飾られていた。棒線画から、プロの作品かと思うような油絵やアクリル画まで。おそらくゲーム会員の手になるものだろう。ショウは、誘拐犯のお気に入りらしいステンシル風のイラストを探したが、なかった。スタンディッシュも同じ絵を探しているようだった。

受付係は、マーティ・エイヴォンはあと数分で手が空くと言った。縦横二メートルほどの腰高のテーブルに飾られたものが目にとまり、ショウは近づいて見てみた。郊外の住宅街の模型だった。頭上に下がった札には〈シリコンヴィルへようこそ〉とある。

添えられた説明書きによると、現在はサンタクララ郡とサンノゼ郡に組み入れられていない地域で開発を提案している宅地の模型だという。マーティ・エイヴォンは、シリコンヴァレーの住宅の価格が〝誰の手も届かないほど〟高騰している問題を解決したいと考え、宅地造成を思いついたと書かれていた。

〝世界一のニンニクの産地〟への移住を余儀なくされているフランクとソフィー。ヘンリー・トンプソンがブログで取り上げようとしていた、ウォルマートの駐車場で寝泊まりしている人々。

スタンディッシュは説明書きを見ながら言った。「J

ＭＣＴＦに未解決の事件が二つある。ＩＴ系の大企業のなかには、サンフランシスコ市内や、はるか南や東の町と会社を結ぶ社員専用の送迎バスを走らせているところがあってね、途中で何度か襲撃に遭ってるの。住民が怒りを向けた結果よ。ここまで物価が暴騰したのはああいうＩＴ企業のせいだと思ってるの。負傷者も出た。だから私は忠告した。〝バスの横に会社名をでかでかと書くのをやめたら〟って。各社そのとおりにしたわ。ようやくね」そう言って、皮肉めいた笑みとともに付け加えた。「あんなに頭がよくなくたって考えつきそうな対策なのに」

説明書きには、エイヴォンは地元企業を募って合弁企業を作り、手ごろな価格の住宅を労働者に供給する計画でいると書かれていた。

見上げた心がけだ。利口なやり方でもある。出資者は頭脳の流出を懸念している人々だろう。優秀なプログラマーがカンザス州あたりの〝シリコン・トウモロコシ畑〟や、コロラド州あたりの〝シリコンの森〟に移ってしまうことを心配している。

エイヴォンが新たな分野に――安定した収入が見込める不動産開発に乗り出そうとしているのは、デスティニー・エンタテインメントがナイト・タイムなどの大きなゲーム会社にはとうてい追いつけそうにないとあきらめたからだろうか。

そのとき受付係がエイヴォンの手が空いたと伝えてきた。身分証明書を見せ、来客用のバッジを受け取り、最上階に向かった。エレベーターを降りると、案内板があった――〈ビッグ・ボスはコチラ←〉。

「うーん」スタンディッシュが反応に困ったように言った。

〝コチラ〟へと歩く途中、三十台ほどのワークステーションが並んでいた。どれも旧式で、ナイト・タイム・ゲーミングのブースに並んでいた最新型のものとは大違いだ。とすると、ナイト・タイムの本社オフィスはどんなところなのだろう。

〈ボス〉と書かれた控えめな札のあるドアをスタンディッシュがノックした。

「どうぞ！」

# 40

マーティ・エイヴォンが椅子から立ち上がって二人を出迎えた。手足がひょろりとして背が高い。百九十センチくらいありそうだ。痩せてはいるが、不健康な痩せ方ではなく、競走馬なみに代謝のよい体質から来るものだろう。エイヴォンが歩くと、手はやたらに揺れているように見え、足音は何か平たいものが床を叩いているように聞こえた。金色の巻き毛――一九六〇年代風の印象だ――がふわふわと揺れ動く。『ウィスパリング・マン』の作者ならゴス趣味の服装をしているに違いないとショウは想像していた。黒や葬儀を連想させる紫の服を着ているだろうと。しかし、まるで違った。エイヴォンは大きすぎるベージュの麻シャツの裾を垂らして着ていた。下は、こともあろうに、赤錆のような深い色をしたベルボトムのパンツだ。足もとはサンダル履き。とはいえ、サンダル以外のどんな履物が合うというのだ？

ショウはオフィスを見回した。同じようにきょろきょろしていたスタンディッシュと目が合い、ショウは眉を吊り上げて驚きを伝えた。受付のあるロビーは、狂気を帯びた〝ウィスパリング・マン〟の不気味なイラストで埋め尽くされていたが、ＣＥＯのオフィスは、まるでおもちゃ屋だった。ライオネルの鉄道模型、プラスチックの兵士、人形、積み木やブロック、ぬいぐるみ、グリップに装飾のあるカウボーイ風拳銃、ボードゲーム。どれもコンピューター時代前のものだ。しかもほとんどは電池を使わない玩具と見えた。

三人は握手を交わした。エイヴォンは二人をコーヒーテーブルの前のソファに案内した。テーブルにはプラスチックの恐竜が三体並んでいた。

「お気に召しましたか、僕のコレクション」エイヴォンの声は甲高い。中西部の抑揚の強いアクセントがかすかに聞き取れた。

「よくもこんなに」スタンディッシュがどっちつかずの答えを返す。

ショウは黙っていた。

「子供のころ、お気に入りのおもちゃってありました？　これ、来客にはかならずする質問なんですけど」

「いいえ」二人は同時に答えた。

「僕がどうしてこんなコレクションを並べてるかわかります？　自分の経営理念を忘れないようにするためですよ」エイヴォンは我が子を見るような目で棚をながめた。「ビデオゲームが失敗する理由は一つしかない。その理由が何だか知りたいですか」

エイヴォンは木の兵士を一つ手に取った。古びた玩具で、バレエのくるみ割り人形に似ていた。「ゲームが失敗する理由は簡単です。プレイしておもしろくないからです。複雑すぎたり単調すぎたり、速すぎたりのろすぎたりすると……ゲーマーはたちまちそっぽを向く」

兵士をテーブルに戻し、エイヴォンは椅子の背に体を預けた。「一九八三年のことです。アタリは、誰も見向きもしないゲームのカートリッジの在庫を百万本近く抱えていました。そのなかの一つは、ゲーム史上最低の〝クソゲー〟——『E・T　ジ・エクストラ・テレストリアル』でした。映画はよかったのに、ゲームはクソだった。アタリのゲームもゲーム機も、ニューメキシコ州の秘密の埋め立て地に廃棄されたといわれています。それからまもなく、ゲーム市場そのものが崩壊しました。株式市場には一九二九年の大恐慌がありましたが、ビデオゲーム業界では八三年が大恐慌の年とされています」

スタンディッシュが話を本筋に引き戻した。ここ数日に連続して発生した誘拐事件を知っているかとエイヴォンに尋ねる。

「マウンテンヴューで女子学生が誘拐された件ですか。ええ、知ってますよ」エイヴォンの背後に、〝シリコンヴィル〟の巨大なポスターが貼ってあった。デスクにはたくさんの地図や、公的な文書らしきもの——コピーされた書類、紋章や書名入りのオリジナルとおぼしき書類——が広げられていた。いまはゲーム開発ではなく宅地開発プロジェクトに時間の大半を割いているらしい。

「昨夜、新たな誘拐事件が発生しました」

「その件も聞きましたよ！　同じ犯人なんですか」

「警察ではそう考えています」

「そうなんだ……」エイヴォンの動揺は芝居には見えなかった。だが、その当惑顔にはおそらく二重の意味があるに違いない。隠れたほうの意味はこうだ——で、その件が僕にどう関係する？

「犯人は」スタンディッシュが言った。「『ウィスパリング・マン』を再現していると思われます」

「うわ、やめてくれよ……」エイヴォンはつかの間、目を閉じた。

　スタンディッシュが続ける。「何年か前、オハイオ州で起きた事件についてはこちらでも把握しています」

　エイヴォンはうなだれた。「またか……」

　ショウはソフィー・マリナーが監禁されていた部屋で見つかったものを説明した。

「五つのアイテム」エイヴォンは力ない声で言った。「五つにしたのは、うちの娘がちょうど数え方を覚え始めたところだったからです。まだ指を使って数えていましてね。右手で五まで数えて、左手で続けようとすると、どうしても1に戻ってしまうんですよ」

　ショウは説明を続けた。「一つの可能性として、犯人は『ウィスパリング・マン』に夢中になって、リアルで再現しているのではないかと。オハイオ州の男子高校生と同じですね。もしそうなら、そこから容疑者を絞りこめないかと思ったのですが」

　スタンディッシュが言った。「ミスター・ショウは、トニー・ナイトに会って話を聞きました。ナイトと、あともう一人……」ショウをちらりと見る。

「ジミー・フォイル」

「『コナンドラム』。あれは本当に画期的ですよ。ゲームのソースコードとしては史上最長だろうって言われてる」

　**一京五千億個の惑星……**

　エイヴォンが先を続けた。「拡張現実《AR》。ARを使ったゲームをうちでも出そうかと考えたんですがね、スパコンがないとちゃんと動かない。ナイト・タイムのサーバーを見てみたいものです。えっと、で、僕にどんな……？」

　フォイルから一つ提案があったのだとショウは話した。頻繁にオンラインでプレイしていて——『ウィスパリング・マン』に取り憑かれたようになっていて——しかも特定の三つの時間帯にプレイしていなかった会員、しかもこの近くに住所のあるプレイヤーを絞りこみたい。三つの時間帯とは、ソフィーが拉致された時刻、保護された時刻、ヘンリー・トンプソンが拉致された時刻。

　論戦《バトル》になるだろうとショウは覚悟した。エイヴォンはきっとこう言うだろう。〝お話はわかりました。でも、令状がなければ、ユーザーのログは開示できません〟

案の定、エイヴォンは首を振っていた。

「お願いします」スタンディッシュが言った。「令状がないと無理だとおっしゃるんでしょうけど、なんとかご協力いただけませんか」

エイヴォンは鼻を鳴らした。「令状？　いやいや、令状はいりませんよ」

スタンディッシュとショウは顔を見合わせた。

「いらないんですか」

エイヴォンは肩を揺らして笑った。「ＥＵＬＡってわかります？」

知らないとショウは答えた。スタンディッシュも首を振った。

「〝エンドユーザ利用許諾契約書〟のことです。『ウィスパリング・マン』に会員登録するには、ＥＵＬＡに同意しなくちゃいけない。どこのソフトウェア会社、ハードウェア会社も、利用開始に当たってかならずエンドユーザライセンス契約書の同意を取ります。もちろん、誰もなかは読みませんけどね。うちの契約書には、うちが収集した情報を好きに使ってかまわないって条項が含まれているんですよ。令状の有無にかかわらず警察にユーザーの個人情報を引き渡せるってことです。

だから、問題はそこじゃない。ユーザーを特定するには、ＩＰアドレスを使うことになります。うちのサーバーはしじゅうハッキングされてますから――ゲーム会社はどこもそうです――個人情報と接続ログは別のサーバーで管理することにしています。つまり、ゲーム用のサーバーが把握してるのはユーザーの誰それが会費をちゃんと払っているかどうかだけで、どこの誰なのかは知らないわけです。ＩＰアドレスからユーザーのパソコンを特定するのはそう難しいことではないかもしれない。ただ、うちの会員のほとんどは――少なくとも若い世代は――匿名プロキシを使ってるんです」

「接続環境情報を隠して、どこから接続しているのかわからないようにしている」ショウもネットに接続するときプロキシを使う。

「そのとおりです。匿名プロキシを利用しているユーザーの情報を手に入れるには時間がかかるし、不可能な場合もあります。でも、やってみるしかないですね。えーと、オフラインだったとわかってる時間帯は？」

ショウはノートを見せた。

「そうだな、ふだん週に二十五時間以上プレイするのに、この三つの時間帯は」――ノートを顎で示す――「オフラインだった会員に絞りこむとしますか。それにしても細かい字だな」エイヴォンは一本指でキーを叩きながら、独り言のように言った。「中国では、ゲームをプレイできる時間を法律で制限しようとしてるって知ってました？　それに世界保健機関は最近、ゲーム障害を病気として認定したんですよ。ばかげてる。週四十時間以上働く弁護士は病気だと言ってるようなものです。じゃあ看護師とか、外科医とかはどうなんだって話でしょう」てっぺんにピエロの頭がついた鉛筆をもてあそぶ。それから画面を確かめた。「よし。出ましたよ」

スタンディッシュが身を乗り出す。「もう結果が出たんですか」

ヴェルマ・ブルーインの懸賞金検索アルゴリズム〝アルゴ〟の速度に慣れているショウは、とくに驚かなかった。

画面に目を走らせながらエイヴォンが言った。「答えは、但し書きつきのイエスです。週に少なくとも二十五時間はうちのゲームをプレイしているけど、三つの時間帯にはオフラインだった会員は二百五十五人います。そのうちの六十四人は匿名ではない――匿名プロキシを経由してません。でもその六十四人全員がサンフランシスコから百五十キロ以上離れたところから接続していますね。この六十四人以外は全員、匿名プロキシの陰に隠れてる。つまり、接続経路がまったくわからない。すぐ隣の建物にいるのかもしれないし、ウズベキスタンにいるのかもしれない」エイヴォンはリストを見つめた。「ほとんどは商用プロキシを使ってますね――やっかいな相手です。経路を追跡するのは可能ですが、少し時間がかかります」

エイヴォンはまた新たなコマンドを打ちこみ、リターンキーを押した。「これでよし、と。別の人間にあとを頼みました」

それと同時に、エイヴォンは思考だけがどこか別の場所に漂ってしまったかのような表情をした。しばらくして、こう尋ねた。「女子学生が監禁されていた場所は？」

ショウは答えた。「廃工場。レベル1です」

「あれ、うちのゲーム、知ってるんですか。プレイするとか？」

「いえ、やりません。ヘンリー・トンプソン――というのが今度の被害者です――は別のレベルに監禁されていると思うんですね」

エイヴォンは言った。「犯人がゲーマーなのは間違いなさそうですよね。とすると、同じレベルをやるのは時間の無駄《fail》だし、レベルを飛ばすのはチートだ」

仕事で最新テクノロジーを利用することの多いショウは、IT業界の人々がしばしば動詞を名詞として使うことに気づいていた。たとえば〝fail〟（無駄にする）という動詞を〝無駄〟という名詞として使う。〝ask〟（尋ねる）は〝質問〟という意味だ。

「レベル2は〝暗い森〟です」

「とすると、ヘンリー・トンプソンは、どこかの森に監禁されていると」

スタンディッシュが顔をしかめた。「このへんは街中をちょっと離れたら森だらけ」

ショウはテーブルの上のおもちゃの兵士を見つめた。高さは八センチほど、深緑色で、さまざまな戦闘姿勢を取っている。第二次世界大戦中の兵士なのかもしれない。最近の玩具会社はどんな商品を作っているのだろう。ドローンの操縦ステーションに座っている男性や女性か。パソコンのキーを叩いてロシアの防衛網にハッキングを試みているサイバーセキュリティの専門家か。

エイヴォンは椅子の背にもたれ、目を閉じて考えにふけった。やがて目を開いた。「女子学生の監禁場所に置いてあった五つのアイテムは何でしたか」

ショウは答えた。「水、ガラス瓶、マッチ、釣り糸、布きれ」

エイヴォンは言った。「なるほど、それはいいぞ」

41

ショウはいつも旅ばかりしているのに、ヘリコプターにはまだ一度も乗ったことがなかった。

ようやく乗ってみて、あまり好きになれそうにないとわかった。

問題は高さではなかった。このヘリコプターは扉がないオープンドア・タイプだが、それでも高度は問題ではない。キャンバス地とスチールは、構成と配置が適切ならば信頼できる素材であり、ベル機のシートベルトは着け心地もよかった。ショウや兄妹は、幼いころに高所の恐怖を克服した。これももちろん父アシュトンの訓練のたまもので、十三歳までにロッククライミングを覚えた。挑み甲斐のありそうな仕事が見当たらないと、ショウは垂直の面を探して登る（かならずフリークライミングで登る。ロープは使うが、転落を防止するためで、登るのを楽にするためではない）。この日の朝、コンパウンドに帰省中に登る予定だった岩壁までのルートを書きこんだ地図をスタンディッシュの肩越しにながめたときも、登るのが楽しみでしかたがなかった。

　そんなわけで、眼下の森との距離が百五十メートルもあろうと、それは問題ではない。ただ、吐くのがいやなだけだ。身体的な痛みより――ほとんどの身体的な痛みより――吐くほうがよほど苦痛だった。

　いまにも吐きそうな瞬間もあれば、そうでもない瞬間もある。シーソーのようだ。深呼吸をした。それは間違いだった。排気ガスと燃料のにおいが共謀して吐き気を加速した。

　ラドンナ・スタンディッシュはすぐ隣に乗っている。二人は進行方向に対して後ろ向きに座り、対面のシートには黒ずくめの制服に黒い防弾ベストを着けた機動隊員二名が並んでいた。胸に〈ＰＯＬＩＣＥ〉の白い文字がある。背中にもっと大きな文字で同じ語が書かれているのをショウはさっき見ていた。二人ともヘックラー＆コッホのマシンガンを胸に抱いている。スタンディッシュもやはりヘリコプター酔いしているようだった。オープンドアとその向こうの景色には決して目を向けず、何度もつばをのみこんでいる。エチケット袋を握り締めているのを見て、こらえてくれよとショウは念じた。頼むから吐かないでくれ。誰かが吐くと、決まって周りもつられて吐くことになる。

　スタンディッシュは防弾ベストを着け、腰に拳銃だけを帯びている。ショウもケブラーの防弾ベストを着ているが、規則にしたがい、銃は携帯していない。〝危険のある現場にはついてこない〟規則のほうはどうやらなかったことにされたようだった。

　二人がいまヘリコプターで飛んでいるのは、『ウィスパリング・マン』のクリエーターのマーティ・エイヴォンの発言ゆえだ。エイヴォンは、プレイヤーが与えられる五つのアイテムのうち三つはゲームのアルゴリズムによってランダムに決定されると説明した。ソフィーの場合なら、釣り糸と布きれ、ガラス瓶がこれに当たる。ほかの二つもランダムではあるが、二種類のカテゴリー──食糧と通信──に属するアイテムのなかから一つずつが選ばれる。食べ物か水──ソフィーは水だった──と、助けを呼んだり、味方に自分の現在地を伝えたり、危険の存在を知らせたりするのに使えるものだ。ソフィーはマッチだったが、懐中電灯や鏡のこともある。火を熾すための道具を与えられることが多い。マッチでなければ、ライターや、火打ち石と打ち金のセットだ。高山の頂上や洞窟など、気温が低い場所でスタートする場合は、体を暖めるのにも使える。

「新たな被害者が森にいて、マッチかライターを持っていれば、火を熾そうとするかもしれませんね」エイヴォンは言った。

それを受けてショウは言った。「北カリフォルニアの森のなかで焚き火？　それはかならず誰かが気づいて大騒ぎになるだろうな」

旱魃《かんばつ》と猛暑と風という条件がそろい、カリフォルニア州中央部から北部にかけて山火事が猛威を振るうことが増えている。何年も前、ショウと家族が住むコンパウンドにも山火事が迫ったことがあり、あやうくロッジを失うところだった。

「そこは気をつけるんじゃない？」スタンディッシュは言った。「燃え広がるような場所でいきなり火をつけたりはしないと思う。開けた野原とか、岩の上とかで小さな焚き火を熾すくらいのものでしょう。誰かが気づくだろうけど、山火事には発展しない程度の焚き火」

スタンディッシュは公園局に問い合わせた。公園局では熱センサーを搭載したドローンや衛星を使って森林火災を監視している。公園局によれば、ビッグベースンレッドウッズ州立公園の岩山の頂上で小さな炎を確認したという。深夜零時ごろ火がつき、短時間だけ燃えていたが、まもなく消えた。赤外線スキャンをしたところ、午前一時には、炎も残り火もなくなっていた。あとで確認するために位置を記録したが、その時点では人員を派遣しなかった。

ショウは地図でその場所を確認した。ヘンリー・トンプソンが拉致された現場から車で四十分ほどの距離だ。公園局の職員はスピーカーフォンを介して説明した。

夜間にその場所で炎が検知されるのは珍しい。付近にハイキングコースはなく、唯一通っている木材運搬道路は通行止めになっている。それを言ったら、そもそもそこで何か燃えたこと自体が奇妙だ。落雷はなく、火が確認された地点は岩場で、岩の隙間から草や低木が伸びているような場所でもない。「キャンプに来た人が森に迷いこんだくらいしか考えられませんね」

スタンディッシュが尋ねた。「その地点の衛星画像はありますか」

公園局から送られてきた画像をエイヴォンの高解像度ディスプレイで表示し、スタンディッシュ、ショウ、エイヴォンはそろって画面をのぞきこんだ。

岩と影でできたまだら模様が画面を埋め尽くしていたが、炎のそばに立っている人影らしきものもおぼろに見えた。

「これで決まりだと私は思う」スタンディッシュは言い、携帯電話のボタンを一つ押してどこかへ連絡した。

スタンディッシュとショウは即座にモフェット飛行場に向かった。サニーヴェールとマウンテンヴューの北側に位置する古い海軍施設で、デスティニー・エンタテインメント本社からわずか十分の距離だった。少なくとも、スタンディッシュの運転では十分で着いた。ショウはアームレストを握り締めて、NASCARレースもかくやと思われるドライブを耐えた。

スタンディッシュによると、モフェット飛行場は陸軍の飛行場としてはあまり使われなくなっているが、航空救難基地としての機能は残っている。飛行場の大部分はグーグルにリースされており、同社は巨大な格納庫〝ハンガー1〟の修復を進めている。ハンガー1は、一九三〇年代に飛行船や軽飛行機の格納庫として造られた、世界一の規模を誇る木造建築物だ。

二人は飛行場でJMCTFが所有するベルのヘリコプターに搭乗し、わずか二十分の飛行ののち、いま、炎が検知された地点に到着しようとしている。ほかに四人の機動隊員が空軍州兵の深緑色の旧型ヘリコプター〝ヒューイ〟に乗って、右方向五十メートルの位置を飛んでいた。

スタンディッシュの咽喉《のど》が立てる空嘔吐きのような音がヘッドフォン越しに聞こえ、ショウはヘッドフォンをはずした。それで吐き気はいくらか治まった。

シリコンヴァレー郊外のもやに包まれた市街地の景色は遠ざかってなだらかな丘陵と森に変わり、次に針のような葉を茂らせたアメリカスギの険しい山岳に、その次に岩と骸骨のような木々と干上がった川床に変わった。ここがビッグベースンレッドウッズ州立公園の中心だ。険しい地形が上昇気流を発生させて、ヘリコプターが激しく揺れるのではないかとショウは思っていた。ところが意外にも、風は安定していた。市街地の上空を飛んでいたときのほうがよほど揺れた。

　スタンディッシュが小さく首をかしげた。パイロットが何か言ったのだろう。ショウはヘッドフォンを装着し直して会話の後半を聞いた。

「ノー《ネガティヴ》」スタンディッシュが答えた。

　パイロット——「了解。着陸地点《LZ》を探します」

　ショウはスタンディッシュを見た。スタンディッシュが言った。「パイロットから、高度を下げて、着陸予定地点上空を偵察飛行するかと訊かれて、ノーって答えたところ。いまさら容疑者が現場にいるとも思えないけど、最初の事件には銃を持って舞い戻ったわけでしょう。ヘリコプターが着陸すれば音は聞こえちゃうかもしれないけど、来たのを見られたくないから」

　このタイミングで偶然、犯人が現場に戻っている確率——？　かなり低いだろうとショウは思った。それでも、銃弾が命中し、カイル・バトラーが血の霧を噴き上げながら倒れた瞬間の記憶はいまも鮮明だった。

　二機のヘリコプターは、谷底から六十メートルほど上の平らな頂上の開けた場所の上空でホバリングし、同時に着陸した。ショウは即座に降りた。意味もなく頭を下げた——ローターはずいぶん高い位置にあるが、誰でも思わず首をすくめてしまうだろう。地上に立ったとたん、吐き気は治まった。スタンディッシュが反対側から飛び降りるなり背を丸めて嘔吐したのに気づいても、ショウはつられて吐かずにすんだ。スタンディッシュはすぐに体を起こしてつばを吐き出した。パイロットが差し出したボトル入りの水——このためにつねに手もとに用意されているのだろうか——で口をすすぐ。

　それからショウのところに来た。「少なくとも、帰りに吐くものはなくなった」

　同じ機で来た機動隊員二人とともに、小走りで野原のへりに向かった。そこでもう一機に乗ってきた四人と合流した。この四人も戦闘服で身を固めていた。四人はスタンディッシュとショウにうなずいた。ショウを横目でちらちらうかがっている。スタンディッシュはショウを四人に紹介しなかった。ベル機のパイロットが追いついてきて、この一帯の地図を広げた。火が検知された地点の座標をあらかじめ伝えられていたらしく、赤いペンで印がついていた。パイロットはあたりに視線をめぐらせ、現在地が地図上のどこに当たるか見きわめようとしている。ショウは地図を一瞥し、次に周囲の起伏をさっと確かめた。ショウはコンパウンドでオリエンテーリングをやったことがあり、大学時代には競技会にも出ていた。コンパスと地図だけを頼りに、山野にあらかじめ定められたルートをたどってできるだけ短時間でゴールする競技だ。

ショウは指をさした。「火が検知された地点はこの方角、およそ五百メートル先だ。あの尾根を越えた辺り。ここからまっすぐだ」

全員がショウの顔を見ていた。ショウはスタンディッシュを見た。これはスタンディッシュが仕切る狩りなのだから。

「上官から説明は?」スタンディッシュはもう一機で来た四名に向かって言った。この四人はJMCTFの人員ではない。制服が違っている。郡か州の警察の機動隊員だろう。装備はどれもぴかぴかで、ブーツは磨き抜かれ、銃には傷一つついていなかった。

そのうちの一人、上腕の筋肉が球根のように盛り上がった腕をした隊員が答えた。「何も聞いていません。人質救出作戦だってことと、犯人が現場にいる可能性があるってことしか」

「前回の誘拐事件——ソフィー・マリナーの誘拐事件では、未詳は銃を持って現場に戻ってきて、殺人事件が発生しました」ニュースを思い出したのか、二人がうなずく。「銃は九ミリのグロック。狙いの正確さを考えると、長銃身《ロングバレル》かもしれない。射撃には慣れてる。ここに戻っているとは考えにくいけど——衛星とドローンの偵察画像には、この近くに車は一台も停まっていないから——それでも、これだけ鬱蒼とした森のなかだから、身を隠す場所はいくらでもあるはずです。銃撃には充分警戒してください」

スタンディッシュはショウに向き直った。「一番いいルートは？」

ショウはパイロットから赤いペンを借り、現在地から炎が検知された地点まで〝（　）〟のような線を地図に描きこんだ。「北側のルートは要注意だと思います」

機動隊員の一人が訊いた。「すみません、北ってどっちです？」

ショウは地図の北側を指さした。「ヒマラヤスギが見えたら、すぐ下が崖になっています」

間《ま》があった。「すみません、ヒマラヤスギってどんな木ですか」

ショウは一本を指さした。

「おそらく、崖のぎりぎりに立つまで見えないと思いますよ。尾根を越えたら周囲が開けるので、高所からの銃撃に気をつけること。ここと、ここと、ここ。太陽の向きはこちらに有利です。未詳の目を直撃する位置にある。双眼鏡やスコープを使っているなら、レンズに反射する」

スタンディッシュがあとを引き継いだ。「たぶん人質は靴を履いていません。何かで足を保護してるかもしれないけど、いずれにせよ、そう遠くには移動していないと思う」

ショウは一つ付け加えた。「ここに運ばれてきたときは意識がなかっただろうから、本人にとっては、ここはヨセミテ国立公園のど真ん中かもしれないし、シエラマドレ山脈の奥地かもしれない。もともとアウトドア派ではないようなので、歩いて脱出しようとは考えないだろうと思います。私なら水源を探して、一カ所から動かないようにしますね」

スタンディッシュが言った。「まず周囲の安全を確保してから被害者を探します。いまの話を聞いてわかったと思うけど、ミスター・ショウは追跡のプロです。ミスター・ショウの助言に従ってください。ＪＭＣＴＦのコンサルタントです」

それからショウに、木材運搬道路はどっちかと尋ねた。ショウは地図を確かめ、向きを変えて指をさした。

「私とミスター・ショウはこっちを探します」スタンディッシュはうなずいて言った。「未詳が被害者をあんな遠くまで——火が確認された尾根まで引きずっていったとは思えない。たぶん、木材運搬道路の近くに置き去りにしてる。ミスター・ショウと私はその現場を探して保存します」スタンディッシュは一人ひとりの顔を順番に見た。「そういう分担でいいですね」

　全員がうなずいた。

「質問は？」

「ありません」

　スタンディッシュは木材運搬道路のほうに歩き出した。ショウはもう一度地図を確認し、レベル2を再現プレイ中のウィスパリング・マンがヘンリー・トンプソンを置き去りにした候補地点を探した。

　**暗い森……**

　機動隊員は集まって話し合っていた。誰が誰と組むか相談しているのだろう。まもなく一人が大きな声で笑った。ショウは地図を丁寧にたたみ、機動隊員のほうに行った。たったいま聞こえた言葉の主が六人のうち誰なのかわからない。ショウは全員の顔を一つずつ見つめた。それからうなずいた。

　六人がうなずき返す。気まずい雰囲気が霧のように立ちこめた。

「スタンディッシュ刑事がレズビアンなのかどうか、私は知らない」六人の子供じみたジョークを耳にしたショウは低い声で言った。「当事者でないなら、〝ダイク〟という表現を使ってはいけないのではなかったか（レズビアンを指す不快語。ただしレズビアンの女性が自分たちを指して使うことはある）。誰かを〝ちぢれ頭〟と呼ぶのは、どう考えても間違っている」

　六人はショウを見ている。どの視線も氷のように冷たかった。やがて二人が地面をやけに熱心に観察しはじめた。

　何か言い返してくるとしたら、大柄な一人だろうとショウは予想していた。深い皺が刻まれた額や極太の腕に、いじめっ子と書いてあるのが見えるようだった。しかし、反論したのは一番小柄な一人だった。「うるさいこと言うなよ。別に騒ぐようなことじゃないだろ。機動隊ってのはそういうとこなんだ。なんてったって戦闘要員だからな。ジョークの一つや二つは言う。いつも危険と隣り合わせだ。ストレスの発散が必要なんだよ」

　ショウは黙ってその隊員の真新しいマシンガンにちらりと目をやった。その銃が射撃練習場以外の場所で一度も発射されたことがないことはどちらもわかっている。

隊員は目をそらした。

　ショウは残りの五人を見回した。「私にはネイティブアメリカンの血が流れている。母方の先祖がそうでね。高祖母だ。だが、私の名前はもう知っているな。念のため言っておくが、〝ジェロニモ〟ではないぞ」

何人かの憎々しげな表情は、このように不愉快な展開になったのは、調子を合わせようとしないショウのせいだと言っていた。ショウは向きを変えてスタンディッシュを追いかけて歩き出した――未詳がヘンリー・トンプソンを置き去りにした場所を探すために。〝脱出できるものならやってみるがいい〟

〝さもなくば尊厳を保って死ね〟

## 42

スタンディッシュに追いついたところで、ショウは後ろを振り返った。機動隊員はいくつかのチームに分かれ、ショウが示したルートを歩き出そうとしていた。

隣でスタンディッシュが言った。「よくあることだから」

「聞こえたか」

「いいえ。でも、あなたが戻っていくのが見えたから。どんな悪口だった？　同性愛者のくせにとか？　それとも黒人のくせに？」

「両方とも少しずつ。きみは同性愛者だとか何だとか。あと、その髪のこと」

スタンディッシュは笑った。「また〝くるくる頭〟とか、そんなようなこと言ってた？　やれやれ。本当にガキなんだから」

「なんとなく違和感があるなと思った。人種のことだけを言ってるのではないのかなと。何か別のことでよく思われていないんだね」

スタンディッシュはまだ笑みを浮かべていた。「当たり」

ショウは黙って先を待った。

「私はＥＰＡ警察から直接ＪＭＣＴＦに移ったって話はしたわよね。短期間で刑事に昇格した。ちなみにほんの数カ月だった」

「数カ月？　ずいぶん早いな、どうやって？」ショウは驚いた。

スタンディッシュは肩をすくめた。「担当した捜査のいくつかがうまくいったから」

その控えめな表現でわかった。大規模で重要な意味を持つ捜査だったのだろう。そして〝うまくいった〟どころではない大成功を収めたのだ。そういえばオフィスのファイルキャビネットの上に表彰状が並んでいた。リボンつきのメダルまであった。プラスチックのケースに入ったままだったが。

「年俸が二万ドル上がった」スタンディッシュは機動隊員のほうにうなずいた。「あなたも気づいてると思うけど、ショウ、シリコンヴァレーは二種類あるの」

「きみは一〇一号線の北側の出身だ。で、彼らは南側の出身なんだな」

「そう。あの人たちは、子供をサッカーの練習にいちいち送っていく余裕があるような家庭の親ってこと。あとはエアコンが効いた射撃練習場でつるんでるか、ゴルフをやってるか。あとはバーベキューとか、ボートとか。好きにしてくれていいけど。ともかく、〝東は東、西は西、そして両者はけっして会うことがないだろう〟ってくらい、住んでる世界が違うの。向こうは私みたいな人間から指図されるなんてまっぴらだと思ってる。しかも、あの人たちのうちの一番年下の一人より若いわけだから、なおさら」スタンディッシュはショウを横目で見た。ショウはその視線を肌で感じた。「保護者はいらないわよ」

「わかってる。ただ、ときどき黙っていられなくなることがある」

スタンディッシュはうなずいた。自分も同じだと言いたいのだろう。

「あれはきみのパートナーなのかな。デスクに飾ってあった写真を見た」オフィスで見た写真の一枚に、スタンディッシュときれいな白人女性が頬を寄せ合って微笑んでいるものがあった。

「カレンね」

ショウは尋ねた。「交際してどのくらい?」

「六年。結婚して四年。私の姓のこと、ちょっと不思議に思ってたんじゃない? 〝スタンディッシュ〟」

ショウは肩をすくめた。

「私が姓を変えたのよ。カレンと私には共通点があってね。カレンの祖先はメイフラワー号でアメリカに渡ってきたそうなの。マイルズ・スタンディッシュ（英国出身の軍人。プリマス植民地で中心的役割を果たした）」

「へえ、あのスタンディッシュ? でも、共通点というのは？」

「私の祖先も船でアメリカに渡ってきたから」スタンディッシュはこらえきれなくなったように吹き出した。ショウもつられて口もとをゆるめた。

「お子さんは？」

「二歳。ジェムって名前でね。カレンが生みの親。この子がまた――」

ショウはふいに片手を挙げた。二人は立ち止まった。ショウは鬱蒼とした森に視線を走らせた。いま二人がいる周辺は木々がとりわけ密集していた。マツやカシ、そこにからまった蔓植物。狙撃手が身を隠すにはうってつけだ。

スタンディッシュがホルスターに手をやった。「何か見えた？」

「何か聞こえた。もう聞こえなくなった」ショウは木立や低木の茂み、岩場などを目で確かめた。動くものは無数にあるが、警戒すべきものは一つもない。幼いころから森にいれば、その区別は簡単だ。

二人は木材運搬道路に向かって歩きながら、ヘンリー・トンプソンが放置された場所を探した。このあたりのどこかに違いない。ショウは靴痕が残っていないかと地面に目を凝らした。歩いた痕。あるいは引きずられた痕。

スタンディッシュが言った。「結婚してるの？」

「いや」

「いまつきあってる人がいるのかって訊いちゃいけなさそうな口ぶり」

「そんなことはないさ。いないよ。いまは」

またしてもマーゴの顔が脳裏に浮かんできた。声は聞こえず、すりガラス越しに見ているようだった。幸いなことに、そのイメージはすぐに遠ざかって消えた。

「子供は？」

「いない」

さらに五十メートルほど進んだ。スタンディッシュが首をかしげる。イヤフォンに無線の報告が聞こえているらしい。まもなく無線機のマイクを口もとに近づけた。

「了解。ほかのチームと合流して」

無線機をベルトに戻した。「火が検知された岩場に到着したって。未詳はいない。トンプソンも」

ショウはしゃがんだ。草が折れている。靴の革底ではなく、動物の蹄《ひづめ》や足がつけた痕のようだ。立ち上がって周囲に視線を巡らせた。やがてうなずいて言った。「向こうだ。あの方角に歩いたんだろう」

木材運搬道路の方角に、人か動物が通ったようなかすかな痕跡が伸びていた。二人はそれをたどって歩き出した。

スタンディッシュが言った。「名前をつけないと」

「誰に？」

「未詳。たまに名前をつけて呼ぶことがあるの。未詳はいつもたくさんいるから、区別がつかないでしょ。ニックネームね。何か思いつく？」

懸賞金ビジネスでは、自分が探している行方不明者や逃亡犯人の名前がわからないということはない。たとえわからない場合でも、ニックネームをつけたりはしなかった。少なくともショウはしない。「何も」

スタンディッシュが言った。「〝ゲーマー〟。どう？」

どことなく芝居がかっている。しかし、これはショウの事件ではないし、ショウは区別すべき未詳をたくさん抱えた刑事でもない。「いいんじゃないか」

木材運搬道路に沿ってさらに三メートルほど進んだところでスタンディッシュが言った。「あ、見て」

地面を覆った松葉のクッションに、円くくぼんだところがある。いまは使われていない木材運搬道路のすぐそばだった。そのくぼみに、子供が遊ぶビー玉のようなものが入ったビニール袋一つ、洗濯ひも一巻き、両刃のかみそりの替え刃一箱、ビーフジャーキーの大箱一つがあった。

「あれ」ショウは〝ゲーマー〟が五つのアイテム——今回の被害者に与えた五つのアイテムは、先の四つと、火を熾すのに使われたマッチかライターだろう——を残したくぼみから少し上にある平らな岩を指さした。

「もしかして……？」

思ったとおりのものだった。クイック・バイト・カフェで見つかった印刷用紙とソフィー・マリナーが監禁されていた部屋のそばにあった落書きと同じもの。『ウィスパリング・マン』の白黒のイラスト。

スタンディッシュが一歩前に踏み出したところで、ショウは立ち止まり、スタンディッシュの筋肉質な腕をつかんだ。「動かないで。声を立てないように」

スタンディッシュはよく訓練されているようだった。

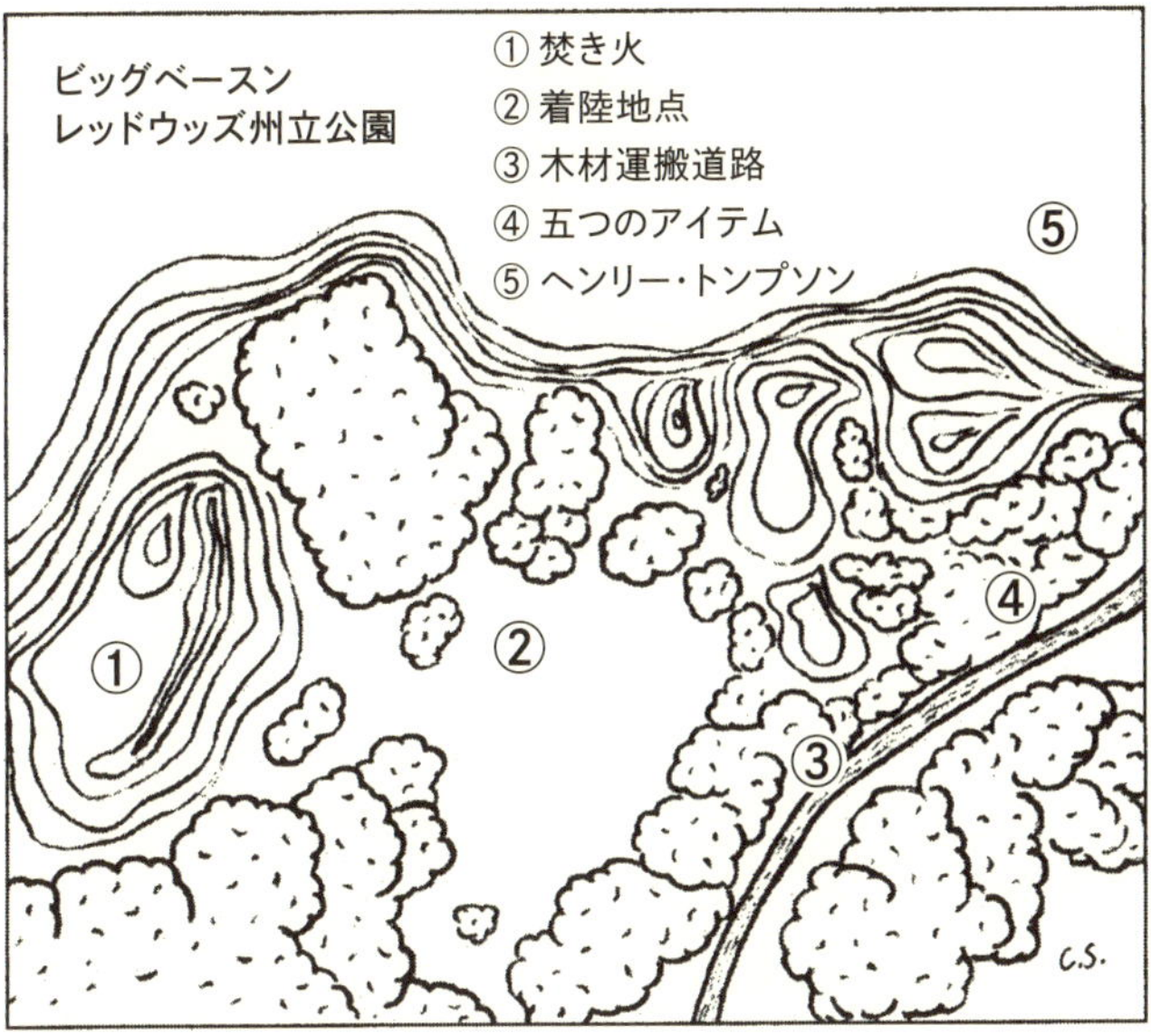


あるいは、生来の素質かもしれない。反射的にショウを振り返ったりはしなかった。その場ですっとしゃがんで的を小さくしてから、敵を探して視線を動かした。

ショウが聞いた物音は、誘拐犯が立てたものではなかった。枝がゆっくりと折れる音、ごろごろというような低いうなり声――あんな音を立てる生き物はほかに存在しない――が、いま姿を現そうとしているものの正体をショウに教えていた。

十メートルほど先に、ピューマが現れた。体重六十キロくらいありそうな大きな雄だ。何一つ見逃さない目が、二人をまっすぐに見つめていた。

## 43

「嘘でしょ」ラドンナ・スタンディッシュがかすれた声で言った。立ち上がって銃に手をかける。

「よせ」ショウは言った。

「サンタクララ郡には規定があるの。ピューマは絶滅危惧種とされていない。つまり、撃ってもいいってこと」

「〝ゲーマー〟が近くにいるかもしれないんだぞ。奴にこっちの居場所を知らせたいか?」

そこまでは考えていなかったか、スタンディッシュは銃にかけた手を引っこめた。そして独り言のように繰り返した。「ピューマ。本物のピューマ」

ピューマの口の周りは血で赤く濡れていた。ヘンリー・トンプソンの血だろうか。

「目をそらすな。できるだけ背を高く見せろ」

「背はこれ以上伸ばせないってば」スタンディッシュが小さな声で応じる。

「せめて背中を丸めるな。四本足の動物に似た姿勢を取れば取るほど、彼の目には獲物らしく映る」

「彼? 雄ってこと?」

「そう、雄だ。ジャケットの前を開いて」

「銃を見せたって逃げてくれないわよ、コルター。そういう意味じゃないんだろうけど」

「体を大きく見せられる」

「どうしてこんなはめに」スタンディッシュはウィンドブレーカーの前をゆっくりと開き、ジッパーの部分をつかんで大きく広げた。その姿は、ショウがロッククライミング中にときおり見かける若者そっくりだった——ウィングスーツを着て虚空《こくう》にジャンプし、急降下するハヤブサのように弧を描きながら滑空する若者。

ショウは言った。「絶対に走るなよ。何があってもだ。たとえ奴がすぐそこまで近づいてきたとしても、絶対に走ってはいけない」

完璧な筋肉と豊かな黄褐色の毛皮をまとったピューマは鼻をひくつかせた。耳をうしろにたたみ——これは危険なサインだ——ほかの歯の三倍も長い、血にまみれた黄色い牙をむき出した。また一つ、不吉なうなり声が咽喉から漏れる。

「あの声、どういう意味よ」

「情報を集めている。きみと私のことを探っているんだ。強いのか、弱いのか。私たちが自分を取って食おうとしているのか」

「ピューマを取って食う動物なんかいるわけ?」

「クマ。オオカミ。銃を持った人間」

スタンディッシュは、不吉なうなり声をあげる代わりにつぶやいた。「私は銃を持った人間なんですけど」

ピューマの目を見つめたまま、ショウはゆっくりとしゃがみ、一瞬だけ視線を地面に向けてグレープフルーツ大の石を拾った。一センチずつ、そろそろと立ち上がる。自信に満ちた態度。穏やかなしぐさ。攻撃するそぶりは一瞬たりとも示してはならない。

**恐怖を表に出すべからず。**

「抵抗するのはかまわない。顔と咽喉だけはなんとしても守れ。彼らが狙うのはその二つだ」

「まさかその石で……？」スタンディッシュは信じられないといった風に言った。

「できれば避けたいが、いざとなったら……」それからショウは言った。「口を開けろ」

「え、何……？」

「呼吸が速く大きくなっている。口を開けていたほうが音がしない。きみのいまの呼吸音は、怯えているように聞こえる」

「だって怖いでしょうが」それでもスタンディッシュは言われたとおりにした。

　ショウは続けた。「彼らは反撃されるのに慣れていない。だから迷っている。このディナーは襲うに値するかどうか。彼の目には獲物が二体見えている。その二体は大きさにだいぶ差がある――体が小さいきみを私の子だと思っているかもしれない。きみのほうが弱そうなうえにうまそうだが、きみを食うには、先に私を倒さなくてはならない。だが、親の私は自分の命を犠牲にしてもきみを守ろうとするだろうと思っている。食事はもうすませたようだから、いま彼を突き動かしているのは空腹ではない。そして私たちは逃げようとせず、挑むような構えを示している。だから、不安を感じて迷っているんだ」

「あっちが？　不安？」スタンディッシュは鼻を鳴らした。「ねえ、私のジャケット。大きく見せるにはこれで充分？」

「ああ、それで充分だ。ところで、万が一彼が襲いかかってきて、私が止められなかったら、そのときは撃っていい」

　ピューマが頭を低くした。

　ショウは石を握り直し、ピューマの目に視線を据えたまま肩を怒らせた。ピューマの黄色い瞳に囲まれた黒い縦長の瞳孔は、ショウを見つめたまま微動だにしなかった。美しい生き物だ。自在にしなる金属のような四肢。顔は、邪悪なものを発散しているように見えた。しかしもちろん、邪悪さなどとは無縁だ。あの顔は、夕飯のシチューを前にスプーンを手に取ったときのショウの顔と、本質的には変わらない。

確率を見積もる。ピューマが襲ってくる確率――五〇パーセント。

射殺することにならなければいいが。あの美しい生き物をできれば死なせたくない。

**肉または皮を手に入れるため、自衛のため、哀れみから……**

石を握るショウの手に力がこもった。

まもなく決断が下された。ピューマは後ずさりして向きを変えた。低木の枝がはじけるかすかな音がふたたび響く。遠い焚き火を思わせる音。湿り気を帯びた空気でくぐもった音。ほんの一秒か二秒後には姿が消えていた。あれだけ大きな体をしているのに、ピューマという生き物は、音もなくステージに現れ、去っていく術《すべ》を完璧に磨き上げている。

「ふう。よかった」スタンディッシュが腕を下ろして目を閉じた。手が震えていた。「戻ってきたりしないわよね」

「おそらく」

「断言はできないってこと？」

「できない」ショウは答えた。

「仕事柄、ちんぴらギャングやジャンキーに銃を向けられたことだっていくらでもあるのよ、ショウ」スタンディッシュはそこで口をつぐんだ。「あっと、ごめんなさい。コルター」

「ここまで来たら、〝ショウ〟と〝スタンディッシュ〟でかまわない気がするね。〝コルター〟と〝ラドンナ〟の段階はもう卒業したと思う。一緒にピューマを撃退した仲だ」

マーゴはショウをラストネームで呼んでいた。ショウはそれが気に入っていた。

スタンディッシュが続けた。「情報提供者が捜査の途中で寝返って、かみそりを振り回しながら向かってきたこともあった。そのくらい日常茶飯事ってことよ。でも、ピューマは日常茶飯事のうちじゃない」

それは人と職業によるなとショウは思った。

スタンディッシュは黄色いテープを一巻き持参していた。テープを木から木へと張り渡して、五つのアイテムの発見現場を囲んだ。

「あの血は？」スタンディッシュが言った。

「トンプソンのものかどうか、か？」ショウは言った。

「可能性は否定できない」ショウはピューマが消えた方角に行ってみた――慎重にあたりをうかがいながら。そしてほかより高くなった岩に上り、その向こう側にあるものを見た。

それからスタンディッシュのところに戻った。

彼女がショウを見て言った。「何かあった？」

「シカの死骸。大部分を食ったあとだった。私たちにそこまでこだわらなかったのはそのおかげだな」

スタンディッシュはテープを張り終えて立ち上がった。

ショウは地面に目を凝らした。「ヘンリーがあの方角に行ったかどうかは見分けられない。が、たぶん行ったんだろう」ショウは木立の手前に張り出した石灰岩の岩場を見た。木立の向こうは深い谷になっているようだ。

ショウは先に岩場によじ登り、スタンディッシュに手を貸した。二人は崖の際まで行った。

そこでそろって動きを止めた。

三十メートル下の谷底に、ヘンリー・トンプソンの不自然にねじれた血まみれの死体が横たわっていた。

## 44

十分後、機動隊員二名が絶壁を懸垂下降で谷底まで下りた。なかなかの手並みだった。

「スタンディッシュ刑事？」谷底の一人から無線連絡が入った。

「どうぞ」スタンディッシュが応じた。

「先に報告しておきます。転落して死んだんじゃなさそうですよ。撃たれてる」

スタンディッシュは一瞬言葉に詰まった。「了解」

ショウは驚かなかった。つぶやくように言った。「それで説明がつくな」

「何に」

「犯人が監禁の現場に戻る理由さ。『ウィスパリング・マン』は、単なる脱出ゲームではない。戦闘ゲームでもある」ゲームの設定をスタンディッシュにもう一度説明した。プレイヤー同士で協力することもできるし、殺し合うことも可能だ。ゲーム中のウィスパリング・マン、葬儀屋のようなスーツを着て中折れ帽をかぶった男はゲーム内をうろつく。気が向くと、プレイヤーを殺すこともある。

またウィスパリング・マンは、プレイヤーの背後からアドバイスをささやく《ウィスパー》。そのアドバイスはゲームを進めるのに役立つこともあれば、プレイヤーを惑わす嘘の場合もある。攻撃してくることもある。旧式な火打ち銃で撃ってきたり、喉を切り裂いたり、刃物を心臓に突き立てたりしてプレイヤーを殺す。画面が暗転し、不気味な音楽が流れるなか、ウィスパリング・マンはささやくような声で詩を暗唱する。

さよならを告げよう　人生に
友人に　恋人に　懐かしい家に
逃げろ　隠れろ　命を懸けて
ウィスパリング・マンから逃れるすべはない
さあ、尊厳を保って死ぬがいい……

〝ゲーマー〟はゲームのストーリーをそのまま追っているにすぎない。ソフィー・マリナーを監禁した現場に舞い戻ったのは、ソフィーを追い回すためだ。ここでも同じことをした。ヘンリー・トンプソンをしばらく一人で放っておき、ソフィーに脱出のチャンスを与えたように、助けを求める焚き火を熾す時間をトンプソンにも与えた。そしてころあいを見て戻ってきて、ゲームを終わらせた。

スタンディッシュは何も言わず、岩場の一角に集まっていた応援の機動隊員に合流した。ショウは岩棚に腰を下ろした。マディー・プールからメッセージが届いた。

私は仲間はずれなの？　ナイトは留置場？　あなたはまだちゃんと生きてる？

返信する気分ではなかった。それでも、いま警察と行動を共にしていることだけは伝えた。またあとで連絡すると付け加えた。

鑑識チームはまだ到着していなかった。鑑識チーム専用のヘリコプターなどあるはずもなく、いまごろ鑑識チームを乗せたバンが木材運搬道路を登ってきている――ハイウェイからここに来る近道はそれと別にあるが、犯人が現場に来るのに使ったと思われるその近道を汚染しないよう、わざわざ遠回りをしているのだ。しかし、捜査に役立ちそうなタイヤ痕を採取するのはまず無理だろう。木材運搬道路は大部分が落ち葉の分厚いカーペットで覆われており、ところどころに土の地面がむき出しの箇所があっても、太陽に焼かれて乾ききっているからだ。それに、ここまで慎重に慎重を期している犯人が、いまさら不注意なミスを犯すわけがない。

スタンディッシュと機動隊員は、現場そのもの――死体の発見現場と、犯人が五つのアイテムをトンプソンに残した松葉のカーペットのくぼみ――には踏みこまないようにしていた。少し離れたところから現場を観察しながら、仮にゲーマーがトンプソンに気づかれないようどこかから監視していたとするなら、それはどこだろうと周囲に目を走らせている。いまは誰もがプロに徹していた。わだかまりはとりあえず忘れ、この事件を解決することで新たな事件の発生を阻止しようと、それぞれが全力を尽くしている。

「犯人の奴、楽しくてしかたないんだろうな」捜査員の一人が苦々しげにつぶやいた。「まだまだ続くぞ、きっと」

機動隊から、ショウをヘリコプターで待たせておいてはどうかと提案があった。民間人をいつまでも現場に置いておきたくないのだろう。しかしスタンディッシュが横から指摘した。ショウは銃を携帯していないうえに、敵が――さっきのピューマが――周辺をうろついていて危険だ。それに、犯人はすでに現場を離れたと断定することもできない。スタンディッシュの言い分にも一理あったが、隙がないわけではなかった。たとえば、ピューマにも充分に反撃できるマシンガンを持った機動隊員を一人、ショウと一緒にヘリコプターで待機させておけばすむことだ。スタンディッシュはおそらく、ショウを現場近くに置いておいて、何かあれば助言をもらいたいと思っているのだろう。しかし残念ながら、いまここでショウがアドバイスできそうなことは何一つなかった。

トンプソンの死体を見下ろした。不幸な結末以外の何ものでもないとはいえ、野生の獣の牙や爪に引き裂かれて苦しまずにすんだこと、即死だったらしいことがせめてもの救いと思えた。トンプソンは額を撃たれていた。岩山で火を熾したあと、救助を待つつもりで、ビーフジャーキーなどが置かれていた場所に戻ってきたのだろう。

そこで犯人が待ちかまえていた。トンプソンは逃げようとしただろう。だが、靴も靴下も履いていない足では逃げきれなかった。

　ショウは現場を離れ、切り立った岩の崖に近づいた。崖のすぐ手前で立ち止まる。岩壁を観察して、ロッククライミングによさそうだと思った。割れ目や出っ張りがよりどりみどりだ。垂直に近いところも多く、楽勝とはいかないだろうが、かといって絶対に無理というほどではない。ただし、岩が大きく張り出したところが一カ所あり、あのオーバーハングを乗り越えるにはあらかじめ戦略を練っておく必要がありそうだ。

　こうやって岩壁を上から見下ろすと、いつもなら無意識のうちに下りるルートを探し始めるところだが、いまは違った。

　かといって、気の毒なヘンリー・トンプソンのことを考えているわけでもなかった。

　岩の壁と谷底の川岸を見下ろしているショウの脳裏に描き出されているものは、別の場所だった。

　やまびこ山だ。

## 45

　ロッジの床がきしむ音に気づいて、コルターは即座に目を開いた。
　眠りが浅いのも父に教えられたからだと思うこともあるが、考えてみれば、それはありえない。おそらく持って生まれた才能だ。
　十六歳のコルターはベッドの下に手を伸ばした。そこに愛用のリボルバーがある。拳銃のグリップを握った。親指をトリガーにかけて撃鉄を起こし、すぐに撃てる状態にする
　次の瞬間、母のシルエットが見えた。母メアリー・ダヴ・ショウは、ほっそりとした体つきをして、髪をいつも三つ編みにしていた。その母が部屋の入口に立っていた。ショウ一家は宗教と縁がない。コルターが母を聖人のような人だと思うようになったのは、大人になってからだった。母は夫のよい面に目を向け、自ら楯となって子供たちを悪から守った。夫のアシュトン自身をも守った。

母の本質は、優しさという衣で覆われていた。その衣の下に、鋼鉄の強さが隠されていた。

「コルター。アッシュがどこにもいないの。頼れるのはあなただけ」

コンパウンドの朝はいつも早い。しかしこのときの時刻は、早朝というより夜中に近かった。午前五時にもなっていない。部屋の入口に立っているのが母だとわかったあとも、コルターはパイソン357のひんやりとしたスティールとざらついたグリップから手を離さなかった。侵入者がいるのか？

しかし眠気が覚めるにつれ、母の顔に浮かんでいるのは不安であって、警戒ではないとわかった。コルターは拳銃をベッドの下に戻して起き上がった。

「アッシュは私が眠ったあと、十時ごろに出かけたの。それきり戻らないのよ。ベネッリを持って出たみたい」

父の愛用のショットガンだ。

コンパウンドでは、誰かが事前に計画を立てずにキャンプに出かけたり遠出したりすることはなかった。そもそもアシュトンがそんな時間から外出する理由はなく、しかも朝まで帰らないなどありえない。

**誰にも知らせずに森に出かけるべからず。最低一人には行き先を伝えること。**

そのころアシュトンの精神状態が不安定になりかけていたこともあり、メアリー・ダヴはアシュトンがちょっとした遠出をする際は、たとえ行き先がコンパウンド内であっても、かならず自分が同行するか、子供たちの誰かを一緒に行かせるようにしていた。夫を一人きりでホワイトサルファースプリングスに行かせることは絶対になかった。アシュトンが銃を持ち歩くようになっていたせいもある。しかも二丁持っていった。一丁は車に置き、もう一丁は身につけて。それまでトラブルは起きていなかったが、メアリー・ダヴは、つねに家族が付き添っているほうが安心だろうと考えていた。まだ十三歳のドリオンでさえ、一触即発の事態に介入できる度胸と知性をすでに備えていた。

その日、アシュトンのほかにコンパウンドにいたのは、ドリオン、コルター、メアリー・ダヴの三人だけだった。兄のラッセルはロサンゼルスに行っていた。ラッセルはこの何年か後にいっさいの連絡を絶つことになるが、このころにはもう世捨て人になりかけていた。しかし、たとえラッセルがコンパウンドにいたとしても、メアリー・ダヴはコルターに助けを求めただろう。

「うちの家族の誰より追跡がうまいのはあなたよね、コルター。草に残ったスズメの呼吸の跡だってあなたなら見つけられる。あなたがアッシュを探して。私はここでドリオンについてるから」

「ほかには何を持っていった？」

「わかるかぎりでは何も」

五分後、コルターは夜明け前の荒野に出る装備を調えていた。十月のカリフォルニア州東部の天候は変わりやすい。そこで保温性下着にシャツを二枚重ね、その上にキャンバス地のジャケットを着た。下はジーンズに厚手の靴下。ブーツは、二年前、成長が止まったころから履き慣らしているもので、コットンのように柔らかな履き心地になっていた。念のため一泊用の荷物も用意した。着替え、懐中電灯、発煙筒、食料、水、寝袋、救急セット、長さ六十メートル分のロープ、懸垂下降の装具、弾薬。武器は二種類――ケイバーの十インチのアーミーナイフと、コルト・パイソン。四四口径のマグナムのリボルバーを愛用するアシュトンは、銃メーカーの謳い文句とは逆に、グロックのようなセミオートマチック銃は泥や水や転倒が原因で動かなくなりがちだが、リボルバーにはそういうことはないといつも言っていた。

「待って」メアリー・ダヴが言った。炉棚の前に立ち、壁の金具に針金で固定された箱を開け、いくつかある携帯電話の一つを取り、電源を入れてコルターに渡した。コルターが携帯電話に触れるのは二年ぶりだった。使ったことは一度もない。

持ち慣れない物体。禁断の品。コルターはそれも荷物に入れた。

手袋をはめ、引き下ろせばスキーマスクにもなるニット帽をかぶり、湿気を含んでひんやりとした戸外に出た。鼻の奥がつんと冷たくなった。ポーチの階段を下りるなり、最初の痕跡を見つけた。ロッジから野原へ、そしてその向こうからショウ家の敷地の外まで続いている森の奥へ続く小道は何本かある。そのうちの一つはふだん誰も使わないが、ついたばかりと見えるブーツの足跡がその小道に残っていた。コルターも見慣れた父の靴の跡だった。ただし、歩幅はいつもと違っている。のんびりと森の方角に歩いてついた足跡ではない。間隔が開いていた。急いで歩いたということだ。何か目的があって急いだのだ。

その小道をたどっていくと、さらにいくつかの痕跡を見つけた。折れた草の具合からいって、父は五時間から六時間ほど前にここを通ったのだろう。小道には分岐が一つもなく、ほかの小道と交差することもないため、追跡は容易だった。アシュトンが確かにこの方角に向かったことを示す痕跡をときおり見つけて立ち止まりはしたものの、コルターは順調に距離を稼いだ。

ロッジから一キロ半ほど来たところで、柔らかい土の地面に別のブーツの足跡が見つかった。父の通った跡と平行に並んでいる。いつついたものかはわからない。遊びにきた父の友人――一家でベイエリアから逃げ出す前の時代の知り合い――が何カ月も前につけたものだとしてもおかしくなかった。友人が来ると、父は二人、あるいは三人で連れ立って日帰りトレッキングに出かけた。母が大学で教えていたころの同僚が来ることもある。

とはいえ、友人とのんびりハイキングをするようなルートとは思えなかった。谷底を這うように進む道で、景色がいいわけでも何でもない。それに、このあたりは歩くのに少し骨が折れる。勾配はきつく、岩や穴や砂利だらけの上り坂が延々と続いている。コルターは小道をたどった。父がここを通ったことを示す痕跡はそのあともいくつも見つかった。〝もう一人〟が通った痕跡も。

さらに進む。やがて分かれ道に来た。父は左に向かったようだ。とすると、目的地は一つしか考えられない。

〝三日月湖〟だ。どちらから見るかによって、笑っているようにも、不機嫌そうにも見える湖。

二十分後、薄暗い湖畔に着いた。湖は、一番幅が広いところでも五百メートルほどしかない。空は明るみ始めていたが、湖は闇に沈んでいた。湖面は鏡のように穏やかだった。向こう側の岸は上がるとすぐ急斜面になっていて、そこを覆う森はぎざぎざした尾根まで続いている。父は反対岸へ渡ったのだろう。一家のカヌーが見当たらなかった。

なぜ湖を渡ったのだろう。向こうの岸には雑木林と岩しかないのに？

コルターは〝もう一人〟の足跡を探したが、見つけられなかった。そこで探索の範囲を広げると、ようやく見つかった。〝もう一人〟は湖の岸に立っていたようだ。

アシュトンの姿を探したのかもしれない。そこからやまびこ山に登る急勾配の道を歩き出している。やまびこ山の頂上からなら湖を一望できる。アシュトンの姿も確かめられただろう。

土の地面は柔らかかった。〝もう一人〟の足跡はくっきりと残っていた。

もう一つ別のものも。

父の足跡だ。しかも〝もう一人〟の足跡の上に重なっている。

アシュトンは尾行に気づき、カヌーをどこかへ隠し、〝もう一人〟が小道を登り始めるのを待って、そのあとを追ったのだろう。

追う者と追われる者が逆転したのだ
小道に残る痕跡はあまり新しくはなかった――二人が通ってから何時間か経過していた――が、コルターは焦りを感じ、足を速めて、三十度の傾斜のある小道を登った。小道は大岩のあいだを縫い、砂で覆われた小さな岩場を越えていた。シエラネヴァダ山脈の裾野に連なるごつごつした丘〝やまびこ山〟を登るのは、これが初めてだった。地形は急峻で険しい。やまびこ山は、コンパウンド内で唯一、子供たちが行くのを禁じられている場所だった。

しかしアシュトン・ショウは、自分を追ってきた何者かを追ってやまびこ山に登った。そしてアシュトンの息子もいま、やまびこ山を登っている。

十分後、コルターは息を切らしながら登頂を果たし、岩にもたれて息を整えた。手にはコルト・パイソンを握っていた。

木々と低木の茂みに覆われた山肌を見下ろす。左手――西の方角――には小さな森や岩場と洞窟が作る多層の迷路が広がっている。大きな洞窟にはクマが、小さな洞窟にはヘビがいるだろう。

反対側、東の方角は垂直に切り立つ崖になっている。落差三十メートルはありそうな岩の壁の真下は、干上がった川の岸だ。

前の年、獲物を視認できないまま茂みに弾を撃ちこみ、雄ジカにけがを負わせたハンターに遭遇したのは、その岸だった。

コルターは東の方角を見た。空が白み始め、シエラネヴァダ山脈の尾根の黒いシルエットがくっきりと浮かび上がっていた。まるでぎざぎざの歯が並んでいるようだった。

父の足跡は？　もう一人の足跡は？　どこにもなかった。頂上は岩と砂利だらけで、何の痕跡も見分けられない。

朝日が山々の向こうから顔をのぞかせ、やまびこ山の岩肌や森をオレンジ色に染めた。

その光が、五十メートルほど先の地面にあるつややかな何かをきらめかせた。

ガラスか。金属か。この時期ならもう氷が張ってもおかしくはないが、光る物体は松葉の絨毯《じゅうたん》が敷かれた一角にある。そんな場所に水たまりができて凍るとは思えない。

コルターはそちらに歩き出しながら拳銃の撃鉄を起こし、銃を構えた。コルト・パイソンは重い。一・二キロ近くある。しかし、このときはその重量をまるで意識しなかった。光に向かって歩きながら、左手の森に警戒の目を走らせた。右方向から襲われる心配はない。そちらにある危険は、高低差三十メートルの崖だけ、下の川岸に転落することだけだ。

光る物体の手前六メートルに近づいたところで、それが何なのかがわかった。立ち止まり、周囲に視線を巡らせた。しばし動きを止めた。それから、ゆっくりとまた歩き出した――その物体を避けるように弧を描いて。そして崖のへりに立った。

下を見るなり、銃を携帯電話に持ち替えた。フリップを開いて、どうやって使うのだったかと一瞬考えた。それから、何年も前に記憶に刻みつけた番号に電話をかけた。

あれから十五年後のいま、コルター・ショウは、岩の配置がやまびこ山にそっくりな崖を見下ろしていた。

ヘンリー・トンプソンが横たわった周囲に張り巡らされた黄色い立入禁止のテープ。

ホンソンのゲームのゴーグルにあったボタンを思い出す――人を生き返らせるボタン。

**リセット……**

到着したばかりの四人組が三日月形をした丘のてっぺんを越えてゆっくりとやってくるのが見えた。大型のケースを持ち、あるいは引いている――職人の工具入れのようなケースだ。ＪＭＣＴＦの鑑識チームのメンバーは、そろいの青いカバーオールを着ていた。フードは下ろしてある。今日の気温はさほど高くないが、照りつける陽射しは容赦がなく、汚染防止のカバーオールで全身を覆っていたら、そう長く我慢していられないだろう。

　スタンディッシュが来てショウに水のボトルを差し出した。ショウは受け取って半分を一気に流しこんだ。こんなに喉が渇いていたとは自分でも気づかずにいた。

「あとは鑑識チームと監察医にまかせる。急いで戻る必要もないから、帰りはバンに乗せてもらうつもり。いまはヘリコプターに乗りたい気分じゃないし」

　ショウも同感だった。

　スタンディッシュは崖の向こうを見つめていた。やがて訊いた。「さっきのピューマ。あれから見かけた?」

「いや」

　上《うわ》の空《そら》といった風で、スタンディッシュは続けた。

「この前、パロアルトでも二頭、目撃された。『イグザミナー』のサイトに記事が載ってた。セーフウェイの駐車場で、子猫みたいに遊んでたんだって。そのあと森に逃げこんで、それきり。取材された人がこう言ってた。〝姿が見えないピューマは、姿が見えているピューマより怖い〟。それって、人生にもそのまま当てはまるわよね、ショウ」

　ショウの携帯電話が振動した。届いたメッセージに目を通す。

　ショウは崖の下を見つめて一瞬迷った。それから返信を送った。

　携帯電話をポケットにしまって、スタンディッシュに告げた――事情が変わった、ヘリコプターで街に戻ることにする。

## 46

　午後六時、コルター・ショウはふたたびクイック・バイト・カフェに来ていた。

　瓶ビールをかたむけ、ごくりと大きく飲む。旅先ではかならず地ビールを試すことにしていた。シカゴなら、グース・アイランド。南アフリカならウムクォンボティ。これはひどいにおいと見た目だが、アルコール度数三パーセントと低めで、ぐいぐい飲めてしまう。ボストンではハープーン——といっても地ビールの銘柄であって、注射器《ハープーン》で麻薬を打つわけではない。

　サンフランシスコのベイエリアなら、アンカースティームで決まりだ。今日は店に出ているティファニーは、ショウのテーブルにビールを運んできてウィンクをし、店のおごりだと言った。

　ビールをテーブルに置いてしばし目を閉じた。ヘンリー・トンプソンの死体が浮かぶ。さまざまな色合いを帯びて広がった血。やまびこ山の谷底のあの川岸と同じ白く平らな岩を染めていた血。

　懸賞金ハンターを始めて十年になるが、ショウはほとんどのケースで成功を収めてきている。決して完璧とは言えないが、悪くない成績だ。

　成功をパーセンテージで語ることもできるだろう。しかし、計算したことは一度もなかった。それは軽薄なことと思える。冒瀆に感じた。

　記憶に残る勝利もいくつかある——とりわけ難しかったケース、危険だったケース。我が子や配偶者が行方不明になって人生そのものが破壊され、家族には焦りと絶望だけが残されていたケース、しかしタイムトラベル映画のラストシーンで時が巻き戻り、悲劇が奇跡のごとく取り消されるように、ショウが家族の壊れた人生を元のとおりに修理して返したケース。

　しかしそれ以外の仕事は、どれも仕事でしかなかった。業務。案件。配管工や会計士の仕事と変わらない。終わったとたんに脳の奥底に埋もれていき、そのまま二度と思い出さないものもあれば、のちのち必要に応じて参照できるよう分類されてしまわれるものも数少ないながらある。

　では、失敗した仕事は？　これは決して忘れない。

　この仕事もその一つになりそうだ。ヘンリー・トンプソンの捜索に懸賞金が設けられていなかったという事実は関係ない。なぜなら、コルター・ショウの目当ては金ではないからだ。懸賞金に意味を見いだすのは、それがほかの誰もまだ成功していないチャレンジを示すスポットライトだからだ。肝心なのは、子供を見つけること、認知症のために帰り道がわからなくなった高齢の親を探すこと、逃亡犯を連れ戻すことだ。肝心なのは、命を救うことだ。

　ソフィー・マリナーは無事に保護できた。しかしそれは慰めにもならない。カイル・バトラーは死んだ。ヘンリー・トンプソンも死んだ。こういうとき、焦燥は大きくふくらみ、一人の人間のようにショウにつきまとう。すぐ後ろをついてくる。ちょうどウィスパリング・マンのように。

甘さとこくのあるビールをまた少し口に含む。アルコール分よりも、その冷たさが心地よい。だが、そのどちらも心を癒す薬にはならなかった。

注文カウンターに行き、ティファニーにテレビのリモコンを貸してくれと頼んだ。バーカウンターの上に設置されたテレビのチャンネルを変えたかった。ティファニーがリモコンを差し出す。テレビ番組について短い会話をかわしたが、テレビを見ないショウは聞き役に徹するしかなかった。ティファニーはショウともっと話したそうだったが、そこで別の客が注文していた料理ができあがった。ティファニーは料理を運んでいき、ショウは安堵して自分のテーブルに戻った。誰も見ていないスポーツ中継から――クイック・バイト・カフェの客にスポーツ好きはゼロと思っていい――ローカルニュースのチャンネルに変えた

サンタクルスで小さな地震が発生した。賄賂《わいろ》を使って永住ビザを手に入れたらしいという噂は嘘だと主張して、労働組合の指導者が辞任を拒んでいる。ハーフムーンベイでクジラが救助された。再選を目指していたカリフォルニア州選出の緑の党の議員が、数年前にタホ湖近くのスキーリゾート施設に放火して全焼させた環境テロ組織から支援を受けていると報じられ、出馬を取りやめると表明した。その議員本人はテロ組織との関係を否定している。「嘘が一人の人間のキャリアを破綻させることがある。今回のことはまさにそれで……」

ショウが関心を失いかけたころ――「では、地元の最新ニュースをお伝えいたします。今日、サニーヴェール在住のブロガーで性的少数者人権活動家の男性が、ビッグベースンレッドウッズ州立公園で遺体で発見されました。警察の発表によりますと、ヘンリー・トンプソンさん、五十二歳は、昨夜、スタンフォード大学で行われた講演のあと帰宅途中に誘拐され、州立公園に運ばれて殺害されたと思われます。動機はまだわかっていません。JMCTF、サンタクララ郡重大犯罪合同対策チームのスポークスパーソンは、今月五日にマウンテンヴューで

発生した女子学生誘拐事件との関連を捜査中と話しています。五日の事件では、ソフィー・マリナーさん、十九歳が誘拐されましたが、二日後にＪＭＣＴＦによって無事救出されました」

　次のニュースに切り替わる前に、ホットラインの番号が画面下のテロップに表示された――トンプソンが拉致された時間帯に拉致現場付近を通りかかった、あるいは今日ビッグベースンレッドウッズ州立公園にハイキングに出かけた方は、こちらの番号に連絡を。

　そのとき、ショウの背後、クイック・バイト・カフェの店内から女性の甲高い声が聞こえて、ショウの思考は唐突に断ち切られた。

「でも、あたしはメッセージなんか送ってないし。そもそもあんたがどこの誰だか知らないし」

　ショウを含め、何人かの客が辛辣な言葉の聞こえたほうを振り返った。二十歳くらいのきれいな女性だった。テーブルにマックのパソコン、片手にコーヒーのマグ。長い栗色の髪の毛先だけを紫に染めていた。モデルや女優のような出で立ちだ。ブルージーンズは肌に吸いつくようにスリムで、ところどころにわざと破れ目を作ってある。白いＴシャツはゆったりしたオフショルダーのデザインで、肩口から紫色の下着のストラップが見えていた。爪は海のような青、アイシャドウは落ち葉のような色合いだ。

　その女性のすぐ目の前に、同年代とおぼしき若者が立っていた。ファッションの傾向は女性と正反対だった。履き古されたバギーなカーゴパンツ、体格に合わない赤と黒の格子縞のシャツ。サイズが合っていないせいで、身長百七十五センチあるかないかの痩せ型の体格がますます貧相に見えた。まっすぐな髪はあまり清潔そうではなく、自分で切ったか、母親や姉妹に切ってもらったかのようなスタイルになっている。濃い眉毛は大きな鼻の上でつながっているように見えた。ショウのパソコンの二倍くらい厚みがありそうな大型の灰色のノートパソコンを両手で持っている。人目を意識してのことだろう、顔は真っ赤に染まっていた。目には怒りも浮かんでいた。

「でも、きみが〝Sherry38〟だろ？」若者は首を振った。「『コール・トゥ・アームズⅣ』でチャットしたじゃないか。このカフェにいるって言っただろ。僕は〝BradH66〟だよ」

「あたしはシェリー何とかじゃないんだってば。あんたがどこの誰なのか見当もつかない」

若者は声をひそめた。「僕に会ってみたいって言ったじゃないか。言ったよな！　だから来たんだよ。でも、僕の見た目が気に入らなかったから知らないって言ってる。そういうことだろ？」

「ちょっと待ってよ。あたしが『コール・トゥ・アームズ』なんかプレイするような引きこもりに見える？　どっか行ってよ、うっとうしい」

若者は店内をさっと見回した。それからあきらめたように注文カウンターに行った。

インターネット時代ならではの災難だ。あの若者は、かわいそうに、いじめっこにでもはめられたのだろうか。ショウはマディー・プールが話していた〝スワッティング〟行為のことを思い出した。マーティ・エイヴォンは、ゲーム会社のサーバーはしじゅうハッキングされていると言っていた。

それとも、あの若者が主張しているとおりなのだろうか。オンラインで送られてきた自己紹介と、実際に現れた若者のオタクっぽい見た目の落差が大きすぎて、デートする気が失せたということか。

若者は注文と支払いをすませ、針金でできた番号札スタンドを受け取って奥のテーブルに行き、椅子にどさりと腰を下ろしてノートパソコンを開いた。大きなヘッドフォンをつなぎ、猛然とキーを叩き始めた。顔はまだ真っ赤で、何やら独り言をつぶやいていた。

ショウはノートを取り出し、万年筆のキャップをはずした。記憶を頼りに、ヘンリー・トンプソンの殺害現場の見取り図をスケッチした。ショウの迷いのない手は、五分ほどで図を描き上げた。いつものように右下の隅にイニシャルを書きこむ。インクが乾くのを待ちながら、ふと顔を上げると、マディー・プールが店に入ってきたのが見えた。二人の目が合った。マディーが微笑む。ショウはうなずいた。

「あら珍しい」マディーが言った。おそらくショウの姿勢のことを言っているのだろう。ショウは椅子の背にもたれ、足を前に投げ出していた。エコーの靴の爪先は天井を向いている。

まもなくマディーの笑みは消えた。ショウの顔をまじまじと見る。とくに彼の目をのぞきこむようにしていた。

マディーは椅子に座り、ショウのビールを取って飲み口を唇につけた。一口大きく飲む。

「おかわりをおごるわね」

「いや、かまわないさ」ショウは言った。

「何かあった？　先に言っておくけど、〝別に〟はやめてね」

トンプソンが殺害されたことは、メッセージでも電話でも伝えていなかった。

「二番目の被害者を救えなかった」

「コルト。そうだったの。あ、待って。ひょっとして州立公園で見つかった遺体というのがそう？　撃たれて死んでたって男性？」

ショウはうなずいた。

「今度もまた『ウィスパリング・マン』の再現？」

「警察はまだその情報を公表していない。捜査がどこまで進んでいるか、〝ゲーマー〟に悟られたくないからね」

「ゲーマー？」

「警察がつけたニックネームだ」ショウはビールを飲んだ。「トンプソンを山のなかに運び、五つのアイテムとともに置き去りにした。意識を取り戻したトンプソンは、救難信号代わりに火を熾した。それで居場所がわかった。しかし〝ゲーマー〟は現場に舞い戻ってトンプソンを追いつめて殺した。それもゲームのシナリオのうちだった」

マディーは見取り図を見た。次にショウの目を見て眉を寄せた。この見取り図は何かと訊いている。ショウはよく自分で見取り図を描くのだと説明した。

「うまいのね、絵」

ショウの目は、見取り図のなかの崖の下、ヘンリー・トンプソンの死体が発見された位置をたまたま見ていた。ノートを閉じてバッグにしまった。

マディーがショウの腕に手を置いた。「残念だったわね。ところで、トニー・ナイトはどうだった？　まだその話をしてくれてないじゃない？　心配してたのよ、連絡がなかったから」

「急展開があってね。ナイトについては、私の読みが間違っていた。ナイトは関係ない。それどころか、捜査に協力してくれた」

「警察には犯人の目星がついてるわけ？」

「まだだ。私なら、おそらくソシオパスの犯行だと言うだろうな。こんな事件は初めてだ――ここまで手間暇かけてゲームを再現するとはね。うちの母の患者にはそういう人間が一人や二人、いたかもしれないが」

「お母さんは精神科医だって言ってたわよね」

ショウはうなずいた。

メアリー・ダヴ・ショウは触法精神障害者の薬物治療の研究に深く関わっていたし、研究代表者として、カリフォルニア大学などの教育機関に多額の研究資金を送りこんでいた。

ただし、それは研究者のキャリアの初期のこと――カリフォルニア州東部に移住する前のことだ。移住を境に、母の仕事はホワイトサルファースプリングス周辺で家庭医や助産師として働いたり、偏執性人格障害や統合失調症の医薬管理をしたりすることに限定されるようになった。しかも後者の対象患者はアシュトン・ショウ一人だけだった。

父について、ショウはまだマディーにほとんど何も話していなかった。

マディーが訊く。「警察は懸賞金を出したの？」

「どうだろう、聞いていないな。興味もない。私はただ犯人を捕まえたいだけだ。それに――」

ショウの言葉はそこで途切れた。マディーがふいに身を乗り出し、力強い両手で彼のジャケットを引き寄せ、キスをしたからだ。舌が分け入ってくる。

彼女の味がした。かすかな口紅の味。口紅は塗っていないように見えたのに。ミントの味もした。ショウはそのキスに情熱的に応えた。

ショウは彼女のうなじに掌をすべらせた。指を開いて豊かな髪にからめる。彼女を引き寄せた。さらに近く引き寄せる。マディーが体重を預けてきて、乳房がショウの胸に押し当てられた。

二人は同時にしゃべり出そうとした。

マディーは人差し指を彼の唇に当てた。「先に言わせて。私、ここからたった三ブロックのところに住んでるの。あなたは何て言おうとしてた？」

「忘れた」

## 47

移動生活を続けているショウは、身の回り品が少ない。

それでも、マディー・プールが借りている部屋を見ると、ウィネベーゴはひどく散らかっているように思えた。

　ここが一時的な住まいだからという理由はもちろん大きいだろう。この部屋に住んでいるといっても、Ｃ３ゲームショーの期間中だけで、マディーはふだん、ロサンゼルスで暮らしている。それにしてもこれは……

　ものが少ない印象をいっそう加速している要因が一つ。この古びた家はとにかく巨大だ。寝室は五つある。ひょっとしたらもっと。ダイニングルームは洞窟のように広く、リビングルームでは結婚披露宴が開けそうだった。

　その広い家に、所持品は数えるほどしか置かれていなかった。テーブル一つをほぼ占領している、大型のデスクトップパソコン。三十インチくらいありそうな大きなディスプレイ。デルのパソコンの左右にエンドテーブルの代わりに置かれた厚紙の箱に、本や雑誌、ＤＶＤ、ゲームカートリッジの箱などが入っていた。パソコンの前にオフィスチェアが一脚。そして周囲には、ゲーム会社のロゴ入りの袋が山ほどあった。ゲームショーで配られたものだろう。

　部屋の片隅に、使いこまれたマウンテンバイクが一台。ブランドはサンタクルスだった。ショウは自転車には乗らないが、ハイキングや登山の途中で自転車とすれ違うことは多い。このブランドの自転車は一台九千ドルくらいするはずだ。ほかに十キロのウェイトやゴムのトレーニング用バンドもあった。

　右側の寝室に、ダブルサイズのマットレスと下に置くボックススプリング。その上のシーツはマットレスの下にたくしこまれておらず、緩慢なハリケーンのように渦を巻いていた。

　リビングルームには質素なベージュのソファと、フランク・マリナーの家の脚の折れたテーブルのほうがスタイリッシュだったと思えてくるようなコーヒーテーブルがあった。焦げ茶色の積層材のテーブルトップは、端が反り返っていた。

　キッチンを見ると、もともと造りつけられていたガスレンジ、冷蔵庫、オーブンと電子レンジはあるが、それ以外の家具や調理器具は一つもない。カウンターにコーンフレークの箱と白ワインが二瓶、それにコロナビールの六本パックがある。

　この巨大な家は、おそらく一九三〇年代に建築されたものだろう。ペンキを塗り直したり修理したりしたほうがよさそうなところばかりが目につく。あちこちに水漏れの跡があり、壁のしっくいがひび割れているところが数十カ所はありそうだった。

「『アダムス・ファミリー』に出てきそうな家でしょ」マディーはそう言って笑った。

「言えてるね」

去年のハロウィーンに、ショウは姪を連れてアミューズメントパークに出かけた。そこのお化け屋敷がまさにこんな建物だった。

マディーは説明を続けた。この家はＡｉｒｂｎｂの類のサービスを通して見つけた。空いていたのは、残り日数が少なかったから——来月には取り壊されることが決まっているからだ。シリコンヴィル開発計画の影響らしい。染みだらけの壁紙は、水色の地に濃い色の小花柄で、点描画で何か描いてあるように見えて落ち着かない。

「ワイン？」

「コロナをもらうよ」

マディーは冷蔵庫から冷えたコロナを取り、自分の分のワインを背の高いグラスに注いでソファに戻ってくると、ビールをショウに渡して、ソファに腰を下ろした。ショウも座った。二人の肩が触れ合った。

「で……？」マディーが言った。

「交際相手がいるのかどうかという質問かな？」

「ハンサムな上に、心も読めるみたい」

「もし誰かいるなら、いまここに来ていないさ」

乾杯のしぐさをした。「男の人はたいがいそう言うものだけど、あなたのことは信じるわ」

ショウは熱のこもったキスをした。ふたたびうなじに掌を這わせる。赤い錆のような髪の柔らかさに驚いた。もっと腰がありそうに見えた。マディーがキスに応えながらもたれかかってきた。彼女の唇が彼の唇と戯れる。

マディーはワインを大きく一口あおった。ワインが跳ねてソファを濡らした。

「あっといけない。敷金が返ってこないかも」

ショウはマディーの手からグラスを取ろうとした。マディーはもう一口だけ飲んでから渡した。グラスとコロナの瓶は、コーヒーテーブルの古びて波打つ天板に置かれた。キスはますます熱を帯びた。マディーはあぐらをかくようにしていた脚を伸ばし、クッションに体を預けた。ショウの右手は彼女の髪から耳へ、頬へ、首筋へと伝った。

「寝室に行こうか」ショウはささやいた。

マディーはうなずき、微笑んだ。

立ち上がって寝室に向かった。入ってすぐにショウは靴を脱いだ。マディーは途中で向きを変え、リビングルームとキッチンの明かりを消しにいった。ショウはベッドに腰を下ろして靴下を脱いだ。

「おもちゃがあるの」寝室の入口のリビングルーム側に広がった暗闇のどこかから、マディーの誘惑するような声が聞こえた。

「いいね」ショウは言った。

入口に現れたマディーは、ホンソンの『イマージョン』のゴーグルを着けていた。

「やったわ、コルター。知り合って二日になるけど、笑ってくれたのってたしか初めて」

マディーはゴーグルをはずして床に置いた。

ショウは手を伸ばして彼女を引き寄せた。唇に、タトゥーに、喉に、乳房にキスをした。彼女をベッドに誘う。

マディーが小さな声で言った。「明かりを消したいタイプなの。かまわない？」

できればつけたままがいいが、この際どっちだってかまわない。

ショウはベッドの上で横を向き、安物のランプの明かりを消した。仰向《あおむ》けに戻ったとたん、マディーが体を重ねてきて、二人はボタンやジッパーをはずし始めた。

そのあとに続いたのは、当然のことながら、サバイバルゲームのごとき熱戦だった。

勝負は引き分けに終わった。

## 48

そろそろ真夜中になる。

コルター・ショウはベッドを抜け出してバスルームに入った。明かりをつけたとき、あわててシーツを首もとまで引き上げるマディーの様子が視界の隅をかすめた。

明かりを消す理由はそれか。C3ゲームショーで見かけた女性の大部分はタンクトップや半袖のTシャツを着ていたのに、マディーがスウェットやパーカなど長袖の服を好む理由もきっとそれだ。

一瞬だけ見えたマディーの体には、大きな傷痕が三つか四つあった。

そういえば、彼の手や唇が這い回っているとき、マディーは腹部や肩やももの特定の場所からさりげなく彼をほかへと誘導した。

事故にでも遭ったのだろう。

クイック・バイト・カフェから車二台を連ねてここに来たとき、マディーの運転はかなり荒かった。制限速度を三十キロ近くオーバーすることもあって、何度か速度を落としてショウが追いついてくるのを待ったくらいだった。交通事故に遭うか、自転車で転倒するかしたのだろう。

タオルを腰に巻き、ドアを開ける前に明かりを消して、バスルームを出た。ベッドには入らずにキッチンに行き、冷蔵庫から水のボトルを二つ持って戻る。一つをマディーに差し出す。マディーは受け取って床に置いた。

ショウは水を少し飲んだあと、くたびれたマットレスに横になった。部屋は真っ暗というわけではなく、ショウがキッチンに行っているあいだにマディーはスウェットシャツを着たらしいと見て取れた。スウェットシャツの前に何か文字が並んでいるが、それは読み取れなかった。座った姿勢でメッセージをチェックしている。携帯電話の画面がマディーの顔を照らし、亡霊のように浮かび上がらせていた。それ以外の明かりは、リビングルームの大型ディスプレイのスクリーンセーバーのほのかな光だけだった。

ショウは起き上がってマディーに寄り添った。指先でタトゥーにそっと触れた。

**いつか教えてあげる。たぶんね……**

マディーが体をこわばらせた。他人は気づかないくらい、ごくわずかに。

それでも、気づけば無視できない程度に。

ショウは少し離れて座り直し、枕を背中に当てた。似たような経験は何度もしてきたから――どちらの立場になったこともある――理由を尋ねてはいけないことを知っていた。急いで発せられる言葉はたいがい、言葉を交わさない場合よりも関係に悪影響を及ぼす。

枕に頭を預け、天井を見上げた。

しばらくして、マディーが言った。「エアコン、うるさいわよね。ふだんからものすごい音なの。それで目が覚めた？」

「眠ってはいなかったよ」エアコンの音には気づいていなかった。だが、言われると気になった。たしかにやかましい。

「苦情を言いたいところだけど、あと数日の我慢だから。この家も来月には解体されてなくなるわけだし。シリコンヴィルの開発とやらで」

二人は黙りこんだ。うなり声を轟かせているエアコンがいま、ふいに第三の人物のように思えた。

「ねえ、コルト。ごめんね……」マディーは、言葉を一つ選んでは、これではないと思い直して捨てているような顔をしていた。しばらくしてようやく適切な言葉を見つけたらしい。「私、〝ビフォア〟は得意なのよ。〝その最中〟もわりと得意なほうだと自分では思ってる」

それは事実だった。しかしショウの行動規範は、いまは返答せずに先を聞けと厳命した。

「でも〝アフター〟は……あまり得意じゃなくて」

いま彼女は涙を拭わなかったか？　いや、目の前に落ちてきた髪をいじっただけのことだ。

「大したことじゃないの。もう二度と会いたくないから消えてとか、そこまで言いたいわけじゃないのよ。ただ、どうしてもこういう風になっちゃうの。毎回かならずってわけじゃない。基本がこうってだけ」マディーは咳払いをして続けた。「あなたはラッキーよ。水を持ってきてくれたことにむっとしちゃっただけだから。だってその勢いで、うちの家族に会わせたいんだとか言われちゃったら困るでしょ。私はいつでもいい子ちゃんにしていられるとはかぎらないし」

「うまい水なのに。飲まないなんてもったいない」

マディーは肩を丸め、右の人差し指に髪を巻きつけた。

ショウは言った。「ここで私が、私たちには共通点が多いようだと言い出すと、きみはさらに腹を立てるんだろうな」

「いやな奴。そうやって優しくするの、いいかげんにやめてよ。玄関から放り出したくなる」

「な？　言っただろう、私たちには共通点が多い。私も〝アフター〟は得意ではないんだ。昔からそうだ」

マディーの手がショウの膝をきゅっと握った。その手はすぐに引っこめられた。

ショウは言った。「子供のころ、きょうだいが二人いた。性格は三者三様だった。一番上のラッセルは孤独好き。末っ子のドリオンは要領がよかったな。真ん中の私は、どうしても一つところにじっとしていられなかった。子供のころからそうで、いまだに変わらない」

マディーの唇から漏れた笑い声は、聞き逃しそうなくらい小さかったが、笑い声であることには変わりなかった。「ねえ、コルター、私たち、クラブを創設するといいかも」

「クラブ？」

「そう。二人とも、〝ビフォア〟と〝最中〟は得意だけど、〝アフター〟はからきし苦手。だから、〝ネヴァー・アフター・クラブ〟」

ツボにはまった。

べからず《ネヴァー》大王……

だが、マディーには言わなかった。

「そろそろ帰るよ」ショウは言った。

「だめよ。疲れてるでしょ。こんなの、もめ事のうちにも入らない。ただし、明日のお昼までぴったりくっついて寝て、美術館に電車で行って、ブランチにワッフルを一緒に食べようなんて言い出さないでもらいたいけど」

「そういう展開になる可能性は、そうだな、ゼロパーセントといったところか」

マディーは微笑んだ。先のことはわからないけど、とにかく楽しかったわというような笑みだった。「丸くなるなり手足を伸ばすなり、あなたはここで好きにして」

「きみは……？」

「ちょっと行って、エイリアンをやっつけてくる。ほかに何があるの？」

# レベル3　沈みゆく船

六月九日　日曜日

## 49

「我々は事故だと考えています。それ以外に説明がつきません」

コルター・ショウはマディー・プールの乱れたベッドで目を覚ました。視線の先に天井の扇風機があった。ヤシの葉をかたどったデザインで、羽の一枚が垂れ下がっていた。部屋は暑かったが、あの扇風機を動かすのはあまり賢明な考えとは思えない。

**事故**……

マディーはベッドにいなかった。リビングルームでエイリアンを殺したり半身不随にしたりしているわけでもなかった。巨大な家がきしむ。それは家そのものが立てる音で、住人が動き回る気配ではなかった。

マディーは〝ネヴァー・アフター〟の合意を真剣に受け止めたようだ。

時刻はまもなく午前四時になるところだった。

眠ったと思ったのは錯覚だった。悪夢を見たのだろうか。そうかもしれない。おそらくそうだろう。ホワイトサルファースプリングスのロイ・ブランシュ保安官の声が幾度となく聞こえたのだから。

「我々は事故だと考えています。それ以外に説明がつきません」

アシュトン・ショウの死に関して、郡の監察医の意見も同じだった。アシュトンは足をすべらせ、やまびこ山の東側の崖から転落し、三十メートル下の干上がった川の岸に叩きつけられた。十五年前の十月五日早朝、薔薇色に輝く朝焼けの空の下、コルターは谷底に横たわっている死体を発見した。懸垂下降で崖を下りた。あれほど急いだことはほかにない。父を救いたい一心だった。当時は知らなかったが、あの高さから落下すると、最高時速百キロにも到達するという。時速七十キロから八十キロを超えたら、人間はまず助からない。

アシュトンが死んだのは、発見の六時間ほど前と推定された――午前一時だ。ブランシュ保安官は、季節はずれの霜がついてすべりやすくなった濡れ落ち葉が何枚かたまっている箇所を崖の上で発見した。傾斜も考え合わせると、アシュトンはそこで足をすべらせて転落したと思われた。

あの日、朝日を反射していた物体は、ベネッリのショットガン〝パシフィック・フライウェイ〟のクローム仕上げの尾筒だった。ショットガンは崖の際から三メートルほどの地面に落ちていた。足をすべらせたアシュトンがとっさに近くの木の枝をつかもうとし、その拍子にそこに放り出されたのだろう。

ただ、誰ひとり口には出さなかったが、別の可能性も考えられた――自殺だ。

しかしコルターは、どちらの仮説にも穴があると思った。事故？　二〇パーセント。自殺？　一パーセントだ。

アシュトンはサバイバリストで、アウトドア好きだった。足を載せたらすべりそうな落ち葉くらい、ハイキングの際につねに頭に置いて注意すべき危険の一つにすぎなかったはずだ。たとえば、池に張った氷に乗っても大丈夫か、クマの足跡はどのくらい前についたものか、その足跡から逆算するとクマはどのくらいの大きさか、そういったことにつねに注意を払うのと変わらない。

自殺説についていえば、アシュトン・ショウの核をなすのは生き残り《サバイバル》だった。その父が自ら命を絶つなど、コルターには想像さえできなかった。精神の病？　それは否定できない。しかし、父の精神がどこまで破綻していたとしても、病の根っこは被害妄想にあった。父は敵から身を守ることに取り憑かれていた。しかも一二ゲージのショットガンを携帯していたのだ。自殺するなら、パパ・ヘミングウェイのように、愛用の銃を使わなかったのはなぜだ？　なぜ崖を転がり落ちるような真似をした？　それでかならず死ねるとはかぎらないのに？　コルターはそれについて母と意見を交わした。母も息子と同じように、自殺ではありえないと確信していた。

というわけで、あれは事故だった。

世間に向けては、そういうことになった。

だが、コルター・ショウは納得しなかった。八〇パーセントの確率で父は殺されたと確信した。犯人は〝もう一人〟だ。ロッジからアシュトンを尾行し、途中で――三日月湖でアシュトンのカヌーのトリックに引っかかって――尾行される側になった人物。二人はやまびこ山の頂上で対峙した。格闘があった。殺人者はアシュトンを崖から突き落とした。

しかしコルターは、警察には黙っていた。誰にも話さなかった。とりわけ母には何も言わなかった。

なぜか。理由は単純だ。〝もう一人〟は兄のラッセルではないかと疑っていたからだ。

アシュトンは影に包まれた人物を追って岩だらけの尾根を登ったのだろう。銃の狙いをその背中に定めただろう。おまえは誰だと訊いただろう。ラッセルは振り返り、アシュトンは尾行していたのが我が子だと知って衝撃を受けただろう。驚きのあまり、銃口を下げただろう。

ラッセルは銃を奪い取って放り投げ、父を崖から突き落とした。

とてもありそうにない話だ。息子がなぜ父親を殺す?

コルター・ショウは、動機があることを知っていた。

父が死ぬ一月《ひとつき》前、メアリー・ダヴが家を空けたことがあった。母の妹エミリアが病に倒れ、入院しているあいだ、義弟と姪や甥の世話をするためにシアトルに長期滞在した。夫の精神の危うさを誰よりもよく知っていた母は、カリフォルニア大学ロサンゼルス校の大学院で学んでいたラッセルをコンパウンドに呼び戻し、自分の留守のあいだ弟や妹の面倒を見てくれと頼んだ。コルターは十六歳、ドリオンは十三歳だった。

当時二十一歳だったラッセルは、その名の由来となった探検家そっくりにひげをたくわえ、黒っぽい髪を長く伸ばしていたが、服装は都会的にあかぬけしていた。スラックス、ドレスシャツ、スポーツコート。兄が到着して、兄とコルターはぎこちない抱擁を交わした。ふだんから寡黙なラッセルは、ロサンゼルスでの生活ぶりを尋ねても答えをはぐらかした。

ある夜、窓の外をながめていたアシュトンが末の娘ドリオンに言った。「卒業にうってつけの夜だな、ドリオン。カラス谷に行くぞ。支度をしなさい」

ドリオンは凍りついた。

コルターは思った。ドリオンはもう〝おチビちゃん〟ではないのだ。アシュトンのなかで娘はもうおとななのだ。

「アッシュ、もう決めたの。あたし、行きたくない」ドリオンは平板な声で言った。

「おまえならやれるさ」アシュトンは穏やかな声で言った。

「やめろ」ラッセルが横から言った。

「おまえは黙っていろ」アシュトンは低い声で言い、手を振って息子を黙らせた。「いいか、よく聞きなさい。いざ連中が来たとき、〝そんなことはしたくない〟などと言ったところで何の役にも立たないのだよ。いやでも泳がなくてはならないだろう。走らなくてはならないだろうし、戦わなくてはならないだろう。同じように、いやでも登らなくてはならないだろう」

〝卒業〟とは、アシュトンが設定した通過儀礼だった。カラス谷の底から垂直にそびえる崖を、夜間に自分の力だけで登る。

アシュトンが言った。「兄貴たちはやったぞ」

問題はそこではなかった。コルターとラッセルは、十三歳のとき、自ら望んでカラス谷に行き、崖を登りきった。しかしドリオンは望んでいない。アシュトンがメアリー・ダヴの留守を狙ってこの話を持ち出したことにコルターは気づいていた。メアリー・ダヴは夫を支え、楯となって夫を守っていた。しかし、メアリー・ダヴは夫の妻であるだけでなく、夫の精神科医でもあった。だから、メアリー・ダヴの前では決してできないことがアシュトンにはあったのだ。

「今夜は満月だ。風はないし、氷も張っていない。タフさで妹は兄貴たちに負けていない」アシュトンはそう言ってドリオンの腕を引いて立ち上がらせた。「ロープと装具を持ってこい。着替えをしろ」

するとラッセルは立ち上がり、父の手を妹の腕から払いのけると、低い声で言った。「やめろ」

そのあとに起きたことは、コルターの記憶に鮮やかに焼きつけられている。

アシュトンはラッセルを押しのけてドリオンの腕をふたたびつかんだ。よく訓練されていたラッセルは、目にも留まらぬ速さで掌の付け根を父の胸に叩きつけた。アシュトンは愕然とした様子で後ろによろめいた。同時に、テーブルにあった肉切り包丁に手をかけた。

その場の全員が凍りついた。一瞬ののち、アシュトンは包丁から手を放した。そして小さな声で言った。「いいだろう。今日のところは取りやめだ。今日のところはな。今日のところは」それから、目に見えない聴衆を相手に何事か説教めいたことをつぶやきながら、書斎に消えた。書斎のドアが閉まった。

張りつめた沈黙が続いた。

「別人みたい」ドリオンは書斎のほうに視線を向けた。その視線も、両手も、震えてはいなかった。その一件で兄二人は大きく動揺していたが、当の妹は動じていないようだった。

ラッセルが言った。「父さんは生き延びる方法を僕らに教えた。これから僕らは父さんから生き延びなくちゃならない」

メアリー・ダヴが夜明け前にコルターを起こしに来たのは、その二週間後のことだった。

**コルター。アッシュがどこにもいないの。頼れるのはあなただけ……**

コルターは、父を殺したのはラッセルではないかと疑った。初めは、情況から考えてそう疑ったにすぎなかった。しかし父の葬儀の日、コルターの推測は、確信とはいえないまでも、仮説に近いものに変わった。

メアリー・ダヴは夫の死の三日後にささやかな葬儀を手配した。参列したのは親族と、バークリー校時代から親しくしていた同僚だけだった。

病院の妹に付き添っていたメアリー・ダヴが帰ってきたあと、ラッセルは飛行機でロサンゼルスに戻っていたが、葬儀のためにまたコンパウンドに来た。葬儀の朝、親族が朝食のテーブルに顔をそろえた場で、コルターは短いやりとりを耳にした。

親戚の誰かが、ロサンゼルスから飛行機で来たのかとラッセルに尋ねた。ラッセルは車で来たと答え、経由したルートを簡単に説明した。

それを聞いて、コルターは思わず息をのんだ。だが、誰もそれには気づかなかった。コルターが驚いたのは、ラッセルが通ったと話した道路は、落石のためにその何日か前から閉鎖されていたからだった。落石があったのは、アシュトンが殺された日よりもあとだった。つまり、ラッセルは葬儀の数日前からコンパウンド周辺にいたことになる。何日か前に車で来て、どこか近くに隠れていたのだ。人づきあいが苦手だから、家族と会うのを避けていただけのことかもしれない。しかし、十月五日のあの肌寒い朝、父の狂気じみた危険な〝卒業の儀式〟から妹を守るために、父を殺したからかもしれない。

もう一つ別の動機もあっただろう——父の苦しみを終わらせてやるためだ。

**肉または皮を手に入れるため、自衛のため、哀れみか**

ら。

　葬儀の日、あとでかならず兄を問い詰めようとコルターは決意した。だが〝あとで〟はそれきりやってこなかった。ラッセルは葬儀が終わるなりロサンゼルスに帰っていき、その日を境に音信不通になったからだ。

　兄が父を殺した犯人だという考えは、それから何年もコルターにつきまとった。魂が負った永遠に癒えない傷。ところが一月《ひとつき》前、殺したのは兄ではないかもしれないという希望が芽生えた。

　フロリダ州の自宅で、母から送られてきた古い写真の箱を整理していたときのことだ。アシュトンに宛てた差出人のない手紙が出てきた。消印はカリフォルニア州バークリーで、日付は父が死ぬ三日前だった。コルターの注意を引きつけたのは、その消印だった。

　　アッシュへ

　　気がかりな知らせがある。ブラクストンが生きている！　北に向かったようだ。どうか用心してくれ。きみがすべてをどこに隠したか、その鍵は例の封筒のなかにあるとみなに伝えておいた。
　　あれは三階の22－Rに隠してある。
　　かならず切り抜けられるだろう、アッシュ。神のご加護を
　　　　　　　　　　　　　　　　　　ユージーン

　さて、この手紙にはどんな解釈が考えられる？

　ショウが出した結論は、アシュトン――というより、ユージーンの手紙によれば〝みな〟――が危険にさらされたということだった。

　だが、ブラクストンとはいったい誰だ？

　ものには順序がある。まずはユージーンを探すことだ。ショウの母に訊くと、アシュトンがカリフォルニア大学時代に親しくしていた同僚教授にユージーンという人物がいたという。ただ、母はその人物のラストネームを覚えていなかった。ブラクストンという名には聞き覚えがない。

十五年前にカリフォルニア大学バークリー校で教鞭を執っていた人物を調べたところ、ユージーン・ヤングという教授がいたことがわかった。物理学の教授で、アシュトンの死から二年ほどのちに自動車事故で死んでいた。この自動車事故も疑わしかった――ヨセミテ国立公園の近く、事故など起きそうにないところを走っていて道路を外れ、車ごと崖から落ちたというのだ。ショウはヤングの妻の連絡先を突き止めた。再婚していた。電話をかけ、アシュトン・ショウの息子であることを説明し、父に関する資料を一つにまとめようとしているところだと説明した。アシュトンに関連したもの――手紙などの文書――が手もとに残っていないだろうか。するとヤングの妻は、亡夫の個人的な書類は少しずつ処分してしまってもう残っていないと言った。ショウは自分の連絡先を伝え、これから数日はオークランドのRVパークに宿泊しているから、何か思い出したことがあったら連絡してほしいと頼んだ。

そこからコルター・ショウは自分の最大の強みを活かした――追跡を開始したのだ。ユージーン・ヤングは、カリフォルニア大学の教授で、〝22－R〟と言えばぴんと来るような場所に何かを隠した。ショウは二日がかりでようやく突き止めた。カリフォルニア大学社会学部の書庫は三階にあり、そこの22号室にRというアルファベットが振られた棚がある。

三日前、ショウはそこで魔法の封筒を見つけた。そして盗んだ。

**採点済み答案5／25点……**

アシュトンを殺したのは兄ラッセル・ショウではない別の誰か――たとえばこのブラクストンという人物、あるいはその仲間――であるという証拠がどこかに存在するなら、それはきっと封筒に入っていた脈絡のない文書だ。

マディーのベッドに横たわったショウの耳に、ロイ・ブランシュ保安官の言葉が聞こえてきた。

**我々は事故だと考えています。それ以外に説明がつきません……**

しかし、幸いにもコルター・ショウは、別の説明がありそうだと知っている。

ブラクストンが生きている！

寝室の窓の外の室外機は、ますます不機嫌そうなうなり声を上げている。これ以上は眠れそうにない。ショウはそうあきらめ、起きて服を着た。新しい水のボトルの封を切り、玄関の鍵がかかってしまわないよう、デッドボルトを伸ばした状態にしておいて表に出た。オレンジ色のプラスチックのデッキチェアに腰を下ろす。ポーチにはその椅子一脚しか置かれていないが、ポーチ自体は二十脚くらい並べられそうなほど広かった。水を飲む。

ヘンリー・トンプソン誘拐事件の捜査にあれから進展があったかどうか確かめようと、携帯電話で地元テレビ局のニュースサイトを開いた。目当てのニュースが流れるのを待つあいだ、別のニュースをながめた。どこかで聞いたニュースだ……ああ、あれか。十代の売春婦とメッセージをやり取りしていたと暴露された国会議員のニュースだ。最初に聞いたのは、トニー・ナイトのゲーム『プライム・ミッション』の冒頭に流れるニュース番組のなかでだった。批判の的となったユタ州選出のリチャード・ボイドという議員は、自分は何らやましいことはしていないが、噂のせいで人生が破綻してしまったと記した遺書を残して自殺したという。議員の死は、単なる悲劇では終わらない。補欠選挙の結果によって、議会の多数党が入れ替わる可能性がある。

ショウの父は政治に大いに関心を示したが、その遺伝子はコルターには受け継がれていない。

ヘンリー・トンプソン誘拐事件の続報はなかった。ショウはサイトを閉じ、携帯電話をポケットにしまった。

通りは静まり返っている。虫の声も、フクロウの声も聞こえない。フリーウェイの往来の遠い音、クラクションのかすかな音だけが聞こえていた。近くに空港が五つか六つあるはずだが、いまは発着時間外らしい。

何気なく大通りを見回す。取り壊し中の住宅が一軒。その隣の空き地は、最近、整地されたばかりらしい。その二区画の前庭に看板が立っていた――〈シリコンヴィル――住まいの未来！〉

おもちゃ好きでふわふわの巻き毛をしたマーティ・エイヴォンと不動産開発というお堅いプロジェクトの組み合わせを思うと、なんとなく愉快になる。エイヴォンなら、現地に行って実物の建設の様子を見守るよりも、デスティニー・エンタテインメントの本社ロビーにあった模型を設計したり造ったりすることを喜びそうだ。

水のボトルが空になると、ショウはぶらぶらと家のなかに戻った。マディーの三十インチの大型ディスプレイの前に行く。3Dのボールが、紫から赤、黄、緑と鮮やかな色を変えながら、ゆっくりとした動きで画面上を動き回っている。

デスクの上のものにさっと目を走らせた。マディー・プールの持ち物はどれも、ビデオゲームのアートや科学に関連していた。ジュエルケースに入ったCDやDVD、回路基板、RAMカード、各種ドライブ、マウス、ゲーム機。ゲームのカートリッジは数えきれないほどある。それにケーブル、ケーブル、ケーブル。どこもケーブルだらけだった。ショウは本を何冊か手に取ってページをめくってみた。ほとんどはタイトルに〝ゲームプレイ〟というキーワードが入っていた。〝チート〟や〝ワークアラウンド〟という語もあった。『フォートナイト　究極の攻略法』という本をめくりながら、そういえばC3ゲームショーでこの会社のブースものぞいたなと思い出した。解説は複雑で、とてもついていけなかった。その本をデスクに返そうとしたところで、ショウは動きを止めた。

『フォートナイト』の攻略本の下に、薄い冊子のような本があった。自分の心臓の鼓動を聞きながら、その本を取ってめくってみた。文章が丸で囲われているページ。星印がついているページ。余白にメモ書きもあった。ナイフや銃、懐中電灯、弓に関するメモ。その本のタイトルは――

**ゲームプレイ・ガイド・シリーズ　第12巻**
**〈ウィスパリング・マン〉**

そのゲームは一度もプレイしたことがない、内容はほとんど知らない――マディー・プールはそう言っていなかったか。

彼女は嘘をついた。

なぜだ？

もちろん、罪のない説明も可能だろう。プレイしたのはずいぶん前のことで、すっかり忘れていたのかもしれない。

そもそもこの余白のメモを書いたのは、彼女なのかどうか。

小さなピンク色のポストイットに、マディーのものと思われる筆跡があった。

『ウィスパリング・マン』の攻略本の余白にメモを書いたのは、マディー自身のようだ。

それが意味することとは――マディーは〝ゲーマー〟を知っているのか？　二人はショウが事件の捜査に関わっていることを知り、〝ゲーマー〟は、クイック・バイト・カフェでショウに接近し、警察の捜査がどこまで進んでいるか探りを入れろとマディーに指示したのか。

**警察には犯人の目星がついてるわけ？**

そこまで考えて、この推測には欠陥があることに気づいた。〝ゲーマー〟の犯行に〝第二の人物〟が関わっていることを裏づける証拠は何一つない。

そうなると、残る可能性は一つ。心がねじ切られるような可能性だ――マディー・プールその人が〝ゲーマー〟である。

ショウはいったん通りに出て、車からパソコンバッグを取って家のなかに戻った。ノートと万年筆を取り出し、事実を一つずつ書き出していった。その作業は、状況を整理して分析しやすくしただけでなく、心を落ち着かせる効果も発揮した。いまはまず落ち着かなくてはならない。

この推測は、そもそも成り立つのか？

ショウの頭に最初に浮かんだのは、マディーはジミー・フォイルが話していたゲーマーのカテゴリーのうちの〝キラー〟の条件にぴったり当てはまるということだった。極端なまでに競争心が強く、ゲームをプレイするのは、なんとしても勝つため、生き延びるため、相手を叩きのめすためだ。

書き出した事実と時系列を順に確認していく。マディーが犯人である可能性はじわじわと高くなっていった。マディーがクイック・バイト・カフェに現れたのは、ショウが店を訪れた直後だった。ショウがフランク・マリナーと会ったあと、カフェまで尾行したとも考えられそうだ。カフェでマディーと話をして別れた直後、サンミゲル公園でショウを監視している人物がいた。マディーは公園までショウを尾行し、そこから廃工場にもついてきたのか？

マディーは自分からショウにモーションをかけてきた。露骨なくらい魅惑的で浮ついた態度を取った。ショウがソフィーを救出したあとは電話をかけてきてねぎらい、ゲームショーに誘った。どれもこれも彼に近づくための作戦の一環だったとしたら。

ショウは事件を振り返った。被害者はいずれもふいを襲われ、地面に倒され、薬物を注射され、車まで引きずっていかれている。マディーの体力なら充分にやってのけられる――数時間前、ベッドで一緒に過ごしたいまならそう断言できる。ホンソンのブースで『イマージョン』を試したときに見た、あの冷酷な表情も思い出した。彼を殺した瞬間、勝ち誇ったような光を放ったオオカミじみた目。それに彼女も狩りをするのなら、銃の扱いに慣れているだろう。

この可能性を、ショウは二五パーセントと見積もった。だが、その数字は長続きしなかった。まもなく三〇パーセントに上がり、動機に考えが及んだ瞬間、さらに上がった。マディーの体にあった傷痕、それをショウの目から隠そうとしたこと。あれは慎みゆえか。それとも、正体を悟られたくなかったからか。

そうだ、八年前の事件の被害者。『ウィスパリング・マン』に夢中になった男子高校生が同級生を誘拐し、殺害しようとした事件。新聞記事は、その方法に触れていなかった。犯人の二人はナイフを使ったのかもしれない。それもウィスパリング・マンの武器に含まれている。

マディーがパロアルトに来たのは、『ウィスパリング・マン』を配信している会社を破綻に追いこむため、ゲーム業界から追放するためなのだとしたら。もちろんマディーは、トニー・ナイトが指摘した事実を知らないだろう――八年前の事件は当時、ゲームの売上に何の影響も及ぼさなかったことだ。

ネットに接続し、八年前の事件をあらためて検索した。前回はざっと目を通しただけですませていた。事件を取り上げた記事はたくさんあった。ただ、被害者は当時十七歳の未成年だったため、氏名は伏せられ、写真は加工されていた。さすがのマックでも、少年事件の報告書は手に入れられないだろう。ラドンナ・スタンディッシュならもちろん可能だ。できるだけ早いタイミングでこの件を伝えたほうがいい。

焦るなと自分に言い聞かせた。

三五パーセントは、一〇〇パーセントではないのだから。

**事実を追い越して先へ進むべからず……**

マディーとはそれなりの時間を一緒に過ごしている。ベッドでも、それ以外でも。そのかぎりでは、マディーが殺人犯とは思えない。

だがそのとき、ある記事が目に留まった。被害者の十代の少女――〝ジェーン・ドウ〟の仮名で呼ばれていた――は、事件後、重度の心的外傷後ストレス障害（PTSD）に苦しめられ、現実と非現実との区別がつかなくなるなどの症状を呈したという。父を見ていたショウには、それがどんな状態が想像できた。被害少女はPTSDの治療のために精神科に入院した。マディーはもしかしたら、被害者のソフィー・マリナーやヘンリー・トンプソンを単なるアバターと見て、ウィスパリング・マン――すなわちマーティ・エイヴォンを破滅に追いやるという目的のために犠牲にしてもかまわないと考えたのかもしれない。

マディーのパソコンのマウスを動かすと、スクリーンセーバーが消え、パスワードの入力画面が表示された。試してみたところで無駄だろう。ショウはデスクの前を離れ、家のなかをざっと調べた。銃や血のついたナイフ、被害者が拉致された現場付近の地図や見取り図などがないか。何も見つからなかった。マディーは利口だ。どこか近くに隠したのだろう。

仮にマディーが犯人なのだとすれば。

まもなく確率は六〇パーセントに上昇した。マディーのバスルームをのぞくと、オピオイド系鎮痛薬の小瓶がいくつかあったからだ。ひょっとしたら、ウィスパリング・マン事件の被害者を眠らせるのに使われた薬と同種のものかもしれない。鑑識チームならわかるだろう。ショウは小瓶のラベルを携帯電話で撮影した。

ポケットにしまおうとしたところで、携帯電話が着信を知らせた。

スタンディッシュからだ。

応答するなり、ショウは言った。「いまこちらから電話しようとしていた」

沈黙。だが、それはほんの一瞬のことだった。「ショウ、いまどこ？」

ショウは口ごもった。「外だ。キャンピングカーにはいない」

「それはわかってる。いまキャンピングカーの前に来てるから。銃撃事件があったの。急いで戻ってきてもらえる？」

## 51

正真正銘の犯行現場だった。

ショウはアクセルペダルを踏みこみ、ウェストウィンズＲＶパーク内を通るグーグル・ウェイを飛ばした。前方に黄色い立入禁止のテープが見え、制服警官二名がショウの車に気づいて振り返った。一人の手が腰の制式拳銃に動いた。ショウはブレーキをかけ、両手をハンドルの上に置いたまま、銅像のように動きを止めた。まもなくスタンディッシュが気づいて制服警官に言った。「このキャンピングカーの持ち主。通してあげて」

黄色いテープで封鎖されたなかにＪＭＣＴＦの鑑識チームのバンが駐まっている。防護服と防護マスクを着けた技官が、ＲＶパークの真ん中にあるシャワー室兼トイレの小さな建物の外壁を調べていた。黒い点のようなものをほじくり出そうとしているようだ。きっと弾丸を回収しているのだろう。ほかの技官は証拠を収めた袋を集め、現場の捜索を終えようとしていた。

制服警官の一人が黄色いテープを巻き取り始めた。マスコミは来ていない。一発や二発、銃がぶっ放された程度のことでいちいち取材班が派遣されたりはしないのだろう。しかしＲＶパークの住人は集まっていた。警察の指示に従って少し離れた場所に立ち、捜索の様子をながめていた。

スタンディッシュがウィネベーゴのドアの前からショウを手招きした。いつものようにコンバットジャケットにカーゴパンツという服装だ。ラテックスの手袋をはめている。

「キャンピングカーと周囲はもう封鎖が解除されたから。あとは弾丸を発掘するだけ」スタンディッシュはトイレや木立のほうにうなずいた。そちらを見ると、さっきは気づかなかったが、カエデの木のそばにも全身を防護した鑑識チームがいて、恐ろしげな見た目をしたのこぎりを幹に食いこませているところだった。あんなところにめりこんだ弾丸をよくも見つけたものだ。きっと金属探知機を使ったのだろう。それとも人間離れして目のいい技官がいるのか。

「で、ここまでにわかってることを伝えると」スタンディッシュが言った。目が充血し、立ち姿がいかにも疲れた様子だった。ゆうべは徹夜だったのだろうか。ショウは少なくとも数時間は眠れた。「一時間くらい前、そこの茂みをすり抜けて敷地に入ってこようとしてる不審者にここの住人の一人が気づいた」スタンディッシュは細い道とRVパークの境界線になっているみすぼらしい生け垣を指さした。「覚えがあるでしょ?」

「きみが不審者を見かけた場所だな」

「そう、まさしく同じ場所。目撃者《ウィット》――〝ウィットネス〟の略ね、あなたなら知ってると思うけど――には、黒っぽい服と黒っぽい帽子しか見えなかった。まあ、それはしかたがない。このあたりは街灯がほとんどなくて真っ暗だから。不審者はあなたのキャンピングカーに近づいて、目撃者のいた位置からは見えなくなった。その後もう一度見たときには不審者はいなくなってた。それで目撃者は、お馬鹿さんなことに、あなたのキャンピングカーに近づいて、窓からなかをのぞいたわけ。懐中電灯の光が見えた。あなたの車はここにはなかった。キャンピングカーのロックがあったあたりは、めちゃくちゃに壊れされてた」

ショウはロックの残骸を見やった。

「地元警察の交通課の人員が通報を受けて駆けつけてきたのはいいんだけど」――スタンディッシュは顔をしかめた――「なんともお利口さんなことに、きれいな回転灯を消さずに来たのよ。赤と白と青の派手なライトをぐるぐる回したまま」スタンディッシュは声をひそめた。「交通課は、交通取り締まりは得意だけど、それしか能がないの。まあ、それはそれとして、犯人は回転灯に気づいて発砲した。パトロールカーのヘッドライトを吹き飛ばしたあと、さらに五、六発撃った。

パトロール警官たちは頭を抱えて伏せただけで――だって交通取り締まりにしか能がないから――応援と機動隊が駆けつけたとき、不審な男は逃走したあとだった。人相も着衣の特徴も何一つわからない。九一一に通報した目撃者も、容疑者の特定につながりそうなものは見ていなかった。キャンピングカーから盗まれたものがないか、あなたに自分で確認してもらいたいの」

スタンディッシュは容疑者が男であるという前提で話していたが、ショウはとりあえず性別には触れずにおくことにした。マディー・プールの件はもう少しあとで話そう。

キャンピングカーの破壊されたドアを見た。

「板金用のデントプラー」スタンディッシュが言った。

シャフトの片側に別の部品を取りつけるためのスクリューが、もう一方に前後に動くウェイトがついた工具だ。その名のとおり、自動車のボディにできたへこみ《デント》を引っ張《プル》って戻すための工具だが、先端のスクリューを鍵穴に強引に差しこみ、ウェイトを勢いよく引っ張れば、ロックをシリンダーごと抜き取るのにも使える。ショウのキャンピングカーにはもう一つ、その方法でははずせないロックが備わっていた。侵入者は準備万端で来たらしく、キャンピングカーのボディの鍛鋼でできたパネルをバールで曲げていた。ウィネベーゴはすばらしい車を作るメーカーだが、チタンまでは使われていない。

「もう一つ、見せておきたいものが」スタンディッシュは言った。携帯電話をカーゴパンツのポケットから取り出し、写真を表示した。ウィスパリング・マンの顔を描いたステンシル風の絵だった。

「これは私がダン・ワイリーに渡した絵かな」

「それとは別。私の車で見つけた」スタンディッシュは一瞬黙りこみ、また顔をしかめた。「というより、カレンの車に。ジェムとアイスクリームを食べにいって、車に戻ったらフロントガラスにこれがはさんであったって。二人にはうちの母の家に避難してもらってる。私をちょっと怖がらせてやろうと思っただけだろうけど、念のため、ね」

ショウは訊いた。「指紋やDNAは?」

「付着してなかった。ほかの証拠と同じ」

黒い目、わずかに開いた口、粋な帽子……

RVパークの管理人がショウの無事を確認しにきた。ショウは老齢の管理人に無事を伝え、大至急、修理人を呼んでウィネベーゴのロックの修理を依頼してもらえないかと話し、クレジットカードを一枚預けた。それとは別に百ドルの現金も渡した。

それからスタンディッシュとともにウィネベーゴに入り、損害を確認した。表面的には大したダメージはなさそうだった。最初に確認するのは、もちろんスパイス棚とベッドだ。銃はいつもの隠し場所にちゃんとあった。グロックはスパイス棚に。コルト・パイソンはベッドの下に。

スタンディッシュはベッド脇の床にボルト留めされた小型の金庫にうなずいた。これはデントプラー程度の工具では開けられない。ダイヤモンド・ソーか、二千度のバーナーでもなければ無理だ。「あれには何か入ってる?」

入っているのはねずみ取りの罠だけだとショウは話した。侵入者があって、あの金庫を開けろと迫られてショウが解錠したとしても、侵入者が扉を開けた瞬間、侵入者は指を一本折ることになる。理想的には二本。その隙にショウはベッドの下からリボルバーを引き出す。

「なるほど」

それから二十分ほどかけて、ショウはキャンピングカーを隅から隅まで確かめた。抽斗は出され、ノートや服や洗面用具にはいじられた形跡があった。ここにあったノートに書かれているのはほかの仕事のメモばかりで、ほかの書類も個人的なものだった。今回の誘拐事件や犯人の〝ゲーマー〟について書いたものはすべてパソコンバッグに入れて持ち歩いており、そのパソコンバッグは車の助手席の下に隠してある。

硬貨やポストイット、ペン、携帯電話の充電器やケーブルが床に散らばっていた。抽斗から出された小物、どこの家庭にもあるようなこまごました品物もある。電池、工具、ワイヤ、アスピリンの小瓶、ホテルのキーカード、半端なナットやボルトやねじ。

少額の現金もここに保管してあった。アメリカドルとカナダドルで合計数百ドル分があったが、なくなっていた。

スタンディッシュにそのことを話し、こう付け加えた。「抽斗の中身をばらまいたのは、本来の目的を隠すためだろう。これは行き当たりばったりの空き巣狙いじゃない」ショウはキャンピングカーの前部を指さした。運転席側のドアポケットに、ナビ機が二台ある――それぞれメーカーはトムトムとガーミンだった。同じアメリカ国内でも、地域によってはどちらかの機種のほうがより正確な道案内ができるらしいとわかり、二台備えている。泥棒なら、グローブボックスをあさったときナビがあることに気づいて持っていくはずだ。

　スタンディッシュが言った。「もともとドラッグを買うお金ほしさのこそ泥とは思ってなかったけど」

「違うだろうね。〝ゲーマー〟だ。私のメモを見ようとしたんだろう。ほかにも事件に関係のあるものがあれば見ようとした」

「あなたが留守かどうかわからないのに？」

　ショウはポストイットや硬貨を拾い集めた。「いや、わかっていたんだよ、スタンディッシュ。彼女は私がどこにいるか知っていたから忍びこんだ」

「彼女？」スタンディッシュは不思議そうな顔でショウを見つめたが、意味がわかったのだろう、その表情はすぐに消えた。

## 52

　ショウはミニキッチンの抽斗からジッパーつきのビニール袋を一枚取り、手に巻きつけた。スタンディッシュは、何をしているのだろうという顔で見ていた。ショウは間に合わせの手袋を使い、ポケットからマディー・プールの名刺を取り出した。

**GrindrGirl12……**


「これを。もしも薬莢や弾丸から指紋が検出されれば、照合に使える。うっかりほかの場所に指紋を残しているかもしれない。一致するか照合してくれ」

「ちゃんと説明してよ、ショウ」

「オハイオ州。八年前。『ウィスパリング・マン』を再現した男子高校生に誘拐された少女。その少女がマディーなのかもしれない。そうだとしたら、自分の人生をめちゃくちゃにしたマーティ・エイヴォンと問題のゲームを葬り去ろうとしているとも考えられる」

「何を根拠に？　その説にはちょっと無理があるように思うけど」

　ショウはほんの四十分前に組み立てた理屈を説明した。マディーは『ウィスパリング・マン』をプレイしたことがないと言っていたのに、攻略本が家に隠されていたことも話した。「それに、私を家に残して出かけた。私がまだしばらく彼女の家にいると知っていたということになる。そしてその時間帯に侵入事件が起きた」ショウはキャンピングカーの室内に視線を巡らせた。「事件について、私がどこまで知っているか確かめようとしたんだろう」マディーの激しさ、ゲームのなかでショウを刺し殺したときの視線の冷たさには触れないことにした。客観的な事実だけに的を絞る。

「それにこれ」ショウは携帯電話に写真を表示した。マディーのバスルームの戸棚にあったオピオイド系鎮痛薬などの小瓶の写真だ。

「強力な薬ばかりね。その写真、私に送って。ソフィー・マリナーやヘンリー・トンプソンの血中から検出された薬と照合する」

ショウは写真をスタンディッシュの携帯電話に送り、スタンディッシュは受け取った写真を鑑識に転送した。

「オハイオ州の事件はこっちで調べてみる」スタンディッシュはグーグル検索をし、結果を確かめてから携帯電話をしまった。「あとでシンシナティの保安官とオハイオ州警察に連絡して、被害者の氏名や写真を送ってもらえるように頼むわ。でも、少し時間がかかるかもしれない。未成年の記録を開示するには、原則として判事の許可がいるから」

ショウは電子レンジの時計で時刻を確かめた。「私は戻るよ」

「戻るって、どこに……？」

「マディーの家。法律の知識はある。私はマディーに招かれた。つまり、マディーの家に出入りする許可をもらっているわけだ。きみから電話をもらったときは、ざっと家のなかを見て回っただけだった。まだなかを見ていないスーツケースやスポーツバッグがある」

「それはこじつけと言われてもしかたがないと思うけど、ショウ。だって誰かの住居に出入りする許可といっても……たとえば、ほかの人間も入っていいということにはならないでしょ」

「私は鑑識でも何でもないんだ、スタンディッシュ。ただ知りたいだけだよ」

マディーに裏切られているのかもしれないと思うと、またしても胸が締めつけられた。クイック・バイト・カフェで近づいてきたときの彼女が目に浮かんだ。C3ゲームショーで彼の腕を取った彼女。ぴたりと寄り添った彼女の体。誘うような発言。それに今夜……ベッドでの彼女。そのいずれもが彼のキャンピングカーを物色するチャンスを作るためだったのか？

「急いで戻ったほうがよさそうだ。さもないと、何かあったと感づかれて、逃げられてしまうかもしれない」

スタンディッシュはビニール袋に入ったマディーの名刺を指さした。「住所はわかってるのよ」

「名刺にあるのはメールアドレスと郵便私書箱の番号だけだ」

行方を知られたくないと本気で思えば、世間から隠れる手段はいくらでもある。コルター・ショウはそのことをいやというほど知っていた。

スタンディッシュはまだ納得していない様子だった。

迷っている。「わかった。ただし、家の前にパトロールカーを張りつけさせて。あなたに盗聴器を付けてる暇はないから。家に入ったらカーテンを開けておくこと。何かあったとき、外から屋内をうかがえるように」スタンディッシュは、現場の入口からここまで付き添ってきた女性巡査と男性の私服刑事をキャンピングカーの入口に呼び寄せ、ショウと一緒にマディーの家に行って、近くで待機しているようにと指示した。

それからショウに向き直った。「確率はどのくらいだと思う？　マディーが犯人である確率」

「五〇パーセント台かな。もう少し低い数字を言いたいところだが、それは単にそう思いたいからにすぎない」

**生き残りがかかった場面で感情の言いなりになるべからず……**

事の是非はさておき、恩に着るよ、アッシュ。

ショウはスパイス棚を開け、ベルトの内側に装着するタイプの灰色のグロック用ホルスターを取って腰の右側に着けた。マガジンをはずし、薬室の一発とは別にフルに六発装弾されていることを確かめてから、グロックをホルスターに収めた。

ラドンナ・スタンディッシュはその様子を見守っていた。グロックをホルスターに収めたのを見ても何も言わなかった。危険に近づかないというルール、銃は携帯しないというルールは、いまや二つとも過去のものになったらしい。ショウが険しい顔でキャンピングカーを降りようとしたところで、スタンディッシュは言った。「彼女じゃないといいわね、ショウ」

外に出て、マリブに乗った。ショウがいないあいだにマディーが先に家に帰っていたら、ショウはどこに行ったのかと不審に思っているだろう。

そこで、終夜営業のデリに寄って朝食を買った。

マリブを追ってきていた警察官二人は、その寄り道に戸惑ったようだったが、明け方に目を覚まし、隣で寝ていた恋人がいないと気づいた男がすることとして、筋は通っている。朝食を作るのでは所帯じみた印象を与えそうだし、〝ネヴァー・アフター・クラブ〟の正会員をいらだたせることにもなっただろう。朝食を買いに出かけるくらいがちょうどいいバランスだ。ショウはスクランブルエッグとベーコンを載せたパンと、小さなカップに入ったフルーツの盛り合わせ、コーヒー二つを買った。マディーにはレッドブルも買った。クイック・バイト・カフェで会ったときのことを思い出して、複雑な気持ちになった。

**シナモンロール分のお返しができそうよ……**

しかし〝パーセンテージ大王〟は、自分を戒めた――推測は、それを裏づける証拠が見つかるまでは、単なる推測でしかない。

車に戻り、朝焼けの下、マディーの家へと飛ばした。空気は湿気をたっぷりと含み、松葉の香りをさせていた。

マディーはまだ帰宅していなかった。

ショウは手早く車を駐めて、警察の二人が乗ったセダンに近づいた。

「彼女の車が戻っていない。帰ってきたらメッセージをもらえないか」女性巡査に携帯電話番号を伝え、巡査は自分の携帯電話に登録した。

ショウはうまそうな香りを漂わせている料理とコーヒーのトレーを持って家のなかに入った。トレーをキッチンカウンターに置き、地下室のドアの前に立った。カリフォルニア州には地下室のある一軒家は少ないが、この家は造りが古い。おそらく二〇世紀前半に建築されたものだ。マディー・プールが誰にも見られたくない秘密――たとえば殺人に使った凶器――を隠すとしたら、地下室は最適な選択肢の一つだろう。

ドアの前で立ち止まり、マディーの高性能パソコンのほうを振り返った。

彼女が犯人だということが本当にありえるだろうか。

**〈あなたは死んだ〉**……

これ以上時間を無駄にするな。さあ、白黒はっきりさせようじゃないか。

地下室のドアを開けた。古びたもののにおい、甘ったるいにおい、どこか懐かしいにおい――洗剤か？――が複雑に入り交じったにおいがショウを出迎えた。

明かりはつけなかった。外に面した窓があれば、マディーが帰ってきたとき――帰ってくることがあれば――地下室の天井灯が灯っているのを見られてしまうかもしれない。ｉＰｈｏｎｅの懐中電灯アプリをオンにし、その光で足もとを照らしながら、危なっかしい階段を下りていった。

湿ったコンクリート敷きの床に立ち、ｉＰｈｏｎｅの光を巡らせて窓の有無を確かめた。窓は一つもなかった。唯一見つかった照明のスイッチをオンにしたが、見るとソケットに電球が取りつけられていなかった。

ｉＰｈｏｎｅのライトを頼りにするしかなさそうだ。地下室を見回す。一辺六メートルほどの正方形をした、一番広いらしいこの部屋には何一つない。左手に廊下があり、その先に物置らしい空間がいくつか並んでいた。一つずつのぞいた。どれも空っぽだった。

何が見つかると期待していたのだ？

ビッグベースンレッドウッズ州立公園の地図か？　ソフィー・マリナーの自転車とバックパックか？

考えてみれば、こんなことは馬鹿げている。

しかしまた一方で、誘拐犯は女だとも考えられるというソフィーの証言もある。性別を断定できるような証拠はまだ出てきていない。

ｉＰｈｏｎｅのライトを消し、階段を上った。キッチンからリビングルームに入ろうとしたところで、ショウは息をのみ、立ち止まった。

マディー・プールが目の前に立っていた。その手には刃渡りの長い包丁が握られている。マディーの目がショウを上から下までながめた。その目は、いままさに腹を切り裂こうとしている雄ジカを見るようだった。

## 53

「探しものは見つかった？」

嘘は無意味だ。銃に手を伸ばしても無意味だ。マディーの包丁に比べたらグロックのほうが効率のよい武器ではあるが、ショウがトリガーを引くより、マディーがヘンケルスの包丁を彼の肋骨のあいだや喉に突き立てるほうが早いだろう。

「なくし物でもした？　それとも、朝ご飯を買いにいったら迷子になっちゃったの？　誰かと寝たあとに朝ご飯を買いに出るなんて、すてきな気遣いよね。でも、それって何か別の目的のための口実なんじゃない？」

マディーは包丁の柄をきつく握り締めた。目には病的に興奮したような色があった。いまこの瞬間にもあの包丁を振りかざして襲いかかってきそうだ。

『イマージョン』をプレイ中のマディー・プールが戻ってきていた。しかも今回は、十万バイトのデータでできた偽物の剣ではなく、本物の包丁を持っている。その切っ先がまっすぐにショウを狙っていた。刃物で人を殺すには体力がいる。時間もかかる。だが、相手の視力を奪ったり、腱《けん》を切って動きを封じたりするだけなら、ほんの一瞬ですむ。

「落ち着いてくれ」ショウは低い声で言った。

「うるさい！」マディーがわめく。「あんたはどこの誰なの、本当のことを言いなさいよ！」

「話したとおりの人間だ」

空いたほうの手で、マディーは自分の髪を引っ張った。かきむしるような手つきだった。もう一方の手は、包丁の柄を握り締めたりゆるめたりを繰り返している。マディーは首を振った。髪が勢いよく揺れた。「じゃあ、どうしてこそこそ嗅ぎ回るようなことをしたの？　どうして私の持ち物をあさったの？」

「誘拐犯はきみだという可能性に思い当たったからだ。あるいは、犯人に協力しているのかもしれないと思った。捜査がどこまで進んでいるのか知るために、私を見張っているのではないかとね」

**嘘は無意味だ……**

「私が？」

「事実はその可能性を指し示していた。確かめないわけにいかなかった。きみが事件に関与している証拠を探していた」

マディーの顔がゆがみ、信じられないといった暗い笑みを作った。「それ、冗談よね」

「まさかとは思った。しかし――」

「〝確かめないわけにいかなかった〟のよね」苦々しげで辛辣な口調だった。「いつから私の周囲を嗅ぎ回ってたの？　初めて会ったときから？　ゲームショーに一緒に行ったときから？」

「『ウィスパリング・マン』の攻略本を見つけた。一度もプレイしたことがないと言っていたね。だが今朝、攻略本を見つけてしまった」

ショウは自分の考えを話した。ゲームと現実の区別がつかなくなった同級生に誘拐されたオハイオ州の被害者なのではないか。

「ああ、傷ね」マディーは言った。「傷を見たのね」

クイック・バイト・カフェで彼女のほうから近づいてきたことを指摘した。「ちょうど私がソフィーを探し始めたタイミングだった。私を尾行してあのカフェに来たのかもしれない」

マディーは包丁をショウに突きつけた。ショウは身がまえ、攻撃をどうやってよけるかを考えた。

マディーが吐き捨てるように言った。「もういい」そして包丁を壁に投げつけた。

その表情を見ただけで、マディーは犯人ではないとわかった。それにもう一つ、ショウが階段を上ってきたとき、ドアの陰に隠れ、いきなり斬りつけて殺すこともできただろうに、そうしなかったという事実もそれを裏づけていた。

マディーは肩で息をしていた。涙をこらえているかのようだった。「どうしてわかったのか、不思議に思ってるのね。じゃあ、これを見て」マディーの声は涙でかすれていたが、顔には――唇には皮肉っぽい笑みが浮かんでいた。目の奥では、悲しみと非情さがせめぎ合っていた。マディーはパソコンに近づき、椅子にどさりと座った。「新しいゲームを見せてあげるわ、コルト。すごくハードなゲーム。難しいって意味じゃなくて。ものすごく不愉快な気分になるって意味でハードなゲーム。私は『裏切《ユダ》りのゲーム』って呼んでる。見て」

ディスプレイに表示されたのは、ゲームではなかった。動画だった。広角レンズで撮影された動画。防犯カメラで撮影したような。映し出されたのはこのリビングルームだった。撮影の時刻は二時間前。コルター・ショウが彼女の本をめくり、抽斗を開け、書棚の上を手探りしている。ショウは銃を探していた。バスルームに入って薬の小瓶を撮影している姿は見えないが、ｉＰｈｏｎｅのフラッシュが閃いたのは見えた。

マディーが再生を停めた。「Ｔｗｉｔｃｈや何かでゲーム実況を配信してることは話したわよね。今日も夜中に配信したんだけど、そのあとカメラを切っておくのを忘れたの。配信はされてない。ただ録画されただけ。私はウェブカムは使っていないのよ。代わりに広角の防犯カメラを使ってる。そのほうが暗くても明るく映るから。ちなみに、録画中を示す赤いランプはない」

クイック・バイト・カフェに初めて行ったとき、ショウがしたこと――ソフィー・マリナーの写真にことのほか関心を示す人物をあぶりだそうと試みた――と同じだ。

マディーは手を伸ばしてバックパックを取った。なかをかき回して、小さな紙片を引き出した。それをショウに渡す。レシートだった。

「スタンフォード大の近所の古本屋さん。ゲーム関係の本が専門なの。レシートの日付を見て。攻略本は今日買ったのよ。捜査に役に立ちそうなことを余白に書きこんだ。あなたに渡す機会がなかっただけのこと」マディーは寝室のほうに目を向けた。

「私からモーションをかけた件。あなたを尾行したわけじゃない。それでクイック・バイト・カフェに行ったわけじゃないのよ。信じてもらえないかもしれないけど、コルター、カフェに行ったらハンサムな男がいた。ちょっとカウボーイっぽくて、タフで、無口で、行方不明の女の子を捜すっていう目的を明確に持った人。まさに私の好みのタイプ」マディーはごくりと喉を鳴らした。「動機なんてなかった。思惑《おもわく》なんて何もなかったのよ。生きるってさみしいことよね。人は誰でも、さみしい気持ちを少しでも癒そうとするものじゃない？

それから、傷のこと……そう、傷のこと……どうせならもう、みんな打ち明けたほうが早いわよね。そんな悲惨な話、聞きたくなかったなんてあとで言い出さないでよ。私、十九歳のときに結婚したの。一生に一度の恋だった。ジョーと私はロサンゼルス郊外に住んでいて、スポーツウェアのお店を経営してた。日帰りでいろんなところに行ったわ――自転車、ハイキング、ラフティング、スキー。天国だった。あるとき、お店のお客さんからストーキングされた。その人は完全に病んでた。ある晩、妹と妹のボーイフレンドが遊びに来てたとき、そのストーカーがうちに侵入して、私の夫と妹を撃ったの。二人とも即死だった。私はキッチンに逃げこんで包丁を取った。でもストーカーに奪い取られて、逆にめった刺しにされた。十四カ所。妹のボーイフレンドがストーカーに飛びかかって助けてくれた。

私はあやうく死にかけた。二度。九回も手術を受けたわ。入院して、家で療養して、治るまでに一年と二週間かかった。何度も自殺を考えたけど、そのたびにビデオゲームに救われた。だから、ね、コルター、私にとって〝ネヴァー・アフター・クラブ〟は遊びじゃないの。覚悟があるかどうかって問題じゃないのよ。私は〝アフター〟がない。文字どおり、ないのよ。私は四年前に死んだんだから。

調べてみて。カリフォルニア南部のマスコミはどこもさかんに報じたから。当時の名前はマディー・ギブスン。事件のあと旧姓に戻した。犯人は刑務所に入ったあともラブレターを送りつけてきたから」マディーは首を振った。「さっき、三十分くらい前に帰ってきて、あなたが映った動画を見たの。この人の目的はいったい何なんだろうって考えた。懸賞金ビジネスのせい、あなたが追いかける人たちのせいかもしれないと思ったわ。たとえば今回の誘拐犯とか。そのせいであなたの精神が一線を越えてしまったのかもしれないと思った。もしかしたらあなたは殺人犯なのかもしれない、泥棒なのかもしれないと思った。筋が通らないわよね。でも、いま話したような経験をしたら、私じゃなくたってちょっぴり疑い深くなるものなのよ、コルト。

だから、確かめずにいられなかった。車を見えない場所に動かしておいて、あれを」――床に落ちた包丁に視線を向けた――「持って、あなたが戻ってくるのを待った」マディーの目に涙があふれた。

「頼む、聞いてくれ……」ショウはそう言いかけたが、マディーが片方の眉を吊り上げたのを見て、口をつぐんだ。マディーの目はいま、鈍いエメラルド色、冷たい緑色の光を放っていた。

ショウは言葉をのみこんだ。いったい何が言える？ 落ち着きのない彼の心に振り回され、どんな犠牲を払うことになろうと答えを探し出さずにはいられなかったのだとでも？

父親の根拠のない恐怖や猜疑心のかけらが、やはり自分の遺伝子に埋めこまれているからだと？

カイル・バトラーやヘンリー・トンプソンの死体、二度と動かない血まみれの死体を脳裏から消すことができないからだと？

どれも本当のことだ。そして、どれも言い訳にすぎない。

　ショウは小さくうなずいた。自分の罪を認めたしるし、いまさら何を言おうとも元どおりにはならないという事実を受け入れたしるしに。

　コルター・ショウは玄関に向かい、一度も振り返ることなくそこをあとにした。

　マリブに乗りこもうとしたとき、一台の車がタイヤをきしらせながら近づいてきて、ショウはとっさに身がまえた。腰の銃に手をやりながら左を見た。ＲＶパークから一緒に来た覆面車両だった。青と白のグリルライトを光らせながら、猛スピードでやってきて、ショウのすぐ横でタイヤをすべらせて停まった。助手席側のウィンドウが下りた。

　女性の巡査が言った。「ミスター・ショウ。たったいま、スタンディッシュ刑事から無線で連絡がありました。また誘拐事件が発生したそうです。ＪＭＣＴＦ本部まで先導しますので、ついてきてください」

## 54

　捜査本部が置かれた会議室は、さまざまな捜査機関から集まった十五人ほどの男女で超満員だった。保安官事務所や地元警察の制服、スーツやアンサンブルなど私服の捜査官や刑事。今日発生した誘拐事件の情報が書きこまれたホワイトボードの前に何人かずつ固まって集まっていた。

　ショウが来たことに気づいて、ラドンナ・スタンディッシュが言った。「マディーの件は何かわかった？」

　ショウは表情を変えずに答えた。「私の推測は間違っていた」

　ＪＭＣＴＦ本部に到着してショウが最初にしたことは、マディーの話の裏づけを取ることだった。ストーカー事件を報じた新聞記事の一つにマディーの写真があった。殺人事件の数カ月前に山の頂上で撮影された写真で、マディーと夫はスキーウェア姿で微笑んでいた。

　ショウは新しく捜査に加わった人員のほうにうなずき、スタンディッシュに尋ねた。「彼らはＦＢＩ？」

「カリフォルニア州捜査局《ＣＢＩ》。連邦じゃなくて」

　捜査を率いているのは、黒っぽい髪に彫りの深い整った顔立ちをした長身のＣＢＩ捜査官だった。その隣の、明るめの灰色のスーツを着ている捜査官――とりたてて背が高いわけでもなく、痩せてもおらず、整った顔立ちもしていない――はそのパートナーらしい。長身の捜査官の名前はアンソニー・プレスコット。もう一人の名前は聞きそこねた。

　プレスコットが言った。「スタンディッシュ刑事。今朝発生した誘拐事件について簡単に説明してもらえるかな」

　被害者はいまから一時間ほど前、職場から帰宅しようとしたところをマウンテンヴュー地区の駐車場内で拉致された。「町営の駐車場です。防犯カメラは設置されていません。周辺の聞き込みをしたところ、灰色のスウェットの上下に灰色のニット帽をかぶった人物を見たという証言を得ました。クイック・バイト・カフェの防犯カメラに写っていた人物に特徴が似通っています」

　スタンディッシュは資料をまとめた上に、全員分のコピーを用意していた。ショウにも一部差し出した。ファイルには被害者の略歴がある。ショウはそれに目を通した。写真も添付されていた。

　スタンディッシュは続けて、ほかの事実を要領よく説明した。現場で指紋は検出されていない。ＤＮＡも採取されなかったため、統合ＤＮＡインデックスシステムの照会は不可能。〝ゲーマー〟が現場に残した物的証拠のいずれも由来の特定はできない。被害者を眠らせるのに使った薬剤は犯人が自分で調合したもの。武器も追跡できない。犯人は雑草などで地面が覆われている場所を選んで車を駐めており、タイヤ痕が残っていない。したがって車両の特定も不可能。

「いま配った資料に、ミスター・ショウがクイック・バイト・カフェで入手した防犯カメラの静止画像があります。鮮明ではありませんが、参考になるかと思います」

　プレスコットがショウに目を向けた。「ところできみは誰だ？」次にスタンディッシュを見た。「彼はどこの誰だ？」

「うちのコンサルタントです」

「コンサルタント？」背が低いほうのＣＢＩ捜査官が訊き返す。

「はい」スタンディッシュがうなずく。

「待てよ。例の懸賞金ハンターか」プレスコットが訊く。

ショウは言った。「フランク・マリナーは、失踪した娘を見つけることを条件として懸賞金を設けました」

「彼はソフィーを見つけました」スタンディッシュが言った。

「今回も報酬が発生するのかね」プレスコットのパートナーがショウに訊いた。

ショウは答えた。「いいえ」

表情から察するに、プレスコットは、捜査に協力する理由をショウが自発的に説明すると期待したようだ。だが、ショウはその期待に応えなかった。

スタンディッシュが自分の手もとのフォルダーに手をやって続けた。「もう一つお伝えしておきたいことがあります。被害者——氏名はエリザベス・チャベル——は、妊娠七カ月半です」

「それはひどいな!」誰かが言った。息をのむ気配もいくつか。冒瀆的な言葉も。

「あともう一つ——未詳は被害者をどこかの船に監禁しています。沈みかけた船に」

コルター・ショウはあとを引き取った。

「未詳はあるビデオゲームをなぞって事件を起こしていると思われます」

あっけにとられたような沈黙が広がった。

「『ウィスパリング・マン』というゲームです。ゲーム中の悪役の呼び名がそのままタイトルになっています。ウィスパリング・マンは、使われなくなった建物などにプレイヤーを監禁します。プレイヤーはそこから脱出しなければならない——ほかのプレイヤーやウィスパリング・マンに殺される前に」

後ろのほうから声が上がった。制服を着た年配の男性捜査員だった。「ずいぶんと突飛な話に思えるが、ゲームの再現だというのは確かなのかな」

「誘拐の手口がゲームの設定と符合しています。それに加えて、犯人が拉致現場や監禁の現場に落書きを残していました」

「ファイルにその写真も入っています」スタンディッシュが言った。

ショウは続けた。「ゲームのなかの〝レベル〟という概念をご存じの方は?」

何人かがうなずいた。首を振る者もいた。大半は、ペットショップの水槽のなかのトカゲを観察するときと同程度の関心を持ってショウを見つめただけだった。

ショウは先を続けた。「ビデオゲームでは、徐々に難度の上がる課題をクリアしていかなくてはなりません。開始直後のレベルは単純です。ゲームの舞台になった場所の住人を助けるとか、特定の地点まで行くとか、決められた数のエイリアンを殺すとか。それに成功すると次のレベルに進んで、もう少し難度の高い課題に挑戦する。犯人は、これまでの二つの事件で、『ウィスパリング・マン』の最初の二つのレベルと似た場所に被害者を監禁しています」

スタンディッシュが続けた。「レベル1は〈廃工場〉。ソフィー・マリナーがこれです。ヘンリー・トンプソンは〈暗い森〉。レベル3は〈沈みゆく船〉です」

ショウが調べたところ、最終レベル――レベル10――は、地獄、すなわちウィスパリング・マンの棲《す》み処《か》だ。このレベル10に到達したプレイヤーはこれまでのところ一人もいない。

プレスコットがゆっくりと言った。「なかなか興味深い仮説だね」ゆっくり、そして半信半疑の口調で。

これに関しては充分な裏づけがある。〝推測〟ではなく〝仮説〟という言葉の選択を正す必要はない。

サンタクララ郡警察の制服を着た一人がホワイトボードを指さした。「だから〝ゲーマー〟?」

ショウは答えた。「そのとおりです」

プレスコットのパートナーが言った。「カミングス上級管理官から聞きましたが、あなたは未詳を反社会性《ソシ》パーソナリティ《オパ》障害《ス》に分類しているとか」

スタンディッシュが咳払いをした。「その見立てが当たっている確率は七〇パーセント程度と申し上げました」スタンディッシュは確認するような目をショウに向けた。ショウはうなずいた。

「性暴力はなかったわけですよね」誰かが指摘した。「未詳が男性の場合、ほとんどの場合で性暴力がからむのでは」

「ありませんでした」スタンディッシュが答えた。

ショウは続けた。「『ウィスパリング・マン』を配信しているゲーム会社に協力を要請しました。CEOがいま、顧客データベースをもとに容疑者を絞りこめないか、調査してくれています。容疑者リストができしだい、スタンディッシュ刑事に連絡が来るはずです」

スタンディッシュが言った。「このことも資料に書いてあります」

プレスコットが言った。いかにも懐疑的な調子だった。

「監禁場所が船だと仮定して、場所は？」

わからないとショウは答えた。それから付け加えた。

「脱出に使えるアイテムを五つ残しているはずです。一つは食料か水。あとは自分の居場所を知らせて助けを求めるのに使えるもの。たとえば鏡――」

スーツ姿の捜査官の一人が言った。「船なんか、このへんには数えきれないくらいあるでしょう。しかし、ドローンを使うにせよヘリコプターにせよ、海に浮かんでいるものを端から調べる予算も人手もありませんよ」

わざわざ言う必要さえなさそうな指摘をいつもどおり無視して、ショウは続けた。「鏡や、火を熾すための道具」

スタンディッシュが言う。「桟橋やボートや船で炎や煙が確認されたら即座に捜査本部に通報するよう、全安全維持機関に通達する必要があります。監禁場所はおそらく人気《ひとけ》のない地域です」

プレスコットが一歩前に出た。「スタンディッシュ刑事、カミングス上級管理官、ご苦労様でした。何か進展があったら連絡します」

本心からねぎらい、約束しているとはとうてい思えなかった。

スタンディッシュはいっさいの感情を顔に出さなかった。だが、目は冷たい光を放っていた。軽んじられたことが悔しいのだろう。しかしＣＢＩは州の機関であり、ＪＭＣＴＦは格下だ。もし連邦政府の機関であるＦＢＩが捜査に参加してくれれば、ＦＢＩが一切合切を仕切るだろう。それが世の中というものだ。

このくだらないやりとりが行われているあいだ、ショウは別のことを考えていた。エリザベス・チャベルにはあとどれだけの時間が残されているだろう。この暑さにいつまで耐えられるだろう。あとどのくらいで海にのまれてしまうだろう。

ウィスパリング・マンを嬉々として演じている犯人が監禁場所に舞い戻り、船や桟橋を追い回し、射殺するか刃物で刺し殺すかするまで、あとどのくらいの時間の余裕がある？

プレスコットが言った。「スタンディッシュ刑事とコンサルタントから出された意見はきちんと検討しますよ。ビデオゲームの影響で精神を病んだ人物が犯人だろうという意見は」

そんなことはひとことも言っていない。

プレスコットが続けた。「しかし、私にいわせれば、ゲームなんぞに夢中になるのは、もともと少しおかしい連中ばかりだ」

見ると、捜査員の一部が無表情にプレスコットを見つめていた。ここにもゲーム好きが何人かいるようだ。

「ゲームの線も調べよう。それとは別に、誘拐事件発生時の標準的な手続きも進める。ミズ・チャベル名義の電話はすべて盗聴してくれ。ボーイフレンドか夫はいるのか」

スタンディッシュが言った。「ボーイフレンドが。ジョージ・ハノーヴァー」

「そのボーイフレンドと、被害者の両親が存命なら、両親の電話番号も盗聴だ」

「存命です」ショウは言った。「両親はマイアミに住んでいる。もらった資料にみんな書いてありますよ」

「ボーイフレンドと両親の経済状況も調べてくれ。犯人はその財力を当てにして身代金を要求してくる可能性がある。この地域の登録性犯罪者のリストをくれないか。誘拐された女性がストーキング被害に遭っていなかったかも調べてほしい」

プレスコットは話し続けていたが、ショウの注意は途中でそれた。廊下から会議室に入ってこようとしている男に気づき、会議室のガラスの壁越しにその男を目で追った。

ダン・ワイリーだった。緑色の制服を着ている。それでも、そのまま警察官役で映画に出られそうなくらい警察官らしい雰囲気はあいかわらずだった。

ワイリー刑事は——連絡係に異動したいまは別の肩書きで呼ばれているのかもしれないが——大判の封筒を持っていた。会議室のドアをノックし、プレスコットがうなずくのを待ってなかにはいり、スタンディッシュを目で探して近づいてきた。

プレスコットが言った。「巡査、それはチャベル誘拐事件に関連した書類かね」

「ええと、昨日の被害者——ヘンリー・トンプソンについての監察医の報告書です」

「こちらで受け取ろう。この捜査は州捜査局が指揮を執る」

スタンディッシュをちらりと見たあと、ワイリーは封筒をプレスコットに渡して部屋を出ようとした。

しかし出口でふと立ち止まり、振り返ってショウを見た。そして悲しげな笑みを浮かべた。ショウの解釈が正しければ、詫びの気持ちを伝えようとしているのだろう。

ショウは返事の代わりにうなずいた。

**怒りに時間を浪費するべからず。**

プレスコットが封筒を開け、なかの書類に目を通した。それから一同に向かって言った。「新しいことはとくになさそうだ。ヘンリー・トンプソンは銃で一発撃たれて絶命した。九ミリの銃で、カイル・バトラー殺害に使用されたのと同じグロック17と断定された。死亡推定時刻は、金曜の午後十時から十一時。頭部に鈍器による傷があり、この結果、頭骨が折れて脳震盪《のうしんとう》を起こしていた。銃創を受ける前、かつ崖から転落する前だ。被害者は——」

ショウは質問した。「折れていたのは頭のどの部位ですか」

プレスコットが目を上げ、わずかに首をかしげた。「何だって?」

スタンディッシュが言った。「折れていたのは頭のどの部位ですか」

「なぜ?」

スタンディッシュが答えた。「知っておきたいからです」

プレスコットは報告書に目を走らせた。「左蝶形骨《ちょうけいこつ》」そう答えてふたたび顔を上げた。「ほかに質問は」

スタンディッシュはショウに視線を向けた。ショウは首を振った。「ありません。ありがとうございます」

プレスコットは一瞬、スタンディッシュを見つめた。それから説明を再開した。「被害者は、オキシコンチンを水に溶いたものを注射されていた。致死量ではなく、一時的に眠らせる程度の量だった」二名いる女性の制服警官の一方に報告書を渡す。「人数分のコピーを頼む。そのあと、ホワイトボードに書き写してもらいたい。男より女のほうが字がきれいだろう」

報告書を受け取った女性巡査の唇は、小さく引き結ばれていた。

　スタンディッシュが低い声でショウに言った。「頭のどこを殴られたか、私はどうして知りたかったわけ？」

「外に出ないか」ショウは小声で言った。

　スタンディッシュは会議室を見回した。「そうね。どのみち私たち、いないも同然みたいだから」

　会議室を出ようとして、たまたまカミングスのそばを通った。するとカミングスが待てというように片手を軽く上げた。スタンディッシュとショウは足を止めた。

　また何か面倒なことを言い出す気か？

　カミングスはプレスコットとホワイトボードに視線を固定したまま言った。「きみら二人が何を企んでいるのか、私は知りたくない。だが、思うとおりにやれ。そして急げ。任せたぞ」

## 55

　ふたたびクイック・バイト・カフェに戻った。

　ショウは常連の何人かの顔をすっかり見覚えた。近くのテーブルには、赤と黒の格子縞のシャツを着た若者がいる。相手の気が変わったのか、残酷ないたずらだったのか、きれいな若い女性とのデートの期待を裏切られた若者だ。ほかにも、この店を第二の我が家としている顔ぶれが十人くらいいた。常連同士で話に花を咲かせている客、電話を耳に当てている客もいるが、ほとんどはパソコンと心を通わせていた。

　ショウは携帯電話でネットに接続し、医療情報サイトを検索していた。解剖図をスタンディッシュのほうに向ける。ヒトの頭骨の図で、構成する一つひとつの骨の名前が書かれていた。蝶形骨は、眼窩《がんか》のすぐ奥にある骨だった。

「折れた骨はそれ？」スタンディッシュは少し考えてから言った。「位置はわかった。次の疑問は——犯人は右利きなのかどうか」

「そう、次に検討すべき事柄はまさにそれだ。もし右利きなら、トンプソンを正面から殴ったことになる。さらに言うなら、正面から殴ったと考えていいだろうね。左利きは人口の一〇パーセント程度しかいない」

　スタンディッシュはカフェの店内にゆっくりと視線を

巡らせた。「順番に考えてみようか。トンプソンが車で走ってくるわよね。尾行してきた犯人はトンプソンを追い越して、少し先に車を停めて待つ。それから石をフロントウィンドウに投げつける。トンプソンが車を降りる。そこに銃を持った犯人が近づいてくる。トンプソンは強盗だと考える。強盗に遭ったときの鉄則その1。あきらめて車のキーを渡す。車はまた買えるから」

「ところが犯人は銃で殴りつけ、トンプソンの頬の骨が折れた。つまり犯人は、トンプソンに自分の顔を見られてもかまわないと考えていたことになる。たとえ覆面をかぶっていたとしても、何らかの特徴は覚えられてしまうだろう。犯人は最初からトンプソンを殺すつもりでいたんだ」

スタンディッシュが言った。「ダン・ワイリーがプレスコットに渡した報告書にあった死亡推定時刻。あれでぴんときた。そういうこと？」

ショウはうなずいた。「トンプソンは拉致されてから一時間程度で殺害された計算になる。犯人はビッグベースンレッドウッズ州立公園にトンプソンを運び、崖まで歩かせて、すぐに射殺したわけだ。とすると、遺体の発見につながる焚き火を熾したのは〝ゲーマー〟だ。そのときウィスパリング・マンの落書きを残した」

「不気味なゲームをリアルで再現してるわけじゃないことになりそうね」

「そうなるね」ショウは言った。「トンプソン殺害の動機を隠すためにゲームを利用している。私の当初の推理に立ち戻ることにもなるな。私は初め、トニー・ナイトがマーティ・エイヴォンを業界から追い払うために誰かを雇ってサイコ野郎を演じさせたのではないかと考えた。それは誤りだった。だが、仮説そのものが間違っていたわけではなさそうだ」

「ソフィー・マリナーの事件は、偽装工作の一環にすぎないってこと？」スタンディッシュが訊く。

「そう」

「エリザベス・チャベルは？」

「ソフィーと同じだ」

「じゃあ、まだどこかで生きてる可能性がある」

「犯人はあくまでもゲームの続きだと思わせたいはずだ。とすると、エリザベスはおそらく生きている」

スタンディッシュが言った。「そう考えると、最大の疑問は——ヘンリー・トンプソン殺害の動機を持っているのは誰か」

「トンプソンは同性愛者の権利向上を求める活動をしていた。議論の中心人物だったのかな」

「カレンと私はゲイ・コミュニティの一員なわけだけど、トンプソンのことは名前すら聞いたことがない。ベイエリア在住のゲイなんて珍しくも何ともないしね。同僚刑事でもないかぎり、誰もいちいち気にしない」スタンディッシュはぎこちない笑みを見せた。「ブログにはほかにどんなテーマで記事を書いてた？　誰かの秘密をうっかり握っちゃったんだろうって気がするけど」

　ショウはブライアン・バードから聞いたトンプソンに関する情報をメモしたノートを取り出し、ページをめくった。「ヘンリー・トンプソンはこのところ、三つのテーマで記事を書いていた。うち二つはさほど注目を集めそうにない——ソフトウェア業界の収益源と、シリコンヴァレーの不動産価格の暴騰」

「そうね、いまさらな話題」スタンディッシュは唇をすぼめて息を吐き出した。

「問題は三つ目かな」ショウはメモを読み上げた。「ゲーム会社がゲーム会員の個人情報を不法に収集して転売しているという件」

　スタンディッシュは、その問題は初耳だと言った。

「でも、個人情報を収集しているゲーム会社なんて数百はありそう」

「たしかに。だが、手始めに調べるべき会社の心当たりが一つあるんだ」

「得意の確率で言うと、何パーセント？」

「一〇パーセントかな」

「何もないより一〇ポイント高いってことね。その会社というのは？」

「ホンソン・エンタープライゼス」

　ショウはゲーム用のゴーグルの話をした。ゴーグルを着けてゲームを始めると、家や裏庭が架空の戦場に変わる。「ほとんどの会社は、プレイヤーの積極的な行動からデータマイニングする。たとえば、会員登録申込書に記入する、アンケートに答える、クリックして商品を買うといった行動だ。しかしホンソンは、プレイヤーが気づかないところでもデータを集められる。ゴーグルにカメラがついているから、ゲームをプレイしているあいだに見たものをすべて情報として吸い上げられる」

スタンディッシュが身を乗り出した。「自宅にどんな製品があるか。どんな服を着ているか、子供は何人いるか、病人や高齢者はいるのか、ペットは飼っているか。そういう情報をデータマイニング会社に売る。考えたものね。で、ヘンリー・トンプソンはそのことをブログに書こうとしてた……だけどそれって、人を殺してまで隠すようなことだと思う、ショウ？　だって、ジェムのおむつを買うのに使えるクーポンとか、あなたの豪華キャンピングカーのオイル交換の割引券とかを送ってくる程度のことでしょ。陰謀っていうほどのものでもない気がする」

「それだけではすまないと思う。これはマディーから聞いた話なんだが、ホンソンはゲームやゴーグルをアメリカ軍に無料で渡しているらしい。兵士や乗組員がゲームをプレイすれば、機密が視野に入ることもあるだろう——武器、配備命令、人員の移動に関する情報——ホンソンのゴーグルは、そういった情報もキャプチャーして送信できる」

「音声の録音ファイルも」

ショウはうなずいた。携帯電話をしまってノートパソコンに替え、ホンソン・エンタープライゼスを検索した。「中国政府ともつながっているな。ゴーグルがスキャンした情報がそのまま中国の国防省に流れていないともかぎらない。中国の国防機関の名称が〝国防省〟なのかどうかは知らないが」

スタンディッシュの携帯電話がメッセージを受信した。すぐに返事を送る。この事件に関するやりとりだろうか。スタンディッシュは携帯電話をしまって言った。「カレンからだった。いい知らせ。最後のハードルをクリアできたって。養子縁組が認められたの。私たち、前から子供は二人ほしかったの」

「今度は男の子？　それとも女の子？」

「今度も女の子。セフィーナ。四歳。イーストパロアルトで起きた人質事件で私が救出した子でね、一年半くらい前から里親家庭に預かってもらってた。母親はドラッグばかりで母親らしいことをする気なんてまったくないし、母親のボーイフレンドには逮捕状が出てたし」

「セフィーナか」ショウは言った。「きれいな名前だ」

「サモア系なの」

　ショウは訊いた。「ホンソンの件だが、プレスコットに話したほうがいいかな」

「話したところで、あの人たち、何もしないわよ。いい機会だから覚えといて、ショウ。〝パターン〟。あの人たちは何だってパターンに当てはめようとする。身代金の要求、銃にドラッグ、逆上《ラン・アモック》したカップル」ここでスタンディッシュは眉をひそめた。「反対語は〝ラン・マック〟？　幸せで落ち着いてるとき、人は堆肥《マック》のなかを走り回るってこと？」

　ショウはラドンナ・スタンディッシュ刑事の人柄に大いに好感を抱き始めていた。ノートパソコンの電源を落とし、ノートと一緒にパソコンバッグにしまう。「私はどうにかしてホンソン・エンタープライゼスにもぐりこむ」

「マディーに協力してもらうのは？」

「それは期待できない。私が行ってマーティ・エイヴォンにかけ合ってみる」

　スタンディッシュが不服そうに舌を鳴らした。「〝私たち〟は解散ってわけ？」

「一つ訊いていいか」ショウは言った。

「何よ」

「家にいて、セフィーナとジェムの面倒を見ているのは誰だ？」

「カレン。在宅でお料理ブログを書いてるの。どうして？」

「とすると、きみは失業するわけにはいかない。そうだろう？　いや、答えなくていい」

　スタンディッシュは唇を引き結んだ。「そんなこと言ったって、ショウ――」

「私は撃たれた経験がある。炎に包まれた木からロープを使って下りたこともある。襲いかかってこようとしたガラガラヘビの頭をちょん切ったこともある――」

「最後のは嘘でしょ」

「いや、本当さ。あとは何かな、ピューマとにらみ合いをして勝てることは、きみももう知っているか」

「それは認める」

「無謀なことはしない。いまきみが言いかけていたのがそれなら」

「そのとおりだけど」

「何か新しいことがわかったらすぐに連絡する。そこからはきみの出番だ――機動隊に出動要請を出してくれ」

56

「アストロ基地ですよ」

マーティ・エイヴォンはショウに向かってそう言ったが、視線はデスクの上の高さ五十センチほどのおもちゃに注がれていた。着陸脚がついた赤と白の球体。その愛おしげな目を見て、ショウは妹のドリオンとその夫を連想した。あの二人が自分の娘たちを見るときの目にそっくりだ。

「一九六一年発売。プラスチック製。モーターつき。ほら、宇宙飛行士を見てやってくださいよ」小さな青い宇宙飛行士がクレーンでエイヴォンのデスクに下ろされようとしている。「当時はまだ宇宙ステーションなんてものはありませんでしたからね。ともあれ、おもちゃ会社はいつだって一世代くらい時代を先取りしてました。光線銃だって撃てるし、探索もできるんです。電池は必要ですけどね。夢中になって遊びましたよ。二週間もするとさすがに飽きますけど。おもちゃなんてそんなものです。チューインガムだってずっと嚙んでいれば飽きる。コカインも同じだ。肝心なのは、すぐに次を供給できるかどうか。

ところで、あまり時間がないんです」エイヴォンは視線を上げ、ショウを見て言った。「シリコンヴィルの件で人と会う約束があって。従来の不動産開発業者から反発を食らっているんですよ。何をいまさらって話ですが」エイヴォンはそう言って片目をつぶった。「手の届く価格の住宅、雇用事業者の補助金つき――そりゃ文句も言いたくなるでしょうね、向こうにしてみれば！」

シリコンヴィルの話を聞いていると、十九世紀後半から二十世紀前半にかけて発展した企業城下町を思い出す。父が子供たちに読み聞かせた西部開拓時代の本でよく描写されていたから、ショウもそのことはよく知っていた。当時は、鉄道会社や鉱山会社が自社の労働者のための町や村を開発することがよくあった。家賃も、食料品や日用品の価格も法外に高く、労働者の借金はかさむ一方だったため、その会社で働き続けるしかなくなった。

社会主義的な発想を持っているらしいエイヴォンなら、シリコンヴィルを別のやり方で運営していくのだろうとショウは思った。

「また新たな誘拐事件が発生しましてね。前の二件と関連しているのではないかと。ぜひご協力いただけませんか」

「え、またですか。今度の被害者は？」

「女性です。三十二歳。妊娠中」

「なんてことだ。ひどいな」

このエイヴォンは善良な人間なのだなとショウは思った。事件発生の一報を耳にしてとっさに出た言葉は、〝僕や僕のゲームの評判をまた落とすつもりか〟といった主旨のものではなかったからだ。

「あれからプロキシの追跡は続けてますよ。なんとかして容疑者を絞りこみたいですからね。しかし、思ったよりも時間がかかってしまいそうです。これまで十一人の接続元を突き止めましたが、そのなかにこの地域から接続している会員はいなかった」

「たった十一人？」

エイヴォンは表情を曇らせた。「ええ、時間がかかりすぎですよね。でも、スーパーコンピューターが使えるわけじゃないですから。つけいる隙がないプロキシもなかにはあって、まるで歯が立たない。もちろん、プロキシというのはそのためにあるわけですけどね」

ショウは言った。「この時間帯も条件に加えてください。犯人が接続していなかった時間帯です」ショウはノートを見せ、エリザベス・チャベルが拉致された前後の時刻を指し示した。

エイヴォンは派手なしぐさですばやくキーを叩き、最後にリターンキーを押した。「これでよし」

「もう一つお願いしたいことが。新たな仮説を立てました。ホンソン・エンタテインメント」

エイヴォンが言い直す。「〝エンタープライゼス〟ですね。ホン・ウェイは目標を単なるエンタテインメントよりずっと高いところに置いているようですよ。ゲームは彼のビジネスの一部にすぎない。ほんの一部にすぎないんですよ」

「『イマージョン』はご存じですか」

エイヴォンは笑った。その顔はこう言っていた――〝知らない者がいったいどこに？〟

「じゃあ、仕組みもご存じですね」

エイヴォンの落ち着きのない長い指は、空色の宇宙飛行士をアストロ基地のなかに戻した。「次の質問はきっとこうでしょう。あのゲームのアイデアを思いついたのが自分だったらよかったのにと思うかどうか。いいえ。仮想現実《バーチャルリアリティ》やモーションベースのゲームエンジンは、よさそうに思えますよね。でも、世界に十億人以上いるゲーマーのほぼ全員が、暗い部屋にじっと座ったままキーボードを叩いたり、ゲーム機のコントローラーを握り締めたりしているわけです。それはなぜか。暗い部屋にじっと座ったままキーボードを叩いていたいからです。『イマージョン』は革新的なゲームですよ。ホンソン・エンタープライゼスはあのゲームの開発に何億、何十億ドルも注ぎこみました。ホンは、シリコンヴァレーの基準で言えばそういやな奴じゃありませんが、いやな奴であることには変わりない。世のゲーマーがバニーちゃんみたいに裏庭を跳ね回るのにすぐ飽きて、ホンが路頭に迷うことになろうが僕の知ったことじゃありません。きっとそうなると思いますしね。どうしてか？　それはあのゲームが……」エイヴォンは眉を吊り上げた。

「おもしろくないから？」ショウは言った。

「よくできました《エクザクタモン》！」エイヴォンは奇妙なフランス語のアクセントで言った。

この子供じみたにこにこ顔の男が史上もっとも趣味の悪いゲームの一つを開発したとは。

「『イマージョン』が単なるゲームではないとしたら？」

エイヴォンはいぶかしげに目を細め、宇宙基地からショウに視線を戻した。ショウは説明した。プレイヤーが『イマージョン』をプレイしながら自宅内を動き回ると、ゴーグルに仕込まれたカメラが撮影した画像がホンソン・エンタープライゼスのサーバーに送られ、ホンソンはそのデータを第三者に販売しているのではないか。

エイヴォンが目を見開く。「驚いたな。そんなことを思いつくなんて、天才だな。もう一度訊いてくださいよ、そのアイデアを思いついたのが自分だったらよかったのにと思うか」

「もう一つ、仮定の話があります」ショウは続けた。「ホンソンはそのゴーグルをアメリカ軍の兵士に無償で供給している。おそらく政府のほかの機関の職員にも」

「機密データを盗むためだと思うんですね？」

「ええ、もしかしたら」

「なるほど」エイヴォンは思案顔で言った。「そうなると、データ量が膨大になるな。民間企業が処理するのは無理でしょうね。中国政府がどんなコンピューターを使ってるか、知ってます？　ＴＣ－４です。処理速度三五ペタフロップス。世界最強のスーパーコンピューターですよ。そのクラスのスパコンを使えば処理が追いつくかもしれない。しかし、それと僕が作ったゲームがどう関係してるんです？」

ショウは言った。「二人目の被害者。ヘンリー・トンプソン。彼は自分のブログに、ゲーム会社が会員の個人情報を盗み取っているという記事を掲載しようとしていました。ホンソンは――またはどこか別のゲーム会社が――その記事が出るのを妨害しようと考え、何者かが頭のおかしなゲーマーを装ってトンプソンを殺したのかもしれない」

「僕の協力がほしいと言ってましたが、どんな？」

「ホンソン・エンタープライゼスに関わりのある人物から話を聞きたい。理想的には、ホンソンの社員。誰か紹介していただけませんか」

事件の中心にあるのはエイヴォンが開発したゲームだ。たとえエイヴォンは無関係だとしても、捜査にちょっと手を貸すくらいのことはしてくれてもいいのではないか。

「社員のなかに個人的な知り合いはいません。ホンは秘密主義の人物ですからね、控えめに言っても。でも、世間はせまい。少なくともシリコンヴァレーはね。ちょっと待っててください。電話してみます」

## 57

生まれつき一つところにじっとしていられない人間であるとはいえ、コルター・ショウは短気というわけではない。エリザベス・チャベルの監禁場所がわからず、彼女の命が危険にさらされ、〝ゲーマー〟は『ウィスパリング・マン』の再現ゲームの最終仕上げに入ろうとしているところかもしれない。それでもショウは、エディー・リンが現れるのを根気よく待った。

エイヴォンは五つ六つ電話をかけ、ようやくホンソン・エンタープライゼスにつながりそうなコネを見つけた。トレヴァーという人物――この人物について、エイヴォンはそれ以上のことを明かそうとしなかった――が、ホンソンの社員であるエディー・リンとショウを引き合わせる役割を演じることになった。エイヴォンはこのために多大な代償を支払った。話のなりゆきからすると、ショウとリンの面会と引き換えに、いくつかのソフトウェアのライセンスを格安で与える約束をしたようだった。

ショウはいま、約束の時刻に約束の場所で待っている。待ち合わせ場所は、丹念に設計され、丹念に手入れされている公園だ。砂利を表面に埋めこんだコンクリートの歩道がヘビのように曲がりくねりながら延び、柔らかそうな芝生やアシの茂み、花壇、木々がそのあいだを埋めている。芝生はＣ３ゲームショーで見た異星人の皮膚のように輝いていた。穏やかな池では、赤や黒や白の大きな魚が泳ぎ回っている。

色彩のバランス配分は完璧で、何もかもがレーザーで切断したかのようにきっちりと刈りこまれ、理想的な均整が保たれていた。

おかげでコルター・ショウは落ち着かない気持ちでいる。木々や水、土や岩が自然に作り上げた風景のほうがずっといい。

歩道をぶらぶら歩くと、ホンソン・エンタープライゼスのアメリカ本社がちらりと見えた。銅にミラー加工をしてドーナツ形にしたようなまばゆい建物だった。建物の片側に巨大な通信アンテナが四つある。

おそらく、盗んだデータを空に向けて送り出すのに必要なのだろう。

リンからは、シダレヤナギの前のベンチに座って待つように言われている。そこが埋まっていたら、隣のベンチ。実際に来てみて、そこを指定した理由に納得した。そこなら本社の建物から見えないのだ。第一候補のベンチは空いていた。ベンチの後ろに鬱蒼としたツゲの茂みがあって、アンモニアのようなにおいを漂わせている。

ベンチにじっと座っているうちにだんだん落ち着かなくなってきて、沈没しかけた船に閉じこめられているエリザベス・チャベルの安否も気になり、ついに携帯電話で時刻を確かめたとき、張り詰めたように甲高い男の声が聞こえた。「ミスター・ショウですね」

エディー・リンは背が高く、痩せていて、年齢は三十歳くらいと見えた。顔立ちはアジア系だ。左胸にホンソン・エンタープライゼスのロゴが入ったポロシャツに、ややゆったりとしたデザインの濃い灰色のスラックスという服装だった。

　トレヴァーからショウの外見を聞いていたのだろう。リンはショウの隣に腰を下ろした。手を差し出すこともなかった。ショウの頭を馬鹿げた考えがよぎった。握手をすれば自分のDNAがショウの手に移るのではと不安なのだろうか。それがこの密会の証拠になると怯えているのだろうか。

「数分しか時間がありません」リンは眉を寄せて言った。「すぐにまたオフィスに戻らないと。こうして会うことにしたのは……」理由を言いかけたところで言葉を濁した。

　トレヴァーに何か弱みを握られているからだろう。恐喝は褒められた行為ではないが、ときに有用なツールとなる。

「連続誘拐事件のことはご存じですね」

「ええ、知ってますよ。テレビのニュースじゃその話ばかりだから。ひどい事件だ。しかも一人は殺されたって」甲高い声で早口に言う。

　ショウは先を続けた。「殺された男性は、ゲーム会社が会員の個人情報を盗んでいるのではないかという疑惑をブログ記事にしようとしていました。もしかしたら『イマージョン』について調べていたのではないかと」

「え、まさかミスター・ホンが関係してるとでも？」

「それはわかりません。しかし一人の女性の命が懸かっています。手がかりらしきものを残らず追うしかない。これもその一つです」

　リンはポロシャツの襟をもてあそんだ。「あなたは何なんです？　ミスター・トレヴァーからは、私立探偵みたいな人だって聞いたけど」

「警察の捜査に協力しています」

　リンはショウの答えを聞いていなかった。ざらざらした歩道を踏んで近づいてくる足音が聞こえたとたん、身をこわばらせた。ショウはリンの反応を見て初めて足音に気づいた。

　リンはベンチの座面に両手をついた。いつでも立ち上がって全速力で逃げられるようにだろう。

　しかし、足音の主は女性の二人組だった。一人は大きなおなかを抱え、ベビーカーを押していた。ベビーカーに乗った小さな赤ん坊はすやすや眠っている。二人は氷入りの飲み物を手におしゃべりをしながら歩いてきた。もう一人の女性のほうが年齢が若く、うらやましそうな目でベビーカーをちらりと見た。こちらの女性は会計士か何かだろう。二人は近くのベンチに腰を下ろし、睡眠時間の短さを自慢し合うようなおしゃべりを続けた。

リンは見るからに安堵した様子で話を続けた。ただし、さっきよりもずっと小さな声で。「ホンは妥協のない人だ。情け容赦ない。でも、人を殺すとは思えない」

「あなたはプログラマーですよね」ショウは言った。「マーティ・エイヴォンからはそう聞いていますが」

「そうです」

「『イマージョン』のプログラミングを?」

リンの目が公園をさっと見回した。脅威はないと納得したのだろう、ショウのほうに顔を近づけて言った。

「少し前はそうだった。拡張パックのプログラムを書きました」

「私たちの仮説を話します。それについてあなたの考えを聞かせていただけますか」

リンはごくりとつばをのみこんだ。さっきベンチに腰を下ろしたときから何度もそうやって喉を鳴らしていた。

「わかりました」

ショウは『イマージョン』のゴーグルを利用して情報を盗み取っているのではないかという仮説を話した。

「そういうことは可能ですか」

リンは驚いたような表情でその仮説を咀嚼した。それからまず首を振った。「あのゴーグルのカメラは高解像度です。だからデータが大きすぎて……そうか、もしかしたら……」薄い唇が小さな三日月形を描いた。「動画をアップロードするんじゃなくて、スクリーンショットなら、JPEGならいけるか。さらに圧縮してRAR形式にすれば。そうか、それならいけるな! 圧縮した画像ファイルをほかの情報と一緒に本社のメインフレームに送信する。ここで処理して、第三者に売るか、うちの会社で利用する。うちには広告やマーケティング、コンサルティングの部署もあるから」

「ホンが政府の機密情報を盗み取っているリスクもありそうです」ショウは言った。「『イマージョン』を数万人の兵士に無償で配っている」

リンは怯えた様子で左右の指先を合わせた。いまの話で政府がらみのウサギ穴に落ちたようなものだ。不安になるのは当然だろう。

「何か思い当たることがあるんですね」ショウは言った。

リンがわずかに目を細めたことに気づいていた。

一瞬、ためらったあと――「本社の地下に施設がありますす。裏のほうに。一般の社員は立ち入れない。その施設の社員と交流はいっさいありません。来客はヘリコプターで来て、その施設に入って、用件をすませて、帰っていく。ミネルヴァ・プロジェクトって呼ばれてると聞いた。でも、何をやってるプロジェクトなのかは誰も知らないんです」

「ぜひ協力してください」ショウは言った。

しかし、リンが答える前に、背後でがさがさと音がした。

しまった――ショウはふいに気づいた。妊娠四カ月から五カ月と見える女性に、生まれたばかりの赤ん坊がいるわけがない。ベビーカーの赤ん坊は人形だ。ショウは立ち上がり、リンの腕をつかんで言った。「逃げろ、急げ！」

リンが息をのむ。

すでに遅かった。

妊娠中の女性はベビーカーを脇に押しやって立ち上がろうとしている。〝友人〟は手首を口もとに持ち上げ、そこについたマイクに何かささやいていた。背後から聞こえたがさがさという音の主は警備員らしき二人の男で、ツゲの茂みから飛び出してこようとしていた。アジア系の大柄な二人組の動きは、事前に振りつけをしたかのように隙がなかった。一人はグロックの銃口をリンとショウに向け、もう一人が二人のポケットの中身を探ってすべて出した。

冷たい目をした新米ママが二人の所持品を受け取った。その女がコーチのバッグを開いた拍子になかがちらりと見えた。この女も銃を持っている。グロックの九ミリ。カイル・バトラー殺害に使われたのも同じタイプの銃だった。おそらくは、ヘンリー・トンプソンを殴りつけ、のちに殺した銃も。

黒いSUVが現れ、タイヤをきしらせながら広々とした歩道に停まった。ショウたちから一メートルと離れていない。警備員の一人がショウの腕をつかみ、もう一人がリンの腕をつかむ。二人はSUVの真ん中のシートに押しこまれた。運転席とは透明なアクリル板で仕切られていた。内側にドアハンドルはない。

「待って、話を聞いてくれ」リンが叫んだ。「誤解だ！」

もう一台、別の車が来た。黒いセダンだ。女二人はそちらに乗った。〝友人〟がドアを押さえて妊婦を先に乗せた。この捕物劇を計画したのはあの妊婦だろう。すばらしく冴えた計画だったと認めないわけにはいかない。

セダンの運転手がおり、ベビーカーをたたんでトランクに入れたあと、人形も放りこんだ。

## 58

「どこに連れていく気だ?」エディー・リンが訊いた。声はバランスの悪い洗濯機のように激しく震えていた。SUVは複雑な仕組みのセキュリティゲートの前でいったん停止し、ゲートが開くと、スピードを上げてそこを通過した。

リンの発した質問について、ショウは二種類の感想を抱いた。一つは、リンは自分のことしか考えていないということだ。自分が助かるためなら、喜んでショウをオオカミの群れの前に放るだろう。もう一つは、そんな質問をするだけ無駄だということだ。アクリル板で隔てられた前部シートに並んだ警備員二人にリンの声が聞こえていたとしても、答えるとは思えない。

SUVはホンソン・エンタープライゼスの未来的な本社の裏口の前で停まり、二人は車から降ろされ、なかに入るよう促された。入るとすぐ、下りの階段があった。妊婦が乗ったセダンはついてきているのかと、ショウは背後を振り返った。車は見えなかった。

「きょろきょろするな。歩け」ショウの腕をつかんだ大柄なほうの警備員が言った。〝人の腕のつかみ方〟を熟知していたトニー・ナイトのボディガードと比べても力が強かった。

「そう手荒にしないでくれないか」ショウは言った。

ショウの腕をつかんだ手がかえって乱暴になっただけだった。

リンに引き綱は必要なかった。やや小柄なほうの警備員の隣をおとなしく歩いている。

二人は薄暗い廊下を延々と歩かされた。地下にあるらしいのに、清潔そのものだ。壁には何もない。どこか遠くから機械の作動音が聞こえていた。

二分ほど歩いた先にエレベーターがあった。それに乗って五階に——最上階に上がった。扉が開くと、こぢんまりとした質素なオフィスがあった。受付の木製デスクに座っていた四十歳くらいの女性が警備員にうなずいた。ショウとリンは、その女性の背後の大きな両開きの扉の奥へと引き立てられた。その奥の部屋は受付のある部屋よりも広かったが、質素という意味ではいい勝負だった。数十億ドルの売上を誇るコングロマリットのCEOの仕事場には似つかわしくない。

だが、二人の前にいるのは、そのCEOだった。ホン・ウェイ。ネットで検索してダウンロードしたさまざまな記事の写真を見て、ショウも顔は知っていた。黒い髪のアジア系で、年齢は五十歳くらい。スーツに白いシャツ。ネクタイは青い光をちらちらと放っていた。ジャケットの前ボタンは留めてある。警備員二人は、ショウとリンは、向かい側の椅子に座らされた。ショウとリンは、近すぎず遠すぎずの距離──礼儀にかなってはいるが、一方で一秒とかからず首をへし折れそうな距離──を置いてショウたちの背後に立った。

いま四人が入ってきた扉がふたたび開いて、妊娠中の女が入ってきた。持っていたファイルをデスクの向こう側に座ったCEOに手渡す。「こちらをご覧ください、ミスター・ホン」

「ありがとう、ミズ・タウン」

ショウは不可解な事実に目を留めた。ホンのデスクにはパソコンがない。電子機器は一つも見当たらなかった。携帯電話も固定電話もない。

ホンはファイルを開き、なかの文書に丹念に目を通した。

リンはいまにも泣き出しそうな顔をしていた。ショウはエディー・リンとの密会の代償として何らかの罰を与えられることになるだろうと覚悟したものの、ばらばらにされてサンフランシスコ湾の水生動物の餌にされることはないだろうと思った。それならいまごろはもう餌にされているだろう。

ホンが事件に関与している確率は何パーセントか低下した。

ホンはまだ書類を読んでいた。ゆっくりと。筋肉一つ動かす気配がない。まばたきさえ一度もしていないのではなかろうか。

ホンの右側に、黄色い木の鉛筆が何本も並んでいた。ショウは大学の夏休みに臨時で働いた木材伐採場を思い出した。ホンの左側にも同じ鉛筆が何本か並んでいる。右側の鉛筆の芯は針のように尖っていた。左側のものは丸まっている。電子的なコミュニケーションの危険性を熟知しているホンは、紙と鉛に信頼を置いているということだろうか。

ホンは、目の前に並んだ二人がこの世に存在しないかのように無視して書類を読み続けた。

リンが息を吸いこみ、何か言おうとした。だが、黙っているほうが賢明だと思い直したらしい。

**時間の無駄……**

ショウは待った。ほかにできることはない。

ホンはようやく書類を読み終え、ショウに目を向けた。「ミスター・ショウ。きみがいまここにいるのは、私有地に不法侵入したからだ。きみが座っていた公園は、ホンソン・エンタープライゼスが所有している。その旨の掲示が複数あったはずだ」

「どうやら私の目には見えなかったようです」

「あの公園は私有地であると考えるべき手がかりはあっただろう」

「フェンスの外側の植栽と内側の植栽が同じだとか?」

「そのとおり」

「たとえ法廷でそう主張しても、陪審は納得しないでしょうね」

「きみたちの会話は聞こえていたから、このミスター・リンが企業秘密をきみに漏洩しているところは――」

「そんな、違います!」もとより高い声がいっそう甲高くなっていた。「僕はただ――」

「きみを拘束する正当な理由が我々にはあることになる。食料品店で万引きした泥棒と同じことだ」

ショウはミズ・タウンを一瞥した。その顔は穏やかで自信に満ちあふれていた。勤務を終えて家に帰れば、きっと愛情深く子供に甘い母親なのだろうとショウは思った。すぐそばに空いた椅子があるのに、ミズ・タウンは立ったままでいた。

ホンがファイルを指先で叩いて言った。「きみは懸賞金で生活しているそうだな」

「ええ」

「自分の職業をどう呼んでいる? 賞金稼ぎか」

「世間ではそう呼ばれることもあるようですね。私自身はそうは言いません」

「私立探偵とはまた違うようだね。保釈保証業者でもない。行方不明者や逃走犯、身元や所在が明らかになっていない容疑者の捜索を支援し、見返りに懸賞金を受け取りながら、キャンピングカーで、国中を、そう、インディアナ州からバークリーまで旅して回っている」

ショウはたびたびマスコミに取り上げられているとはいえ、この短時間でそれだけの情報を集めるとは。それに、ここに来る直前にインディアナポリスとマンシーで仕事をしたことまで、いったいどうやって調べたのか。

「ええ、おっしゃるとおりです」

ホンの表情がほんのわずかに明るくなったように見えた。「私立探偵、警察、賞金稼ぎと呼ばれるのは好まないにせよ、謎を解いて生計を立てているわけだ。状況を分析し、それに基づいて判断をする。判断のためには優先順位をつける必要もあるだろう。場合によっては、その三つすべてを同時に、しかも迅速に行わなくてはならないこともあるだろうね。そのバランスに人の生死がかかっていることもあるかもしれない」

ホンの思考の流れがどこに向かっているのか、ショウには見当がつかなかった。しかし〝優先順位をつける〟という表現は核心を突いていると思った。ショウのパーセンテージ・テクニックはまさにそのためにあるのだから。「おっしゃるとおりです」

「ミスター・ショウ。きみはゲームをプレイするかな」

あのたった一度のほかに？　もう二度と会わない美しい女に刺し殺される結果に終わったあの一度以外に？

「いいえ」

「これを尋ねたのは、ゲームをやれば、きみの仕事にまさに必要なスキルが向上するからだ」

ホンはデスクの抽斗に手を入れた。

ショウは身がまえることさえしなかった。ホンは銃やナイフを取り出そうとしているのではない。

ホンは雑誌をショウの前に置いた。『アメリカン・サイエンティスト』。ショウも読んだことのある一般向けの月刊科学雑誌だ。アマチュア物理学者だったアシュトンは、熱心な読者だった。ホンはポストイットで印をつけたページを開いてショウのほうに押しやった。

「読む必要はない。私から概要を説明する。数年前に出たこの記事が、私にミネルヴァ・プロジェクトの着想を与えた」

ショウは記事のタイトルを確かめた。〈ビデオゲームが健康によい影響を及ぼす可能性はあるか〉。

ホンが続けた。「いくつかの名門大学が合同で行った、ゲームが心身に与えるメリットに関する研究報告だ。まもなく世界に向けて発表する予定でいてね、ミネルヴァ・プロジェクトの情報を伏せておく必要もなくなった。ミネルヴァ・プロジェクトというのは、我々の治療的《セラピューティック》ゲーム開発部のコード名だ」ホンは記事を指先で叩いた。「この研究結果は、ビデオゲームが注意欠陥障害や自閉症、アスペルガー症候群のほか、めまいや視覚障害といった生理的不調を大幅に改善する可能性があることを示している。高齢患者に試験的にゲームをプレイしてもらったところ、記憶力や集中力が著しく向上したという報告もある。

持病がない人々にもメリットがある。少し前に言ったように、きみの仕事にもメリットがあるのではないかな、ミスター・ショウ。ゲームをプレイすると、認知能力が向上し、反応が速くなる。複数のタスクを切り替える能力、空間認識能力、視覚化する能力など、さまざまなスキルも向上する」

**優先順位をつける……**

「きみの言っていた謎めいたプロジェクトとはこれだよ、ミスター・リン。ミネルヴァとは、ローマ神話の知恵の女神の名だ。あるいは、私はこの呼び方が気に入っているのだがね、認知機能を司《つかさど》る女神だ。私は会社を経営している。CEOとして、ホンソン・エンタープライゼスの収益を増やさなくてはならない。セラピューティック・ゲームのエンジンを開発できれば、それを使ったアクション・アドベンチャーやファーストパーソン・シューティングを開発して、それで収益を上げられると考えた。その結果が『イマージョン』だ。

というわけで、きみの疑念を晴らそう——きみがミスター・リンに接触した理由だ。『イマージョン』にまつわる懸念。ところで、きみは『イマージョン』をプレイしたことがあるようだね。ついさっき、ゲームはやらないと言っていたが」

ショウは驚きを顔に出さないようにした。今後は、ホン・ウェイはショウのことを何から何まで知っているものと考えたほうがよさそうだ。

「そう、『イマージョン』の目標は、世界中の若者を椅子から立ち上がらせ、運動させることだ。私は空手とテコンドーで黒帯を取得しているし、アフロ＝ブラジリアン・カポエイラの道場にも通っている。いま挙げたようなスポーツをやるのは、楽しいからだ。嫌がっている人間に何と言おうと、無理に運動させることはできない。しかし好きなことなら、ちょっと背中を押すだけでいい。好きなことをすると運動になるのなら、運動だってやるだろう。それが『イマージョン』だよ。

我が社が機密データ、とくに軍事データを盗んで中国政府に渡しているのではないかときみが表明している会話の録音を二件聞いた」

二件？

「その懸念について言えば、そう疑いたくなる気持ちは理解できないでもない。きみはある若い女性の命を救おうとしているわけだからね。しかし、これは信じてほしい。『イマージョン』の着想を得て、プレイヤーの前方を撮影するカメラの開発に取りかかった瞬間から、プライバシーが最大の懸念事項になるだろうと考えていた。だから、私自身が直接監督して、カメラがとらえた文章、文字、図表やグラフ、写真は、認識不可能なレベルまで画素を粗くするようなアルゴリズムを開発した。人影らしきものが服を脱ぐ動作を始めたときも同様だ。トイレや衛生用品も。交尾中はもちろん、犬がおしっこをしている姿さえも『イマージョン』のシステムにはアップロードされない。猥褻《わいせつ》な言葉も取り除かれる。

全国の警察機関や軍、政府当局と連携し、プライバシーの侵害が起きないよう徹底した。これについて確認したいなら」ホンの目は一瞬だけミズ・タウンのほうを向いた。ヘビの舌のようにすばやい一瞥だった。ミズ・タウンが進み出て、ショウに一枚の紙を渡した。四つの名前と、それぞれが勤務する警察機関と連絡先が記されていた。一番上はＦＢＩ、二番目は国防総省だ。

ショウは紙を折りたたんでポケットにしまった。

ホンはエディー・リンのほうに顔を向けた。そしてショウに向かって話していたときと同じ落ち着き払った平板な声で言った。「ミスター・リン。今日のミスター・トレヴァーとの会話の内容をミズ・タウンから聞いたとき――ミスター・ショウと会うようになかば脅されたという話を聞いたとき……ああ、何の話かわからない芝居はしなくていい。きみと結んだ労働契約書を見てみなさい。会社はきみの通信を傍受できるという項目があるはずだ」

「そんなこと知りませんでした」

「その項目をきみが読まなかったからだろう。つまりきみの落ち度だよ。話を戻そう。ミズ・タウンからきみの背信行為を聞かされたとき――」

「そんなんじゃありません――」

大理石のように冷たいホンの視線がリンを黙らせた。

「アンドリュー・トレヴァーの会社にしたのと同じことをしようとしているのだと考えた。トレヴァーが著作権を持つプログラムをもとにきみが書いたプログラムを第三者に売ったね」

トレヴァーが握っているリンの弱みはそれか。他人のプログラムを盗んだのだ。

「大したものじゃない」リンは言った。「本当です。僕は楽勝で書けたというだけのことで、誰だってあれくらい書けますよ」

「だが、ほかの誰も書かなかった。書いたのはきみだ。きみがうちに来た当初から、いつか私を裏切る《アップ・ザ・リヴァー》のではないかと警戒していた」ホンは額に皺を寄せた。「〝アップ・ザ・リヴァー〟で合っているかな。〝ダウン・ザ・リヴァー〟だったか?」

「〝ダウン〟」ショウは言った。「奴隷売買が元になった表現です。ニューオーリンズの。〝アップ〟だと全然違う意味に(「刑務所へ送りこむ」になる)」

「そうか」ホンは新しい知識を得て満足げな表情を浮かべた。「今日、きみが犯した罪は、著作権で保護されたプログラムを盗むことではなかった。背信行為だ。したがって、きみのホンソン・エンタープライゼスでのキャリアは、今日をもって終了した」

「そんな!」

「この件は完全な悪意から出たものではなかった。その点を酌量《しやくりよう》して、当初はきみがこの業界で二度と働けないようにしようと考えていたが、そこまではしない」

リンは目を見開いた。涙が光った。「一月《ひとつき》ください。転職先を見つけるまで、一月だけ。お願いします」

ホンの無感動な顔を、信じがたいという表情が一瞬だけよぎった。ホンはミズ・タウンを見た。大きくふくらみ始めている腹部に手を置いていたミズ・タウンがうなずく。ホンが続けた。「きみのオフィスの片づけはすでにすんだ。私物はバンでサニーヴェールのきみの自宅へ運ばれている。裏のポーチに置いておくことになっている。すぐに帰ったほうが無難だろう。このオフィスを一歩出たら、警備員が車まで付き添う。そのまま敷地から退去してくれ」

「住宅ローンが……支払いが遅れているんです」

ショウは口を開きかけた。ホンが顎を引いて言った。

「ミスター・ショウ、この可能性があることは最初からわかっていたのでは？」

確率は二〇パーセントと見積もっていた。

「この一件はハッピーエンドに終わり、私は秘密を失わず、サボタージュの被害も被らなかったから、きみの調査に協力しようという気になった。ミスター・トンプソン、殺害されたブロガーは、データマイニング業界の秘密、人を殺してでも守りたいような秘密を暴こうとしていたと考えているようだが、それはまずありえないのではないかな。個人情報を盗む？　いまどきは誰もがスポンジのように他人のデータを吸い上げている。行きつけのチェーン店でサブマリンサンドイッチを作っている若者、行きつけの修理工場、行きつけのコーヒーショップ、行きつけの薬局、ふだん使っているインターネットブラウザー――信用情報機関、保険会社、かかりつけの病院は言うまでもない。データは新しい時代の酸素だ。どこにでもある。ある製品の供給が過剰になったとき、何が起きる？　価値が低下する。個人情報のために人を殺す者などいないだろう。誘拐犯を捕まえるには、別のところに目を向けるべきだろうね。では、がんばってくれたまえ」

ホンは鉛筆を一本取り、芯の先端を確かめてよしというようにうなずいてから、伏せて置いてあった書類を引き寄せた。そして独り言をつぶやいた。「アップ・ザ・リヴァー。ダウン・ザ・リヴァー」そしてまたうなずいた。

そして、ショウとリンが出口に向かい、文字を読み取れない距離まで離れたことを確認してから、書類を表に返した。

## 59

ショウとスタンディッシュは、ＪＭＣＴＦ本部別館にいた。

すなわちクイック・バイト・カフェだ。

スタンディッシュが電話を終えて言った。「ホン。ホンソン・エンタープライゼスも。完全にシロ。国土安全保障省、FBI、国防総省にも裏を取った」

「サンタクララ郡中等教育監督委員会にも」

「え、どこ……？」スタンディッシュは顔をしかめ、ショウをちらりと見た。「ああ、冗談で言ったのね。めったに冗談なんか言わないくせに、ショウ。違うな、冗談を言わないわけじゃない。笑わないから、冗談だか本気だか区別がつかないだけ」

スタンディッシュはペンをテーブルに放り出した。このときまで電話の内容を書き留めるのに——というより、落書きをするのに使っていたペンだ。ハート形のイヤリングをもてあそぶ。「私たち、空振りばかりしてる。ナイトでしょ。次がホンソン・エンタープライゼス。なのに、あなたは私が想像してたほど落ちこんでないみたい」

「空振り？」ショウは怪訝《けげん》な顔で聞き返した。「ナイトからエイヴォンにつながった。ホン・ウェイは、トンプソンが殺された理由はおそらくデータマイニング業界ではないと教えてくれた」

スタンディッシュの携帯電話が鳴った。応じたスタンディッシュの声の感じからすると、かけてきたのはパートナーのカレンだろう。

ショウはノートパソコンを引き寄せ、ネットに接続し、地元テレビ局のニュースサイトをもう一度眺めた。ノートを開いてメモの用意をする。ざっとながめたニュースのなかには、エリザベス・チャベル誘拐事件に関連していそうなものはなかった。

サバイバリズムには、あまり議論されない側面がある。それを運命と呼ぶ人々もいれば、寿命と呼ぶ人々もいる。もう少し地に足のついた人々なら、不運と呼ぶだろう。崖っぷちに追い詰められる。とうてい切り抜けられそうにない窮地に置かれる。そこで死ぬしかないような、あるいは凍傷で足の指を失うしかないような、絶体絶命の危機。

その結果は？　無事に生き延びるのだ。足の指を一本たりとも失うことなく。

誰かが、あるいは何かが介入するからだ。

コルター・ショウは、十二月のサバイバル走でそのことを知った。十四歳のときだ。父の車に乗せられてコンパウンドの片隅まで行き、そこで一人きりで降ろされ、二日がかりでロッジに戻るサバイバル走に出発した。必要なものはすべて持っていた。食料、マッチ、地図、コンパス、寝袋、武器。空は青く、空気は冷たかったが、気温は零下ではなかったし、ロッジまでのルートにさほどの難関はなく、景色のよいところばかりだった。

出発から一時間、カシの倒木を伝って流れの速い川を渡ろうとした。カシの倒木は、シロアリとクマバチの住まいになっていなければ、頼りになる橋だっただろう。だが、虫たちは何年も前から木の内部で宴会を続けてきた。もろくなった木が割れて、コルターは川に落ちた。

水の冷たさに息をのみながら、コルターは川岸に這い上がった。寒さで体が激しく震えた。

パニックに陥ることはなかった。冷静に状況を評価した。マッチは防水の容器に入っている。ナイフは身につけていた。だがバックパックはものすごい力で川底に引きこまれていき、あきらめて手を離すしかなかった。落ち葉を集め、マツの枝を切った。コルターはまもなく焚き火で体を温めていた。四十分ほどすると、深部体温は安定した。だが、そこはロッジから十五キロ以上離れているうえに、コンパスも地図もピストルもなくしてしまっていた。ようやく動ける程度に体が温まり、ブーツが乾いたころには夕方になっていて、それから山中を歩くのは危険だった。それよりも、完全に暗くなる前に、なかで焚き火ができるくらい大きな差し掛け小屋を造ることに時間を使うべきだと判断した。空気は雨のにおいをさせていた。

そこで差し掛け小屋を造った。周囲が見えなくなるほど暗くなるまでのあいだ、木の実を集めて貯蔵場所に運ぶリスを観察した。灰色のリスだけを目で追った。赤い毛のリスは木の実を埋めない。ショウは主のいなくなった巣穴に貯めこまれていたクルミを集めた。ドングリも食用になるが、茹でてタンニンを抜いてからでないと苦くて食べられない。小川の水を飲み、木の実を食べた。川に落ちる前にたどっていた、大ざっぱにロッジの方角に向かっている小道を確認し、安心して眠りについた。

六時間後、目が覚めると、外は猛吹雪だった。雪は五十センチ以上積もっていた。

コルターの思考は絶望の底に沈んだ。雪は、昨日のうちに確かめておいた小道を覆い尽くしていた。食料はクルミ四個しか残っていなかった。

ここで死ぬのだろうか。

ショウはゆるやかに起伏する真っ白な風景を観察した。差し掛け小屋のとなりに何かある。オレンジ色の大きなバックパックだった。それを小屋のなかに引っぱりこみ、震える手でジッパーを開けた。エナジーバー、ワイヤソー、余分のマッチ、地図、コンパス、保温寝袋が入っていた。それにもう一つ。いまも持ち歩いているコルト・パイソン357。その銃は、父が大切にしていたものだった。

アシュトン・ショウは、コルターを降ろしたあと、まっすぐロッジに帰ったわけではなかった。ずっと息子のあとを追っていたのだ。

介入……

そしていま、同じことが起きた。

ショウの電話が鳴った。おもちゃ好きのCEO、マーティ・エイヴォンからだった。

「プロキシのほうはまだまだなんですけどね。念のためお知らせしておいたほうがいいかなと思って。会員の一人が、いまから数時間前にVPNをオンにしないで——つまりプロキシを経由しないでログインしたんです。それで実際のIPアドレスが表示された。病的に長時間プレイするユーザーで、事件が起きたときはオフラインだったっていう例の基準に一致するんですよ。マウンテンヴューの住宅を突き止めました」

「手がかりが見つかったかもしれない」ショウはスタンディッシュに言った。「マーティからだ」

スタンディッシュは私用電話を切り、ショウの電話を受け取って短いやりとりを交わしたあと、自分のメールアドレスをエイヴォンに伝えた。通話を切るなり、スタンディッシュの携帯電話が着信音を鳴らした。「陸運局のデータベースに照会してみる」スタンディッシュはそう言って文字を入力した。「よし、と。転送した」

しばらく無言で待った。ショウはカフェを見回した。コンピューターの歴史が展示された壁をながめる。配管工のマリオにハリネズミのソニック。ヒューレットとパッカード。セミトレーラーほどもありそうに巨大な世界最初の電子計算機ＥＮＩＡＣ。それからショウの目はカフェの入口を見つめた。マディー・プールと初めて会ったときのことを思い出す。マディーはあの入口から入ってきた。赤い髪を指に巻きつけながら。

**きっとこう思ってるところよね。このストーカーじみた女はいったい何の用だ？……**

スタンディッシュの携帯電話がまた着信音を鳴らした。届いたメッセージにすばやく目を走らせる。「氏名はブラッド・ヘンドリクス。逮捕状は出ていない。逮捕歴もない。高校時代に何度も警察に呼ばれてる。いじめが発端の喧嘩。いじめた側か、いじめられた側かはわからない。告発には至ってない。顔写真はこれ」

写真を一目見た瞬間、内心の驚きが顔に表れたに違いない。

「どうしたの、ショウ？」

「見たことがある」

それは、赤と黒の格子柄のシャツの若者、このクイック・バイト・カフェで――いまショウとスタンディッシュが座っている席から二つ離れたテーブルで、きれいな若い女性に冷たくはねつけられていたあの若者だった。

## 60

ブラッド・ヘンドリクスは十九歳で、定時制のコミュニティカレッジに通っており、マウンテンヴュー地区の低所得者層が多く暮らす地域に両親と住んでいた。学校に通いながら、パソコン修理店で週十五時間ほど働いている。高校時代の喧嘩では、ブラッドがいじめられた側で、いじめた少年数名を待ち伏せした。骨が折れたりするほどの喧嘩ではなく、何人かがほんの少し鼻血を流した程度だった。誰か一人が悪いというわけではないため、親たちは警察の手を借りずに話し合いでことを収めた。

ブラッドは、『ウィスパリング・マン』をはじめデスティニー・エンタテインメントのゲームを週に四十時間ほどプレイしていた。ほかのゲーム会社のゲームにも同じように時間を費やしているに違いない。SNSはほとんど利用していなかった。フェイスブックやインスタグラム、ツイッターに投稿するより、一人でゲームをやるほうが性に合っているのだろう。

ラドンナ・スタンディッシュはさっそくクイック・バ

イト・カフェで聞き込みを開始し、ブラッド・ヘンドリクスの写真を見せて回った。ブラッドはその日のもっと早い時間帯には来ていたが、いまはカフェにいなかった。

ショウは関連する手がかりを追っている。スタンディッシュのIDやパスワードを借りてサンタクララ郡やカリフォルニア州の記録を閲覧し、わかったことを仕事用のノートの一つにメモしていった。

椅子の背にもたれ、いまは何も表示していない画面を凝視した。

「どうかした？」スタンディッシュがテーブルに戻ってきた。「クリームをもらった猫みたいな顔して」

「猫はカナリアを捕まえたときのほうがうれしそうじゃないか？」

「死んだ小鳥よりクリームのほうがおいしそうでしょ。ブラッドは、今日の午前中にあなたがここで見かけたとき以来、この店には来ていないみたい」いま店にいるなかに、ブラッドと知り合いだという客はいない。オンラインで知り合ったとブラッドが言い張り、若い女性と言い争いになった一件は何人かが覚えていたが、それ以前にブラッドをここで見かけたことはないという。

スタンディッシュは何かを財布にしまった。それからショウに言った。「好かれちゃった。警察の人間だから」

「誰に？」

「ティファニー。クイック・バイト・コーヒー割引クラブの終生会員にしてくれた。あなたもそうじゃないの？」

「招待状がメールで届いているのかもしれないな」

「利用しなさいよ。ティファニーはあなたのことを気に入ってるんだから」

ショウは答えなかった。

スタンディッシュは真顔に戻って言った。「で、猫とクリームの件だけど……何かわかったんでしょ、ショウ。エリザベスを救える可能性はありそう？」

「たぶん」

第二次世界大戦後まもなく建てられたものらしき古い住宅が並んだ通りに車を駐めた。

コンクリートブロック造りの家、木造の家。どれも頑丈そうだ。地震の危険があるからだろうか。すぐに思い直した。違う。子供がブロックで作ったような住宅にそこまでの深慮が注ぎこまれているとは思えない。建てる、売る。次に取りかかる。

　ここは富裕層が住むマウンテンヴューではないほうのマウンテンヴューだ。フランク・マリナーの家があるあたりともまた違う。イーストパロアルトほどではないが、それでも治安が悪くてみすぼらしい。一〇一号線の往来の音が絶え間なく聞こえていて、空気は排気ガスのにおいをさせていた。

　各戸の庭は、メートルではなくセンチで測ったほうがよさそうな広さで、ほとんどはまったく手入れされていなかった。雑草、黄色く枯れた芝生、砂をかぶって干からびたむき出しの地面。花はない。草木に水をやる金——カリフォルニア州の水道料金は高い——は、生活必需品やべらぼうな税金、住宅ローンに回っているのだろう。

　ショウはマーティ・エイヴォンの夢、シリコンヴィルのことを考えた。ほんの三十分前にネットで見つけた文章を思い出す。

　　過去数十年、シリコンヴァレーはＮＢＴ《ネクスト・ビッグ・シング》——〝次に来るもの〟を探してきた。インターネット、ＨＴＴＰプロトコル、いまより速いＣＰＵ、いまより大容量の記憶装置、携帯電話、ルーター、ブラウザーの検索エンジン。その探求には終着点などないだろう。だが、シリコンヴァレーの誰もが見過ごしてきたメッセージがある。それは不動産こそ真のＮＢＴであるということで……

　ショウがいま観察している住宅は、この界隈では典型的なバンガロー風の一軒だった。外壁は緑色で、ペンキが剝げたところを補修してあるが、使われたペンキの色合いが微妙に異なっていた。屋根から広がった雨染みが錆色の涙のように羽目板を伝い落ちている。箱やパイプやプラスチック容器、腐りかけた段ボール、溶けてどろどろになりかけた新聞の束が放置されていた。

　ガレージ前のスペースに古ぼけた半トンのトラックが駐まっている。赤いボディは陽に焼けて白茶けていた。ショックアブソーバーはやる気をすっかり失っているのだろう、車体が右に傾いている。

　ショウが車を降りてその家の玄関に向かおうとしたところで、ドアが開いた。毛髪の残りが乏しくなりかけた大柄な男が出てきた。灰色のダンガリーのスラックスに白いTシャツ。険悪な目をショウに据え、大股で近づいてきて、一メートルほど離れたところで立ち止まった。身長は百八十五センチくらいか。汗とタマネギのにおいがただよった。

「何の用だ?」男が語気鋭く言った。

「ミスター・ヘンドリクスですか」

「何の用かと訊いてんだよ」

「ほんの数分、お時間をいただきたいのですが」

「差し押さえに来たんなら、無駄足だったな。支払いが遅れてるったって、たかが二カ月だ」男はおんぼろトラックのほうにうなずいた。

「ローンの差し押さえではありません」

男は通りの左右に目をやりながら考えていた。最後にショウの車を見つめた。「俺はミネッティだ。ヘンドリクスは女房の旧姓」

「ブラッドはあなたの息子さんですか」ショウは尋ねた。

「女房の連れ子だ。あいつ、今度は何をしでかした?」

「ブラッドのことでお話があります」

「あいつならいないよ。学校にでも行ってるんだろ」

「そのとおりです。学校に確認しました。私はあなたとお話がしたい」

大柄の男は横目でショウをうかがった。「警察じゃなさそうだな。それなら最初にそう言ってるはずだ。警察なら警察だって先に言わなくちゃならない。法律でそう決まってるからな。で、あの小僧は今度は何をした? あんたの妹をもてあそんだんじゃないはずだ。あんたの妹がパソコンだっていうなら話は別だが」男は顔をしかめた。「言いすぎた。妹がどうとか。悪かった。あいつはあんたから金を借りたのか」

「違います」

男はショウを眺め回した。「あんたを殴り飛ばしたってのもありそうにないな。あいつにそんな度胸はない」

「いくつかお尋ねしたいことがあるだけです」

「なんで俺がブラッドのことをあんたにしゃべらなくちゃならない?」

「一つ提案があります。なかに入りませんか」

ショウはブラッドの継父の脇をすり抜けて玄関に向かった。ドアの前で立ち止まって振り返る。継父はゆっくりと歩いてきた。

　バンガロー風の家は、かびと猫のおしっことマリファナのにおいが染みついていた。フランク・マリナーの家の内装がグレードCだとすると、この家のランクはさらに下だ。どの家具もみすぼらしく、ソファや椅子のくたびれたクッションは、そこに長時間座り続けた尻の形にへこんでいた。コーヒーテーブルやエンドテーブルにはカップや食べかすがこびりついた皿が積み上げられている。廊下の奥を人影がよぎるのが見えた気がした。黄色い部屋着を着た太った女性と見えた。ブラッド・ヘンドリクスの母親か。突然やってきた客を夫が招き入れてあわてている。

「で？　提案ってのは何だ」

　椅子を勧めることさえなかった。

　まあいい。ショウも長居をするつもりはなかった。

「息子さんの部屋を見せていただけませんか」

「あんたの頼みを聞く義理はないな。どこの誰だかもわからないのに」

　女性の顔――月のように丸く青白い顔――がこちらをのぞいた。二重顎の下に、くわえ煙草のオレンジ色に輝く先端がぶら下がっている。

　ショウはポケットから五百ドル分の二十ドル札を取り出し、ブラッドの継父に差し出した。継父は現金を見つめた。

「勝手に部屋に入るとあいつが怒る」

　交渉している時間はない。ショウは一瞬だけ相手の目を見た。メッセージは伝わったはずだ――五百ドルで応じるか、断るか、二つに一つ。

　ブラッドの継父は廊下をのぞき――女性はまた姿を消していた――ショウの手から現金をひったくってポケットに押しこんだ。そして脂じみて散らかったキッチンのそばのドアにうなずいた。

「家にいるときはずっとそこだ。暇さえありゃゲームだよ。俺があの年ごろだったときには、ガールフレンドが三人いたもんだがな。スポーツをやらせようとしたが、興味がないらしい。入隊も勧めたよ。ふん。結果は言わなくたってわかるよな。俺と女房があいつを何て呼んでるか教えてやろうか。カメだよ、カメ。部屋から出てくるたびに甲羅に首を引っこめる。外の世界をシャットダウンする。ゲームばっかりやってるとそうなるんだよ。ベスが洗濯物を取りに下りてくだけでも気に入らないらしい。罠でも仕掛けてあるんじゃないかと思うときがある。あんたも気をつけな」

　口には出さなかったが、そのあとにこう付け加えられるのが聞こえるようだった——不用意にそこらのものに触ったせいであんたの手が吹き飛んだりして、警察を呼ぶ羽目になるなんてのはごめんだからな。

　ショウは継父の脇を抜け、ドアを開けて地下室に下りていった。

　地下室は暗く、かびのにおいが目や鼻に襲いかかってきた。家に漂っているにおいの元はここらしい。石油化学製品に独特の、濡れた石と熱せられた油のにおいもしている。一度嗅いだら、嗅覚が忘れないにおいだ。箱や脱ぎ捨てられた衣類、壊れた椅子、傷だらけのテーブルがごちゃごちゃに押しこまれたような部屋だった。無数の電子機器もある。ショウはぎしぎしとやかましい階段を半分下りたところで立ち止まった。

　部屋の真ん中にパソコンが鎮座している。巨大なディスプレイ、キーボード、ボタンがたくさんついたトラックボール。マディーが話していたことを思い出す。ゲーマーは、パソコンでプレイするのを好むタイプと、ゲーム専用機を好むタイプに二分される。しかしブラッド・ヘンドリクスは任天堂のゲーム機も三台持っていて、その隣にマリオブラザーズのゲームカートリッジが何本もあった。

　任天堂。

　**弱い者の味方をする騎士をまつった神殿……**

　ああ、マディー……

　部屋の隅にパソコン用のキーボードが五つか六つ転がっている。印字された文字や数字、記号はすり減って消えかけていた。キーごとなくなっているところもあった。使えないものをなぜとっておく?

　ショウは危なっかしい階段をまた下り始めた。安心して上り下りするには、釘が足りない箇所が三つ四つある。腐ってたわんでいる段もあった。ショウの体重は八十キロだが、ブラッドの継父は百十キロか二十キロくらいありそうだ。継父はこの地下室にはめったに下りてこないのだろう。

　コンクリートブロックの壁の塗装はまだらで、白やクリーム色の塗り跡を透かしてコンクリートの灰色が見えていた。ゲームのポスターが何枚も貼ってある以外、装飾らしい装飾はない。ポスターの一枚は『ウィスパリング・マン』のものだった。血色の悪い顔、黒いスーツ、遠い時代を象徴するような帽子。

**誰も助けてはくれない。脱出できるものならやってみるがいい。さもなくば尊厳を保って死ね。**

壁にフローチャートが貼ってある。大きさは幅九十センチ、縦百二十センチ。ショウの筆跡と同じくらい小さいが、はるかに無造作な文字で、『ウィスパリング・マン』の各レベルの進行具合が書きこまれていた。戦略や攻略法、チート法の走り書きも無数にある。ブラッドはレベル9まで進んでいるようだ。チャートのてっぺんのレベル10〈地獄〉にはまだ何も書かれていない。たしかそのレベルに到達したプレイヤーはまだ誰一人いないのだ。

ボックススプリングの上にくたくたになったマットレスが置いてあるだけで、ベッド枠はない。ベッドは乱れたままだった。空の皿やソフトドリンクの缶や瓶が枕のそばに放置されている。買ってから十年はたっていそうなCDラジカセの隣に音楽CDが積み上げてあった。ブラッドは可処分所得をすべてゲーム機器に注ぎこんでいるようだ。

ショウはブラッドの椅子に腰を下ろし、スクリーンセーバーをながめた。ドラゴンが延々と旋回している。まるまる三分、催眠効果のありそうなその動きを目で追った。それから携帯電話を取り出し、電話を二本かけた。一本はラドンナ・スタンディッシュに。もう一本はワシントンDCの番号だった。

## 61

「これに好き好んで来る人がいるの？　これの何が楽しいの？」

コルター・ショウとラドンナ・スタンディッシュは、C3ゲームショーのごった返した会場を歩いていた。ショウはバックパックを肩にかけていた。会場入口で女性警備員が大きな箸のような道具を使ってそのなかを丹念に調べた。スタンディッシュは金のバッジを提示したが、ショウが荷物検査を免除されることはなかった。

スタンディッシュはきょろきょろとあたりを見回していた。左、右、後ろ、上。どこもかしこも大型高解像度ディスプレイだらけだ。

「もう頭痛がしてきたんだけど」

前回来たときと同じように、無数の音が耳に襲いかかってきた。宇宙船のエンジン、異星人の叫び、マシンガン、光線銃……終わりのない電子音楽の腹に響く重低音は、どのゲームとも無関係に鳴り続けている。ゲームショーの運営者は、パン屋にネズミがいてはいけないように、ほんの数秒であっても無音の瞬間があってはならないと恐れてでもいるかのようだった。

ショウは大声で言った。「このあたりはまだ静かなほうだ」

二人は若者が大多数を占める参加者のあいだをすり抜けるようにして進んだ。途中でホンソン・エンタープライゼスのブースの前を通った。

HSE最新作
IMMERSION――イマージョン――
ビデオゲームの新機軸

ショウは、ゴーグルを手に興奮した顔つきで並んでいる参加者をさっとながめた。

マディー・プールはいなかった。

スタンディッシュが言った。「一つ決めたわ、ショウ。うちの娘たちにゲームはやらせない」

ジェムとセフィーナがゲームをやるような年齢になるころ、どんなゲームが世の中に出ているだろう。スタンディッシュとカレンがゲーム機のコントローラーやパソコンのキーボードから娘たちを遠ざけておこうとどれほど努力したところで、結局は無理なのではないか。

数分後、二人はナイト・タイムのブースに来た。トニー・ナイトのパートナーでありゲーム開発者のジミー・フォイルが入口で二人を出迎えた。

フォイルはショウの手を握り、紹介を受けてスタンディッシュとも握手を交わした。

「話はなかで」フォイルは入口の奥へと顎をしゃくった。

フォイルの案内でブース内の作業エリアに入った。前日、ショウがナイトやフォイルと初めて会った部屋だ。三人は会議テーブルについた。フォイルは『コナンドラム』新バージョンのプロモーション資料を脇に押しやった。社員が三人、パソコンに向かって仕事をしていた。

前回と同じ顔ぶれなのかどうか判別がつかない。ナイト・タイムの社員はみな不気味なほどそっくりだ。

　スタンディッシュがフォイルに言った。「『ウィスパリング・マン』の登録会員から容疑者を探す方法を教えてくださったそうですね。ありがとうございました」

「ちょっと思いついただけのことですから」フォイルは控えめに言った。前日に会ったときと変わらず内向的な態度だった。マスコミがフォイルを〝黒子に徹する人物〟と評していたことをショウは思い出した。

　ショウはあらかじめフォイルに電話をかけ、新たな誘拐事件が発生したこと、容疑者を見つけたことを伝え、また助言をもらえないかと頼んでおいた。フォイルも了承していた。

　ブラッド・ヘンドリクスの件をショウから説明した。

　スタンディッシュが付け加えた。「おそらく彼で当たりだと思いますが、証拠があるわけではありません。逮捕状を申請するだけの根拠がないんです……」そう言ってショウを見やる。

「ブラッドは両親と一緒に住んでいる」ショウは言った。「両親に会ってきました――本人はいま学校の授業中です。それで……ブラッドの継父を説得して、協力を取りつけました」

　フォイルが訊いた。「義理の息子を売ったというわけですか」

「ええ、文字どおり。五百ドルで」

　フォイルは額に皺を寄せた。

「これを持ち出す許可をもらいました」ショウはずしりと重たいバックパックをテーブルに置いた。フォイルがなかをのぞく。外付けハードドライブ、ディスク、サムドライブ、SDカード、CD、DVD、書類、ポストイット、鉛筆やペン、キャンディやチョコレート。「ブラッドのデスクにあったものを手当たりしだいかき集めてきたので」

　スタンディッシュが言った。「いくつかはなかを確かめました。接続のしかたがすぐにわかるハードドライブやカード類だけですけど。ただ、中身はちんぷんかんぷんで」

「解読できる人間が必要だということですね」フォイルは言った。「かといって、コンピューター犯罪課には頼めない。逮捕状が取れないから」

「そうです」

「あなた方が考えていることは……」

「変則的な捜査ですから」スタンディッシュは身を乗り出し、抑揚を抑えた声で続けた。「たとえこのなかから証拠が見つかったとしても、法廷には提出できない。でも、そんなことを言ってる場合ではないんです。被害者の命が最優先ですから」

フォイルが尋ねた。「『ウィスパリング・マン』のゲームプレイを再現していると仮定して、今度の事件はどのレベルに当たりますか」

「〈沈みゆく船〉」

フォイルは困惑顔をした。「サンフランシスコ周辺で？　タンカーやコンテナ船が数百隻はありますよ。その大部分が放棄された船だ。フィッシャーマンズワーフ、マリン。レジャーボートも無数にある……」

ショウは言った。「今度出る『コナンドラム』は拡張《A》現実《R》ゲームでしたね。マーティ・エイヴォンから聞きました。ふつうのサーバーでは処理しきれないが、おたくのサーバーはスーパーコンピューターだから可能だと」

「ええ、そのとおりです」

「そのスパコンを使えば、パスワードを割り出せますか」

「やってみてもいいですが」フォイルはバックパックをのぞいた。「ＳＡＴＡ接続のハードドライブに三・五インチの裸のハードドライブ、ＳＤ……サムドライブ。自作のものもあるようですね。見ただけでは何なのかわからない」フォイルは顔を上げた。新たな課題を前にして、目が輝いているように見えた。「シンメトリック・バックドアがあるかもしれない。もし第一世代のＤＥＳを使っているなら、誰でも簡単に解読できる」

ショウとスタンディッシュは顔を見合わせた。二人は〝誰でも〟には当てはまらない。

「仮にそうなら、数時間で複合化したテキストや画像をお渡しできますよ。もしかしたら数分で」

スタンディッシュは携帯電話で時刻を確かめた。「ブラッド・ヘンドリクスの授業はそろそろ終わります。コルターと私はブラッドを尾行します。エリザベスのところに行くかもしれないから。でも彼女をこのまま放置して死なせる気でいるなら、あなただけが頼りです」

62

三十分後、ラドンナ・スタンディッシュが運転するニッサン・アルティマは、サンタクララ郡西部を走っていた。行けば行くほど周囲の景色は寂しくなっていく。尾行中の車からは充分に距離を取っていた。

ショウはジミー・フォイルにメッセージを送った。

ブラッド・ヘンドリクスは車で移動中――自宅とは別の方角。コルターと二人で尾行中。監禁場所に向かっている可能性あり。まだ何とも言えません。解読作業の進行具合は。

まもなくフォイルから返信が届いた。

最初のSATAドライブは解読不能。トゥーフィッシュアルゴリズムを使っている。SDカードの解読にとりかかったところ。

ショウは返信を読み上げた。

スタンディッシュが苦笑を漏らした。「トゥーフィッシュ？　コンピューター用語って変なものばかり。そういう名前は誰が考えるのかしらね。どうして〝アップル〟？　どうして〝マッキントッシュ〟？」

「グーグルならまだわかるがね」

スタンディッシュは横目でショウを見た。「たまには笑いなさいよ、ショウ。何かのコンテストみたい。いつか笑わせてやるんだから」ニッサン車はまた二つカーブを抜け、坂道のてっぺんで速度を落とした。前方の車にあまり近づくと、バックミラー越しに気づかれてしまう。

彼方に青い太平洋《パシフィックオーシャン》がもやの下に横たわっていた。こうして遠くから見ると、その名のとおり平和《パシフィック》に見えた。

「応援は？」ショウは訊いた。

スタンディッシュは携帯電話をちらりと確かめた。

「まだ」

カリフォルニア州捜査局（CBI）の機動隊に応援要請ができないことは二人とも承知していた。二人の捜査は〝非公式〟だからだ。このまま捜査を続けたければ、上層部に話を通して了解を取るしかないが、その時間はない。スタンディッシュはいくつかメッセージを送り、〝非公式の〟応援を要請した。だが、これまでのところ返信がない。スタンディッシュがまたメッセージを送った。

ショウはマディーからもらった『ウィスパリング・マン』の攻略本を開いた。エリザベス・チャベルの監禁場所が判明したとき——判明することがあれば——救出の参考にできそうな情報がないか、ページをめくっていく。

レベル3：沈みゆく船

あなたはフォレスト・シャーマン級駆逐艦、米国艦船スコーピオン号に閉じこめられている。スコーピオン号は敵の魚雷にやられ、サメの棲む海に沈んでいこうとしている。一番近い陸までは百五十キロある。きみがいるのは船内の一室で、そこには水の入ったボトル、綿のハンカチ、両刃のカミソリ、アセチレントーチ、エンジン潤滑剤がある。

スコーピオン号には多数の乗組員が残されているが、救命いかだは一艘《そう》しかなく、船内のどこかに隠されている。船が沈没する前に救命いかだを探さなくてはならない。

攻略のヒント

1　乗組員の死者が増えれば、その分、ほかの乗組員が使える物資は増える。

2　スコーピオン号は呪われており、一九四五年に沈没した、同じ名前を持つ第二次世界大戦中の駆逐艦スコーピオン号の乗組員の幽霊が出没する。新スコーピオン号の乗組員が一人死ぬたび、幽霊一体が安息の眠りにつく。

3　周辺の海中を何か大きな生物が泳いでいる。メガシャークかもしれないし、潜水艦かもしれないが、敵なのか味方なのかははっきりしない。スコーピオン号の無線通信設備は、魚雷攻撃で破壊されている。

誰も助けてはくれない。脱出できるものならやってみるがいい。さもなくば尊厳を保って死ね。

ショウはマディー・プールが余白に記したメモを読ん

だ。レベル３、沈みゆく船のページの余白にはこうあった。〈ほかのレベルに比較して、刃物を使う戦闘が多い。ナイフ？　カミソリ？　ガソリンも。トーチを探すこと。〉

本の最初のページにも書きこみがあった。

ＣＳへ
あなたは負けない《ゲーム》。
わたしは負けない。
二人とも負けない……

キスとハグを

ＭＰ

スタンディッシュが言った。「ショウ？」

ショウは攻略本を膝に下ろした。

スタンディッシュが言う。「訊きたいことがあるの。どんな印象を持った？　ブラッド・ヘンドリクスの家を見て。両親はどんな人？」

「ＡからＺまでよくない印象だな。義理の父親は、何を疑われているのかさえ確かめもせずに義理の息子を喜んで売った。母親は、肘掛け椅子に座ってテレビをながめているだけのだらしのない人間だ。家にはマリファナのにおいが染みついてる。夫を見る母親の目は〝選択を誤った〟と叫んでいるとしか見えない。身体的な暴力があるのかどうかはわからない。おそらくないと思う。家はとにかくひどい有様だった」

「だから息子はゲームにはまっちゃうのね。現実の人間と触れ合った経験がないから」

**カメ……**

現在のルートは、ますます人気《ひとけ》のない丘陵や森へと向かっていた。道が蛇行しているのは尾行する側に有利だった。木々や茂みがこちらの車を隠し、先を行く車のクロームやガラスが日光を跳ね返して、尾行を容易にしている。

「銃は持ってる？」

「持っている」

「彼を撃たないでね」スタンディッシュが言った。「万が一そういうことになると、書類仕事がたいへんだから……」スタンディッシュはちっちっと舌を鳴らした。

「きみもユーモアのセンスがあるんだな」

「冗談で言ったわけじゃないってば」

先を行く車が未舗装の道路にそれた。

スタンディッシュはブレーキをかけた。二人は車載ナビで検索した。名もない道は三キロほど先で海に突き当たっていた。分岐する道は一つもない。スタンディッシュはふたたび車を出した。前の車との距離を保ちながら、見失うことのないよう適度な間隔でついていく。バランスが肝心だ。逮捕のタイミングが早すぎてはいけない。チャベルの監禁場所へは案内してもらわなくてはならないのだから。かといってあまりのんびりしているわけにはもいかない。チャベルにとどめを刺しに来たのだとすれば、すばやく動いて阻止しなければならない。

ニッサン車は、大揺れしながら時速十五キロほどででこぼこ道を進んだ。

「新しい部署を立ち上げられないかと思ってる」

「JMCTF内に？」

スタンディッシュはうなずいた。「シリコンヴァレーのストリート事情は、イーストパロアルトともオークランドとも違う。でも、〝ストリート〟であることには変わらない。だって、ブラッドを見てよ。ああいう子たちにもっと早い時点で手を差し伸べたいの。チャンスを与えてやりたいのよ。私がパロアルトでしたのと似たようなことをしようと思ってる。地域の親や学校の先生を巻きこむ。子供たちを守る壁を作るというのかな。世間の見る目はそれでようやく変わるだろうから」

「きみは不良少女だったのかい、スタンディッシュ？」

ショウは訊いた。

スタンディッシュはほほえみ、ハート形のイヤリングをもてあそんだ。「マスコットだった。私はね、犯罪組織のマスコットだったのよ」そう言って笑う。「うちの父は本物の悪党だった。フランキー・ウィリアムソン。あとで調べてみて。一筋縄じゃいかない人だった。家にいるときは、誰もが思う理想の父親だった。私たち兄妹全員の世話を焼いてくれた。いつか写真を見せてあげる。うちに来る組織の人たちは、いつも私たちにおみやげを持ってきてくれた」スタンディッシュは首を振り、懐かしむような表情を浮かべた。「書斎で仕事の話をするわけよ。封筒を交換したり——まあ、想像がつくでしょ？だけど私たちには、レゴやボードゲームを持ってきてくれるの。キャベツ畑人形とか！　私はもう十三歳で、デヴォン・ブラウンに熱を上げるような年ごろだったのに、パパの仕事仲間は、人形をくれたのよ！　でもみんな得意げな顔をしてたから、私もせいいっぱいうれしそうな芝居をした。そうだ、ダヤン・キャベルの膝に抱っこしてもらってる写真がある。殺し屋のキャベルよ。二十回の終身刑を食らってサンクエンティンで服役中の殺し屋。

　同じようなプログラムを始めようと思うの。というか、もう準備は始めてる。ストリート福祉教育啓発《ウエルフエア・エデュケーション・エクセレンス》プログラム。略してSWEEP」

「いいね」

　スタンディッシュは道路の先を見つめた。前の車が巻き上げた土埃が落ち着こうとしている。「今回の奇妙な事件。妄想《ファンタジー》が引き起こした事件。ゾディアック事件やサムの息子事件みたい。ファンタジーはもういや。世の中の子供の命を守りたい。それは現実だから。で、そっちはどうなの、ショウ？　やっぱり不良少年だった？　黒いレザージャケットを着て、体育館の裏で煙草を吸ってる姿が目に浮かぶけど」

「ホームスクールだった。兄や妹と一緒に」

「そうなの？」スタンディッシュはそう訊き返したあと、フロントガラス越しに前方にうなずいた。「この道はあそこで行き止まりみたい。これ以上近づくと気づかれる」スタンディッシュは木立の陰に車を駐めてエンジンを切った。

　二人は車を降りた。どちらも何も言わなかったが、二人とも音を立てないようドアを開けっぱなしにした。ショウが指さした道筋――松葉が厚く積もったところ――を通って進む。砂の丘を十メートルほど歩き、尾行してきた車の少し手前で立ち止まって身を低くした。

　一瞬おいて、ドライバーが車を降りた。ショウとスタンディッシュが二時間前、彼こそ〝ゲーマー〟だと結論づけた男。ブラッド・ヘンドリクスではない。内気だが天才的なゲーム開発者、ジミー・フォイルだ。

## 63

　もやでかすんだ太陽を背景に黒く浮かび上がったジミー・フォイルのシルエットが、海を向いて伸びをした。

　ショウとスタンディッシュは、いっそう身を低くし、密集した低木や枯れた草のあいだに隠れた。フォイルは、カイル・バトラーやヘンリー・トンプソンの殺害に使ったグロックを隠し持っているに違いないが、いまは片手に車のリモコンキーを、もう一方には小さな袋を持っていた。その袋にはおそらく、ショウが渡したバックパックにあった品物が入っているだろう。ヘンドリクス家のひどいにおいのする湿っぽい地下室、ブラッドのゲーム用デスクから拝借してきたがらくた。ペン。電池。ポストイット。

ショウの予想どおり、フォイルはエリザベス・チャベルを監禁した場所に舞い戻った。いま手にしている品物をその監禁場所に置き、ブラッドに罪を着せるために。いずれの品にもブラッドの指紋やＤＮＡが付着しているはずだ。

その次にはおそらく、ヘンドリクス家に行き、凶器の銃を裏庭かガレージに隠すだろう。そして匿名で警察に電話をかけてエリザベス・チャベルの居場所を教え、ブラッドの人相や特徴を伝えるだろう。車のナンバーの一部も知らせるかもしれない。警察はここに駆けつけ、チャベルの遺体と証拠物件を発見し、それを手がかりにヘンドリクス家を特定して捜索するだろう。

これはギャンブルだなとショウは思ったが、勝算はあった。六〇パーセント、あるいは七〇パーセント。ブラッド・ヘンドリクスは無実で、〝ゲーマー〟はジミー・フォイルだと確信して罠を仕掛けた。きっと餌――バックパックの中身――に食いつくだろうと考え、パスコードの解読を手伝ってもらえないかと持ちかけた。

ショウとスタンディッシュがここまで尾行してきたのは、フォイルの車だった。ときどきメッセージを送ったのは、二人は別のどこかでブラッド・ヘンドリクスを尾行しているとフォイルに思わせるためだ。

さて、沈みゆく船はどこだ？

フォイルは砂丘のあいだを歩いてその先に消えた。

ショウはその方角にうなずき、二人は立ち上がってフォイルを追った。砂丘のてっぺんに来たところでしゃがむ。向こう側をのぞくと、朽ちかけた桟橋が波荒い太平洋に十数メートル突き出していた。真ん中あたりに古ぼけた遊漁船があって、なかば沈みかけていた。

「ベスト、ちゃんと着てるわよね、ショウ」

二人とも防弾ベストを着けていた。ショウはうなずい

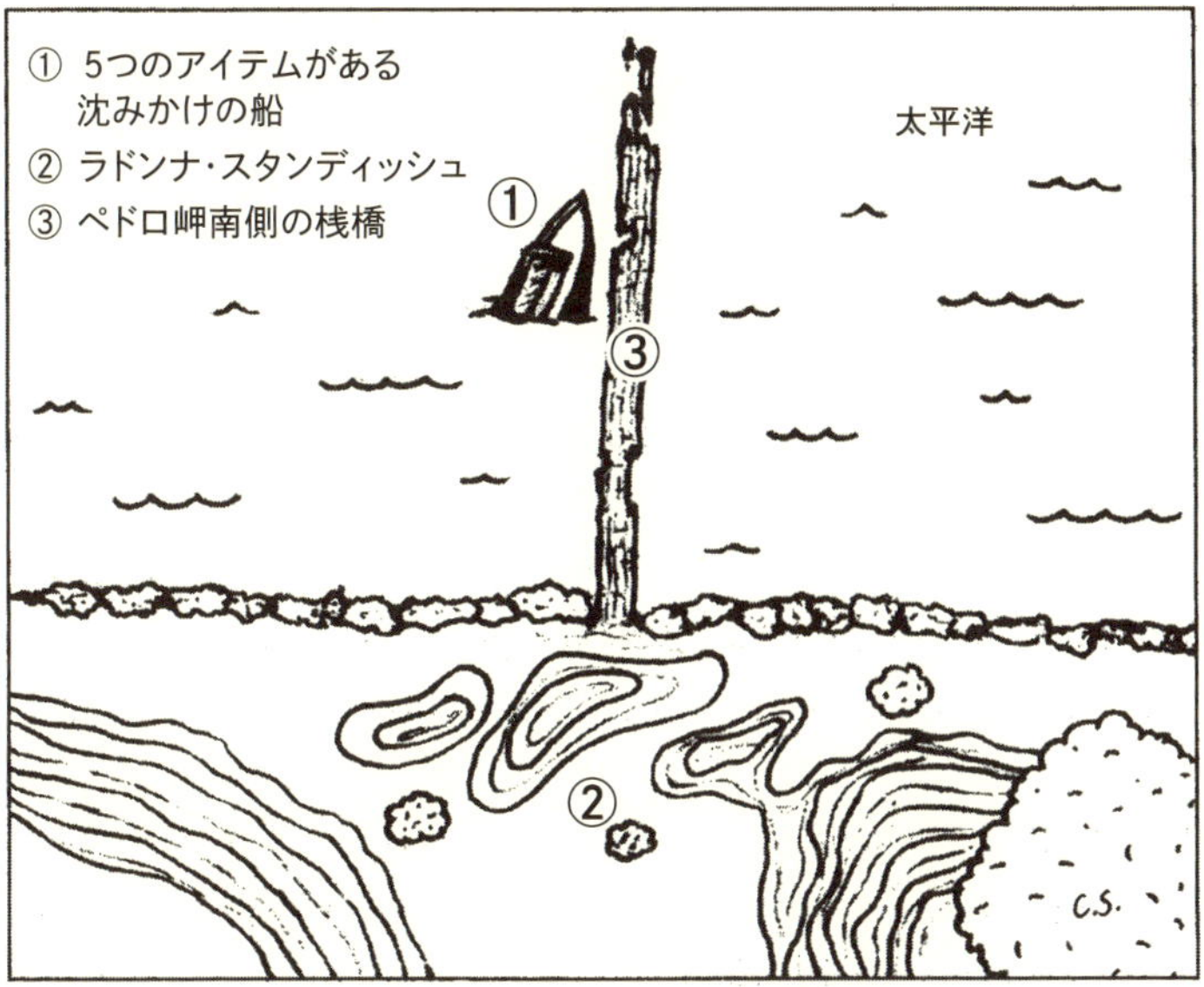


た。

「手錠のかけ方、知ってる？」

「知っている。だが、結束バンドのほうがいいな」

スタンディッシュは結束バンドを二本、ショウに渡した。「私はフォイルを牽制《けんせい》する。あなたはフォイルの銃を確保して、手を縛って」スタンディッシュはグロックを抜き、立ち上がって狙いを定めた。「ジミー・フォイル！　警察です。動かないで。手を挙げなさい」

フォイルはふいに立ち止まり、ゆっくりと振り向いた。

「その袋を地面に。両手は上」

フォイルは愕然とした様子でこちらを見つめた。困惑した表情が浮かぶ。

「袋を地面に置きなさい！」

フォイルは袋を置き、両手を挙げて、ショウを見つめ、スタンディッシュを見つめ、またショウを見つめた。なぜこんなことになったのか、理解したのだろう。偉大なコンピューターゲーム戦略家が知恵で負けたのだ。困惑が怒りに変わっていくのが目に見えるようだった。

「地面に膝をつきなさい。早く！」

ちょうどそのとき、二人の背後で車のクラクションが鳴り響いた。

ショウは瞬時に察した。車のリモコンキーがまだフォイルの手のなかにある。パニックボタンを押したに違いない。

反射的に、スタンディッシュが音のしたほうを振り返った。

「スタンディッシュ、だめだ！」ショウは叫んだ。

フォイルが腰を落としてグロックを抜く。右手からぎざぎざした光が何度か閃いた。スタンディッシュの体に銃弾がめりこみ、彼女は甲高い悲鳴を漏らした。

64

ショウはスタンディッシュに覆いかぶさった。フォイルが放った銃弾が砂を跳ね上げ、目を痛めつける。

自分のグロックを抜き、両手で持ち上げて安定させると、ターゲットを探した。

フォイルは半円を描いて左に移動していた。木立に飛びこみ、全速力で走っていく。これでは狙えない。フォイルの車のエンジンがかかり、猛スピードで走り去った。

ショウはスタンディッシュのそばに戻った。「こんなの教わってない。痛い。痛い」スタンディッシュは苦痛に身をよじらせていた。

ショウはダメージの大きさを測った。一発が前腕に当たり、手首の静脈をえぐっていた。一発は腹部に命中していた。二発は防弾ベストにめりこんでいた。

ショウは銃をジャケットのポケットに入れ、傷を圧迫しながら言った。「さてはとっさに気を遣ったな、スタンディッシュ。ＢＭＷのリモコンキーで武装した男を撃つわけにはいかなかった。そうだろう？」

「船に行って、ショウ。エリザベスがまだ……行って！」スタンディッシュはそう言って痛みにあえいだ。

「ちょっと痛いぞ」

ショウは腹部の傷を圧迫しながらスタンディッシュのロック機構つき折りたたみナイフをホルダーから抜き取り、刃の部分をつかんでおいて柄の重さを利用して片手で開いた。血まみれの手をいったん傷から離して自分のシャツの裾を細長く切り、結び目を作って止血帯とした。それをスタンディッシュの撃たれたほうの上腕に巻きつけ、木の枝を使って締め上げた。スタンディッシュの前腕の出血の速度が落ちた。刃を閉じてナイフをポケットに入れた。

「痛い。痛い……」スタンディッシュはあえぎながら繰り返した。「本部に連絡して、ショウ。フォイルが遠くまで逃げないうちに」

「あと一つだけすませたら連絡する」

銃で撃たれたとき、やれるのは傷を圧迫することだけだ。木の葉を集め、腹の傷の上に置き、二キロ半くらい重さがありそうな石を拾って傷の上に載せた。スタンディッシュが苦痛のうめきを漏らして背をそらした。

「動くな。じっとしてろ。わかってる、苦しいよな。だが、じっとしていなくちゃだめだ」

ジャケットやスラックスで掌の血を拭ってから、携帯電話を取り出して電話をかけた。

「緊急通報です。どうしま――」

「コード13。警察官が撃たれて負傷」スタンディッシュが弱々しい声で言った。

ショウはそのまま伝えたあと、GPSを確認して緯度経度も伝えた。

「お名前をおっしゃってください」

「コルター・ショウ。JMCTFのカミングス上級管理官が私を知っている。武装した容疑者が逃走中。いま伝えた地点から逃げた。おそらく東に向かっている。車は最新モデルのBMW。カリフォルニア州のナンバー。最初の三桁は978。残りは見えなかった。容疑者の氏名はジミー・フォイル、ナイト・タイム・ゲーミング・ソフトウェアの社員だ。負傷した警察官はラドンナ・スタンディッシュ。所属はJMCTF」

通信員が続けて何か質問をしたが、ショウはもう聞いていなかった。電話がつながったままのiPhoneをスタンディッシュの隣に置く。スタンディッシュの目は焦点を失い、まぶたは半分閉じていた。

ショウは止血帯を一瞬ゆるめたあと、ふたたび締め上げた。スタンディッシュの胸ポケットからペンを取り、インクよりわずかに明るい色をした手首の肌に、止血した時刻を書きつけた。止血処置をしてからしばらく時間がたっていること、血流を促して腕が壊死《えし》するリスクを最小限にするにはゆるめなくてはならないことを救急隊員に伝えるためだ。

二人は言葉を交わさなかった。言うべきことは何もない。ショウは携帯電話の隣に銃を置いた。とはいえ、スタンディッシュは数分のうちに意識を失うだろう。

　そして救急隊が駆けつけてくる前に死ぬだろう。だが、ここに残していくしかない。

　ショウはジャケットとベストを脱いでスタンディッシュの体を覆ってやると、立ち上がった。そして――

　海に向かって全力疾走しながら、コルター・ショウは船を注意深く観察した。

　全長四十フィートの遺棄された遊漁船。新造から数十年は経過していそうだ。船尾から沈み始めていて、全体の四分の三はすでに海中に没している。

　キャビンのドアは見えない。出入口は一カ所きりだろうが、それはもう海中にある。上部構造のまだかろうじて海面より上にある船尾側に、船首を向いた窓が見えた。人がすり抜けられる大きさがありそうだが、ガラスははめ殺しではないか。あれを当てにするよりは、海に飛びこんでドアを試そう。

　そこでまた考え直す。ほかにもっといい手はないか――？

　ショウは舫《もや》いのロープを探して桟橋に目を走らせた。ロープのたるみを取れば、船の沈没を食い止められるかもしれない。

　ロープは見当たらない。船は錨で止まっている。つまり、十メートル下の太平洋の底に沈むのを引き留めるものは何もないということだ。

　それに、もしも本当に彼女が船内に閉じこめられているとすれば、船と運命をともにして、冷たく濁った墓に葬られることになる。

　ぬるついてすべりやすい桟橋を走り出す。朽ちた板を踏み抜かないように用心しながら、血の染みたシャツを脱ぎ、靴とソックスも脱ぎ捨てた。

　大きな波が寄せて砕け、船は身を震わせながら、灰色の無情な海にまた何センチか呑まれた。

　ショウは叫んだ。「エリザベス？」

　返事はなかった。

　ショウは確率を見積もった――女性がこの船にいる確率は六〇パーセント。浸水したキャビン内に閉じこめられて数時間が経過したいまも生存している確率は五〇パーセント。

　確率はどうあれ、次に何をすべきか迷っている暇はなかった。海中に腕まで浸けてみた。水温は摂氏五度前後。低体温症で意識を失うまで三十分。

よし、計測開始だ。

ショウは海に飛びこんだ。

## 65

「お願い。あなたは助かって」

二十分後、コルター・ショウは沈みかけた船のキャビンのなか、エリザベス・チャベルと自分を隔てるドアの前にいて、植木鉢の破片を手に、木のドア枠の蝶番の周囲を壊そうと試みていた。

「大丈夫か、エリザベス？」ショウは声をかけた。

シーズ・ザ・デイ号がさらに大きくかたむいた。キャビンの前部の隙間から水がたえまなく流れこんできている。まもなく滝のような勢いで押し寄せてくるだろう。

「赤ちゃん……」チャベルがしゃくり上げる。

「落ち着いて。冷静に。いいね？」

チャベルはうなずいた。「あなたは……警察の……人じゃないのね？」

「違う」

「じゃ……じゃあ……？」

「男の子かな。それとも女の子？」

「な……何？」

「赤ちゃん。男の子、それとも女の子？」

「女の子」

「名前はもう？」

「べ……べ……ベリンダ」

「最近では珍しい名前だね。寝台のできるだけ上のほうにいてくれよ」

「あなた……は？」ささやくような声だった。「名前……？」

「コルター」

「めず……珍しい名前ね」チャベルは小さな笑みを作った。それからまた泣き出した。「あな……あなた……は……やってくれた……できるだけのこと。だからもう……行って。家族が待ってるでしょう。脱出して。ありがとう。心からありがとう。もう行って」

「もっと上。もっと上にのぼれ！　急げ、エリザベス。ジョージはきみを待ってるぞ。マイアミのお母さんやお父さんも。ストーンクラブ。また食べたいだろう?」

ショウは彼女の手を握り締めた。チャベルは言われたとおり寝台に戻って水から上がった。ショウは使い物にならない植木鉢のかけらを放り出した。

低体温症時計の残り時間は? ゼロになっているに違いない。考えるまでもなかった。

「行って!」チャベルが叫ぶ。「脱出して!」

そのとき、キャビン前面の窓のあった穴から、海藻まじりの灰色の海水がどっと流れこんできた。

「行って! お願い……お願いだから……」

**尊厳を保って死ね……**

ショウは水をかき分けながら窓枠のところに戻り、彼女のほうを振り返ったあと、窓枠を飛び越えて外に、海に飛びこんだ。体が冷えきっていて、めまいがした。方向感覚を失った。

波が船にぶつかり、船がショウにぶつかって、ショウはふたたび桟橋の杭のほうに押しやられた。爪先でデッキの手すりを探し当て、それを蹴って、ぶつかる寸前に杭から逃れた。

エリザベス・チャベルのすすり泣く声が聞こえたような気がした。

幻聴か?

イエス。ノー……

すでに海中にある船尾側を向き、懸命に水をかいた。

全身の震えは止まっていた。体がこう言っている――そうだよ、だって温める努力をしてももう無意味だからさ。

前面の窓があった穴から水が勢いよく流れこんでいる。まるで決壊したダムのようだった。船は急速に沈もうとしていた。

キャビンが完全に水面下に没する寸前、ショウは大きく息を吸いこみ、垂直に潜水した。

海面から二メートル半ほどもぐったところで手すりをつかみ、記憶を頼りにドアノブをしっかりと握った。キャビンの外壁に両足を踏ん張り、ゆっくりと脚を伸ばす。

ドアは抵抗した。前と同じだ。しかし、ついに、外に向かってゆっくりと動き始めた。

ショウの賭けが当たった。ソフィーのとき、〝ゲーマー〟はドアが一つだけ開くようにしていた。『ウィスパリング・マン』のルールには、方法さえわかれば脱出できる道がかならず用意されていると書かれていた。

この船の場合、唯一の脱出口はキャビンのドアだった。内外の圧力差このドアはねじでふさがれていないかった。内外の圧力差のせいで開かなかっただけだ。外側には水。内側には空気。それに気づいたショウは、キャビンの内外の水の高さが同じになれば、力ずくで開けられるだろうと考えた。そしてそのとおりになった。

ドアの動きはのろかった。ようやくすり抜けられるだけの隙間ができると、ショウは水を蹴ってキャビンに入り、気を失いかけていたチャベルの腕をつかんで引っ張り出した。シーズ・ザ・デイ号から解放された二人は海面に顔を出した。二人の足の下で、船は右舷側にかたむきながら沈んでいった。その陰圧で二人はふたたび海中にひきこまれたが、ほんの一瞬のことだった。ふたたび海面に顔を出し、咳きこみながら大きく息を吸いこんだ。

ショウは立ち泳ぎをしながら、方向感覚を取り戻そうと周囲を見回した。

岸まで十メートル近くある。桟橋は一・五メートルほど上にあって、はしごはない。杭は緑色の藻に覆われてすべりやすく、よじ登るのは無理だった。

「大丈夫か」ショウは大きな声で訊いた。

チャベルは水を吐き出した。咳をする。顔はひどく青ざめていた。

無情な波は、二人を桟橋のほうに押しやろうとしていた。沈まないよう立ち泳ぎを続けながら、ショウは杭にぶつからないよう片手で自分と彼女を守った。

唯一の脱出口は岸か……ショウの心は沈んだ。化石のような灰色をした尖った岩はやはりコケのような緑色の海藻で覆われている。手でつかめそうなところがまったくないわけではないが、岩だらけの岸に近づけば、激しく打ち寄せる波に翻弄されることになる。波は二人を岩に叩きつけるだろう。二人は波と同じように岩にぶつかって砕けることになるだろう。

「わ……私の赤ちゃん。赤ちゃん……」

「べ……ベリンダは大丈夫さ。私は……タ……タイタニック号から……ぶ……無事にきみを助けたじゃないか」

「赤ちゃん……」

よし。岩場に賭けるしかない。時間は残り少なかった。岸に泳ごうと向きを変えたとき、エリザベス・チャベルが悲鳴を上げた。「戻ってきた！　あいつが戻ってきた！」

見ると、人影が一つ、桟橋に向かって走ってこようとしている。

九一一の指令を受けてパトロールカーが駆けつけてくるにはいくらなんでも早すぎる。ヘリコプターで来たというのならわかるが、ヘリコプターなどどこにも見えない。とすると、ジミー・フォイルだろう。目撃者を始末するために舞い戻ったのだ。

ショウは水を蹴り、桟橋のほうに戻ろうとした。桟橋の下にもぐるしかない。上下に揺れる波に運命をゆだね、杭から飛び出した大釘や尖ったフジツボをできるかぎり避けようとがんばるしかない。

だが、海は今度もまた味方してはくれなかった。非情な腕でショウとチャベルを押しのけ、桟橋から二メートル以内に近づけようとしない。ジミー・フォイルにとっては動かない的のようなものだ。そしてフォイルの射撃の腕が確かなことをショウはいやというほど知っていた。

ショウはまばたきをして目に入った海水を追い出し、桟橋を見上げた。さっきの人影が朽ちかけた桟橋に腹ばいになり、こちらに手を伸ばしていた。

その手に握られているのは、拳銃ではなかった。あれは何だ……布きれか。厚手の布をねじって作ったロープのようなもの……

「急げ、ショウ！　つかめ！」ダン・ワイリー刑事だった。

そうか、要請した応援がやっと駆けつけてきたのだ。スタンディッシュがメッセージを送った相手はワイリーだったのだ。二人の捜査は正式なものではない。だから、捜査本部の正式な一員ではない人物に応援を要請するしかなかった。そしてスタンディッシュが唯一思いついた相手は、連絡係に異動したワイリーだった。

二度失敗したあと、ショウはワイリーがこちらに下ろしたものをようやくつかんだ。

やるじゃないか――ワイリーはショウのジャケットを自分のジャケットと結んでいた。さらに自分のベルトを端に結びつけて救命胴輪の代わりにしていた。

「彼女の腕の下に！」ワイリーが叫ぶ。「ベルトを」

ワイリーは反対端をしっかりと握っている。ショウはチャベルの首にベルトを通し、腕の下にかけた。

ワイリーがチャベルを引き揚げる。チャベルの姿が桟橋の上に消えた。間に合わせの救命胴輪がふたたび下ろされ、ショウを引き上げる。ショウの足が杭に出っ張りを見つけた。一瞬ののち、ショウも桟橋の上に這い上った。

## 66

**臨機応変な対応をためらうべからず……**

このルールは、もちろん、アシュトン・ショウの大部の『べからず集《ブック・オブ・ネヴァー》』に載っていた。いま、アシュトンの息子コルターは、それをさらに具体的に書き換えていた。

**へこみだらけの灰色のセダンの高性能ヒーターを、低体温症の患者の深部体温を上げるのに利用することをためらうべからず……**

ラドンナ・スタンディッシュのニッサン・アルティマのシートに座ったショウは、なかなかいいルールではないかと悦に入った。アルティマを囲うように、さまざまな捜査機関を代表する警察車両が八台から九台駐まっている。エリザベス・チャベルは救急車で手当を受けていた。

体の震えがだいぶ収まったところで、ショウはヒーターの温度を少し下げた。濡れた服は脱いで、サンタクララ郡消防局から借りた紺色のジャンプスーツに着替えていた。

血で汚れたショウの携帯電話がメールの着信を知らせた。差出人は私立探偵のマックで、ショウがブラッド・ヘンドリクスの地下室のデスクにあったハードドライブや小物を、ティッシュを使ってかき集める直前にかけた電話に対する回答だった。

ショウはメールに丹念に目を通した。

推測は仮説に昇格した。

顔を上げると、救急車から隊員が降りてきたところだった。まぶしい陽射しに目を細めてあたりを見回している。まもなくショウを見つけて近づいてきた。ショウは車を降りた。救急隊員は、チャベルの二つの心音は——チャベルの胸から聞こえるものと、腹部から聞こえるもの——いずれも安定していると言った。また、フォイルが彼女を眠らせるのに使った薬物が、母胎や胎児に長期的な悪影響を及ぼすことはない。二人とも完全に回復するはずだ。

ただ、ラドンナ・スタンディッシュについては、同じことは言えないと。

ひどい傷が原因で彼女は死んだのだろうとショウは覚悟した。だが、そうではなかった。スタンディッシュは、危険な状態ではあるが、生きている。銃創治療専門病棟があるサンタクララの病院にヘリで搬送された。大量の血液を失っているが、ショウの止血と時刻のメモがおそらくスタンディッシュの命を救った。少なくとも一時的には。救急隊員によると、スタンディッシュの手術はまだ終わっていない。

ダン・ワイリーは自分の車のそばにいて、JMCTF上級管理官ロナルド・カミングスと話している。CBIのプレスコットと氏名不詳の小柄な捜査官も臨場していたが、いま捜査の指揮を執っているのはカミングスだ。

なぜなら、犯人の正体を突き止め、被害者を救出したのは、CBIの捜査官ではなく、カミングスの部下だったからだ。

公共心に富んだある市民の協力もあった。

祝祭の参加者はもう一人いた。十メートルほど先に駐まったパトロールカーの後部シートで、ジミー・フォイルがうなだれている。

フォイルを逮捕したのはダン・ワイリーだった。スタンディッシュはワイリーに宛て、海岸に向かう未舗装の道路を向かっているとメッセージを送っていた。ワイリーがその道路を走っているとき、前方からフォイルの白いBMWが猛スピードで向かってきた。

刑事としてはお世辞にも有能とはいえないにせよ、ワイリーは、銃火にさらされても冷静な判断ができる人間であることを証明した。乗ってきた覆面車両を使ってフォイルとチキンレースを演じた。正面衝突の恐怖に耐えきれなくなったフォイルは道路脇の溝に車ごと落ちた。フォイルは車から飛び下りて闇雲に発砲したが、ワイリーは車の陰にしゃがみ、銃は握っていたものの、一発も撃ち返さないまま、フォイルのマガジンが空になるのをじっと待ち、フォイルが弾切れになったところで追跡を開始した。よほど激しくタックルしたのだろう。フォイルの顔には鼻血の跡が残り、左手はベージュの伸縮包帯でぐるぐる巻きにされていた。そこから突き出した指は紫色に染まっていた。

カミングスはショウが急ごしらえの加温施設から出て

きたのに気づいて、こちらに歩き出した。プレスコットとパートナーもそのあとを追おうとしたが、カミングスが何か言うと、二人はその場で立ち止まった。

「大丈夫か」カミングスが尋ねた。

ショウは小さくうなずいた。

カミングスは言った。「フォイルはだんまりを決めこんでいてね。私は途方に暮れている《アット・シー》ところだ」

三十メートル先に太平洋があり、ショウと臨月の女性がついさっきそこで溺れかけたことを思うと、不用意な発言だ。

　西日がカミングスのつややかな頭頂部をオレンジ色に輝かせていた。「で？」

　ショウは経緯を説明した。「マーティ・エイヴォンから、〝ゲーマー〟のプロファイルにぴったりな人物を見つけたと連絡がありました。ブラッド・ヘンドリクスは、クイック・バイト・カフェに来ていたところを目撃されていたし、日ごろから『ウィスパリング・マン』を長時間プレイしていたのに、誘拐事件が発生した時間帯にはオフラインだったと」

「だが、きみはその若者はプロファイルにぴったりすぎると考えたわけだな」さすがＪＭＣＴＦの上級管理官だ。洞察が鋭い。「まるではめられたように、条件がすべてそろっている」

「そのとおりです。いつも使っているプロキシが突然ダウンして、ブラッドの名前が都合よく表示されたわけですからね。もちろん、ブラッドを容疑者として調べてみる価値はありましたし、実際に調べました。両親に会いにいって、部屋を見せてもらいました。おそろしく散らかった部屋でしたよ。しかし、行方不明のティーンエイジャーを探した経験は豊富だし、ティーンエイジャーの部屋なんて散らかっているのがふつうです。部屋の壁に貼ってあったものに目がとまりました。『ウィスパリング・マン』の進行状況を書いたフローチャートです。それを見て、ブラッドが病的に執着しているのはゲームそのものなのだなと思いました。あのゲームが象徴している暴力ではなくてね。

　ブラッドは、現実の世界と関わりたいとなどまるで考えていない。それどころか、何かをしたいという気持ちなどまったく持っていないんですよ。誘拐などするわけがない」

カメ……

「それで、ブラッドは無関係だと考えてまず間違いないだろうと思いました。別の誰かがヘンリー・トンプソン殺害の罪をブラッドに押しつけようとしているのだろうと。その誰かとは誰か？　トンプソンがブログに書こうとしていたテーマを見直しました。データ・マイニングについてはすでに、この線はなさそうだとわかっていた。シリコンヴァレーの不動産価格、賃貸価格の暴騰についても検討しました」

カミングスは眉をひそめた。「この地域の不動産価格？　ああ、高すぎるね」

「マーティ・エイヴォンは企業組合を作り、土地を買い上げて、労働者向けの低価格住宅を供給しようとしています。ひょっとして、この企業組合がキックバックや賄賂を受け取っているのか。トンプソンはそれを取材していたのか。ラドンナのアカウントを借りて、郡や州のデータベースを検索しました。エイヴォンの企業組合は非営利だった。構成員は将来にわたって一セントたりとも受け取らないんですよ。トンプソンがブログですっぱ抜くようなネタはそもそもないわけです。もしかしたらほかの不動産詐欺の情報を握っていたのかと考えましたが、その方面での手がかりは何一つありませんでした。

ここで一歩下がって考え直してみました。ブラッド・ヘンドリクスが浮上するに至ったそもそもの発端は何だったか。ジミー・フォイルです。デスティニー・エンタテインメントのマーティ・エイヴォンから、ゲーム会社のサーバーは簡単にハッキングできると聞いたことを思い出しました。フォイルはかつて有能なホワイトハット・ハッカーでした」

カミングスが何だそれはと首を振り、ショウはホワイトハット・ハッカーの意味を説明した。

「フォイルは『ウィスパリング・マン』のサーバーをハッキングして、ブラッドのログイン時刻を書き換え、事件が発生した時間帯にはオフラインだったように見せかけたのではないかと考えました。ブラッドはつい最近クイック・バイト・カフェに来ていて、ソフィーとつながりそうに思えますが、それ以前にカフェでブラッドを見かけた客は一人もいませんでした。ブラッドはクイック・バイト・カフェで会いたいというメッセージをある若い女性から受け取っていました。フォイルがその女性になりすましたんだろうと思いますね。カフェの客にブラッドの存在を印象づけるため、あのカフェと結びつけるために。トンプソンを始末するという本来の目的は達成されたので、フォイルは今日、ブラッドが使っているプロキシをダウンさせ、私たちはブラッドの住所を手に入れることになったわけです」

「しかし、トンプソンを殺した動機は何だ?」

「トンプソンは、ゲーム会社の新たな収益源についてブログに記事を書こうとしていました。その記事で真相が暴露されるのを阻もうとしたんです」

「真相というと?」

「トニー・ナイトとジミー・フォイルは、自社配信のゲームを利用してフェイクニュースを流し、そこから金銭的な利益を得ていました」

## 67

ショウはカミングスに向かって続けた。「今日、私が雇っている私立探偵が『コナンドラム』というゲームに会員登録しました」

マックに頼み、ゲームが始まる前に数分間流れるニュース番組を見て、そこで報じられたニュースの真偽を確かめてもらった。すると、番組で報じられたニュースには明らかな虚偽報道が数多く含まれており、実業家や政治家に関する誤った噂を広めていることがわかった。

ショウは携帯電話を持ち上げ、ショウ自身もこの数日で耳にして覚えていたいくつかのニュースに関するマックの報告を要約した。「リチャード・ボイド議員は、十代の街娼とメッセージをやりとりしていたという噂を苦にして自殺しました。しかし、ナイトのゲーム内で〝ニュース〟として報じられるまで、そのような報道はいっさい出ていませんでした。ボイド議員の妻は先日亡くなったばかりで、家族によると、精神的に不安定になっていたそうです。ボイド議員の死で、議会の多数党がひっくり返る可能性が出てきました。

ポートランドに本社があるインテリグラフ・システムズのCEOアーノルド・ファローは、第二次世界大戦中に日系アメリカ人が強制収容されたことについて肯定的な発言をしたという噂が流れて辞任に追いこまれました。これもはやり、ナイトのゲーム内で初めて報じられたできごとです。

再選を目指していたカリフォルニア州選出の緑の党の議員トーマス・ストーンは、環境テロ組織とのつながりが疑われ、放火事件や破壊事件に関わっていたらしいという噂が流れました。本人は否定していて、起訴の事実もありません。

ユタ州選出の民主党議員ハーバート・ストルトは、インターネット使用料に応じた税の新設を提案して、ヘイトメール・キャンペーンの標的にされていますが、これもナイトのゲーム内で初めて報じられたニュースです。ストルトはそのような提案をしたことを否定しているし、法案が提出されたという記録もない」

ショウは携帯電話をしまった。「トニー・ナイトは、ゲームもアドオンも無料で配信しています。ただし条件があって、ゲーム開始前に流れるニュース番組と公共広告を最後まで視聴しなくてはならない。そこに隠されたからくりをトンプソンに暴かれるわけにはいかなかったんですよ。ここ三、四年、ナイト・タイムの収入は減少する一方でした。目玉のゲーム――『コナンドラム』――の売上もいまひとつでしたから。しかもゲーム開発者のフォイルは、もはや新しいアイデアをひねり出すことができなくなっていた。ナイトは追い詰められていました。ナイトは、言ってみればプレイヤーです――伝統的な意味、〝勝負師〟というような意味で。ロビイストや政治家、政治行動委員会、企業のCEOに接触し、望みどおりのニュース――噂、誹謗中傷、捏造したニュース――を配信するプラットフォームを提供したら乗るかと打診したのではないかと思います」

「視聴者に向けてプロパガンダを垂れ流す手段として、ビデオゲームを利用したのか」カミングスはあきれる半面、感服したように言った。

ショウは続けた。「それも若い視聴者です。だまされやすい視聴者。しかもまだ先があります」

「まだ先が?」

「投票人登録をすると、ゲームのアドオンがもらえるんですよ。しかも誰に投票すべきか、さんざん示唆されているわけです。さりげなく。あるいはあからさまに」

手錠をかけられたフォイルが後部座席に乗っているパトロールカーにワイリーが近づいていくのが見えた。ドアを開けて車内をのぞきこみ、フォイルに何か声をかけている。

　カミングスが言った。「しかも発覚する恐れはないわけだ。たかがゲームのおまけだ。誰がそんなものに目を向ける？　規制はない。連邦通信委員会も、連邦選挙委員会も気づかない。フェイクニュースに偏向報道。視聴者の規模は？」

「アメリカ国内だけで数千万の会員がいます。国政選挙に影響を及ぼすに充分です」

「いやはや」

　ダン・ワイリーがパトロールカーの後部ドアを閉めた。ショウとカミングスのほうに歩いてくる。ハンサムで冷静沈着な、テレビの刑事ドラマからそのまま抜け出してきたような刑事。

　カミングスが訊いた。「どうだ、しゃべる気になったようか」

　ワイリーが答えた。「ゴキブリを見るような目で見られましたよ。それから、弁護士を呼んでくれと。その一言だけ」

## 68

　ブラッド・ヘンドリクスは、地下のねぐらの高解像度ディスプレイの前で背を丸めていた。

　耳は大型のヘッドフォンで覆われ、指はキーボードをせわしなく叩いている。体はぴくりとも動かず、死んだような目はサムスンのディスプレイから微動だにしない。彼の世界に存在するのはゲームだけだ。そのゲームは、当然のことながら、『ウィスパリング・マン』だった。

　ショウは地下室の階段を下りきったところで立ち止まり、パソコンのディスプレイを見つめた。

　ウィンドウの一つは、ブラッドの〈サバイバル・バッグ〉に十一のアイテムが入っていることを示していた。

　ショウの脳裏に記憶が閃く。アシュトンは、ショウとラッセル、ドリオンに、〝ＧＴＨＯ《ゲット・ザ・ヘル・アウト》バッグ〟をつねに裏口――山々に面した出口――の近くに準備しておく習慣をつけさせた。呼び名のとおり緊急脱出の必要が生じた際にそれ一つを持って出るためのバッグには、極限的な状況でも一月《ひとつき》くらいは生き延びられるだけの品物が入っていた（おとなになってから、世の中のサバイバリストは実際には〝GTFOバッグ〟と呼んでいることを知った。アシュトン・ショウはF《ファック》などという語を子供たちの前で使うようなおとなではなかった）。

ショウは若者の正面に回りこむようにしてゆっくりと近づいた。

**動物を驚かすべからず……自分が生き延びるために驚かせる必要がないかぎり。**

ブラッドが振り向いてショウを見たが、すぐにまたゲームに目を戻した。

画面の下部に字幕が表示された。

　水圧プレス機は五分後に開く。そこを通り抜けられるかどうかやってみろ。出口で褒美が待っている。

ウィスパリング・マンはゲーム内でアドバイザーの役割も果たす。ゲームの進行役たるウィスパリング・マンは、ときにプレイヤーを手助けする。一方で、嘘をつくこともある。

ブラッドは赤らんだ顔をショウに向け、ゲームを停止してヘッドフォンをはずした。まっすぐでつややかな髪を目の前から払いのける。

「ブラッド？　コルター・ショウだ」

ショウはブラッドにバックパックを差し出した。ここから持ち出してジミー・フォイルに渡した品物の大部分が入っている。

バックパックを受け取ったブラッドはなかをのぞいて言った。「『コナンドラム』は初めから嫌いだった」

「広告に情報コマーシャルだね」

ブラッドは眉間に皺を寄せた。指摘するまでもないことなのに、なぜわからないのかとでもいうように。「違う。そこじゃない。ジミー・フォイルは頭がいい――頭がよすぎる。一兆個だか何だかの惑星なんか俺らにはいらない。昔はおもしろいものを作ってたのに、いまのフォイルはゲームの本質を忘れちまってる。自己満足のためにゲームを作ってる。プレイヤーのためにじゃなくて」

おもしろくないゲームはそっぽを向かれる――マーティ・エイヴォンはそんな風に話していた。ゲームはおもしろくなくてはならないのだ。

ブラッドはバックパックからディスクやハードドライブを出してデスクに並べた。愛おしげな目で一つを見つめた。裏庭から出て迷子になり、いままた帰ってきた飼い犬を見るような目で。

本人にしかわからない秩序に従って品物を並べ直してから、ブラッドは言った。「シリコンが使われてる理由、知ってる？　シリコン。コンピューターのチップに使われてるシリコン」

「いや、どうしてかな」

「素材には三つのタイプがある。伝導体は電子をつねに通す。絶縁体はまったく通さない。半導体は……まあ、名前のとおり。シリコンは半導体だ。電子を通すときもあれば、通さないときもある。ゲートみたいなものだ。コンピューターはその性質を利用して動作してる。一般的にはシリコンが使われる。ほかにはゲルマニウムもある。ヒ化ガリウムのほうがもっと性能がいい。この近辺は、ひょっとしたらヒ化ガリウムヴァレーって呼ばれることになってたかもしれないってことだね」ブラッドはヘッドフォンを手に取った。もうゲームに戻りたがっている。一時停止中の画面が焦《じ》れったそうに明滅を繰り返していた。

だが、ブラッドがヘッドフォンを着け直す前に、ショウは尋ねた。「表に出ようと思ったことは？」

「ない。外だと反射がまぶしくて画面が見にくいから」

ショウが訊いている意味は、もちろん、そういうことではなかった。

「ゲーム実況《グラインディング》を配信してみたら。Ｔｗｉｔｃｈで」

そんな用語をショウが知っていることを意外に思ったのだとしても、ブラッドは表情に出さなかった。悲しげな笑みを浮かべただけだった。「あれは見た目のいい奴がやることだ。かっこいい部屋に住んでる奴。壁におもしろいものが飾ってあって、ベッドを毎朝ちゃんと整えて、窓ガラスもきれいにしてるような。ずっとウェブカメラで映すことになるから。実況を見る側はそういう映像を期待してる。クールでおもしろい奴じゃなくちゃだめなんだ。ゲームプレイを他人にもわかるように説明できないといけないし。でも俺、そういうの無理だから。勘でプレイしてるからね。レベル9まで行ったのは世界で二十二人だけで、俺はそのうちの一人だ。絶対にレベル10まで行くよ。ウィスパリング・マンを絶対に倒してやる」

「きみに渡したいものがある」

　反応はなかった。

「ある人物の連絡先を教える。電話してみるといい」

　ブラッドはまだ黙っていた。それでもヘッドフォンを下ろした。

「マーティ・エイヴォン。デスティニー・エンタテインメントのＣＥＯ」

　ブラッドの目に初めて感情らしきものが閃いた。

「エイヴォン、知ってるの？」

「ああ、知っている」

「知り合いって意味で？」

　ショウは携帯電話でエイヴォンの電話番号を探し、ブラッドのデスクからペンを取ってポストイットに書きつけた。ヨーグルトの空き容器と五冊積まれた『マインクラフト』の攻略本の横に、黄色い正方形のポストイットを貼りつけた。「コルター・ショウに紹介されたと言えばいい。ゲームを仕事にする気があるなら、相談に乗ってくれると思う」

　ブラッドはポストイットをちらりと見たが、すぐにまた画面に視線を戻した。

　ヘッドフォンを着ける。アバターが動き出す。ナイフが抜かれる。光線銃にパワーが充填される。

　ショウは向きを変えて階段を上った。リビングルームにブラッドの両親がいた。母親はソファに、継父は肘掛け椅子に座って、犯罪ドラマに見入っていた。

　ショウは二人の横を黙って通り過ぎ、玄関から外に出た。オフロードバイクにエンジンをかけ、蒸し暑い夜の通りを猛スピードで走り出した。

## 69

「ああ、来てくれた」

　コルター・ショウはヘルメットを手に、サンタクララ記念《メモリアル》病院の病室の入口に立っている。病を治す施設の名に“追悼《メモリアル》”という語が入っているのは解《げ》せない。それ相応の失敗を経験してきているように聞こえるではないか。

　ショウはたったいま声を発した——といってもウィスパリング・マン顔負けのささやき声だったが——女性に小さくうなずいた。ラドンナ・スタンディッシュだ。

複雑な機械に囲まれた複雑なベッドに横たわったスタンディッシュは続けた。「コルター。こちらはカレン」

スタンディッシュのデスクにあった写真の女性だと一目でわかった。がっしりした体格の長身の女性で、農場で働いている姿が思い浮かぶような雰囲気を持っていた。写真では金色に見えた髪は、実際に見るとオレンジ寄りの赤だった。マディー・プールの髪色より二段くらい明るい。

二歳くらいのかわいらしい女の子がショウをじっと見上げていた。赤いギンガムチェックのドレスを着ていて、同じ生地で作ったウサギのぬいぐるみを抱いている。目の色は母親と同じブルーだ。きっとこの子がジェムだろう。

「やあ」ショウの笑顔はこういうときのために取ってある——もっぱら姪と会ったときのために。

女の子が手を振った。

カレンが立ち上がってショウの手を固く握り締めた。

「ありがとう」見開かれた目に感謝の気持ちがあふれていた。

ショウは腰を下ろした。病室には花束やカード、お菓子や風船が飾られていた。ショウはまめに贈り物をするタイプではなかった。といっても、人に何かを贈ることが嫌いなわけではない。そういうことにあまり気が回らないというだけのことだ。また見舞いに来ることがあれば、そのときは本でも持ってきてやろうと思った。本は実用的だ。風船には使い道がない。

「医者は何て？」ショウはスタンディッシュの包帯が巻かれた腕を見た。腕を切断せずにすんだのは意外だった。腹部の傷は薄手の保温毛布の下に隠れていて見えない。

「腕の骨折、脾臓《ひぞう》の損傷。切除はしなくてすみそう。脾臓って、なくても平気なんだって。知ってた、ショウ？」

父の野外救急医療の講義でそんな話が出たことをぼんやり思い出した。

「切除すると、感染症にかかりやすくなる。主治医は」スタンディッシュのまぶたが半分閉じた。鎮痛剤で朦朧としているのだろう。「主治医の話だと、脾臓はマイナーリーグのピンチヒッターみたいなものなんだって。絶対に必要ってわけじゃないけど、あれば役に立つ。あんな手に引っかかるなんてね、ショウ。車のクラクション」かすかな笑み。「あなたの処置が適切だったたって医者が言ってた。前にも銃創の手当をしたことがあるの？」

「ある」

父の応急手当の最初のレッスンがそれだった。止血点、止血帯、傷の圧迫。アドバイスはそれだけではなかった。**銃創にタンポンを詰めてはいけない。世間ではそう勧めているが、絶対にやってはいけない。タンポンが膨張して、傷がさらに広がるだけだ。**

アシュトン・ショウは知恵の宝庫だった。

「どのくらいで退院できるって？」

「三日か四日」

ショウは訊いた。「事件の全容は聞いたかい？」

「ダンから聞いた。偽情報、プロパガンダ、嘘、若い世代に投票を促す……しかも誰に投票すべきかまで方向付けた。根も葉もない噂を広めた。ただでさえ世の中にはそういうものがあふれてるのに。誰かを死に追いやったり、キャリアを奪ったり……不倫や犯罪に関する嘘。ひどい話よね」スタンディッシュの意識はまた漂いかけたが、すぐに戻ってきた。「ナイトは？」

「消えた。プライベートジェットは発着禁止になっているし、取り巻きは全員拘束された――共謀容疑だ。だが、本人はどこにもいない」

スタンディッシュの病室をＪＭＣＴＦの制服警官が警護しているのは、だからだ。

退屈そうな顔をし始めたジェムに、カレンが絵本を渡した。カレンのバッグは本やおもちゃで満杯だった。ドリオンのバッグもいつもそんな感じで、ショウも姪を預かるときは妹のその〝子供の気をそらすテクニック〟にならうことにしている。そうたびたびあることではないが、姪のベビーシッターをする際は、準備万端でのぞむ。

ショウはあらゆる状況を生き延びる術を知っていた。見ると、スタンディッシュの目に涙があふれかけていた。

カレンが身を乗り出す。「ラドンナ……」

スタンディッシュは首を振った。そしてためらいがちに言った。「カミングスに電話した」

カレンが言った。「ラドンナは事務職に異動になりそうなの」

スタンディッシュが言う。「まだ私には伝えたくなかったみたいね。少なくとも入院してるあいだは。だけど、私は気になって気になって。カミングスは、解雇されることはないって言ってた。ただ、現場にはもう出せない。そういう決まりなんだって。ここまでの重傷を負って現場に復帰した例は過去に一つもないって言ってた」

ストリートに戻りたいと話していたのに。どうやらそのプランは永遠に頓挫してしまったようだ。

いや、本当にそうだろうか。涙が止まり、スタンディッシュは乱暴な手つきで頬を拭った。オリーブ色がかった深い茶色の目は、この件についてＪＭＣＴＦ上層部と話し合う覚悟があることを伝えていた。ショウはうなずいた――健闘を祈っているぞ。

カレンがショウに言った。「ラドンナが退院したあともまだあなたがこのあたりにいたら、一度夕食に来てくれませんか。それとも、すぐに出発する予定？」

「カレンの料理は――」スタンディッシュの声はそこでささやき声になった。それから続けた「おいしいのよ」

幼い子供に聞かせたくない表現だったからだろう。スタンディッシュはきっと〝ヤバいくらい《キック・アス》〟とささやいたのだろうとショウは思った。

「ぜひうかがうよ」

十月五日の秘密の答えを探す旅はまだ終わっていない。大学に隠されていた父の文書は、次にショウをどこへ連れていくことになるだろう。スタンディッシュが退院したあともまだこの街にいるかもしれない。そのときにはもう別の土地に行っているのかもしれない。

三人はしばらく他愛のないおしゃべりを続けた。やがて看護師が包帯の交換にきた。

ショウは立ち上がり、カレンはショウを軽く抱き締めてもう一度言った。「ありがとう」

目の縁を赤く染めたスタンディッシュは、横たわったまま手を振った。「私もハグしたいところだけど……痛くて悲鳴を上げたらかえって迷惑そうだから」

ショウは出口に向かった。スタンディッシュがささやくような声で呼び止めた。「ちょっと待って、ショウ」

それからカレンに言った。「あれ、持ってきた？」

「あ。そうだった」カレンはバッグから小さな茶色い紙袋を取り出してショウに渡した。なかに薄っぺらな金属でできた直径十センチほどのメダルのようなものが入っていた。真ん中に大きな星のマークがあり、そこに浮き出し文字でこうあった――

公認
保安官補

70

「すっかりヒーローね」

そう言ったのは、スタンディッシュいわく〝あなたのことを気に入ってる〟ティファニーだった。

「テレビも何も、あなたの話ばかり。チャンネル2は、インタビューを申しこんだのにあなたから返事がないって言ってたけど」

ショウはコーヒーを注文し、くすぐったい話をはぐらかした。それでも礼は言った。「きみのおかげだ――防犯カメラの映像。ありがとう」

「お役に立ててうれしいわ」

ショウは店内を見回した。待ち合わせの人物はまだ来ていなかった。


ぎこちない間があった。ティファニーはナプキンで手を拭い、目を伏せて言った。「あの……思いきって言っちゃうわ。もうじき仕事が終わるの。といっても、十一時ごろだけど。夜遅いわよね、わかってる。でも、よかったら食事でもどう？」

「今日は疲れていて」

ティファニーは笑った。「そうよね、疲れた顔してる」

嘘ではなかった。心身ともに疲れきっている。いったんキャンピングカーに戻って手早くシャワーを浴び、着替えをすませてからここに来た。電話がかかってきていなければ、いまごろはもうベッドで眠っていただろう。

「それに、きっとすぐにでもまたどこかへ行ってしまうんでしょうね」

ショウはうなずいた。それから店の入口に目をやった。ロナルド・カミングスが入ってきた。ティファニーのほうに親しげにうなずいたのを見て、ショウは驚いた。ティファニーも笑みを返した。「いらっしゃい。いつものでいい？」

ショウは眉を吊り上げた。

カミングスが言った。「警察の人間もコーヒーくらいは飲むさ……ああ、ティファニー、いつものを頼む。マッジは元気かい？」

「おかげさまで。またトレーニングよ。ハーフ・トライアスロンだろうとフルだろうと、周りにとっては一緒よっていつも言ってるんだけど、本人にとってはまったく違うんですって。いまどきの若い子は、ねえ」

　ティファニーは、カミングスの分のたっぷりの泡が浮かんだコーヒー――ラテか？――を用意した。カミングスとショウはテーブルについた。空きテーブルは少ない。四月の桜のように、店内はノートパソコンが満開になっていた。

　カミングスはコーヒーを一口味わい、白い口ひげを丁寧に拭ってから言った。「一つ相談があってね。電話ではなく直接会って話したかった」

「そうだろうと思いましたよ」ショウは自分のコーヒーを少しだけ口に含んだ。

　ティファニーがオートミールクッキーらしきものを運んできて、カミングスの前に置いた。

「あなたもいかが？」ティファニーはショウに言った。

「甘党ではないんだ。でもありがとう」

笑み。女が男を誘う笑みというよりは、友人同士の親愛の情のこもった笑み。

　ティファニーが行ってしまうと、ショウはカミングスに視線を戻した。

「これがまたうまくてね。ティファニーが自分で焼くんだ」カミングスはクッキーにうなずいて言った。

　ショウは黙っていた。

「早く本題に入れって？　わかった。ナイトに対する捜査に待ったがかかっている。ところで、私はこんな話をきみに聞かせたりはしていないことにしてくれ」

「待ったがかかった？」

「逮捕状は出てるんだが、ＦＢＩが保留にしてる」カミングスは周囲を確かめてから身を乗り出した。「ナイトのクライアントの一人――奴に金を払ってフェイクニュースを流させたうちの一人――は、とある政治家の息のかかったロビイストでね。その政治家自身もフェイクニュースの件に直接からんでいたのかもしれないが、確かなことはわからない。だが、ナイトが逮捕されて、ナイトの名前が公になると、その政治家の将来設計が狂う。ワシントン行きの計画ということだな。四年または八年続くワシントン行きだ」

ショウはため息をついた。エリザベス・チャベルが誘拐された直後の捜査会議にFBIが参加していなかった理由はそれか。

カミングスはクッキーを咀嚼した。「いまこう訊こうとしているだろう――〝JMCTFは何をやってるんだ？　JMCTFやCBIは動くんだろうな？　カリフォルニア州法違反でナイトを挙げようとしているんだろう？〟」

「ええ、そう訊こうとしていました」

「うちも手を出せない。サクラメントの州政府からの指示だ。ナイト逮捕は二十四時間待てと言われている。証拠の押収に手間取っているとか、新たな手がかりを追っているとかいうことにしてごまかせとね。二十四時間が経過したら、うちは――FBIもだ――判明している最後の立ち回り先を急襲する。スタン手榴弾に装甲車。派手にやる」

「そのころにはナイトは、逃亡犯罪人引渡し条約をアメリカと結んでいないどこかの国のビーチでくつろいでいる」

「まあ、そんなところだね。木の実の一つ――フォイルは逮捕できたし、ナイトの会社は事実上終わりだ」

「しかし、ウィスパリング・マンはまんまと逃げるわけですね」

「ウィス……ああ、ゲームの話か。スタンディッシュから聞いたよ、きみはカイル・バトラーのことを……ずいぶん気にしていたと。ヘンリー・トンプソンのことも。ナイトを捕まえたがっていたと聞いた」

命で償わせるのでもかまわない。

「使えるコネは使ったんですね」

こんがり焼き上がったクッキーの存在は完全に忘れられていた。コーヒーもだ。「そもそもコネなどないよ。それに、次の指示があるまで待てとのお達しだ」

「二十四時間」

カミングスはうなずいた。

「JMCTFにできることは何もない――？」

「ああ、残念だがね。JMCTFにぶらりと入ってきて両手を挙げ、〝悪うございました〟と言って降伏しないかぎり、ナイトが刑務所に行くことはない」カミングスは力なく微笑んだ。「ラドンナから聞いたよ、きみはパーセンテージで考えるそうだね。ナイトが自首する確率がどのくらいか、きみにも予想がつくだろう？」

ショウは尋ねた。「ＪＭＣＴＦやＦＢＩは、ナイトの居場所をつかんでいるんですか」

「見当もつかない。たとえ知っていたとしても、漏らせない」カミングスはショウの目をのぞきこみ、そこにあったものを見て不安を覚えたらしい。「きみの気持ちはわかる。しかし、愚かな真似はしないでくれ」

「同じことをカイル・バトラーやヘンリー・トンプソンに言えますか」ショウは立ち上がってヘルメットとグローブを持った。ティファニーに一つうなずいてから、出口に向かった。

「コルター」カミングスが言った。「あの男にそこまでの価値はない」

カミングスは続けて何か言ったようだが、そのときにはもうひんやりとした夜の通りに出ていたショウの耳には届かなかった。

## 71

ジミー・フォイルは誰かしら面会者を予期していたかもしれないが、彼が来るとは思っていなかったようだ。

コルター・ショウがＪＭＣＴＦの取調室に入っていくと、フォイルは驚いたように目をしばたたいた。偶然にも、そこはショウとカミングスが初めて顔を合わせた取調室だった。たった二日前のことなのに、遠い昔のことと思えた。

フォイルはテーブルの反対側に座っている。床には鎖を固定するための輪がセメントで埋めこまれているが、フォイルは鎖をかけられていなかった。留置場側はおそらく、ショウならたとえ攻撃されたところで軽くあしらえると判断したのだろう。

フォイルがぼそぼそと言った。「何も話すことはない。これは罠だ。警察は自白をほしがっている。私は何も話さない」

フォイルに同情を感じないと言えば嘘になる。自分が得意とするものに人生のすべてを投じたのに、この若さで、才能のきらめきは早くも失われたと痛感させられたら？　ミューズに完全に見放されたら？

「私は個人的に来ただけだ。ここで聞いた話は誰にも明かさない」

「何も話さないと言っているだろう。さっさと帰ってくれ」

ショウは穏やかに言った。「ジミー、私の職業は知っているだろう」

フォイルは戸惑ったように答えた。「懸賞金ハンター……とか何とか」

「そのとおりだ。捜す対象が迷子の子供のこともあれば、アルツハイマー病を患ったおじいちゃんのこともある。だが、たいがいは逃亡犯や脱獄犯でね。私の手で刑務所に送りこまれた人間はかなりの数に上る。つまり、私をよく思っていない人間ということだ。きみの今後のスケジュールを調べた。公判までのあいだはサンクエンティン刑務所に拘置される。きみが協力を拒むようなら、私は知り合いのオヤジたちと話をするつもりでいる。ちなみにオヤジというのは看守のことだ。行けばすぐ覚えることだろうがね。看守は、きみは私の友人らしいという話を服役囚のあいだに広め――」

「何だって？」フォイルは身をこわばらせた。

ショウは掌を前に向けて片手を挙げた。「まあ、落ち着け……そういう噂はあっという間に広まるものだよ」

「何て野郎だ」フォイルはため息をつき、それからテーブルに身を乗り出した。「ここで話したことは全部筒抜けだぞ」そう言って天井を見上げる。どこかに隠しマイクが埋めこまれていて、二人の会話をせっせとどこかへ送り届けている。

「私が質問を書き、きみが答えを書くのは、だからだよ」

ショウはバッグから仕事用のノートを抜き出して開き、ペンのキャップをはずした。ペンはふにゃふにゃしたプラスチックでできた安物だ。デルタのティタニオ・ガラシア万年筆の尖ったペン先を見た看守が、殺人容疑で勾留されている人物と取調室で面会するのにこれを持ちこむのは賢明ではないと助言し、代わりに貸してくれたボールペンだった。

# 72

「死なずにすませるのは簡単なことだ」アシュトン・ショウは十四歳のコルターにそう話した。「ただし、生き延びるのは困難だ」

それはいったいどういう意味かと息子は尋ねなかった。父の話は、聞いていればいつかちゃんと要点に行き着く。

「ソファに寝転がってテレビをながめる。オフィスに座って報告書をタイプする。ビーチを散歩する。それで死を避けることはできる……おい、ハーケンをくれ」

このときのコルターはまだ子供だったが、それでも地上四十メートルの空中に浮かんだ状態で死を避けるなどという話を持ち出すとは皮肉が効いていると思った。二人はコンパウンドの敷地の境界線を越えてすぐのところにそびえる〝悪魔峠〟の絶壁に取りついていた。

コルターはハーケンを父に渡した。父は細いロープで結ばれたハンマーを使って岩の割れ目にハーケンを打ちこみ、効きを確かめてから、かちりと鋭い音を立ててカラビナを引っかけた。二人はチョークを手につけ、並んでまた一メートルほど登った。頂上まではあとほんの三メートルほどだ。

「死なないのと生きているのは同じではない。生きているのは、生き延びているときだけだ。そして生き延びるのは、失いたくない何かを失うリスクを冒しているときだけだ。失いかねないものが大きければ大きいほど、生きている実感を持てる」

コルターは、この教訓が〝べからず《ネヴァー》〟の規則に変換されるのを待った。

しかし父はそれ以上何も言わなかった。

だからこそその教訓は、父からもらったアドバイスのなかでコルター・ショウの一番のお気に入りになった。〝ネヴァー〟の規則をすべて合わせたよりも気に入っている。

ヤマハのオフロードバイクYZ450FXのギアを落とし、シリコンヴァレーとハーフムーンベイを隔ててそびえるスカーペットピークに続く未舗装道路を走りながら、ショウはアシュトンのその言葉を思い出していた。ヘンリー・トンプソンが殺害されたビッグベースンレッドウッズ州立公園にあった木材運搬道路と同じく、この道も昔は木材の運搬に使われていたのかもしれないが、いま使っているのは主にハイカーのようだ。時速九十キロに達したバイクは、道路の凹凸のてっぺんから飛び出し、秋になると渡ってきて湖面すれすれをすべるように飛んで着水する水鳥のようにふたたび着地した。

時間がない。スロットルをさらに開けた。

まもなく周囲が開けた場所が見えてきた。背の低い草に覆われた四万平方メートルほどの土地は、マツや広葉樹の森に囲まれている。

森を出たところでエンジンを切った。このオフロードバイク──四五〇ccモデル──にはキックスタンドがついている。街乗りにも使うのなら必須だ。どこかで店に入るとき、オートバイを横に倒して置くしかないのでは困る。スタンドを立て、ヘルメットとグローブを脱いだ。

これは狂気の沙汰だろうか。

ショウは自分に言い聞かせた。そうだとしてもかまわない。こうするしかないのだから。

**死なないのと生きているのは同じではない……**

開けた野原を見て、コンパウンドの裏の草原を思い出した。メアリー・ダヴはそこで夫の葬儀を取り仕切った。アシュトンは自分の死を意識して──過剰に意識していたといってもいい──実際に死が訪れるずっと前から葬儀の手配をすませていた。そのころの父の思考は切れ味が鋭く、冴えていて、ひねくれたユーモアのセンスに満ちていた。葬儀に関する指示書にはこうあった──〈アッシュの灰《アッシュ》は三日月湖に撒いてほしい〉。

ショウは野原を見渡した。月光に照らされた野原の奥に、猫の目のように黄色く輝く窓が二つ。この位置からだと、二つ並んだ点にしか見えない。その光源はこぢんまりとしたログハウスだ。ショウがジミー・フォイルから搾り取った情報は、この別荘の所在地だった。

ログハウスまで走って五分とかからなかった。残り三十メートルの地点で立ち止まり、警備の者がいないか目で探した。監視カメラがあるかもしれない。モーションセンサーも設置されているかもしれない。いかにすばやくターゲットに接近するか、いかに不意をつくか。成否はそこにかかっている。

トニー・ナイトは、このログハウスに突然の来客があるとは思っていないはずだ。なんといってもナイトは、強力なコネに守られて刑事免責を与えられているのだから。

そのクライアントは誰なのか。ナイトに金を渡し、ニュース番組で政敵に関するでたらめな噂を流し、次の選挙で追い落とそうとした政治家とは誰なのか。上院議員か。下院議員か。

ショウはグロックを抜き――習慣で――強力なスプリングの抵抗を感じながらスライドを引き、一発が薬室にあることを確かめてから、またホルスターに戻した。腰を落としてログハウスの正面に近づいた。ショウや兄や妹が育ったロッジと雰囲気は似ているが、このログハウスのほうがはるかに小さい。やや黄みがかった灰色の丸太で造られたこのログハウスは、寝室が三つか四つある程度の広さだろう。独立したガレージがあり、その前にSUV一台とメルセデスベンツ一台が駐まっていた。

つまり、ボディガードが少なくとも二人、ナイトと一緒にここに来ているということだ。ナイトはおそらく、ここからヘリコプターで出国するつもりなのだろう。オレンジ色の吹き流しが野原に立っていた。ボディガードはヘリコプターには乗らず、車二台を運転して戻るのだろう。

湿り気を帯びた冷たい空気がマツの香りを運んできた。ショウはログハウスに慎重に近づき、ほんの一瞬だけ首を伸ばしたあと、すぐにまた腰を落とした。

その一瞬で屋内を確認できた。トニー・ナイトは携帯電話を耳に当て、もう一方の手を大げさに振り回しながら部屋の中を歩き回っている。

ナイトは休日用のカジュアルな服を着ていた。薄茶色のスラックス、黒いシャツ、濃い灰色のジャケット。企業ロゴもチームのシンボルもついていない黒い野球帽をかぶっている。服装から判断するに、まもなく出発する予定でいるのだろう。ナイトは一人きりではなかった。近くにボディガードが二人付き添っている。『コナンドラムⅥ』の華々しい予告映像に周囲が気を取られているあいだにC3ゲームショーの会場からショウをさらったのと同じ二人だった。一人は携帯電話で通話中で、もう一人はイヤフォンを耳に入れてタブレットの画面をながめながら、何かを見て笑っていた。

ショウはじりじりしながら三分ほど待ったあと、もう一度窓からなかをのぞいた。

室内の光景はさっきと変わっていなかった。

松葉が積もっているか土の地面がむき出しになっているところだけを踏むように用心しながらログハウスの裏に回り、ほかの部屋も窓越しに確かめた。ログハウスにいるのは三人だけのようだ。

玄関に近づき、ノブを試した。鍵がかかっている。それなら、窓だ。

だが、窓にはたどりつけなかった。

四人目が現れたからだ。ガレージから出てきたその男はバックパックを肩にかけ、左右の手にそれぞれダッフルバッグを提げていた。がっしりした大柄な男で、髪はクルーカット、腕が長かった。ショウに気づいた瞬間、足を止め、バックパックとダッフルバッグを地面に落とし、腰に手をやろうとした。ショウは飛びかかった。男は銃を抜くのをあきらめ——もう間に合わない——拳をかまえた。しかし、そのときにはターゲットが消えていた。ショウは重心を落とし、低い位置から片脚で男の足を払った。大学のレスリング部で鍛えた基本の技だ。

ボディガードは重量級だったが、それでも背中からまともに地面に叩きつけられた。あえぎながら顔をゆがめる。衝撃で息ができなくなっている。ショウはグロックを抜いたが、銃口はボディガードではなく上に向けておいた。

ボディガードは愚かではなかった。すばやくうなずく。ショウはボディガードの銃を奪ってポケットに入れ、自分のグロックもホルスターに戻し、ボディガードの服のポケットを叩いてほかの武器がないことを確かめた。ボディガードの携帯電話の電源を切り、持っていた鍵束を取る。それから人差し指を立てて円を描くように動かした。ボディガードはまたうなずき、腹ばいになった。

ショウはボディガードの手首と足首を結束バンドで縛った。それからログハウスに向き直った。

鍵を差しこむ。音を立てずに回し、銃を抜き、ドアを開けて、玄関ホールに足を踏み入れた。料理のにおいがしていた。タマネギ、脂。薄暗い室内を見回す。廊下の左側に並んだ寝室は暗い。キッチンの様子をうかがうには、入口からのぞいてみるしかない。だがそうすれば、バーカウンターで仕切られただけのリビングルームにいる三人に気づかれるおそれがある。いまこのログハウスに五人いる可能性は——？

ごくわずかだろう。

そこで、ショウは二丁の拳銃をかまえ、三人が座ったり歩き回ったりしているキッチンにすばやく入った。

ナイトは携帯電話を取り落とした。「何だおまえは」と言った声はほとんど悲鳴のようだった。ボディガードが勢いよく振り向いて立ち上がろうとした。

「やめろ。座っていろ」

二人はゆっくりと椅子に座った。

ショウは、携帯電話とタブレットを持った二人の手をさっと観察してから言った。「おまえ」一人に顎をしゃくる。「左手の親指と人差し指だけを使って銃を出せ。こっちに投げろ」もう一人には、右手で同じことをするよう指示した。

いま反撃を試みるのは、英雄的な戦術でも利口な駆け引きでもない。ただ愚かなだけだ。二人はショウの指示に従った。

ショウは結束バンドを二人のほうに投げた。

「どうやって……」一人が言いかけた。

ショウは険しい視線を向けた。「自分で考えろ」

二人は歯を使って結束バンドを自分の手首に巻きつけ、締め上げた。

ショウは奥の壁に電灯のスイッチが並んだパネルを見つけ、それに近づいてスイッチを入れた。別荘の敷地が煌々《こうこう》と照らされた。次にキッチンの近くに移動した。その位置からなら、三人を監視しつつ、庭の様子も見張れる。

「ほかに誰かいるか。外で縛られて転がっている一人以外に」

「なあ、ショウ――」

「ほかにも誰かいて、そいつが何らかの行動を起こしたら、迷わず射殺する。そうなると、ほかにも撃たれる奴が出てくるかもしれないな」

ナイトが言った。「もちろんほかにもいるに決まっている。だからおまえは……」

ショウはボディガードの一人を見やった。邪魔が入るまで、タブレットでコメディ番組を楽しんでいたほうだ。ボディガードは首を振った。

ナイトがうなるように言った。「これはいったい何の真似なんだ？」不思議なもので、怒りは整った顔を恐ろしく醜悪なものに変える。

「ジャケットとシャツの裾を持ち上げて向こうを向け。

そのあと、ポケットの中身をすべて出せ」

傲慢な目でショウをにらみつけたあと、ナイトは指示に従った。銃は持っていなかった。

ショウはナイトの携帯電話を拾って通話を切った。

「どうしてここがわかった？　フォイルか？　あの裏切り者。しかし、ここを見つけたから何だ？　警察でも何でも好きなだけ連絡するといい。私には誰も手出ししないはずだ。あと一時間で出国する。私はな、モノポリーで言えば〝刑務所釈放カード〟を持っているんだよ」

「座れ、ナイト」

「死んだガキは気の毒に思っている。カイル・バトラーだったか。あれは想定外だった」ショウの銃から視線をそらし、ショウの冷たい目を見た瞬間、ナイトは恐怖に目を見開いた。

「想定外だろうと何だろうと同じことだ。カイルは殺された。ヘンリー・トンプソンもだ。エリザベス・チャベルと赤ん坊もあやうく死ぬところだった」

「フォイルの奴。妊娠中の女を誘拐するとはな」ナイトは伝説の癇癪《かんしゃく》を起こしかけていた。体が怒りに震えているのが見えるようだった。「で、これはいったい何のつもりだ？　私を警察に渡そうとしても無駄だぞ。私を撃つか？　目的はそれか？　復讐するは我にあり、みたいな話か？　やったのはあんただとすぐにわかるだろうよ。逃げられると思うのか」

「黙れ」ショウは言った。おしゃべりは聞き飽きた。携帯電話を取り出し、ロックを解除してメール画面を開き、携帯電話をコーヒーテーブルに置いた。それからナイトを銃で狙ったまま、後ろに下がった。「それを読め」

ナイトは携帯電話を取り――その手は震えていなかったとは言えない――表示された文面を読んだ。それから顔を上げた。「何の冗談だ、これは」

## 73

土埃にまみれたヤマハのバイクをロスアルトスヒルズのウェストウィンズRVセンターの入口に乗り入れたところで、ショウはその大型看板に初めて目を留めた。そんなものがあることにこれまで気づいていなかった。RVパークからは少し離れた位置――フットボール場二つ分くらい先にあるが、白い看板に並んだ黒い文字はここからでも容易に読み取れた。〈シリコンヴィルで新生活を……詳しくはウェブサイトで〉。

　あのアナログおもちゃマニアがウィスパリング・マンではないかと疑うとは、我ながら……

　アップル・ロードに沿ってバイクを走らせた。世界中のどこであろうと、アップルと言えば果物を指す。しかしここシリコンヴァレーでは、同じ語が指すものは一つしかなく、それに注がれる世間の目は宗教がかっている。バチカン・ドライブやメッカ・アヴェニューと呼ばれているのと変わらない。ショウは右折してグーグル・ウェイに入り、ウィネベーゴを駐めたスペースに向かった。そしてウィネベーゴの前に意外な人物を見つけて、思わず急ブレーキをかけた。エンジンを切る。一瞬ためらってからヘルメットとグローブを脱いだ。

　マディー・プールに近づく。マディーは自分の車のフロントフェンダーにもたれてコロナ・ビールを飲んでいた。無言で車内に手を伸ばし、新しいボトルを取った。栓抜きで王冠をはずし、ショウに差し出す。

　二人は乾杯するようにボトルを互いのほうに軽くかたむけたあと、ビールを飲んだ。

「すごいじゃないの。また被害者を救ったって、コルト。ニュースで聞いた」

　ショウはキャンピングカーのほうにちらりと目を向けた。マディーがうなずく。夜の空気は冷たい。ショウはロックを解除し、二人は車のなかに入った。明かりをつけ、ヒーターをオンにした。

　マディーが言った。「妊娠してたんでしょう。赤ちゃんにあなたの名前をつけるって？」

「いや」

　マディーは不服そうに舌を鳴らした。「ねえ、あれはこの前の銃撃戦の跡？　ドアの横の穴」

　ショウは記憶をたどった。「いや、あれはだいぶ前のだな。明るいところで見れば、縁が錆びているのがわかる」

「どこで？」

　銃で撃たれるような経験をしたら、どこでだったか瞬時に思い出せると誰もが思うだろう。その日の天気、正確な時刻、そのとき着ていた服も覚えているのがおそらくふつうだ。

　たしか……アリゾナ州であの仕事をしたとき、か。

た。

いや、あれはニューメキシコ州だったか。確信が持てなかった。そこで隣のアリゾナ州でよしとすることにした。

「ふうん」

「アリゾナ」

マディーは濃い紫色のTシャツの裾を直した。薄手のジャケットに隠れて、〈ＡＭＡ〉とその下の〈ＡＬＩ〉という文字しか見えない。足もとは履き古した水色のサンダルだった。見ると、右足の真ん中の指に赤とゴールドのトーリングがあった。昨日の夜もしていただろうか。そうか、わからなかったはずだ。明かりを全部消していたのだから。

マディーが車内を見回した。寝室のそばの壁に貼られた地図――ルイス・クラーク探検隊の旅程をたどったもの――にマディーが気を取られている隙に、ショウはグロックをスパイス棚の奥の定位置に戻した。

「一度も訊かなかったけど、コルト、懸賞金ビジネスってどうなの？　それで生計を立てるって、珍しいじゃない？」マディーがこちらを向いて言った。

「私の性格には合っている」

「一つところにじっとしていられない人。体も、心もね。あなたのメッセージ、聞いたわ」マディーはビールを大きくあおった。沈黙が続いた。キャンピングカーのなかにいても聞こえてくる車の往来の音さえ無視すれば、完璧な静寂だった。シリコンヴァレーでは、どこにいても車の音が聞こえる。ショウは風のない日のコンパウンドを思った。世界の果てまで静まり返っているようだった。それはそれで、ピューマの低いうなり声と同じように人を不安にさせる。マディーの左手――ビールを持っているのではないほうの手――の指がかすかに震えていた。いや違う。目に見えないキーボードを叩いているのだ。無意識にやっているらしい。

ショウは言った。「家の前を通ってみた。きみはもういなかった」

「ゲームショーは終わったから。私たちゲーム好きの遊牧民はそろってテントをたたんだところ。私は渋滞が始まる前に出発して、南に向かうつもり」すでに夜は遅い。午後十一時だ。しかしマディー・プールのような夜型の人間にとっては、まだ夕方にもなっていないだろう。

「電話ってあまり好きじゃなくて。顔を見て話そうと思った」

　ショウはビールを飲んだ。「謝りたかった。それだけだ。謝ってすむことじゃない。わかってる。それでも……」

　マディーは別の地図を見つめていた。

　ショウは言った。「一つ思いついたことがある。私たちの団体のことで」

「団体？」

「名前を変更しよう」ショウは言った。「〝ネヴァー・アフター・クラブ〟から、〝オン・レア・オケージョンズ・クラブ〟（「まれにある」の意）。どう思う？」

　マディーはビールを飲み干した。

「空き瓶はそこに」ショウは指さした。

　マディーは瓶をくずいれに入れた。「二年くらい前、友達がボーイフレンドと別れたことがあったの。ボーイフレンドのほうも私がよく知ってる人だった。友達は、彼に殴られた、階段から突き落とされたって言ったわ。それはもう大騒ぎでね。わんわん泣いちゃって。だから私はそのボーイフレンドの家にまっすぐ行って、思いきり殴ってやった。友達なら誰だってそうするでしょ？」

　どう答えるのが正解なのかわからない。

「ところが、友達の話は嘘だとわかったのよ。信じられる？　その子、自分が振られるのは初めてだった。だから、彼から暴力を受けたってことにしたのよ。自分のせいで別れたと思われたくなかったから」マディーは首を振った。「問題はここから。あのときもう少し冷静に考えてたら、あの彼が暴力を振るうなんて絶対にありえないって私にもわかったはず。でも、私は結論に飛びついてしまった。そのあと彼に謝ったけど、そりゃそうよね、元には戻れなかった」

　ショウは言った。「リセットボタンはなかった」

「そう。リセットはできなかった。だけどね、コルト、今夜あなたから電話をもらっていなかったとしても、会いに来るつもりだった。私なりの人生訓があるの。人生は短い。誰かにこんにちはって言うチャンスを逃してはいけない。さよならを言うチャンスも……あ、見て。ついにあなたを笑わせたわ。さて、そろそろ出発しないと」

　二人は短いハグを交わした。マディーは車を降りていった。ショウはマディーが自分の車に乗りこむ様子を窓から見守った。まもなく、マディーの車は尻を振りながらグーグル・ウェイを遠ざかって消えた。あとに波打つ黒いタイヤマークを二本と青い煙の幽霊を残して。

ショウはカーテンから手を離して考えた。首筋のタトゥーの意味はわからずじまいになったな。

## 74

そのニュースはすでに報じられていた。

ショウはテレビをつけ、地元局にチャンネルを合わせていた。


ナイト・タイム・ゲーミングの共同設立者のトニー・ナイトが、サンタクララ郡重大犯罪合同対策チーム本部に自首しました。ナイトはこの週末に発生した連続誘拐殺人事件に関連し、重要参考人としてＪＭＣＴＦに手配されていました。同社のもう一人の共同設立者でゲーム開発部門を率いるジェームズ・フォイルは、今夜すでに逮捕されており……


ショウはテレビを消した。それだけわかれば充分だ。カリフォルニア州の首都ワシントンＤＣの各捜査機関のあいだでいま、どんなやりとりが交わされているだろう。激しい議論、上昇する血圧、不安で折れそうな心。そんなところだろうか。

野原のはずれに建つログハウスで、ショウの携帯電話の画面を呆然と見つめながらナイトが発した言葉が耳に蘇った。

「何の冗談だ、これは」

ショウは携帯電話にうなずいて言った。「明日の朝六時、その告知がウェブに公開され、同時に世界各国の五十の新聞社やテレビ局に送信される」

懸賞金：一〇〇万ドル
アンソニー（〝トニー〟）・アルフレッド・ナイトの所在に関する情報求む
殺人、誘拐、暴行、共謀の容疑でカリフォルニア州当局が手配中の人物

その下にナイトの写真がずらりと並んでいた。変装を

想定してフォトショップで加工された写真もある。懸賞金ハンターの捜索の手がかりとなりそうな情報も並んでいた。賞金の受け取り方の詳細も付記されている。

「いや……わからないな。だって、誰が懸賞金を出した？　警察じゃないよな。取引が……」ナイトはそこで口をつぐんだ。警察と取引したという事実にはスポットライトを当てずにおくほうが賢明だと考え直したのだろう。

「私だ」ショウは言った。

「え、あんたが？」

ショウは所有する会社の一つを通じて懸賞金を出すことにしていた。人に訊かれれば懸賞金ハンターで生計を立てていると答えるが、より正確を期すなら、懸賞金ハンターで生計の一部を立てているという答えになる。コルター・ショウの収入源はほかにもある。

「少し説明させてもらおうか、ナイト。この懸賞金の告知が報じられた瞬間、数百人がきみの捜索計画を立て始めるだろう。世界中でね。どこへでも好きな国に逃れるがいい。逃亡犯罪人引渡し条約が締結されていない国？　そんなことには何の意味もない。金目当ての懸賞金ハンターはきみを探し出し、秘密裏にきみをアメリカに連れ戻して、懸賞金を請求するだろう。

私はこれまでに大勢の懸賞金ハンターと知り合ってきた。彼らは決して人好きのする人間ではない。百万ドルのためなら、なかには賞金稼ぎ的な考えかたをする者も出てくるだろう。告知には〝生死にかかわらず〟とは書いていないが、そう解釈する者もいるだろうということだ。きみはこの先一生、背後を気にしながら毎日を、毎分毎秒を過ごすことになる」

ナイトは役立たずのボディガードたちに嫌悪のまなざしを向けた。

ショウは続けた。「公開を止められるのは私だけだ。私の身に何かあれば、午前六時、その告知が世界に向けて公開される」

「ちくしょう」

「きみは有力者にコネを持っているんだろう、トニー。きみのクライアントだ。警察の捜査を中断させられるくらいだ、彼らなら量刑を軽くする程度のことはできるだろう。終身刑よりは軽くすむ。さて、その携帯電話を置け」

ナイトはもう一度告知に目を通してから、ｉＰｈｏｎｅをコーヒーテーブルに置いた。

「下がれ」

ナイトがテーブルから離れるのを待って、ショウは携帯電話をポケットにしまった。

「午前六時だ、ナイト。時間がないぞ」

ショウはログハウスを出て、地面に転がしておいたボディガードが無事に息をしていることを確かめてから――無事だった――野原の反対側まで走り、オートバイにまたがった。

いま、ショウは外に出てヤマハ車をキャンピングカー後部のラックに固定し、ふたたび車内に戻った。ちょうどそのとき電話が鳴り出して、ショウは画面を確かめた。

この番号から電話がかかってくるだろうと予期していたが、かけてきた人物は意外だった。

「コルターか？　ダン・ワイリーだ」

「やあダン」

「コルトって呼ばれたりはしないのか」

「なかにはそう呼ぶ人もいる」

「コルトって銃のメーカーがあるだろ」

「そうらしいね」ショウは言った。たとえばいまベッドの下にしまってある銃。

ショウは窓の外を見やり、マディーの荒っぽい運転がグーグル・ウェイの路面に残した濃い灰色のタイヤ痕を見つめた。クイック・バイト・カフェで会ったときのマディーの顔が浮かぶ。ショウはそのイメージを、マーゴ・ケラーのイメージをしまってあるのと同じ場所にしまい、扉を閉じた。

「それで、だ。知らせときたいことがある。トニー・ナイトの件だよ。ロナルド・カミングス――って覚えてるか」

「ああ」

「あんたに電話して伝えてくれって、カミングスから頼まれた」

「どんな話かな」

「あんたも知っときたいだろうと思った。実を言うと、ナイトの捜索に関して、うちと――ＪＭＣＴＦとＦＢＩのあいだでちょっともめたりしててな」

「それは知らなかったな」

「もめてたんだよ。そのせいで捜索はまるで進んでなかったわけだ。ところがだよ、突然、本部に来て自首した奴がいた。誰だと思う？」

「ナイトか」

「そうだ。殺人と誘拐と、みんなが大好きな共謀の容疑で逮捕した。なんでまた自首する気になったんだろうな」

「何にしろよかったじゃないか」カミングスが自分で電話せず、代わりにワイリーに指示した理由は想像がついた。重大犯罪合同対策チーム上級管理官たるカミングスは、ナイトに関わる一切と距離を置こうとしているのだ。クイック・バイト・カフェに呼び出したのは、おまえは手を出すなと表向きは言いながらも、何とかならないかと遠回しにほのめかすためだったのだろうか。ショウはこの確率を半々と見積もった。

ワイリーが続けた。「そうだ、それとは全然関係ない話だが、もう一つ。鑑識から報告書がぼちぼち出始めてね。さっき、弾道検査の結果を見た。カイル殺害に使われた弾と、ラドンナを負傷させた弾は、同じ銃から発射されたものだ。フォイルが所持していた銃だな。しかし、昨日、市警の鑑識チームがあんたのキャンピングカーの近くの壁と木からほじくり出した弾は、別の銃から発射されてる。おそらくベレッタ。四〇口径。フォイルがほかにも銃を持ってると思うか？」

ショウの口もとに運ばれかけていたビールがふと止まった。「いや、ダン。ほかには見ていない……悪いが、切るよ。また連絡する」

ワイリーの別れの言葉を聞くことなく電話を切った。フォイルがほかの銃を持っているとは思えない。たとえ持っているとしても、交互に使う理由がわからない。

つまり、今朝早くウィネベーゴに侵入したのは別人だということだ。

車内を三歩で横切り、スパイス棚の扉を開け、セージやオレガノ、ローズマリーの小瓶のあいだに手を押しこんでグロックを探った。

ない。さっき外に出て、ヤマハのオートバイをキャンピングカーに固定しているあいだに盗まれたらしい。

寝室のドアが開く音がした。ショウは振り返った。予期したとおりの光景があった。侵入者が現れた。ベレッタの銃をかまえている。

だが、その光景には予想外のところがあった。侵入者は、オークランドでも会った人物――ネズミ男だった。火炎瓶を持ってRVパークをうろついていた男。目的はヘイトクライム、数十年前の公民権運動家を讃える落書きに放火することだろうと思われた人物。ショウはようやく理解した。この男の目的は、まったく別のところにあったのだ。

## 75

「座れよ、コルター。楽にしろって」

記憶にあるとおりの声だった。甲高く、どこかおもしろがっているようで、自信にあふれている。あのアクセントは、ミネソタ州、あるいはダコタ州のものだ。

これはどういうことかと考えた。さっぱりわからず、あきらめた。

ショウは座った。

ネズミ男はテーブルを指さした。「その電話のロックを解除して、またテーブルに置いてくれ。さ、頼むよ」

ショウは言われたとおりにした。

ネズミ男は携帯電話を持ち上げた。黒い布手袋をはめている。指先だけ明るい色の別布になっていて、その部分を使ってiPhoneの画面をスワイプした。目は、画面とショウのあいだをせわしなく行き来していた。

サンミゲル公園でショウをつけ回したのはジミー・フォイルだ。ウィスパリング・マンのステンシル風の不気味なイラストを置いたのも。だが、だからといって、キャンピングカーを監視していたのもジミー・フォイルだということにはならない。

**一点にばかり集中するべからず。**

ネズミ男が訊いた。「この最後の電話。着信だな。誰からだ？」

調べればすぐにわかることだ。「重大犯罪合同対策チーム。シリコンヴァレーの」

「ほっほう。それは困ったな」

「あんたには関係ない。私が捜査に協力した誘拐事件の連絡だった」

ネズミ男はうなずいた。発着信履歴をスクロールしている。ＪＭＣＴＦから着信があった時刻に気づいたのだろう。それを見れば、ネズミ男がベレッタの銃を持って現れる前にその電話を切ったことがわかる。ネズミ男は携帯電話を置いた。

「私の銃はどこだ？」ショウは訊いた。

「俺のポケットに入ってるさ。ちっちゃな銃。パイソンもだ。ベッドの下にあった。利口な隠し場所だ。しかも趣味のいい選択だな。いい銃だ。あんたも知ってると思うが」

　この男はどこかおかしいとしか思えない。しかし、断言できそうなことが一つある。この男がこうして来たのは、オークランドで焚き火を邪魔されたのを根に持ってのことではない。あの放火未遂は、陽動だ。ショウの注意をそちらに引きつけておいて、その隙にウィネベーゴに侵入しようとしたのだ。

　あのとき、この男はやはりこう言ったのだろう——〝なんで通報なんかするんだよ、ショウ？〟

　もう一つの疑問——このキャンピングカーにある何が目当てなのか——の答えはまだわからない。

　車内は明るく、男のあばた面が二日前よりもはっきりと見えた。首筋に傷痕があるのも見えた。ショウの首筋にある傷と大ざっぱに同じ位置だった。ネズミ男の傷のほうが無残で、そこをかすめた弾が二重の傷を残したかに見える——皮膚を削り、同時に弾丸の熱で肉を焼いた。

　ネズミ男は年季の入ったプロらしく、銃を持った手をショウに向けて伸ばすようなことはしなかった。動きのすばやい相手なら、片手で銃を払いのけ、もう一方でパンチを食らわせるくらいはやってのけるだろう。ショウも何度も似たようなことをしてきている。しかしネズミ男は、つややかな黒い銃を脇腹にぴたりとつけてかまえ、銃口をショウに向けていた。

　ショウは言った。「今朝も侵入したな。デントプラーとバールを使って。ぶざまな仕事だった。そのへんのちんぴらがドラッグを買う金ほしさにやったことのように見せかけた。ところが今夜は気配を殺して侵入した」

　ネズミ男は修理済みの錠前を手際よくピッキングしたのだろう。鍵のかかった場所に侵入した経験が何度かあるショウは、その手腕に脱帽せざるをえない。

　最初に侵入したとき、ネズミ男は目当てのものを探したが——見つけられなかった。その後また偵察に来て、金庫——持ち去るにしても、こじ開けるにしても、大がかりな工具が必要だ——と銃の隠し場所を見つけた。そして今夜まで待ち、ショウと話をするために来て、マディーがいなくなるまで隠れていた。

ネズミ男は左手をポケットに入れ、手錠を取り出した。ショウに放ってよこしたが、ショウは受け取らなかった。手錠は床に落ちた。

一瞬の間があった。

「あのな、ものにはルールってやつがあるんだよ」

ショウは言った。「手錠など不要だ。空手の技など一つも知らない。銃は二丁ともおまえが持っている。ナイフ投げの心得はあるが、この車にあるナイフは料理用のだ。サバティエだけで、投げるにはバランスが悪い」

「ルールに従えよ。あんたの安全と、俺の心の平和のために。まあな、俺も人を殺したことがないわけじゃない。だが、どれも正当防衛だ。死人は何の役にも立たない……何だっけ、はやりの言葉があったよな。ああそうだ、死人は非生産的だ。よけいな注目を集めるし、俺の人生をややこしくする。面倒はごめんだ。俺はあんたを殺す気でいるか。いや、その気はない。しかしもちろん、殺すしかないようなことをあんたがすりゃ話は変わってくる。

俺は人を痛めつける。痛めつけるのは楽しい。相手が変わるような痛めつけ方をする。相手が永遠に変わるような痛めつけ方だ。絵画が好きな男なら、目をやる。音楽が好きな女なら、耳だ。この話の行き先が見えてきただろう。俺たちはあんたのことを知ってるんだよ、ショウ。この先死ぬまで車椅子ってことになると、仕事に差し障りが出るだろう。な？」

ショウは痩せた男を見据えた。顔にいっさいの表情を出さないようにした。だが、心臓は胸を破って飛び出しそうな勢いで打ち、口のなかはからからに乾ききっていた。

**肉食獣の前で恐怖を見せるべからず……**

「こいつは四〇口径の銃だ。どでかい弾が出るってことだよ。ま、言われなくてもよく知ってるだろうが」

よく知っている。

「肘、足首、次に膝。修理しようにも修理するもんが残らないだろうな。それに、せいぜい咳くらいの音にしか聞こえないようにする道具も持ってきてる。大きな声を出してみな、口にも一発いくぞ。さてと。まずは手錠だ。それであんたの心配はしないですむもんな、ショウ。手錠がいいか、肘がいいか」ネズミ男はビニール加工された黒い布のようなものをポケットから取り出した。サイレンサーの一種か？

ショウは手錠を拾って自分の手首にかけた。

「さて、用事をすませるとしようか。それが終わったら俺は帰る。封筒は寝室の金庫にあるのか」

「え……？」

ネズミ男は焦れったいのをこらえるような調子で言った。「あんたが――あの言葉はなんていうんだったか。ああそうだ、空とぼけようとしてるわけじゃないってのはわかってる。あんたは何も知らないんだよな。あんたの親父の友達のユージーン・ヤングがバークリー校の社会学部の書庫に隠した封筒をよこせと言ってるんだよ。三、四日前に盗んだだろ」

突然の方向転換に、ショウの頭はついていけなかった。

「いやいや、〝何の話かさっぱりわからない〟とか言い出すなよ。あんたがヤングの家に電話したことは知ってる。もう死んでるなんて知らなかったんだろ。そんな不思議そうな顔をするなよ、ショウ。ふだんは石みたいに無表情なくせに。質問に答えると――俺たちはヤングの家の電話を盗聴してた」

父の同僚の電話をずっと監視していたというのか？　死後は未亡人を？　十五年ものあいだ？　自分の領域を侵されたという不快な感覚も同時に湧いた。彼らはショウのことも監視していたのだ。

いったいなぜ？

ネズミ男が言った。「あんたは封筒の存在を突き止めた。パパの持ち物でも調べたんだろうな。何か手がかりを見つけて、社会学部の書庫に行った。で、見つけた封筒を〝拝借した〟わけだ」ネズミ男の顔がゆがみ、ネズミそっくりな笑みを作った。「社会学部。驚いたね。俺たちが探そうと思いつかなかった数少ない――ほんの一握りの場所の一つだ。だって、なんだって社会学部なんだ？　あんたの親父は社会学になんかまるで興味を持っていなかった」

「そう言われても――」

「さっき言ったよな。〝何の話かわからない〟はなしだ」

ネズミ男はなぜ、ショウがバークリー校で盗みを働いたことを知っているのか。ショウは記憶をたどった。ヤングの元妻にオークランドのRVパークに滞在していることを話した。キャロルのRVパークを突き止めるのは簡単だったろう。ネズミ男はショウを尾行してバークリーに来た。ショウは尾行にまったく気づいていなかった。

オートバイで走っているあいだは、前や横に目を配るのが賢明だからだ。後ろではなく。回転灯が近づいてきたときは例外として。

　しかし、そういった詳細はすぐにショウの思考から遠ざかった。いま肝心なのは〝俺たち〟というキーワード、謎の文書、十五年ものあいだ続いていたという盗聴だ。もしかしたら父は、周囲が思っていたほど精神を病んでいなかったし、妄想にとらわれてもいなかったのかもしれない。

**陰謀の可能性を即座に排除するべからず……**

　ショウはユージーン・ヤングが父に宛てて書いた手紙の内容を思い返した。それからネズミ男に訊いた。「ブラクストンはいまどこに？」

　思ったとおり、急所を突いたらしい。ネズミ男の眉間の青白い皮膚に皺が寄った。「彼女の何を知ってるんだ？」

　数秒前には知らなかった事実を一つつかめた。

**彼女……**

　ネズミ男の唇がわずかに引き攣った。不意を突かれてうっかり口をすべらせた。ミズ・ブラクストンがどこの誰であれ、ネズミ男はそれ以上その話をしなかった。

「金庫。あのなかをのぞいてみようじゃないか」

「罠があるだけだ。ほかは何もない」ネズミ男が金庫に手を入れようとして指を折った隙に制圧するという作戦は、手錠をかけられている状態では使えない。ネズミ男というニックネームが皮肉に思えた。金庫のなかには、まさにネズミを獲るための大型の罠を仕掛けてあるのだから。

「やっぱりそうか。逆トラップじゃないかと思ったよ。逆トラップなんて言葉は存在しないのかもしれないが、まあ、なんとなくわかるだろ」

　ショウは金庫を開けた。

　ネズミ男は用意よく小型のハロゲン懐中電灯を持ち、金庫のなかを照らした。そこにある罠を見て感心したようだった。

　二人はまたキッチンに戻った。「封筒はどこだ？　言わないと、痛い思いをすることになるぜ。決めるのはあんただ」

「財布」

「財布……床に下りろ。うつ伏せになれ」

ショウは言われたとおりにした。膝の裏に何かがそっと押し当てられた。まもなくそこに圧力が加わった。

「これは銃だからな」

そうだろうと思った。四〇口径の拳銃の発射音を消せるなら、さっき見た布はまさしく魔法の布だ。

ネズミ男はショウの財布を抜き取り、ショウをあおむけにして座らせた。

「運転免許証の後ろ」

ネズミ男が財布をあさる。「フェデックスのアラメダ・ストリート支店の荷物預かり証のことか」

「そうだ。父の書類のオリジナルとコピー二部を預けてある」

その支店は、ショウが前日に立ち寄ったエルサルバドル料理店、ポトレログランデの絶品のコーヒーを出す店と同じショッピングセンターにある。店を出てフランク・マリナーの家に向かう前に、書類を持ってフェデックスに行き、コピーを取った。社会学部から通報があって警察が訪ねてきた場合に備え、数日のあいだ、書類一式をそこに預けておくことにした。持っていなければ、知らないと言い抜けられる。

「ほかにコピーは？」

「その二部しかない」

ショウから一度に一秒ずつしか目を離さないようにしながら、ネズミ男は携帯電話を出してどこかへかけ、相手が出ると、フェデックスの支店のことを伝えた。預かり証の番号を読み上げる。それから電話を切った。

「この時間はもう閉まっている」ショウは言った。

ネズミ男はにやりとした。電話したのとは別の相手にだろう、メッセージを送る。そのあいだ沈黙が流れた。ネズミ男の目はショウから離れない。一秒を超えて目を離したら、ヘビのように襲ってくると警戒しているかのようだった。

ついにショウは待ちきれなくなって言った。「十月五日。十五年前」

ネズミ男は手を止め、電話から視線を上げた。その目に驚きはかけらも浮かんでいなかった。それまでバイオリンの弦のように張り詰めていた甲高い声はなりをひそめた。「俺たちはあんたの親父を殺してないぜ、ショウ」

ショウの心臓が激しく打ち始めた。大型の拳銃の銃口と向かい合っているという恐怖以外の理由から。

「あんたにとっちゃ、どでかい謎のごった煮みたいなものだろうな。それはわかるさ。だが、そのままにしておくのが一番なんだ。一つ教えてやる。アシュトンの死は、俺たちにとっても……そう……災難だった。あんたも腹が立っただろうが、俺たちだってそれに負けないくらい腹を立てた……〝負けないくらい〟は言いすぎか。しかしまあ、言いたいことはわかるよな」

ネズミ男はメッセージのやりとりを再開した。

ショウはうろたえた。心が沈んだ。悪夢が現実になった——つまり、父を殺したのは兄のラッセルだったということになるからだ。つかの間、目を閉じた。ラッセルの声が聞こえた。ラッセルがここにいるかのように。

**父さんは生き延びる方法を僕らに教えた。このあと僕らは父さんから生き延びなくちゃならない……**

ラッセルはきょうだいを守るために父親を殺した。しかし同時に母を殺したも同然だ。母とアシュトンは、メキシコとの国境からカナダとの国境まで縦走する国立自然歩道の一つパシフィック・クレスト・トレイル中のアンセル・アダムズ原野で出会って以来、四十年間、文字どおり片時も離れることなく過ごしてきた。死の一年ほど前、精神がいよいよ崩壊を始め、アシュトンは妻にまで猜疑の目を向けるようになった。ひどいときには、妻も陰謀に加担していると考えることさえあった。アシュトンが主張する陰謀がどんなものだったにせよ。

それに、きょうだいと母親を守ることだけがラッセルの動機ではなかったのだとしたら。ショウはずっと前から疑っていた。もっと闇の深い動機があるのではないか。ラッセルの憎悪がついに沸点に到達したのだとしたら。

一家が引っ越したとき、ドリオンとコルターはまだ幼かった。都会の暮らしをほとんど覚えていなかった。しかしラッセルは十歳だった。サンフランシスコのベイエリアが持つエネルギーや華やかさを知る時間があった。友達だっていただろう。なのにある日突然、それから切り離されて荒野に閉じこめられたのだ。

何年ものあいだ怒りをため、一人で抱えこみ、怨嗟《えんさ》だけが募っていった。

**ラッセルは世捨て人のよう……**

ネズミ男が携帯電話を下ろした。「いまさら言ってもしかたがないかもしれないが、あれは事故だった」

ショウは我に返った。

「あんたの親父。俺たちは生かしておきたかったが、ブラクストンは消したがっていた――ただし、まだそのときじゃないと考えていた。ほしいものを手に入れてからだとな。だから誰かを行かせて、文書の話を聞き出そうとした」

話を聞き出す。つまり拷問ということだ。

「俺たちにわかってるかぎりだと、ブラクストンの手下が〝コンパウンド〟に向かってることをあんたの親父さんは知ってた。アシュトンはわざと姿を見せて誘い出し、森のどこかで殺すつもりでいた。ところが、待ち伏せ作戦は失敗した。格闘になった。あんたの親父さんは転落した。

ブラクストンの手下が失敗したのはそれが二度目だった。だからそいつはもうこの世にいない――それが慰めになるかどうかわからんがね」ネズミ男はふいに首をかしげ、小さな笑みを浮かべた。「初めて行ったときは、どこかのガキに敷地から追い払われたらしいぜ。拳銃で脅されて。何やら古いリボルバーだったたって話だ……まさか、そのガキはあんただったなんて言い出さないよな、ショウ？」

映画の『脱出』みたいな家族か。

あのハンター……あの男はそのためにコンパウンドに来ていたのか。父を殺すために。アシュトン・ショウは心を病み、自分がスパイや謎の集団に消されかけていると思いこんでしまった。周囲はそう考えていた。

しかし、アシュトン・ショウの主張は、初めからずっと正しかったのだ。

ああ、ラッセル……

兄がいまここにいてくれたらとこれほど強く思ったことはなかった。いまどこにいるんだ、ラッセル？

なぜ消えてしまったんだ？

ショウは言った。「あんたは何から何まで知っているらしいな。私の兄、ラッセルのことはどうだ？　兄はいまどこにいる？」

「何年も前に痕跡を見失った。最後はヨーロッパだ」

外国にいるのか……意外だった。だがすぐに思い直した。驚くようなことか？　父の葬儀以来、まったく連絡を取り合っていなかったのだ。サンフランシスコのテンダーロイン地区ではなく、カンザスシティの静かな住宅街でもなく、パリにいるとしてもおかしくない。

「いったいどういうことなんだ？」

ネズミ男が答えた。「言ったろ。あんたが気にするようなことじゃない」

「ブラクストンという人物は大いに気になるね。事故だったかどうかは問題ではない。その女のせいで起きたことだ」

「いや、それもあんたが気にするようなことじゃない。それにだ、いいか、あんたは心配しないほうが身のためだぜ」

ネズミ男のあばた面がふいに気になった。青春期のニキビの痕と見えるが、そうなのか。おとなになってから病気でもしたか。ネズミ男は痩せ型だが筋肉はたくましい。あの用心深い目の動きは軍人か、傭兵のものだ。ガス攻撃でも受けて肌がただれたのか。

ネズミ男の携帯電話の着信音が鳴った。電話を耳に持ち上げる。「はい……了解。例の場所だ」

フェデックスの支店の仕事は首尾よく終わったらしい。

ネズミ男は電話を切った。「さてと」黒いハンカチのようなサイレンサーをしまい、キャンピングカーの奥側に移動して、ベレッタもポケットにしまった。「手錠の鍵はあんたの車の下に置いておく。グロックとコルトは、正面ゲートの脇にあるくずかごだ。俺たちを探そうなんて気は起こすなよ。あんたのためにならないからな」

## 76

体をよじって足を伸ばし、アスファルト舗装の無情な地面と格闘すること十五分、ショウはようやくマリブの下から手錠の鍵を引っ張り出した。責め苦の時間が長引いたのは、十歳の少年が浴びせてくる質問にも対応しなくてはならなかったからだ。

「おじさん、何してるの。変な格好」

「背中がかゆいんだ」

「嘘だ」

手首を解放したあと、グロックとコルトを探すのにまた五分かかった。何より腹立たしかったのは、ネズミ男が銃を放りこんだくず入れには、スラーピー（ゆるいシャーベット状の飲み物）の飲み残しがあったことだ。二丁とも分解し、ホッペのガンクリーナーをたっぷり使ってチェリー味のどろどろを掃除する手間がかかりそうだ。

キャンピングカーに戻り、ももの筋肉痛と首の凝りをやわらげる鎮痛薬としてサッポロ・ビールを冷蔵庫から出した。次にiPhoneの連絡先や写真、動画をノートパソコンに転送し、ウィルスチェックをしたあと、iPhoneをビニール袋に入れ、ハンマーで叩き壊した。新しい電話番号を伝えるメッセージをコンパウンドにいる母に送り、妹とテディとヴェルマにも伝えた。

それからワシントンDCのマックの番号にかけた。

「もしもし」マックの女性らしい魅惑的な声が応じた。

「新しいiPhoneを買うまで、プリペイド携帯を使う」

「了解」

シャーロット・マッケンジーは百八十センチの長身で、透けるように白い肌と長い茶色の髪をしている。眉はまるで彫刻のようにくっきりとして優雅だ。日中はスタイリッシュだが地味な色のスーツ——銃を携帯していてもそれが目立たないようにデザインされている——を着ている。いつもかかとが低い靴を履いているが、背の高さを気にしてのことではない。仕事柄、走らなくてはならない場面が少なくなく、しかもいざ走るときは全速力を要求されるからだ。いまマックが何を着ているかは想像がつかない。もうベッドに入っていただろう。ボクサーショーツにTシャツかもしれないし、ブランドもののシルクのネグリジェかもしれない。

マックはロビイストを泣かせ、内部告発者をかくまう。爽やかな春の風のようにほかの者の目には見えない事実や数字も、マックならきっと探り出す。

ショウとマックの双方を知っている人々は、なぜつきあわないのか不思議に思うらしい。ショウもときどき同じように思うが、ショウの心と同じく、マックの心も、恐ろしく複雑で難度の高い壁を登りきらなくては近づくことさえできないことをショウは知っていた。ヨセミテ国立公園のエル・カピタンにそびえる絶壁ドーン・ウォールのような難関だ。

「調べてもらいたいことがある」ショウは言った。

「どうぞ」

「いまから写真を送る。顔認識で身元を調べてくれ。カリフォルニア州と何らかのつながりがありそうだが、断言はできない」火炎瓶事件の際に撮影した動画から切り出したネズミ男のスクリーンショットをメールに添付し、ノートパソコンからマック宛に送信した。

一瞬あって、マックが言った。「来た。いま送った」

マックが写真を送った先は、スパコン上で動作する二十五万ドル相当の顔認識プログラムだ。

「ちょっと時間がかかる」

沈黙が流れた。それを破るのは、かちり、かちりというかすかな音だけだ。マックは電話をかけるときも受けるときもヘッドフォンと小型マイクを使う。編み物をするためだ。キルトも作る。ふつうなら、編み物とキルトはほかの趣味——沈船スキューバダイビングとエクストリーム・ダウンヒルスキー——と一人の人間のなかには同居できないだろう。しかしマックの場合は、何の問題もなく共存している。

「もう一つ。ブラクストンという人物について、可能なかぎり情報を集めてくれないか。おそらくラストネームだ。女性で、四十代から六十代。ひょっとすると私の父の死に関係している」

唯一の反応——「綴りはB-R-A-X-T-O-N?」

マックに仕事を依頼するようになって何年もたつが、ショウがどんな調査を頼もうと、マックが驚いた声を出したことは一度たりともない。

「そうだ」ショウはユージーン・ヤングが父に宛てて書いた手紙を思い浮かべた。


ブラクストンが生きている！


「十五年前、彼女に殺し屋が差し向けられたが失敗した可能性がある」

もしそうなら、ショウの父は殺人も辞さない陰謀集団に属していたことになる。そう考えると、ショウの心はざわついた。

「ほかには？」

マディー・プールの住所を調べてもらおうかとちらりと思った。ロサンゼルス市内かその周辺に住んでいるゲーム実況配信ガール《GrindrGirl》。

「いや、それだけだ」

かちり、かちり、かちり。その音が途切れ、別の音——パソコンのキーを叩く音が聞こえた。

「顔認識でヒットした」

「誰だった？」

「エビット・ドルーン」マックが綴りを言った。

ショウは言った。「変わった名前だな」

「写真を送る」

ショウはノートパソコンに表示された顔写真を見つめた。二十代くらいに若返らせたネズミ男。

「こいつだ」

ドルーンだって？

「経歴は」

マックが言った。「インターネット上には情報が存在しないも同然だけど、断片をつなぎ合わせると、ドルーンは――または、こっちのほうが可能性が高そうね、ITセキュリティのプロが――定期的にネット上の痕跡を消しているみたい。いま送ったその写真だけは消しそこねてる。退役軍人を取材した古い雑誌の記事なの。記事をスキャンしたJPEG画像なのよ。デジタル形式じゃない。だからボットが見逃したのね。中西部の北部のどこかで育った。軍に入って――所属は陸軍突撃隊――除隊になった。名誉除隊。それを境に公的記録から消えてる。120も送っておいた。彼らが徹底的に探してくれる」

強化型顔認識検索では、通常の倍の百二十の特徴点を使って照合を行う。〝彼ら〟というのはおそらく、何らかのセキュリティ機関を指しているのだろう。

マックが言った。「次。二つ目の質問。ブラクストン、女性。何も出てこない。情報が少なすぎる。もう少し調べてみてもいいけど、人手がかかる」

「調査を続けてくれ。必要な経費は法人口座から引き出してくれていい」

「了解」

電話を切った。

コルターはダイニングのベンチでくつろいだ姿勢を取った。またサッポロ・ビールを一口飲む。

**いったいどういうことなんだ？**

古い請求書の束――重要書類はいつもこの束にまぎれこませておく――から、ユージーン・ヤング教授が父に送った手紙を抜き出した。電力会社の封筒に入れて封をし直してあった。

アッシュへ

気がかりな知らせがある。ブラクストンが生きている！　北に向かったようだ。どうか用心してくれ。きみがすべてをどこに隠したか、その鍵は例の封筒のなかにあるとみなに伝えておいた。

あれは三階の22―Rに隠してある。

かならず切り抜けられるだろう、アッシュ。神のご加護を

ユージーン

カリフォルニア大学の二人の教授、ショウの父とユージーン・ヤングは、どこの誰だかわからない〝みな〟とともに、危険な何かに関与していた。ネズミ男たちはアシュトンを生かしておこうとした。しかしブラクストン側はアシュトンを――おそらくほかのメンバーも――消そうとした。ただし、その前に封筒を手に入れなくてはならなかった。

あの紙の束は、父がどこかに隠した何かにつながる鍵なのだ。ショウはノートを開き、エルサルバドル料理店で書きつけたメモを読み返した。といっても、ごくわずかな情報しかない。角が折られていたページの番号が控えてあるだけだった。

37、63、118、255。

そのページに何が書かれていたか、あのときはそれも一緒にメモしておこうとまでは思わなかった。何だったろう――『ニューヨーク・タイムズ』の記事、父が書いたとりとめのない評論……たしか地図もなかったか？

数字をにらみつけ、記憶の糸をたぐった。

次の瞬間、閃いた。この数字はどこかで見たことがある。どこで見た？

コルター・ショウはふいに背を伸ばして座り直した。まさか――？

37、63、118、255……

立ち上がり、コンパウンドの地図を出した。ラドンナ・スタンディッシュがながめていた地図、帰省したら登る予定でいた崖をショウが指し示した地図。

折りたたんであった地図を広げ、指で左端をたどった。次に上端をたどる。経度と緯度。

北緯37度63分、西経118度255分。それはコンパウンドのちょうど真ん中の地点だった。

真ん中というだけではない。洞窟や森に囲まれたやまびこ山のあたりを示している。

めったに笑わない男の顔にいま、笑みが浮かんだ。

父はそこに何かを隠したのだ。何か重大なもの、命を犠牲にする価値のあるもの。そして、隠し場所――やまびこ山の洞窟――につながる鍵として、あの封筒を残した。

**大きな洞窟にはクマが、小さな洞窟にはヘビがいるだろう……**

経緯度は、どこか一点を指さしているわけではなかった。秒以下の数字がわからなくては、郊外の町一つ分ほどの範囲までしか絞りこめない。たとえネズミ男とその仲間が数字の意味に気づいたとしても――おそらく気づいていない――アシュトンが隠したものを見つけるのはまず無理だ。だが、ショウにはできる。ショウは父の思考の癖、父の行動のパターンを知っている。父の頭脳の優秀さを知っている。

プリペイド携帯で経緯度の写真を撮り、画像を暗号化してマックと元ＦＢＩ捜査官の友人トム・ペッパーに送信し、万が一に備えて預かっておいてくれと伝えた。

それから経緯度を書いたページを破り取り、シンクで水に浸し、どろどろになるまで溶かした。

いったい何を隠したんだ、アシュトン？　これはいったいどういうことなんだ？

コルト・パイソンをジャケットのポケットに忍ばせ、新しいビールを冷蔵庫から取り、それを片手に、もう一方にはピーナッツの袋を持って外に出た。今朝のＯＫ牧場の決闘じみた騒ぎに興味津々の隣人たちとの会話につかまりたくない。そこでローンチェアを持って車の陰に回り、そこに椅子を置いて腰を下ろした。

そのローンチェアはショウのお気に入りだった。茶と黄の細いビニールテープを編んだ座面は、不思議と座り心地がいい。ＲＶパークのこの一角は美しい風景に面している。ゆるやかにうねる芝生、眠らない街シリコンヴァレーをくねくねと流れる小さな川。ショウは靴を脱いだ。芝生はスポンジのように柔らかい。川のせせらぎは眠気を誘うようで、風はユーカリの香りを運んでいる。ネズミの顔と美しいイタリア製の銃を持つ頓狂《とんきょう》な男に人生と手足の自由を奪うと脅された直後でなければ、寝袋を持ち出してきてここで眠りたいくらいだ。森のなかで夕暮れから夜明けまで過ごし、ささくれ立った五感を鎮めたい。あるいは、オフロードバイクにまたがって全開で飛ばすのでもいい。ロープ一本を頼りに地上百五十メートルの絶壁にとりつくのもいいだろう。どれも常軌を逸した行為かもしれないが、コルター・ショウにとってはここ一番の必需品だ。

ビールを半分飲み、ピーナッツを十三粒食べたころ、電話が鳴り出した。

「やあ、テディ」ショウは言った。「こんな遅くにどうした？」

「ヴェルマの目が冴えちまったみたいでね。アルゴがおまえ向きの仕事を見つけたらしい」

「こんばんは、コルター」

ショウはヴェルマに言った。「来月あたり、フランク・マリナーから小切手が届くと思う」

「小切手《チエックス》？」ヴェルマが言った。「複数形なの？　また分割払いにしたわけ？」

「彼ならちゃんと払ってくれるさ」

テディが言った。「こっちでもニュースになってたよ。妊娠した女性を救出したって。ついでに〝ゲーマー〟も捕まえたんだろう。しかし、マスコミってやつはしょうもないよな、何かっていうと幼稚なニックネームをつけたがる」

そのニックネームを考えたのはニュースキャスターではなく、結婚してピルグリムファーザーズの――それも有名な一人の――姓を名乗ることを選択した小柄な刑事なのだとは話さなかった。

「で、仕事って？」ショウは尋ねた。父が遺した書類そのものは人を欺くおとりだったとわかったいま、ベイエリアにとどまる理由はもはやない。

テディが訊く。「ワシントン州に行く気はあるか」

「場合によっては」

ヴェルマが言った。「ヘイトクライム。二人の少年がはしゃぎすぎて、シナゴーグ一カ所と黒人教会二カ所に鉤十字を落書きしたの。一つには放火までした。教会は無人じゃなかった。管理人と信徒伝道者は外に飛び出したところを撃たれた。信徒伝道者は軽傷ですんだけど、管理人は集中治療室。このまま意識が戻らないかもしれない。少年二人はトラックで逃走したきり、行方がわからない」

「懸賞金を出したのは？」

「それがね、コルター。おもしろいのはそこなのよ。二種類の懸賞金から好きなほうを選べるの。一つは五万ドル。これは州警察と地元警察が合同で設けた賞金。もう一つは九百ドル」

「九百万ドルの間違いではないよな」

「あら、冗談が上手ね、コルト」ヴェルマがからかうように言った。

ショウはビールを飲んだ。「九百ドルか。少年のどちらかの家族が必死でかき集めた額がそれだったんだな」

「家族は、その子は犯人じゃないと信じてる。町の全員がその子を犯人だと思ってるけど、パパとママとお姉ちゃんは、その子は巻きこまれて連れ去られたか、逃走車の運転手役を強要されたかのどちらかだろうと信じてるのよ。だから、警察や銃を持った市民に見つかる前にその子を保護してくれる人を探してるわけ」

「ほかにも何かあるんだろう」ショウは言った。

テディが言った。「ダルトン・クロウが興味を示してるって話が聞こえてきた。もちろん、五万ドルのほうに」

ダルトン・クロウは四十代の陰気で攻撃的な男だ。ミズーリ州で生まれ育ち、短期間だけ陸軍に勤務したあと、東海岸で警備会社を起業した。しかしショウと同じく一つところにじっとしていられない性格であることをようやく自覚し、警備会社はたたんだ。いまはフリーランスのセキュリティコンサルタントと傭兵を兼業している。そしてときおり、懸賞金のかかった捜索に乗り出してくる。ショウがそういった事情を知っているのは、ここ何年かのあいだに何度か言葉を交わしたことがあるからだ。交わしたのは言葉だけではなく、ショウの脚にいまも残る傷をつけたのは、クロウだった。

二人の職業倫理はかけ離れている。クロウが行方不明者の捜索に当たることはほとんどない。基本的に犯罪者や脱獄犯を追う。たとえ逃亡犯を撃って死なせたとしても、合法に所持している銃を使った正当防衛であれば、懸賞金は受け取れる。それがクロウが好んで採用するビジネスモデルだった。

「で、場所は？」

「小さな町。ギグハーバー。タコマの近く。興味があれば詳細を送るけど」

「頼む」検討して返事をすると伝え、二人に礼を言って電話を切った。

イヤフォンを耳に入れ、音楽アプリを起動して、アコースティック・ギタリストのトミー・エマニュエルのプレイリストを再生した。

ビールを一口。ピーナッツをひとつかみ。

二つの選択肢を行ったり来たりする。

ひとつはワシントン州タコマの九百ドルの懸賞金でヘイトクライムの容疑者の追跡。いやいや違うぞ、と自分を戒めた。

**事実を確かめる前に判断を下すべからず……**

容疑者とされる少年二人は、宗教施設に落書きをし、男性二人を銃撃した。白人至上主義者の犯行かもしれない。三角関係のもつれ、あるいは肝試しということもありえるだろう。あるいはまた、罪を犯した少年が無実のもう一人を人質に取っているのかもしれないし、別の犯罪を装った委託殺人なのかもしれない。

つい最近、似たような事件を目の当たりにしたばかりではないか。

選択肢のもう一つ。やまびこ山で、秘密の宝探し。よし。ギグハーバーか。それともやまびこ山か。

ショウはポケットを探って二十五セント硬貨を一枚取り出した。偉大な政治家の横顔と、風格あるハクトウワシが描かれた、美しい円盤。

指ではじいて空中に投げ上げた。回転する硬貨は球体となり、グーグル・ウェイを照らす街灯の青い光をちらちらと跳ね返した。

ショウは心のなかで宣言した。表が出たら、やまびこ山。裏ならギグハーバー。

銀色の円盤がローンチェアのかたわらの砂の浮いた芝生に落ちた。しかしコルター・ショウはどちらが出たか確かめることさえしなかった。硬貨を拾ってポケットに戻す。次にどこへ向かうかはもう決まっていた。これから決めなくてはならないのは、明日の朝の出発時刻と、目的地までの最短ルートだけだった。


（了）

# 著者あとがき

小説を書くのは、少なくとも私の場合、一人きりで完遂できる仕事ではない。たったいまあなたが読み終えたこの本を作るのに不可欠な役割を果たしてくれた方々のお名前をここに挙げて、感謝を捧げたい。マーク・タヴァーニ、トニー・デイヴィス、ダニエル・ディートリック、ジュリー・リース・ディーヴァー、ジェニファー・ドーラン、マデリン・ワーチョリック。大西洋の反対側から支援してくれた、ジュリア・ウィズダム、フィン・コットン、アン・オブライエン。そしていつもどおり、デボラ・シュナイダーに心の底から感謝を捧げる。

　魅惑的なビデオゲーム業界についてより深く知りたい読者のために、参考文献を紹介しておく。トリスタン・ドノヴァン著 *Replay: The History of Video Games*、フリント・ディリー、ジョン・ズール・プラテン共著 *The Ultimate Guide to Video Game Writing and Design*、トルステン・クヴァント、レイチェル・コワート共著 *The Video Game Debate*、リチャード・スタントン著 *A Brief History of Video Games*、ダスティン・ハンセン著 *Game On!: Video Game History from Pong and Pac-Man to Mario, Minecraft, and More*、ジェイソン・シュライアー著 *Blood, Sweat, and Pixels: The Triumphant, Turbulent Stories Behind How Video Games Are Made*、ブレイク・J・ハリス著 *Console Wars: Sega, Nintendo, and the Battle That Defined a Generation*。ほかに、ウィリアム・ギブスン（〝サイバースペース〟という語を造った人物）とブルース・スターリングの共著『ディファレンス・エンジン』もお勧めしたい。一八五五年を舞台に、蒸気で駆動するコンピューターが登場する物語、歴史上の事実とフィクションを織り交ぜて描いた小説だ。

　せっかくだからもう一冊。『ロードサイド・クロス』というスリラー小説も、ビデオゲームをテーマの一つとして取り上げている。登場する捜査官の一人は、酔狂なことに、ゲーム内のアバターのボディランゲージを解析して殺人犯のプロファイリングを試みたりまでしている。この小説の著者は、たしかディーヴァーとかいう男だ。

# 訳者あとがき

この『ネヴァー・ゲーム』は、〝懸賞金ハンター〟コルター・ショウを主人公とする新シリーズの第一作。

懸賞金ハンターとは耳慣れない言葉だが、賞金稼ぎ《バウンティハンター》ならきっと聞いたことがあるのでは？　逃亡犯や、専門業者が立て替えた保釈金を踏み倒して逃亡した被疑者を連れ戻し、成功報酬を受け取る人々のことで、州にもよるが、基本的に免許制となっている。

懸賞金ハンターも人捜しが専門であるのは同じだが、対象はより広い意味での行方不明者で、事件性の有無は関係ない。迷子の子供や認知症のおじいちゃんを捜すこともあれば、まれに逃亡犯を捜すこともある。居場所の特定に結びつく情報の入手を目指すが、連れ戻すことまではしない。報酬は行方不明者の家族らが出す懸賞金だ。

今作で描かれる連続事件の発端となるのは十九歳の女子学生ソフィー。シリコンヴァレーのカフェに立ち寄って以降の消息がわからなくなっている。事故にでも遭ったのか。事件に巻きこまれたのか。ショウは誘拐の可能性も検討するが、身代金の要求はない。

まもなく、彼女の失踪はある配信ゲームに関連していることが判明し、ショウはそこからシリコンヴァレーのゲーム業界の深層へ分け入っていくことになる。

今作で初めて紹介されるコルター・ショウは、別シリーズの主人公リンカーン・ライムとはまさに好対照。ライムはニューヨークの自宅から原則として動かない完全なインドア派だが、対するショウは、フロリダ州にある自宅にはめったに帰らず、キャンピングカーでアメリカ中を旅しながら行方不明事件の謎解きに挑み続けている。趣味はロッククライミングとオフロードバイク。〝サバイバリスト〟だった父親から、何があろうと独力で生き延びるための術をひととおり叩きこまれた。それが懸賞金ハンターの仕事にも大いに役立っている。

過去の作品で『攻殻機動隊』や『デスノート』に言及したり、料理のシーンで使う包丁といえば貝印だったりと、以前から日本文化に親しみを感じてくれているらしいディーヴァーは、今回も巻頭の題辞に任天堂のゲームプロデューサー宮本茂の言葉を引用し、作中でももちろん日本のゲーム事情に触れている。その流れで登場人物の一人が任天堂の社名の由来をいろいろと紹介するのだが、日本人からするとちょっと反応に困ってしまうような説が一つ出てくる。映画などの影響から生じて美化された誤解と思われ、日本文化を貶《おとし》める意図などがないことは明らかなので、原文どおりに訳出したことをお断りしておきたい。

今後の邦訳予定をざっと紹介すると、二〇二一年秋の新作長編はコルター・ショウ・シリーズの第二作 *The Goodbye Man*。また、長らくお待たせしていた第三の短編集 *Trouble in Mind* も控えている。アメリカでは、二一年春にライム・シリーズ最新作が刊行される予定という。

今作の結末近くで、ライム・シリーズ『ブラック・スクリーム』（邦訳二〇一八年）の登場人物の一人と同姓同名の人物がちらりと顔を出している。同一人物だとすれば、彼女がいつかライムとショウを引き合わせ、二つのシリーズが交差するようなこともあるかもしれない。

ネヴァー・ゲーム

二〇二〇年九月二十五日　第一刷

著　者　ジェフリー・ディーヴァー
訳　者　池《いけ》田《だ》真《ま》紀《き》子《こ》
発行者　花田朋子
発行所　株式会社文藝春秋
〒102−8008　東京都千代田区紀尾井町三−二三
電話　〇三−三二六五−一二一一
印刷所　凸版印刷
製本所　大口製本

万一、落丁乱丁があれば送料当方負担でお取替えいたします。小社製作部宛お送りください。

定価はカバーに表示してあります。

ISBN978-4-16-391269-1